DÁ-ME OS TEUS OLHOS

Torsten Pettersson

DÁ-ME OS TEUS OLHOS

Tradução do original sueco por
Jaime Bernardes

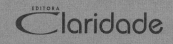

São Paulo – 1ª edição – 2014

Título original: *Ge mig dinna ögon*

© Torsten Pettersson, 2008.

Publicado originalmente por Söderströms Förlaget, Helsinque.

Tradução do original sueco por Jaime Bernardes

Todos os direitos reservados.
Editora Claridade Ltda.
Av. Dom Pedro I, 840
01552-000 – São Paulo – SP
Fone/fax: (11) 2168-9961
E-mail: claridade@claridade.com.br
Site: www.claridade.com.br

Coordenação editorial: Jeosafá Fernandez Gonçalves
Preparação: Patrizia Zagni
Revisão: Lucas de Sena Lima
Projeto Gráfico e Capa: Viviane Santos
Editoração eletrônica: Eduardo Seiji Seki

Dados Internacionais de Catalogação na Publicação (CIP)
Angélica Ilacqua CRB-8/7057

Pettersson, Torsten
  Dá-me os teus olhos / Torsten Pettersson; tradução de Jaime
Bernardes. – São Paulo : Editora Claridade, 2014.
  384 p.

ISBN: 978-85-8032-043-5
Título original: *Ge mig dina ögon*

1. Literatura sueca I. Título II. Bernardes, Jaime

14-0704   CDD 839.73

Índices para catálogo sistemático:
1. Literatura sueca

Em conformidade com a nova ortografia.
Nenhuma parte deste livro pode ser reproduzida sem a autorização
expressa da Editora Claridade.

Sumário

O GARFO

Eu   9

Harald   12

Reunião   38

Harald   46

Eu   56

Harald   57

Interrogatório   64

Harald   82

O relato de Gabriella   96

Harald   120

A CRUZ

O diário de Nadya   125

Harald   159

Reunião   166

Harald   178

O relato de Erik   188

Harald   219

O diário de Nadya   223

O GATO

Eu   237

Reunião   240

Conversa gravada   247

Harald   255

O relato de Lennart   259

Harald   272

O relato de Lennart   274

Harald   280

Eu   282

Harald   284

A CORDA

Harald   303

O relato de Philip   306

Harald   346

A MOCHILA

O diário de Nadya   351

Conversa gravada   357

Harald   379

Eu

Mulher desleixada! Megera! Puta mentirosa! Vais aí com o nariz levantado ao vento. Com os teus cabelos descuidados, nem longos, nem curtos, acastanhados como certa cor de merda escura, bosta pisada de vaca. Com um gorro musgo-esverdeado. Está com frio, sua piegas! Ainda estamos apenas em outubro, pô!

Uma pessoa como tu não merece viver.

Mas, na verdade, tu és gente fina. Vamos estar juntos para sempre.

Ao sair do cinema, a noite já tinha caído. Deixei para trás um mundo de árvores douradas sob um céu azul brilhante e voltei para um outro totalmente diferente. Os anúncios em néon fazem suas caretas. As pessoas aparecem sob as luminárias da rua e logo desaparecem de novo.

Esperando pelo ônibus, vou passeando ao longo da margem do córrego e fico observando suas águas escuras. O riacho me parece morto, mas, de vez em quando, surge uma onda cintilante empurrada pelo vento, logo seguida de outras. Todas vêm respirar à superfície, durante um momento, para logo remergulhar nas águas do riacho. Há um guidão de bicicleta emergindo entre as ondas, imóvel, junto à margem, visível pelo efeito da luz de uma luminária da ponte. Há também um animal que morreu afogado, que faz lembrar a imagem de ossadas de cabeças de gado, de cornos espetados, surgindo da areia, habitualmente vistas nos chamados filmes *westerns*.

No passeio público, as pedras soltas do calçamento se amontoam umas sobre as outras, em meio a lenços descartáveis sujos de urina atirados ao léu.

Vou até a praça. Chega um ônibus com atrelado. Uma mulher sobe e se instala na parte traseira da serpente esverdeada. Atrás dela, sobe também um homem já meio careca, cabelos grisalhos, além de outra mulher que veste um sobretudo bem pesado e de três jovens que, munidos de garrafas de bebidas alcoólicas, tilintando na sacola de papel, perguntam ao chofer a respeito do endereço de uma festa que deve estar começando agora, embora já sejam onze horas da noite.

No momento em que o ônibus parte do lugar, ela lamenta ter se sentado, justamente, ao lado das sacudidelas do motor. Vejo como ela se encolhe, mas evita a troca de lugar, considerando que a viagem vai ser curta até Stensta. Ainda as portas não tinham se fechado e eu já mudara de lugar, indo mais para a frente do ônibus, do lado esquerdo.

O ônibus corre depressa. As luzes dos semáforos estão piscando em amarelo. Só os rapazes descem no caminho. Se não fosse isso, era como se fosse uma corrida de táxi. Pelo espelho do motorista, vejo que ela já pressionou o botão para parar, uma parada cedo demais.

Também saio, mas dirijo-me para o lado contrário. A essa altura, ela ousa encaminhar seus passos para a aleia do parque, por trás da rua Torkelsgatan. Dou uma virada e sigo-a a distância.

A cidade fica do lado direito. A planície e, mais distante, a floresta ficam do lado esquerdo. Mais longe ainda, por trás do pinheiral, aparecem algumas línguas de luz em contraste com o céu noturno. O vento atravessa a planície e bate de frente nos pinheiros e abetos, fazendo-os balançar e soltar assobios. O chiado é agudo. Estamos no outono e as folhas e os pinos já secaram.

Estou absolutamente calmo, mas dou uma acelerada na ponta dos pés, com passadas longas, mas silenciosas, que forçam a barriga das pernas. Consigo me aproximar dela e, por fim, ela me ouve, mas não chega a virar o corpo. Alguma coisa se enrosca, fortemente, em seu pescoço. É uma coisa fina e cortante, rapidamente puxada com tanta força que ela já não pode respirar. Ela tenta arrancá-la, mas nada consegue com as mãos enfiadas em luvas de pelica. Também não alcança as mãos que puxam a linha por trás de sua nuca. O rosto incha de sangue. Ela esperneia e empurra o corpo para trás com os calcanhares fincados na areia do caminho, de modo que seus cabelos cheirosos começam a fazer coceira em meu rosto. Mas minhas mãos e a linha cortante no pescoço mantêm-na para baixo. Ela grita, mas nenhum som sai de sua boca. O grito fica engasgado na garganta, expande--se pelo cérebro, a cabeça parece explodir. Ela ainda tenta, faz qualquer coisa para se livrar. Uma náusea começa a crescer, rapidamente, vindo de seus pulmões, uma onda intensa de mal-estar. Nesse momento, tudo muda, ela muda, entrega-se, chega a desejar ir embora para o centro da luz negra, para as mãos daquele que a prende e espera por ela.

A essa altura, ela se abate e fica totalmente tranquila. Mole como uma criança a dormir, encosta seu corpo no meu. Suas costas escorregam por meus braços e eu deixo, cautelosamente, o corpo pousar no chão.

Ela não respira mais, mas eu respiro por ela, rapidamente, esfomeado. Estamos juntos. Por isso, passo a ser seus pulmões e sua boca.

Escuto. O vento varre toda a planície. Ninguém se aproxima pelo caminho e eu considero que há tempo suficiente para fazer o que pretendo. Pego a faca.

Harald

Sou Harald Lindmark, comissário criminalista em Forshälla, na Finlândia. No outono de 2006, escrevo o seguinte relatório sobre o caso denominado "o Caçador". As transcrições oficiais, com as minhas próprias recordações anotadas e as gravações de um ditafone, me ajudam a descrever as várias fases da investigação. Além disso, quero mencionar minhas sensações e minha situação na vida, visto que ambas as questões evoluíram em conjunto com a minha ação como policial.

Durante o ano em curso, mudei muito como pessoa e como policial. Pensei e fiz muitas coisas que antes me eram alheias.

Neste momento, quero contar, detalhadamente, o que aconteceu, para que eu próprio possa entender e para que outros também possam compreender.

ACONTECIMENTOS DE 17 DE OUTUBRO DE 2005

O dia em que tudo começou. Pela manhã, vi-me no espelho. Nesse momento, os olhos observaram primeiro a si próprios, bem perto do vidro espelhado. Continuavam azul-escuros, mas agora um pouco lacrimosos e mais cerrados do que quando eu era jovem. Lentamente, a caminho de se fechar, uma cortina de pele desce toda a vida até que um dia para, indisfarçável. Em volta, rugas salientes, o que é natural, mas também pelancas por baixo dos olhos caindo por cima das faces. Com o tempo, isso se transformou em carnes gordurosas. Os poros são cada vez maiores e mais escuros. A pele, mais vermelha, embora não tenha tomado sol. Uma barbicha grisalha. Cabelos bem penteados que, nos últimos anos, também começaram a surgir pelo nariz.

Toda uma vida que perpassa pelo interior do ser humano, mas também por fora dele. O corpo que cada vez mais se afasta do que, na realidade, é: um rosto imaginado, uma imagem que se dissolve. A sensação de ser um homem de vinte ou trinta anos que, na sequência de um terrível erro, acabou por vir parar em um corpo, sensivelmente, mais envelhecido.

Essa era a minha rotina todas as manhãs. Levantar-me cedo, ver a verdade no fundo branco de meus olhos, fundo esse sarapintado de veias vermelhas de sangue. Depois, ignorar essa verdade e seguir para o trabalho! Ser exatamente como antes e não deixar que ninguém note que tenho cinquenta e quatro e não trinta e quatro anos. Sempre sagaz como comissário criminalista, sempre perturbado, emocionalmente, com os crimes cometidos, embora estes tenham afetado minha psique, semana após semana, durante dezenas de anos, com repulsa: atualmente, nada a choca mais, você já viu de tudo o que os seres humanos são capazes de fazer contra a pele e o sangue de outros e contra seus nervos espinafrados. Sim, claro, mas queria ficar chocado, não queria renunciar tão cedo a meu status de estar vivo!

Depois, fui de carro até o bairro de Lysbäcken. A distância, observei logo o prédio em forma de "L" nas cores preta, branca e vermelha — o orgulho da polícia de Forshälla. Colossos bem coloridos, unidos como se fossem um bebê gigantesco e colocados isoladamente como se formassem uma torre no meio da planície. Havia a sensação de que a torre poderia cair a qualquer momento por efeito dos ventos oscilantes sobre a terra rasa.

Tomei o desvio para o pátio traseiro onde se situava o estacionamento. Eu tinha — e ainda tenho — um dos poucos lugares reservados no estacionamento — vinte e cinco anos de serviço na casa e mais de uma centena de homicídios resolvidos têm certo peso.

No entanto, sentia o tempo todo como se fosse tudo uma série de sonhos ou de filmes já meio esquecidos por um detetive que resolve um caso atrás de outro. Esses casos permaneciam em mim, em minha consciência, como um conjunto de pequenas e grandes imagens sopradas e impostas em folhas soltas de jornais. "Mutilado." "Homicídio duplo." Rostos pela metade. Fotografias em preto e branco, borradas, de um local ao ar livre onde foi praticado mais um crime. No chão, sangue já coalhado.

Tinha uma sala de esquina no alto do edifício, com vista para dois lados, o da cidade e o da planície. Hoje, porém, não me preocupei em avistar esses espaços, embora esse fosse meu hábito diário. Assim que entrei na sala e pendurei o sobreduto, descobri que havia alguma coisa em cima de minha mesa de escritório. Era a imagem de duas crateras acastanhadas como se fossem um close dos buracos negros na superfície da lua. Era mais um novo caso apresentado por Sonya. Sentei-me, li o resumo do relatório e vi as fotografias incluídas.

No domingo, pela manhã, bem cedo, durante um treino, um corredor encontrou um cadáver em Stensta. Era de uma jovem, nua, deitada em uma das aleias do parque. Estava deitada de costas, fixando o céu com duas manchas vermelhas de sangue no lugar dos olhos. As mãos fechadas estavam viradas para cima, junto de uma pequena ferida vermelha em volta do pescoço. O restante do corpo parecia quase intocado, aparentemente não estava muito mal, com exceção do ventre, onde havia uma bacia de sangue entre o estômago e o sexo. Teria sido apunhalada?

Ao ver a primeira fotografia das crateras, verifiquei ser a imagem de um extremo close de duas órbitas cheias de sangue. Os olhos da mulher tinham sido extraídos. Segundo o relatório, os olhos não foram encontrados no local do crime, nem nas proximidades. As imagens panorâmicas não mostravam nada espalhado por perto, nem roupas, nem sequer uma bolsa ou qualquer objeto que tivesse caído dela. O vômito a alguns metros da cabeça da vítima era do corredor que encontrou o corpo. Este estava disposto de viés sobre o caminho que mostrava algumas linhas escuras de sangue seco, indicando que o corpo fora arrastado pelo chão. A mulher teria lutado com o agressor, mas acabou por morrer asfixiada pelo fio em volta do pescoço.

Asfixiada. Eu me lembro de como uma pessoa se sente asfixiada. Aconteceu comigo durante um interrogatório que saltou dos eixos, no qual um psicopata quase me estrangulou até a morte, com seus dedos extremamente fortes. É como cair em um lago e se sentir afundado no meio de águas escuras que vêm de dentro de nós. Isso aconteceu comigo faz dez anos, mas a sensação e o pânico continuam a me invadir de vez em quando, quando estou nadando e preciso respirar na água ou quando entro em uma sauna bem quente.

Telefonei para Sonya, uma de minhas "tenentes" como eu próprio as designava em segredo, para mim mesmo, em momentos de megalomania. Quero dizer, minhas assistentes, líderes de investigações. Elas chegam e vão embora, visto que, no momento, eu bloqueava sua ascensão hierárquica, mas, por outro lado, depois de três ou quatro anos comigo, elas adquiriam tal experiência que logo eram promovidas a detetives em delegacias no interior. Por vezes, tinha de ouvir suas histórias quando elas se deparavam com casos mais complicados. Nesses momentos, inclinava-me no espaldar da cadeira, fazia perguntas incisivas e dava conselhos. Em seguida, sentia-me orgulhoso, mas, ao mesmo tempo, dolorosamente velho. O mentor. A voz da experiência. *Der Alte.*[1]

---

1. Em alemão, no original: "O Velho". (N. do T.)

Sonya Alder era relativamente nova na profissão e na idade. Tinha vinte e oito anos e feito uma carreira brilhante na Escola da Polícia, de onde saiu na recente criada função de "detetive-adjunta". Trabalhou na cidade de Björnborg e estudou casos de assassinos em série na cidade de Atlanta, nos Estados Unidos. Tinha ligações no lugar, visto que seu pai era um norte-americano que veio para a Suécia, para fugir da convocação para lutar no Vietnã. Era solteira. Tinha cabelos negros, curtos, e um rosto bronzeado, com traços finos e regulares (a mãe veio do Líbano). Por vezes, esses traços se transformavam em um sorriso que mostrava uns dentes muito brancos, mas era um sorriso pouco visto, porque ela preferia demonstrar um ar de inteligência e seriedade. Queria mostrar para nós, homens, que também *podia*, que era capaz e que não esperassem dela um tratamento especial nem, muito menos, inclinação para namorar.

Isso ela não precisaria salientar. Todos podiam ver que ela era uma pessoa inteligente e séria, não apenas ambiciosa, uma aspirante a fazer carreira. Além disso, sentia que ela se apoiava em suas convicções, o que é muito importante para continuar, ano após ano, nessa profissão. É preciso acreditar no que se faz, que o que se faz tem sentido.

A respeito dela, não sabia muito mais do que isso. Ela já estava em Forshälla havia dois meses, mas até então nenhum caso tinha surgido que exigisse uma colaboração intensiva. No momento, porém, a situação era diferente. Isso era algo que eu já sentia. Seria um caso especial, barra pesada. Ia levar tempo para resolver. Um caso para permanecer na mente de cada um o tempo todo, ocupando todos os colegas, acionando extratos cada vez mais profundos de nossas personalidades. Um ato cometido contra uma mulher, de uma violência espantosa. Um ato que iria atrair suspeitas contra certos tipos de seres humanos, lembranças de amigas ou amigos que foram atacados, violência contra mulheres entre as parentes. Em alguma fase das investigações, os meios de comunicação entrariam em ação, aumentando também a pressão. "Mulher nua." "Órbitas sem olhos." Alguém iria vazar esse tipo de manchete para os jornais em troca de algumas notas de mil. "O estuprador continua livre." Iríamos ter os dois jornais, *Iltasanomat* e *Iltalehti*, nas costas como se fossem roupas estendidas ao sol para secar.

Momentos depois, Sonya entrou em minha sala, vestida com uma roupa azul-escura, de calças. Tinha estado de serviço no domingo e foi quem se deslocou para o local do crime. No momento, devia estar aguardando meu telefonema para entrar em ação. Será que foi apenas impressão minha a de que ela estava feliz e cheia de grandes expectativas? Era seu primeiro grande caso.

Entramos logo em ação, depois de um rápido e quase inaudível "oi". O caso agora era sério, delicadezas à parte. Houve logo contato direto como se nos conhecêssemos melhor do que, na realidade, acontecia.

— O que você acha? — perguntei, assim que ela se sentou, antes mesmo de ter sido convidada.

— Provavelmente, uma tentativa de abuso sexual mal-sucedida — começou ela, dando a entender que estava bem por dentro do assunto. — O criminoso planejou bem o crime, pois estava preparado com uma faca e um laço, a fim de amedrontar a mulher e dominá-la. Mas ele forçou demais a barra e matou-a antes de se servir dela, na sequência da resistência encontrada. Deve ter fugido logo do lugar, mas teve sangue-frio suficiente para antes pegar a carteira dela, com sua identidade, e ainda lhe tirar os olhos para dificultar a identificação. Deu ainda seguimento a sua agressividade sexual, despindo a vítima, violando seu corpo e retirando-se com sua roupa como se fosse uma espécie de troféu.

— Não havia mais nada no lugar?

— Não. Apenas o corpo.

— Que tipo de pessoa você acha que ele é?

— A combinação de planejamento com pânico aponta para um agressor primário, bastante inteligente, mas física e, talvez, psiquicamente menos forte do que ele pensa ser na hora do vamos ver. Por sua vez, isso aponta para certa inexperiência em violência sexual ou na maneira de dominar a mulher, caso contrário teria feito um cálculo mais preciso da resistência que iria encontrar. Acho que ele fantasiou esse ataque durante bastante tempo. Acabou por partir direto para o "assassinato completo" sem estágios intermediários. Um tipo muito perigoso.

— O que ele ganha em dificultar a identificação quando se trata de uma vítima de violência sexual encontrada por acaso?

— Também se trata de uma combinação de pânico e astúcia. Na hora de a tentativa falhar, ele precisava fazer algo, em parte para satisfazer a sua autoestima. Ele foi miseravelmente mal-sucedido no seu ato violento, mas, pelo menos, era esperto e queria desorientar a polícia. Além disso, queria dominar a presa, despindo-a e violando sua privacidade. É assim que vejo o caso.

Estava claro que Sonya tinha pensado no assunto durante todo o domingo. E a hipótese não era nada má.

— Talvez. Como estava o local?

— Cena clássica de violência sexual. Um caminho oculto em um parque. Um local entre duas luminárias da iluminação pública e muitos arbustos nas laterais. Há um prédio alto em um dos lados, mas a vista de lá é prejudicada por algumas árvores que ainda não perderam as folhas. Uma escolha inteligente porque o prédio alto, com suas janelas bem iluminadas, dava a sensação de segurança para qualquer mulher que quisesse andar ou correr como exercício físico, a despeito de o lugar ser escuro e bastante isolado. Justamente, um lugar bem defendido dos olhares alheios.

— Alguma pista nos arbustos?

— Nada de ponta de cigarro com saliva e DNA. Não tivemos essa sorte. Esse criminoso não é idiota a esse nível. Também choveu durante a noite, de modo que não foram encontradas quaisquer pegadas. Os arbustos talvez parecessem pisoteados em alguns lugares.

— E a hora do assassinato?

— Uma ou duas horas antes da meia-noite. Já telefonei para o Instituto Médico Legal. De forma geral, o resultado apresentado por eles confirma o que podemos ver nas fotografias: morta por asfixia com o uso de algum tipo de fita que não deixou filamentos. Talvez de plástico ou de metal. Os olhos foram retirados, de forma relativamente desajeitada, logo depois de a morte ter ocorrido. O sangue no estômago veio de uma ferida que parece ser o desenho da letra "A" rasgado na pele, uma ferida relativamente superficial, mas bem visível logo que a área é limpa.

— Um "A"? Você tem certeza?

— Sim. É o que parece.

Sonya apresentou, então, mais duas fotografias em que a vítima estava deitada na bancada metálica, resplandecente, onde o patologista opera. Tanto a foto ampla da área como o close mostravam nitidamente um "A", com a ponta virada para o baixo-ventre.

— O que isso pode significar? — sussurrei quase só para mim mesmo. Uma letra capital. O primeiro nome da vítima ou do assassino? Um "A" como em Anna ou um "A" como em Anders?

— Ou talvez não seja uma letra, mas apenas uma seta apontando a direção da vagina como uma demonstração agressiva — acrescentou Sonya. — Uma maneira dura de apontar a rota para o mal que atraiu o assassino e o levou a tentar fazer sexo com ela.

Ficamos em silêncio por alguns momentos, pensando no caso, tentando entender a lógica doentia do criminoso. Nome dos envolvidos, símbolos, hieróglifos, tudo passou por minha cabeça. Um "A" invertido? Um balde meio cheio de água? Ou, visto pela lateral, um megafone para gritar?

— Havia mais alguns ferimentos? — indaguei.

— Não. E também nenhuma atividade sexual recente, mas ela estava grávida, no terceiro mês.

— É mesmo? Como se fosse um assassinato duplo. Um namorado que não queria ter filhos e resolveu montar um esquema para matá-los, a ela e ao filho que iria nascer?

— Mas por que levar as roupas e os documentos dela e tirar-lhe os olhos? — perguntava-se Sonya. — Isso pode dar a entender que a identidade da vítima não era a de uma mulher qualquer, que era preciso mantê-la em segredo, porque essa identidade iria levar diretamente a ele.

— Segurança dobrada. Na melhor das hipóteses, ela não será identificada e, com isso, sua ligação com o namorado não aparecerá. Na pior das hipóteses, o crime parece ser mais o resultado de um acaso, aproveitado por um louco.

A essa altura, parei ao escutar minhas próprias palavras como um eco, refletido pelas paredes da sala. Quase as conseguia ver roçando as superfícies brancas. Nem eu acreditei no que acabara de dizer. Reconheci que apenas tinha querido ir contra a hipótese, igualmente astuta, apresentada por Sonya. Quis dar uma demonstração de competência. Já dava para entender a força do caso: atraía a todos que tomassem conhecimento dele.

Sonya continuava em silêncio, olhando para o céu nublado. Entendi logo que ela não queria me contradizer, mas tinha razão em seu silêncio. Segurança duplicada era uma ideia errônea. Ou a pessoa comete o assalto por acaso, que é o tipo de crime mais banal, muitas vezes com intenções sexuais. A essa altura, a identidade da vítima não importava tanto para as investigações, sendo o assalto o resultado de uma agressão intempestiva. Ou, então, o criminoso esconde o corpo ou o deforma para que não seja reconhecido, a fim de tentar evitar que esse reconhecimento leve à convocação dos mais próximos da vítima, entre os quais ele ou ela se encontra.

Mas, além disso, quem poderia imaginar que alguém matasse a namorada, hoje em dia, só por causa de ela estar grávida? Nem mesmo a população original de Forshälla era tão conservadora.

— Não. Talvez tenha razão. — Fiz aqui um esforço para voltar ao princípio e não me deixar guiar por uma questão de prestígio. — Mas, primeiro, precisamos saber qual é a identidade da vítima.

— A hora tardia pode apontar para o fato de ela morar nas proximidades e estar a caminho de casa.

— Ou talvez estivesse vindo de uma visita em Stensta. Ela estava virada para a direção do centro ou em sentido contrário?

Sonya folheou suas fotografias.

— É difícil ter certeza, mas, possivelmente, vinha do centro. Foi assim que o corpo estava, com a cabeça tombada para o centro. Além disso, mesmo que a chuva tenha afinado os resquícios de sangue, nada indica que seu corpo tenha sido virado 180 graus. A pista deixada pelo sangue teria sido circular e não reta, com apenas um pequeno desvio no final.

— Aonde vai dar o caminho quando alguém se afasta do centro da cidade? — Sabia muito bem aonde ia dar, mas quis testar Sonya.

— Passando pelo parque, é possível chegar a qualquer um dos prédios altos da rua Torkelsgatan. É possível seguir também para outros bairros de Stensta ou em direção a Lysbäcken, mas aí a pessoa tem que tomar um pequeno desvio, seguindo pelo caminho do parque e não ficando em Torkelsgatan.

— Muito bem. Então, vamos começar por inquirir os moradores dos prédios altos.

— Como assim? Essas fotos a gente não vai poder usar com certeza...

— É claro. No IML, eles podem colocar olhos de porcelana. Assim, pela foto do rosto, ela poderá ser reconhecida. O que nós sabemos dela?

— Uma mulher de um metro e setenta e dois centímetros de altura, com trinta e poucos anos de idade, que nunca teve filhos. Cabelos castanho-escuros, meio longos, de cor natural, não tingidos, pele do tipo nórdico, cinco dentes tratados e nenhum sinal de nascença ou cicatriz decorrente de operação cirúrgica.

— Ok. Vá com Holm e veja o que consegue nesses prédios. Tente encontrar o cara dos correios ou algum tipo de serviço realizado nos imóveis, alguém que conheça os moradores. Antigamente, sempre havia algum biscateiro por perto, pronto para realizar qualquer tipo de serviço nas casas. Nesse caso, teríamos uma resposta direta.

— Muito bem — disse Sonya, abandonando a sala.

Fiquei chateado comigo mesmo por ter dito "antigamente". Algum mecanismo em minha cabeça queria culpar Sonya por ela ser tão jovem, um pouco agressiva e provocadora, enquanto nós, que existíamos antigamente, sabíamos mais... Bem, consegui afugentar essa ideia. Nesse momento, era preciso parar de pensar em ervas daninhas que nascem na cabeça de todos nós. O caso em mãos era mais importante. De certa forma, um assassinato duplo.

Fechei os olhos e pensei na criança, imaginando-a como nas famosas fotografias dos livros de Lennart Nilsson, em que os corpos embrionários parecem flutuar na barriga das mães. A criança parecia estar olhando para mim, questionando como isso podia ter acontecido. Parecia me acusar por pertencer àquele mundo que deixou que isso acontecesse: que aquelas batidas regulares, vindas do corpo da mãe, tivessem parado e que seu pequeno corpo começasse a sentir dores e a endurecer, enquanto as forças da vida lhe fugiam também. Aquela escuridão quente e macia desapareceu. Logo aquele pequeno ser humano também morreu.

Nessa noite, mais tarde, saio e vou para Torkelsgatan que, no momento, depois da chuva, brilha toscamente à luz dos candeeiros da rua. Passa um carro solitário que joga para os lados a água suja das grandes poças formadas pelas valetas. Mantenho a cabeça baixa e sigo obliquamente, passando pelo jardim em direção ao caminho no parque. Entre alguns círculos de luz amarelada produzidos pelos candeeiros, o caminho fica invisível, mas sinto a areia grossa debaixo de meus pés. As janelas dos prédios mostram luzes acesas, mas tão inalcançáveis como as de qualquer navio que passa por alguém, esperando sozinho em cima de um rochedo no meio do mar.

O lugar certo não é difícil de encontrar. Uns arbustos longe das luzes. Um local bem defendido das vistas dos moradores dos prédios por um grupo de árvores que ainda não perdeu as folhas. Pulo por cima de uma pequena vala e tiro do bolso do sobretudo dois sacos plásticos que coloco sobre o terreno molhado para poder me ajoelhar atrás dos arbustos. O chão se abre um pouco para os lados, mas logo uma camada dura sustenta meu peso. É o lugar ideal para alguém como eu que precisa se concentrar por algum tempo. Sento-me em meus calcanhares e fecho os olhos.

O que sinto? Excitação. O nervosismo decorrente de uma primeira vez, mas também grande expectativa. É uma coisa em que já pensava fazer havia muito tempo. Finalmente, estava ousando realizar. O coração bate forte. No escuro, meu corpo me parece mais tangível. Sinto o sangue correndo nas veias, nos braços e nas pernas, deslocando-se lentamente, por baixo da pele, tal qual uma fraca corrente elétrica que alcança a língua ao testar uma bateria.

Tenho ereção? Fecho os olhos e procuro sentir. Talvez não, mas a eletricidade no corpo se nota, nitidamente, entre as pernas. Está surgindo algo! Ouvem-se, nitidamente, passos na areia, assim como a diferença entre passos e corrida. É alguém que corre lentamente. Primeiro, apenas escuto, mas, no momento em que abro os olhos, vejo também a luz do ambiente, à direita. Uma mulher com agasalho de treino e capuz na cabeça. Ela não me viu, mas se quiser, saio dos arbustos antes de ela passar por mim. Posso calcular bem os passos para aparecer por trás dela e alcançar seu pescoço antes de ela se virar. Com um laço bem grande que seguro com ambas as mãos enluvadas, prendo-a pelo pescoço e dou um puxão bem forte. O estrangulamento começa pela força de seus próprios movimentos para a frente. O laço corta logo a pele e é impossível ela se soltar.

Passa uma mulher, mas espero a próxima. Entretanto, puxo a perna esquerda e fico na mesma posição de um atleta no bloco de partida para uma corrida de cem metros.

Tenho músculos bem fortes, desenvolvidos durante longas noites de planejamento e fantasias. Estão em condições de explodir a qualquer momento quando a pessoa certa aparecer. Mas o que quero? Arrastá-la para trás dos arbustos, baixar nossas calças e penetrá-la, enquanto o laço aperta sua garganta para que não possa gritar?

Penso em matá-la? Talvez não. Ela não pode ver meu rosto no escuro. Mas tenho uma faca comigo por questão de segurança, para ameaçá-la, caso ela não fique enfraquecida o suficiente em função do laço. Ou para mutilá-la. Talvez queira fazer isso desde o início: para ficar com uma espécie de troféu. Ou, então, na sequência de ela me ter encarado, olhos nos olhos, apesar de todas as minhas precauções. A essa altura, tenho que retirar minha imagem espelhada em seus olhos. Desencavá-los de seu rosto.

Talvez não consiga a esperada ereção. Quando aquilo em que eu penso realmente acontece, sinto uma excitação de outra espécie, diferente da sensação que eu esperava. Aliás, com o esforço físico feito, é difícil restarem forças entre as pernas. É nesse momento que preciso matá-la e retirar seus olhos que viram minha vergonha! Fazer uma demonstração de meu poder e mostrar que sou macho, despindo-a e olhando-a completamente nua. Gravar, ainda, minha marca em sua pele. Talvez Sonya tenha razão. "A" é a primeira letra de meu nome, uma assinatura de propriedade. Apesar de sua resistência, ela é minha!

Mas a fome persiste. Ainda não consegui o que queria: uma ejaculação, o poder total, seu corpo fazendo tudo o que quero e se transformando em uma extensão ondulante de meu membro duro e protendido.

Eu me levanto e observo minhas mãos. O que vou fazer com os olhos? Estão viscosos e grudentos. E as roupas? Tenho um grande saco plástico no bolso, por ter pensado nisso antecipadamente! Primeiro, a violação, depois, os troféus a levar.

Em seguida, por outro lado, é mais difícil sair do lugar com um saco enorme que chama a atenção durante a noite. Alguém também poderá notar o fato de eu estar com os joelhos molhados. Estou com luvas e talvez de máscara para me defender de suas unhas, mas não pensei nisto antes: na hipótese de restarem marcas em minhas roupas. Com o saco plástico, não poderei voltar pela Torkelsgatan em direção à cidade. As manchas e o saco podem atrair a atenção de alguém. Tenho que sair pela planície escura e passar pela floresta. Por aí, estou seguro por algum tempo, posso sacudir e secar a roupa e seguir por um desvio através do arvoredo de Brahelunden. Por esse caminho, posso chegar ao centro da cidade. Mesmo não morando lá, foi bom ter escolhido esse caminho que não é o mais rápido para casa, mas dá a possibilidade de chegar lá, entre muitas árvores e aleias, sem ser visto.

Saí da aleia do parque. Consegui me aproximar um pouco mais do criminoso e tive, pelo menos, uma ideia: a de mandar investigar os caminhos até Brahelunden. Talvez o assassino tenha sido obrigado a limpar o corpo em algum lugar e tenha deixado alguma pista de sua presença. Um lenço de papel. Em volta do local do crime, os técnicos não encontraram nada, mas diantante dali o assassino pode ter se descuidado por se sentir mais seguro.

Para mim, foi difícil deixar o lugar. O vento trazia gotas de chuva contra meu rosto, enquanto caminhava para frente e para trás entre os dois candeeiros mais próximos, como se o assassino, apesar de tudo, pudesse ter deixado alguma coisa no lugar, nem que fosse apenas um odor qualquer que entrasse por minhas narinas e eu pudesse notar com minha sensibilidade apurada. Uma pista que pudesse levar adiante a investigação.

Tratando-se de uma violação sexual mal-sucedida, por que a pista do corpo arrastado não direcionava para os arbustos? O criminoso não poderia decidir de imediato se a mulher estava morta e se a deixava, deitada, no caminho. Devia tê-la puxado para o lado, para, então, saber se estava sem vida e não mais lhe interessava. Ou será que o assassino, desde o início, queria matá-la a fim de conseguir algo que ela teria consigo? Será que foi um assalto, camuflado como tentativa de abuso sexual e mutilação psicótica?

Quando, mais uma vez, cheguei perto do candeeiro mais próximo da cidade, senti a obrigação de prosseguir. Olhei em volta, à luz úmida projetada pelos candeeiros. Foi como se deixasse para trás um sonho. O sonho de uma outra pessoa do qual podia participar. Teria de continuar adentrando esse sonho cada vez mais fundo.

Na madrugada seguinte, tive uma insônia danada. Não por ter convivido com um malfeito — a isso já estou habituado —, mas por ter cumprido minha missão pela metade. Sentia a excitação do criminoso, mas isso sem consequências maiores, a não ser um aperto no peito, com imagens rápidas flutuando em meu cérebro. Prédios altos iluminados que surgiam no escuro, candeeiros de luzes difusas atravessando teias de aranha entre os arbustos, uma mulher com roupas próprias de cidade, os cabelos dela batendo em minha boca, comichões nos braços, calças abaixadas, carne aveludada contra minha pele endurecida, uma faca no bolso, encostada em minha coxa, um corpo de repente amolecido, sangue circulando rápido e mudando de direção a todo o momento, como se quisesse sair de meu corpo.

Não era suficiente imaginar o assassinato. Para ficar calmo, precisava saber também o que o assassino estaria pensando enquanto esperava. Ele queria ter justamente aquela mulher ou queria qualquer uma? Ele queria sentir aquela pele quente, aqueles lábios macios da vagina dela — ou apenas aqueles olhos, as roupas, qualquer outra coisa dela?

Em parte, minha preocupação era também a de que, por trás daquele assassinato, imaginava a continuação de sua fome. Uma necessidade de ir em frente, a de fazer tudo mais uma vez, melhor, com mais força! Isso aconteceu antes quando eu, durante uma investigação, me vi vivendo a perspectiva do criminoso: com a fome de poder total. O corpo amolecido de uma mulher, a vida dela que passa a ser minha.

Na manhã seguinte, telefonei para Sonya e lhe disse que estava doente. Alguma coisa que eu comera, que me fizera mal, mas era questão de um dia, disse-lhe. Durante esse tempo, eles iriam pesquisar a floresta de Stensta e pressionar o patologista a efetuar um relatório final mais completo.

Fui me deitar de novo e, a essa altura, consegui dormir porque já estava claro. Com a luz do dia atravessando as persianas, não estava mais naquele caminho do parque de Stensta.

Mas não foi um sono calmo. Às vezes, descrevo meus próprios sonhos e, nesse dia, fiz uma anotação em que corria por uma planície escura. A derradeira luz do sol brilhava no horizonte e, ao longe, existia uma casa que eu precisava alcançar antes do sol se pôr. Nas mãos, tinha um objeto a ser entregue e deixado lá. Corria ofegante e tropeçava entre tufos de grama e muitas pedras.

Ao chegar, a casa era maior do que eu imaginara. Entrei rapidamente em vários quartos e percorri vários corredores, subindo, por fim, uma escada que foi dar em um quarto vazio onde uma mulher jovem estava deitada em uma cama, com as mãos por cima do cobertor. Estendi a mão e dei a entender que tinha uma carta para lhe entregar. Com um olhar suplicante, ela me pediu para lê-la.

Era um aviso de que havia fogo na casa e, no momento, o lugar todo começava a queimar! Pela janela, vi que o campo estava iluminado pelos movimentos errantes das chamas. As paredes estalavam e a fumaça negra entrava pela porta. A mulher começou a tossir e eu comecei a ter dificuldade de respirar. A fumaça ficou mais densa e passei a ter também dificuldade de enxergar.

Então, me abaixo para fazer qualquer coisa pela mulher — mas, nesse momento, a sonho acaba. Fico sem saber o que fiz.

ACONTECIMENTOS DE 19 DE OUTUBRO DE 2005

Na manhã seguinte, ao entrar no elevador do edifício da polícia, vi que a porta da sala de Sonya estava aberta: ela queria ouvir quando eu chegasse a minha sala quase em frente, no corredor. Tirei o sobretudo e fui à janela. Os carros se movimentavam pela rua Lysbäcksgatan com seus faróis de luz branca, em boa velocidade, mas não se escutava o barulho dos motores, tal qual um cardume de peixes imprensado em um pequeno canal. Estava em forma, novamente, aberto e repleto de expectativas diante de novas descobertas.

Após uma pausa razoável, de seis ou sete minutos, Sonya bateu à porta e entrou:

— Olá! Você está melhor?

— Bom dia. Sim, sim, foi uma pequena infecção intestinal.

Estendi a mão em direção a uma cadeira em frente, onde ela se sentou, com um maço de documentos nos braços.

— Algo de novo? — perguntei, enquanto me sentava em um movimento um pouco tenso. — Alguma confissão?

Ela sorriu. Um sorriso meio seco, mas concordante.

— Vai surgir, com certeza, ao longo do tempo, assim que a imprensa souber o que aconteceu. Por enquanto, nada decisivo, mas algumas coisas interessantes. Para começar, já sabemos quem é — ou era — a vítima. Gabriella Evelina Dahlström, trinta e quatro anos de idade, moradora do último prédio alto da Torkelsgatan. Foi identificada na hora do almoço de ontem por sua vizinha, uma pensionista, ex-professora, que estava em casa quando Holm bateu a sua porta. O patologista de plantão limpou as órbitas da vítima e colocou dentro olhos de porcelana, de modo que conseguimos obter uma boa fotografia para mostrar. Depois, confirmamos a identificação, pelo registro da carteira de motorista e com autoridades fiscais do Ministério da Fazenda. Gabriella Dahlström morava em Forshälla desde 1994, vinda de Tammerfors. A ex-professora e pensionista, Hanna Tranberg, disse que Gabriella morava sozinha e, provavelmente, estava desempregada, o que foi confirmado pela caixa de desemprego. Até 22 de março último, ela trabalhou na usina nuclear de Olkiluoto, passando a receber o habitual subsídio de desemprego.

Acenei com a cabeça, mas não disse nada. Sonya continuou a folhear a papelada.

— A autópsia completa ficou pronta no fim da tarde de ontem, mas não acrescentou nenhum fato novo. Morta por estrangulamento com muita força, a laringe em parte cortada, o que é inusitado quando são os dedos do criminoso a executar diretamente o estrangulamento. Os olhos foram estripados com uma faca normal, talvez uma faquinha de pesca, ocasionando alguns ferimentos nos tecidos laterais. Os arranhões no ventre são superficiais e não foram a causa da morte. Nada de álcool, nem de drogas no sangue. Nada de medicamentos, nem sinais de nicotina. Até o momento, nenhum vestígio de doenças. Uma mulher bem saudável que, como se sabe, estava grávida de três meses. De repente, brutalmente assassinada.

Ficamos em silêncio, sem nos olharmos. Era como se dedicássemos um minuto de silêncio em honra da morta.

Tossi, para clarear a voz.

— Estive pensando... A laringe foi atingida, exatamente, porque o assassino puxou o laço, por meio de uma combinação do puxão dele e da tendência a se inclinar para a frente por parte dela. O patologista mencionou algo a respeito do laço?

— Apenas que era muito fino e liso, não deixando restos do material, nem sinais de ranhuras reconhecíveis. E, naturalmente, de material muito duro. Podemos pensar em um fio de metal, um fio elétrico ou uma corda de violino, mas também em um fio de material sintético.

— Alguma coisa enrolada em uma pequena bola que pode ser guardada no bolso, sem ser vista por seu volume.

— Exatamente.

— E o que aconteceu na floresta?

— Nada que possa ser usado no estágio atual. Vasculhamos o local do crime mais uma vez. Estava limpo. Na floresta, encontramos diversos tipos de lenços ou guardanapos de papel e pontas de cigarro que recolhemos e, eventualmente, podem conter sinais de DNA que, futuramente, serão comparados com o do criminoso. O laboratório vai ver se encontra algum vestígio, mas mesmo que encontre, neste estágio, será impossível dizer se é relevante. Não foi encontrada nenhuma mala, nem carteira, nem seus eventuais conteúdos. No entanto, perto do pequeno riacho, junto da cidade, havia um arco de brinquedo, de atirar flechas, sem a corda. De uma das pontas do arco, a corda foi cortada, mas, na outra, foi retirada. A corda é do tipo compatível de material plástico e, exatamente, do tamanho correspondente. Pode ter sido retirado e usado como fio de estrangulamento.

Eu respirei fundo.

— Se levarmos essa informação a sério, isso indicará que não sabemos nada! Crime espontâneo ou planejado, vítima aleatória ou escolhida, o motivo foi abuso sexual, profanação ou assalto com intenção de roubo?

— Pelo menos, sabemos que ele usava uma faca e tinha consigo um saco para recolher as roupas da vítima, o que indica planejamento.

— Sacos de plástico qualquer um pode ter consigo, para comprar comida ao voltar para casa. Hoje em dia, são muitos os que trazem sempre algum tipo de faca consigo. Há alguns anos, tivemos um caso de esfaqueamento bastante sério perto de Ståhlbergsskvären, em Nydal. Ficamos imaginando se havia ligações com o submundo, mas, por fim, descobrimos que se tratava de um fotógrafo desempregado que acabara de deixar um boteco e estava a caminho de casa e, completamente bêbado, "sentiu que devia acontecer qualquer coisa". Ele tinha consigo uma faca, tal como você ou eu temos um pente no bolso quando saímos. Depois do almoço, vamos fazer uma reunião para discutir a situação atual e colocar a investigação no seu devido lugar. Por favor, convoque os outros.

Sonya saiu e eu fui até a janela de novo. O tempo estava meio encoberto e os carros já não pareciam mais ser peixes. O meu bom humor tinha capotado. De quase tudo o que tinha pensado e esperado fazer tive que recuar. No momento, já não estava sonhando onde os pensamentos e o mundo passam a estar juntos, pelo menos, por alguns minutos. No escuro, em Stenska, tinha imaginado estar por dentro da questão, ainda que impossibilitado de avançar. No entanto, agora, estava completamente por fora, precisando recomeçar a trabalhar com as provas disponíveis como todos os outros.

Tudo bem. Os sentidos não significam tudo, o intelecto é um bom "cachorro" para encontrar pistas. Se houver pistas.

Minhas "reuniões" eram bem conhecidas, se é que posso falar assim. Quando convocava uma reunião plena, o que era raro, a sala ficava cheia, os lugares ficavam todos ocupados e havia colegas em pé, encostados nas paredes. Mas, agora, apenas os quatro do grupo de investigação puderam ficar. O risco de vazar informações era grande demais, tratando-se de um caso tão especial e delicado, de repercussão enorme na mídia.

Cheguei bem cedo. A sala estava fria, mas era funcional: uma mesa de tamanho médio, acinzentada, uma dezena de cadeiras, um lavatório e uma lixeira para receber as canecas de papel do café ou chá. Não liguei as luzes do teto, apenas as laterais, e baixei as persianas, para tornar o crepúsculo ainda mais escuro. Depois, sentei-me em uma das pontas da mesa, de mangas arregaçadas, sem gravata e de colarinho aberto. Ia ser uma tarde longa, adentrando a noite.

Os outros chegaram, um de cada vez, sentaram-se e ficaram em silêncio. Estava na hora de analisá-los. A investigação dependia deles. Eram eles que levariam o caso até o fim, com suas forças e fraquezas como policiais e seres humanos.

Gunnar Holm chegou primeiro, com os novos óculos pela metade, só para ler, apoiados no nariz. Meu caro Gunnar apareceu de cabelos curtos, espetados para cima, já um pouco grisalhos, e bem bronzeado pelo trabalho na casa de campo, sua *stuga*, e pelos longos passeios de esqui sob o sol primaveril. Sempre digno de confiança e pontual, mas disposto a voltar para casa quando o relógio batia as cinco horas da tarde. Fomos companheiros de estudo na Escola da Polícia. Gunnar cursava dois anos abaixo de mim e me procurava com frequência durante os intervalos e nas festas, porque eu era mais velho, mais inteligente e uma espécie de líder em meu grupo. Dez anos mais tarde, acabamos nos reencontrando em Forshälla e estávamos agora juntos, pela idade e pelos vinte e cinco anos de serviço na casa.

O que eu pensava de Gunnar? Um funcionário da velha guarda, um policial inteligente e experiente que poderia ter se tornado comissário e líder de investigações, mas lhe faltavam o espírito certo e a riqueza de ideias. Era bom para contatar gente, bater às portas, realizar interrogatórios simples, descobrir quando alguém estava mentindo. Por outro lado, tímido, quando a situação era, realmente, para valer, diante de criminosos bem matreiros. Talvez fosse a incapacidade de enfrentar a verdadeira maldade. Nessa situação, não conta apenas a experiência com outros criminosos. É preciso, realmente, marcar presença no centro obscuro da maldade. Sentir seu brilho negro e entender bem o que o criminoso pensa. Talvez Gunnar vivesse bem demais para isso. Ele e Britta eram, pelo que pude compreender, muito felizes no casamento, com dois filhos adultos e vários netos.

Filhos e netos também eu tinha, mas assim tão felizes, nem Inger, nem eu, nunca fomos.

Além disso, Gunnar tinha sua estrada de ferro em miniatura, um brinquedo com trens, estações e tudo. Vi-o uma vez: era grande e ocupava uma área equivalente a seis mesas de tênis, enchendo uma sala bem grande no porão da casa. O brinquedo incluía um mundo de casas e pessoas, além de uma grande paisagem verde e, naturalmente, dezenas de carruagens. A marca do brinquedo era Märklin, a qual Gunnar considerava a única realmente boa. Ele devia saber do que estava falando. Já tinha ganhado uma espécie de campeonato finlandês várias vezes ou prêmios com seu brinquedo, do qual cuidava com o maior zelo, com graxas e polimento, mantendo-o da melhor maneira possível.

Gunnar era uma pessoa que escolheu a vida, colocando-a antes do trabalho, ou por decisão consciente, tomada cedo, ou como uma forma de resignação diante dos desapontamentos enfrentados na carreira. Uma escolha nada má. Era isso o que eu pensava, se bem que, para ser honesto, não imaginava sequer trocar de posição com ele. Não podia imaginar permanecer no mesmo nível de inspetor policial como acontecia com alguns colegas vinte anos mais novos que eu. Nesse aspecto, era um pouco fútil, confesso. Estava orgulhoso de ter chegado a comissário e líder de investigações ainda jovem, com uma idade considerada a mais baixa de que se tinha ouvido falar.

Mas entendo também que isso teve seu custo. Certamente, não fui o melhor marido do mundo, embora Inger nunca reclamasse, não diretamente. Muitas vezes, meus pensamentos voavam para outros lugares. Estava sempre focado no trabalho e ela, nas crianças. Quando Mattias, primeiro, e Marta, depois, se mudaram de nossa casa, ela ficou doente logo no ano seguinte. Foi como se seu corpo quisesse dizer que a vida dela não tinha mais significado, e apenas eu, como seu marido, não seria suficiente. Um ano e meio depois, ela foi embora, e por mais que eu ficasse sentado ao lado de sua cama, os melhores anos de nossas vidas já tinham passado.

Mas ficamos juntos. Só que agora faz três anos que ela morreu. Ainda hoje, por vezes, olho para cima, para nosso apartamento, para ver se há luz acesa na sala de estar, para ver se ela ainda está em casa. Por alguns segundos, julgo, claro, que ela ainda está viva. Contudo, quando volto à realidade, a dor é quase tão forte como no início, um punho gigantesco afundado em meu peito.

Depois, chegaram à sala os dois jovens juntos. Markus Fredriksson e Hector Borges. Eles pertencem ao grupo de assistentes que chegam e vão embora, indicados pelo chefe de pessoal quando alguma investigação assim o exige. Esses jovens são cada vez mais altos, a cada ano que passa, como torres andantes, achava eu, com meu um metro e setenta e seis centímetros de altura. Uma semana, eles entram em ação para acalmar atos violentos em famílias ou lutas entre frequentadores de botecos. Na outra, participam de investigações. Eram eles que passavam o pente fino na floresta de Stenska. Eram eles que faziam o trabalho fisicamente mais pesado e perigoso. E, por fim, participavam da prisão do criminoso, com a arma na mão. Deveriam ser em maior número, mas isso era tudo o que "os recursos permitiam".

Markus tinha pouco menos de trinta anos de idade e era ex-jogador de futebol de um clube de bom nível. Com mais de um metro e noventa centímetros de altura, tinha ombros largos e cabelos louros encaracolados. Sua aparência era tão bela quanto a de um modelo fotográfico e ele se preocupava com isso, inclusive escovando os dentes com frequência e usando fio dental. Seus dentes eram perfeitos e muito brancos. Era muito amável e prestativo — seria gay ou bem-educado? "Nunca se esqueça de ser delicado com os mais velhos, Markus." Não era nenhum idiota, mas um pouco pueril. Estranhamente alegre e sempre com um sorriso positivo mesmo diante de todas as esposas que via cheias de hematomas e de todos os viciados que levantava das ruas. Talvez seja crente? Enfim, ainda era uma página por escrever, um espaço em branco que a vida ainda tinha que aperfeiçoar. O caso atual poderia ser a primeira linha a gravar nessa página ainda branca.

Hector tinha seus trinta anos. Apenas um pouco mais baixo que Markus e mais moreno-claro, com cabelos negros e brilhantes. Tinha emigrado da Argentina aos doze anos de idade e falava um ótimo sueco, com apenas um ligeiro sotaque. Ambicioso, fiel a seus compromissos, pedante, querendo seguir sempre os regulamentos. Era casado e tinha duas crianças. Por outro lado, sempre se deslocava de motocicleta e parecia um bom candidato a ser interpelado ao chegar ao trabalho de jaqueta de couro e capacete na cabeça. Não dava para entendê-lo facilmente, mas era, possivelmente, uma figura com muitos recursos insuspeitos. É possível que tenha passado por experiências hostis em um país dominado por um regime ditatorial, com ameaças contra seus parentes ou talvez até contra sua própria vida.

Por fim, entrou Sonya, com muitas pastas nos braços. Procurou um lugar na mesa que correspondesse à sua posição de número dois na hierarquia. Foi se sentar na outra ponta da mesa. Isso era perfeitamente inútil. De forma alguma, Gunnar seria uma ameaça e os dois outros homens pertenciam a outra categoria inferior. Mas, tudo bem, a polícia criminal é um lugar de trabalho como qualquer outro, em que existem permanentes competições entre colegas e também há a questão de status, ou seja, a procura de um caminho para quem quer ir longe. Era isso, justamente, o que Sonya pretendia. Não era apenas inteligente, mas também direcionada a subir de nível profissional. Ou, talvez mais ainda, quisesse realizar algo útil em sua vida. Isso me pareceu claro nos últimos dias. *Make a difference.* Uma maneira de conseguir isso era prender criminosos e tratar bem suas vítimas ou vítimas em potencial. Talvez por isso tenha ido para os Estados Unidos, a fim de se especializar em assassinos em série, criminosos que não são apenas um pesadelo, mas conferem também muito mais prestígio. O que pode ser mais satisfatório para uma pessoa do que prender um psicopata antes que ele volte a matar? A essa altura, a sensação é, realmente, a de que a vida faz sentido.

Vivi isso algumas vezes. Em sua maioria, os assassinos que prendi eram criminosos de primeira viagem, pessoas que mataram sob pressão, em uma situação muito especial. Mas também prendi cinco ou seis que mataram mais de um ser humano em diferentes oportunidades. E ainda outros criminosos que, sob o ponto de vista racional, tinham motivações insuficientes para o que fizeram, mas fariam o mesmo novamente se não tivessem sido presos.

Isso me aquece o coração, aconteça o que me acontecer na vida: certo número de pessoas por aí continua vivendo sua vida calmamente porque consegui prender um louco que, de outro modo, poderia vir a matá-las. Essa sensação eu compartilhava também com Sonya. Quando um dia, com certeza, se tornar uma líder de investigações, ela vai ter a mesma sensação, o sentimento de ter vencido o mal. Talvez ela sinta isso agora se trouxer um plano para condenar o assassino de Gabriella Dahlström.

Poderá ser um louco, um assassino em série em evolução? Os rituais indicam isso. A fome dele que senti lá no escudo, em Stenska, continua me afetando ainda. Foi um fio invisível, mas vibrante, entre mim e o outro que estaria andando por aí, pensando no que fez e no que ainda estaria por fazer. Prendê-lo talvez não fosse apenas uma questão de fazer justiça. Era também uma questão de salvar vidas.

A reunião que começávamos agora repousava no princípio de que toda a consideração de prestígio individual fosse posta de lado. Nenhuma ideia seria considerada idiota demais para deixar de ser formulada. Nenhuma hipótese deveria ser formulada só para defender posições pessoais. Ninguém deveria ficar apenas anotando quem disse o que e classificando quem era inteligente ou idiota. Tudo ficaria gravado, mas as vozes seriam alteradas por um modificador, a fim de atenuar vaidades pessoais, destinadas a ser conservadas nos arquivos. O ideal seria nós nos esquecermos completamente do que somos como pessoas e funcionarmos como um único e grande cérebro que, desinibidamente, produzisse ideias e argumentos a favor e contra o resultado das investigações.

Nossos relógios foram retirados dos pulsos e colocados nos bolsos. O tempo deixou de existir. Iríamos continuar até que não tivéssemos mais nada a dizer.

Reunião

[Fortes ruídos e barulhos]

— É quarta-feira, 19 de outubro de 2005, e começamos com nossa pergunta principal: o que sabemos? O que achamos da situação? Lembrem-se de que estamos falando de Gabriella Evelina Dahlström. É uma pessoa que foi morta, não uma pedra em um tipo de jogo qualquer ou uma "vítima". O criminoso, chamaremos de o Caçador. É uma alcunha mais curta e nos relembra que precisamos entender os pensamentos e as ações de uma pessoa perigosa que considera os outros peças de um jogo. Ele — ou, possivelmente, ela — caçou e matou, pelo menos, uma vez e poderá voltar a matar se não o encontrarmos. Todos podem perguntar. Todos podem responder. Há apenas uma regra: concentrem-se! Pensem! Pensem! Não considerem nada como dado. Começaremos pelo próprio crime em si. O que sabemos? O que achamos da situação?

— Sabemos que Gabriella Dahlström chegou andando ou talvez correndo ao caminho do parque que se alinha, paralelamente, à rua Torkelsgatan, entre os prédios altos, de um lado, e a planície e a floresta, do outro. Achamos que ela estava a caminho de casa, no último prédio do conjunto, mas não sabemos se ela foi apenas dar um passeio à noite, vindo de qualquer outro lugar, de um conhecido ou de um restaurante no centro da cidade. Segundo os cálculos feitos, mais tarde, pelo exame do cadáver, o crime deve ter sido cometido entre as dez horas e as onze e meia da noite, entre o sábado e o domingo, dias 15 e 16 de outubro. Foi encontrada às seis e meia da manhã de domingo.

— Sabemos também que ela foi atacada pelas costas e estrangulada com um laço em volta do pescoço. Foi arrastada para trás, na direção da cidade, o que indica, portanto, pelo horário, que estava a caminho de casa. Sabemos ainda que o lugar estava escuro entre dois candeeiros de rua e encoberto por árvores da vista de quem estivesse nos prédios. Por outro lado, moram centenas de famílias muito perto. Era um grande risco cometer o crime... o Caçador não poderia ter certeza de que ninguém estaria por perto, por exemplo, passeando com o cachorro.

— Em especial, considerando que ele teve tempo para despi-la e mutilar seu corpo com uma faca.

— Isso significa que o Caçador, de modo inteligente, escolheu um bom lugar para cometer o crime, mas também estava disposto a assumir riscos?

[Pausa. Ruído de papéis folheados.]

— Talvez ele quisesse assumir certo nível de risco para se excitar. Um pouco mais acima na floresta de Stenska, ele estaria mais seguro para agir, sem ser perturbado, mas a ação não criaria tanto suspense.

— Também é possível que ele tenha agido sem pensar muito, apenas quando a ocasião se apresentou.

— Com laço e faca no bolso, será que isso não indica planejamento antecipado?

— Talvez quisesse estar preparado caso a oportunidade surgisse e decidisse agir. O planejamento poderia não ir além disso. O laço veio, possivelmente, daquele arco de brinquedo encontrado perto do local.

— A essa altura, temos de imaginar como eles se encontraram.

— Em princípio, no lugar... Isso significa que, provavelmente, o Caçador ficou à espreita entre os arbustos, ao lado do caminho, mas as pistas lá não foram conclusivas. É possível que tenha seguido Gabriella ou tenha vindo na direção contrária, para depois, rapidamente, se voltar com o laço já preparado para a ação. Na realidade, não sabemos nada a respeito de como se deu o encontro.

— Mas esse raciocínio está ligado ao motivo. O que sabemos sobre isso?

— Em termos de estatística, as mulheres assassinadas são em menor número que os homens. Disso já sabemos. Quando a mulher é assassinada, o culpado é, normalmente, um homem com o qual a mulher tem ou teve um relacionamento. Por outro lado, o assaltante também abusa sexualmente ou rouba a mulher. Ciúmes, abuso sexual e roubo são componentes normais na maioria dos casos. Acontece que a violência é praticada contra um determinado tipo de mulher, em geral ligada ao submundo, à área do contrabando de narcóticos ou por dívidas de jogo...

— Mas, então, estamos falando de casos normais! Mas, neste, estamos diante de olhos retirados, de uma letra rasurada e de roupas levadas pelo criminoso!

[Ruídos indicam que os participantes mudam a posição das cadeiras e circulam na sala.]

— Já aconteceu algo semelhante antes em Forshälla?

— Houve um caso, uma vez, ainda por solucionar, em uma rua, a Nikolajbacken...

— Isso mesmo. Uma mulher foi violentada e morta e o criminoso cortou os cabelos dela, mas não lhe tirou as roupas. Nunca mais ocorreu nada semelhante.

— Até agora.

— Sim, mas é quase certo que não se trata do mesmo criminoso. Abuso sexual não houve. Uma vítima deixada vestida; outra, despida. Tipos completamente diferentes de estrangulamento. Essas mudanças de comportamento são raramente constatadas ou nunca. Tanto o método de assassinar como o tratamento dado ao corpo são traços muito característicos de cada criminoso. E eles não mudam arbitrariamente.

— Esse, portanto, seria nosso trunfo. A marca do Caçador deve revelar sua personalidade. Mas qual?

— Ele não queria que Gabriella o visse e aplicou-lhe um castigo quando ela fez isso.

— Ou quis exatamente o contrário, recolher a lembrança de alguém que o viu em seu momento de grandeza. No momento em que ele, finalmente, ousou tornar reais suas fantasias.

— Se não for pura macaquice de imitação. Existem romances policiais, um dos filmes de Beck[2], em que o assassino retira os olhos da vítima e os guarda em um pote de vidro. Talvez estejamos diante de algum jovem psicologicamente perturbado que resolveu imitar a ficção.

— Tirar os olhos é também um sinal clássico de obra da máfia, assim como se corta a língua dos ladrões. Alguém entrou em "depressão", alguém viu coisas demais.

— Mas não precisa ser, de forma alguma, um ato tão simbólico. Talvez o Caçador quisesse que ela lhe desse os olhos para realizar algum tipo de transplante, não?

— Será possível transplantar olhos?

— Não os olhos completos, mas a menina dos olhos, sim, pode ser usada, não?

---

2. Martin Beck é um detetive famoso, personagem principal criado pelos autores suecos Sjöwall & Wahlöö em seus inúmeros romances policiais. (N. do T.)

— O que podemos verificar? Parentes de pessoas que ficaram cegas e esperam uma operação secreta com órgãos roubados?

[Suspiros. A água escorre na bacia de lavar as mãos.]

— Será que existe alguma seita que empregue olhos em oferenda nos seus rituais?

— Não. Será que não podemos voltar à situação básica. Um cenário típico de abuso sexual?

— Um abuso que não houve nem mesmo a tentativa de realizá-lo?

— O Caçador talvez não tenha ousado concretizar seus intentos quando a situação se apresentou ou, então, exagerou no estrangulamento de Gabriella e acabou a seu lado, com os olhos da morta fixos nos seus. E aí resolveu se vingar, perfurando o corpo e retirando a roupa dela em um lugar público.

— Mas se tinha, prioritariamente, a intenção de fazer sexo, ele devia tê-la levado para trás dos arbustos. Pelo menos isso. No entanto, as pistas deixadas não indicam nada nesse sentido.

— É verdade. Mas o local de ataque é realmente típico. Será que devemos nos afastar das questões mais típicas e claras e ficar imaginando fantasias absurdas como assassinato realizado para rituais e tráfico de órgãos?

— Talvez o componente sexual entre no caso de uma maneira diferente. O Caçador é impotente e comete um crime como ação substituta para sexo. Ele representa o papel de um *macho* que sai para conquistar a mulher que quiser. Ela está deitada, nua, diante dele e ele resolve tomar tudo o que quer: roupas, a carteira, eventualmente uma mala. Acaba por tomar também os olhos. Enfiar a faca em um olho é, de fato, como penetrar em um buraco do corpo...

— Só se for para uma mente doentia!

— De que mente você está falando?

[Passos rápidos.]

— Olha aí, vamos com calma!

— Mas que existe alguma coisa doentia, existe. Alguma coisa, nada racional ou apenas meio irracional. Um lugar ermo, mas, ao mesmo tempo, bem central. Um assalto que parece um ato de violência sexual, mas não é. A extirpação dos olhos como um ato simbólico, mas apenas de acordo com algum simbolismo particular, absolutamente incompreensível, em que uma letra riscada, ademais, deve também significar algo.

— A letra "A". O que isso significa? Pensem sistematicamente!

[Pausa curta.]

— Em primeiro lugar, pode não ser uma letra, mas uma seta que aponta para a vagina. Nesse caso, uma ampliação da tirada de roupa: a morta se apresenta em sua total sexualidade.

— Mas se lermos o sinal como "A", na pior das hipóteses, poderá significar a primeira letra do alfabeto, o primeiro crime de uma série que vai continuar. Com isso, uma mensagem para nós: atenção, policiais de merda, isto é apenas o começo, porque vocês não vão me apanhar.

— Pode ser também a inicial do nome do Caçador, uma assinatura destinada a nos ridicularizar como policiais: indico ou dou a entender quem sou, mas vocês não vão me apanhar!

— Ou uma marca deixada em Gabriella: você é minha! Como quem afixa a ferro uma marca na pele de uma vaca.

— Doentio.

— É isso o que julgamos a respeito do Caçador? Que ele é um tipo realmente doente cuja motivação e atuação não seguem nenhum padrão conhecido?

— Sim, mas apenas no caso de um crime premeditado e dirigido ser uma hipótese excluída. Precisamos saber mais sobre Gabriella Dahlström. Se ela tem namorado e se ele sabia que ela estava grávida. Será que o "A" significa "aborto" que ele, depois da recusa da namorada, o realiza dessa maneira brutal?

— Por que um namorado seria contra o nascimento do filho?

— Talvez ele seja do tipo dominador que quer ter a mulher só para si, que não admite compartilhá-la com uma criança.

— Ou ele ficou sabendo que a criança não é dele! Que ela lhe foi infiel.

— É... Essa é uma possibilidade, mas temos de conhecer também a vida de Gabriella de maneira geral. Por que estava desempregada quando antes trabalhava e, aparentemente, não estava doente? Por que estava na rua tão tarde, com o tempo meio ruim, e se estava de fato sozinha, como nós concluímos, pois ela pode ter sido atacada por alguém que a acompanhava. Só quando conseguirmos excluir esses fatores, poderemos nos concentrar na pista de psicopatia.

— Mas temos que seguir todas as possibilidades. Há o grande risco de que esse louco ou meio louco volte a atacar. Vale perguntar se não temos a responsabilidade de alertar a sociedade. Talvez o "A" seja apenas o início de uma série B, C, D etc., como no romance de Agatha Christie, *ABC do crime.*

— Por que estamos sempre citando romances policiais?

— Na Finlândia, pelo menos, os assassinos em série são tão raros que alguém como o Caçador poderá ter se inspirado em livros ou filmes.

— Se é que, realmente, se trata de um assassino em série.

— A profanação ritual da vít... Do corpo de Gabriella Dahlström aponta nessa direção.

[A essa altura, inicia-se uma longa pausa e a porta da sala é aberta quatro vezes. Uma janela é aberta para escutar os ruídos da rua, mas fechada logo em seguida. Tosses e passos.]

— Até aqui abordamos a maioria dos ângulos a analisar. Tudo deverá ser considerado ao prosseguirmos nosso trabalho. Contudo, agora, temos que encarar questões mais concretas: o que poderá realmente nos ajudar nesta fase? Quais informações seriam mais úteis se pudéssemos contar com tudo o que existe em um mundo ideal?

— Dados de testemunhas, claro. Observações sobre o Caçador. Na melhor das hipóteses, sua identificação.

Muito bem. Então, Gunnar, Markus e Hector devem ouvir possíveis testemunhas, batendo de porta em porta. Gabriella pode ter saído para passear, mas também estar a caminho de casa, depois de ter descido em um ponto de ônibus.

— Vou contatar as firmas de táxi. Ela pode ter chegado de táxi, mas resolvido deixar o carro a uma boa distância do apartamento para desfrutar um pouco de ar fresco.

— Também é importante descobrir se há algum motivo na vida de Gabriella Dahlström que a levou a ser vítima de um crime planejado.

— Isso mesmo. Você e eu vamos tratar disso.

— Em seguida, seria bom saber o que o Caçador fez com os olhos.

— Isso também. Gunnar pode falar com alguém do Departamento de Oftalmologia do hospital do distrito e conferir tudo com a Academia de Åbo, com etnólogos e estudiosos de religiões, para saber se existem rituais com olhos e se alguém aqui na região costuma realizá-los.

— E o alerta para a sociedade?

[Pausa.]

— Vamos esperar um pouco. Nada melhorará se causarmos histeria geral e se a mídia ficar nos rondando. Em vez disso, vamos pôr alguns policiais para fazer patrulhamento extra em Stenska. Se o Caçador agir novamente, poderemos apanhá-lo em flagrante.

— As chances não são grandes, visto que nossos recursos são limitados.

— É... Talvez não, mas vale a pena tentar.

Harald

ACONTECIMENTOS ENTRE 19 E 26 DE OUTUBRO DE 2005

Eu me lembro do estado de espírito de todos no final da reunião. O silêncio. Os que circulavam na sala pararam. A questão da responsabilidade direta dali em diante fez dissolver o ambiente meio sonhador. Eu me levantei e abri a janela. Os outros pareciam ter acabado de acordar, ajeitaram as roupas um pouco melhor e passaram a ler as anotações. Só nesse momento o ar frio do exterior entrou e nós sentimos, então, como estava abafado dentro da sala e como estávamos suados. O ar frio chegava a congelar a umidade no rosto.

Fui ao banheiro e, quando voltei, fechei a janela e acendi as luzes do teto. Era o sinal de que a reunião havia terminado. Os outros saíram rapidamente, sem falar entre si. Já estava habituado a esse comportamento em reuniões anteriores. Com as ideias clarificadas, tornou-se constrangedor eles encararem uns aos outros depois da exaltação e do tom acalorado das discussões na sala fechada. Da minha sala, ouvi a porta das salas deles se fecharem em sequência rápida. Sozinho, fui dar uma volta pelos corredores e pela sala do café.

"Avante a responsabilidade." Talvez não tenha sido completamente honesto quando disse não e mencionei a histeria da mídia. Talvez tivesse em mente que um alerta à população assustasse o Caçador e retiraria da investigação aquilo de que ela mais precisava: uma nova variável que demonstrasse o que era acaso e o que era o núcleo motivador de suas ações, ou seja, um novo assassinato. A reunião não avançou com resultados palpáveis, a não ser aquele de que, em matéria de provas, não podeíamos ir muito longe.

Entretanto, naturalmente, não deixamos de realizar o trabalho usual da polícia em todas as direções, durante a semana que se seguiu. Os motoristas de ônibus e de táxis não se lembravam de nada, muito menos de Gabriella Dahlström. No hospital do distrito e na Academia de Åbo, também não tinham conhecimento de nenhum transplante secreto nem de rituais com olhos.

Em contrapartida, conseguimos descobrir algo a respeito do trabalho de Gabriella. O motivo de ela estar desempregada era o fato de ter sido despedida da usina nuclear de Olkiluoto. Falei com o chefe do local, Heikki Kaukainen, que se lembrava do caso.

— Uma lamentável forma de desequilíbrio psíquico, algo que pode acontecer em qualquer local de trabalho. Ela estava convencida de que havia um problema na operação da usina porque passamos a usar um novo tipo de sistema. Controlamos tudo, claro, e não encontramos nenhum problema. Ela não ficou satisfeita com essa informação, tendo se mostrado cada vez mais paranoica. Espalhou informações falsas entre os colegas, criando um ambiente ruim. Na realidade, não aconteceu nada. Apenas freamos o processo de maneira diferente em relação ao sistema anterior. Há muito tempo, não registramos nenhum acidente. Pode consultar a central de segurança do governo se não acreditar no que estou dizendo!

Foi o que fizemos, claro. Ele tinha razão. A usina de Olkiluoto estava "limpa" e tinha autorização para regular a produção com o novo tipo de sistema.

Depois, resolvi ligar para o jornal *Forshälla Allehanda*. Como era de se esperar, Gabriella entrara em contato com eles e denunciara o problema na usina de Olkiluoto. O caso foi levado a sério pelo jornal: ela poderia ser uma genuína "boca aberta". Foi assim que o chefe de redação se expressou. Contudo, também não encontraram nada de anormal. A central de segurança não sabia que estava sendo utilizado na usina um novo sistema, mas achou que estava tudo em ordem. O jornal ainda informou Gabriella Dahlström da real situação, mas ela não pareceu satisfeita e prosseguiu com a denúncia. Essa foi a impressão que o chefe de redação teve.

— Do nosso lado, a questão está encerrada — acrescentou ele.

Essa foi a conclusão da pista "racional" relativa à sensível profissão de Gabriella Dahlström. Não acreditei que houvesse algum tipo de conspiração ou de segredo excitante em sua vida privada. Não se tratava, portanto, de um crime premeditado. Estávamos diante de um psicopata e o caso não terminaria enquanto não o prendêssemos ou o matássemos. Em uma investigação, o que precisamos é de um padrão a seguir e isso só surgiria caso acontecesse um segundo crime ou talvez outros.

Portanto, haveria, provavelmente, mais um assassinato. Um alerta público não evitaria que todas as mulheres deixassem de sair à noite. Nesse caso, não fazia sentido ir adiante e, indiretamente, levar o Caçador a ser mais cuidadoso e, com isso, nos roubar a oportunidade de encontrar novas pistas.

Estaria eu disposto a seguir esse caminho? Essa foi a pergunta a que tentei responder durante toda a semana: arriscar mais uma vida para conseguir apanhar o Caçador e, com isso, salvar outras vidas.

Cheguei à conclusão de que devia estar preparado. Afinal, o Caçador não pararia só por causa de um alerta público. Ele se conteria apenas por algum tempo, talvez mudasse para outro lugar e matasse mais gente. O Caçador era um ser esfomeado.

Dá-me os teus olhos

ACONTECIMENTOS DE 27 DE OUTUBRO DE 2005

Quase uma semana mais tarde, recebi um telefonema.

Peguei o telefone.

— Lindmark... Alô?

— Alô. Aqui é Hanna Tranberg — ouvi uma voz de mulher entrecortada.

— Desculpe. Acho que não a conheço. Como conseguiu meu número?

— De minha vizinha.

— Minha vizinha? Quem?

— Da vizinha de Gabriella. Gabriella Dahlström.

— Ah, sim, naturalmente! Senhora Tranberg — tentei sorrir pelo tom de voz.

— Sou senhorita. Ou solteirona, como se dizia antigamente. Não sei como se diz atualmente. Talvez "celibatária".

Ela deu uma risadinha. Olhei para o teto e respirei fundo. "Uma tagarela", pensei, e com um sotaque antigo do lugar.

— Sim, senhorita Tranberg, em que posso ajudá-la? Tem alguma informação nova a respeito de... Gabriella Dahlström?

— Sim, foi terrível o que aconteceu com ela, ter sido morta e, certamente, também violentada, como se costuma dizer.

— Se ela foi violentada ou não, ainda não posso dizer...

— Foi isso que eu disse também àquele jovem que veio me visitar. Como, como se diz... Com origem estrangeira.

— A senhorita deve ter falado com o assistente criminalista Borges.

— Sim, sim. E aquilo com os olhos feitos de vidro na fotografia.

— Isso mesmo. Olhos de porcelana que o médico legista colocou para possibilitar uma identificação. Mas isso é confidencial. Espero que a

Torsten Pettersson

senhorita não tenha falado com ninguém a esse respeito, por mais horrível que seja o caso. Queremos que, de preferência, o assunto da morte dela permaneça confidencial por mais algum tempo. Tanto quanto possível.

— Justamente. Quero dizer: claro que não vou falar! Mas esteve aqui alguém perguntando por ela, a senhorita Dahlström.

— Ah, é... Isso é interessante.

— É... Muito interessante. Mas não sabia o que dizer e acabei não falando nada.

— Muito bem. Aliás, ótimo. Mas pode dizer quem era?

— Era um homem de uns trinta anos de idade. Ou talvez quarenta. É difícil perceber a diferença entre os jovens. Acho que ele se chamava Henrik. Ele disse que conhecia a senhorita Dahlström e estava preocupado com ela. Havia muito tempo que ela não o procurava. Eu sabia por que, mas eu... Foi muito desagradável. Fiquei paralisada.

— Sim, sim. Como lhe disse, fez muito bem, mas precisaríamos...

— Alô, alô!

— Alô!

Quase fiquei aos gritos no telefone. Até a voz ficou rouca.

— Alô, estou ouvindo muito mal — gritou ela irritada.

— Sim, houve alguma interferência, mas agora está tudo bem — tentei acalmá-la. — Como dizia, precisaríamos saber quem era o homem. Como ele era?

— É por isso que estou telefonando. Eu pedi a ele, justamente, para me dar o número de telefone. E, agora, não sei se, diante de tudo o que aconteceu, me atrevo a telefonar para ele e contar tudo, visto que ele estava preocupado. Mas isso tudo é tão desagradável que pensei se não seria melhor o senhor telefonar para ele.

— Claro, claro. É evidente que podemos fazer isso. Pode me dar o número?

— Um momento. Vou buscar meus óculos.

O telefone deve ter caído quando ela o apoiou. Dava para perceber pelo barulho. Depois, deve ter caído no chão. Amarrotei o papel que estava por cima, no bloco de anotações, enquanto tentava me manter calmo.

— Alô! Já tenho o número aqui.

Escrevi o número, agradeci-lhe e desliguei. Peguei o papel e fui ao encontro de Sonya. A porta de sua sala estava entreaberta.

— Temos uma nova pista: o número de alguém que procurou Gabriella Dahlström. Tome lá e veja quem é, antecedentes e todo o restante. Mas não telefone para ele já! Temos que pensar em como lidar com isso. Vou dar uma volta. Preciso de ar fresco.

Lembro-me de que, quando voltei à minha sala, fui até a janela e vi uma longa fila de carros na rua Lysbäcksgatan. Ainda havia luz de dia, mas começara a anoitecer, como se o céu, lentamente, fosse uma tampa pressionada para baixo e viesse cada vez menos luz pelos lados. Em breve, a tampa sufocante seria pressionada ainda mais, cada vez mais, e todos seríamos esmagados. Era assim que a gente às vezes se sentia quando a luz do outono assinalava o inverno.

"Quem poderia ser esse visitante", pensava eu. Não temos nenhuma informação de haver uma pessoa conhecida do sexo masculino na vida dela. Um colega de trabalho? Um vendedor? Certamente, não o Caçador? Não poderia ser tão idiota.

Ou tão astuto? Se ele, apesar de tudo, a conhecia e acha que vamos conseguir chegar a ele por meio de nosso controle de antecedentes, então, pensa na possibilidade de ser suspeito o fato de não ter aparecido enquanto estava desaparecida. O ataque é a melhor defesa. Ou, então, talvez esteja curioso, querendo ficar a par do que sabemos. Ele tem os nervos frágeis, se é que se trata de um criminoso de primeira viagem.

Vesti meu sobretudo e procurei nos bolsos o gorro e as luvas. Ao me virar para a porta, o telefone tocou e tive de voltar.

— Alô, é Hanna Tranberg de novo.

— Senhorita Tranberg.

— Sim. É que não me expressei bem quando disse que pedi ao homem que veio aqui para me dar o número de telefone dele.

Eu queria, novamente, amarrotar o papel na mão.

— Não foi o número dele que a senhorita me deu?

— Oh, sim. Mas é que eu não lhe pedi o número. Foi ele que me deu o telefone para o caso de eu vir a saber algo sobre a senhorita Dahlström. A essa altura, deveria telefonar para ele.

— Muito bem. Muito obrigado. Mas agora vamos tratar desse assunto.

— Sim, espero que dê certo. Então, muito obrigada. Adeus.

— Adeus.

Tomei o caminho da pequena ponte para pedestres sobre o riacho. A ponte estava escorregadia. Continuei pelo parque da Escola Eura, primeiro, sem qualquer plano, apenas para me descontrair, mas, depois, segui com um firme propósito. A passos largos, avancei pela rua Gripenbergsgatan, na direção do apartamento de Gabriella Dahlström.

"Sou um conhecido ou um amigo, mas, ultimamente, não consegui entrar em contato com ela", pensei. Telefonei várias vezes, mas ela não atendeu ao celular nem ao telefone fixo. Talvez não esteja, verdadeiramente, preocupado, mas estou curioso e, acima de tudo, quero viver com ela, mostrar o bom amigo que sou ou posso ser. Talvez voltar a dormir com ela. Imagine se ela está na cama, resfriada, cansada e rouca demais para falar no telefone. Toco a campainha. Ela abre a porta de roupão, feliz porque não foi esquecida, embora esteja doente e sem trabalho. Está contente com a surpresa. Afinal, alguém se importa com ela. Seu nariz está escorrendo, os cabelos precisam ser lavados, mas ainda assim permanece atraente, aquecida na cama e com o odor do corpo envolvendo-a. Ofereço-me para fazer compras, ela agradece, mencionando que não tem mais comida em casa, pois esteve de cama. Eu volto e comemos, juntos, comida simples, macarrão e bolinhos de carne em conserva, com molho de nata. Ela começa a se sentir melhor, talvez vá tomar uma ducha. E quem sabe... Estamos sozinhos e juntos. Mais tarde, não agora. Insisto em vê-la de novo no dia seguinte...

Assim pensava, talvez, alguém, enquanto seguia em direção à Stenska, excitado, por ruas transversais, para chegar à Torkelsgatan. Depois, procurando o número. Sim, era possível...

Passei pela rua Gripenbergsgatan onde havia crianças correndo de um lado para o outro, sempre agitadas e felizes. Um trenó de brinquedo, vermelho, no chão, mas abandonado. Em outubro, naturalmente, não há neve, mas alguma criança resolveu trazê-lo consigo, por via das dúvidas...

Suponhamos que eu seja o Caçador. Não vi nada no jornal e estou nervoso, pois não aguento mais tanta inquietude. Sei quem é Gabriella ou por que, afinal, o crime foi premeditado, ou por que fiquei com sua carteira e seus papéis de identificação e até, talvez, com o endereço da mulher que, por acaso, ataquei. Li meticulosamente o Forshälla Allehanda, todos os dias, mas não encontro nada sobre ela. Não posso perguntar à polícia, nem mesmo como anônimo, mas por nervosismo tenho que fazer algo, pelo menos saber se eles já a identificaram. Talvez tenham colocado uma barreira policial em seu apartamento. Fico andando para frente e para trás, na área. Hesito. Por fim, entro.

Quando toco a campainha da porta, pergunto-me: por que não vou embora logo? Aparecer para uma vizinha parece idiotice. A polícia acabará tendo notícias minhas, embora talvez nem tenha a mínima noção de que existo. Mas posso ser procurado, acho. No entanto, procuro agir como um inocente, um amigo que, após dez dias, está preocupado. Sincero e inocente, apresento-me à vizinha Tranberg, acentuando que não sei de nada.

Deixo meu número de telefone, mas não questiono nada sobre a polícia, visto que, supostamente, não sei o que aconteceu a Gabriella. Indago apenas se ela viajou e coisas assim. Pergunto apenas se ela pediu à vizinha para regar as plantas. É uma boa ideia: perguntar sobre as flores!

Embora a pergunta nem tenha sido feita, Tranberg não diz nada sobre flores, apesar de ser uma pessoa que adoraria falar, interminavelmente, de gerânios etc. Parece que sei melhor que o Caçador o que ele deve ter dito...

Assim que cheguei ao prédio marrom na Torkelsgatan, entrei nele e subi a escada. A porta da rua não ficava fechada durante o dia. Procurei o nome no quadro, embora já soubesse que o apartamento estava no quarto andar. Dahlström. Esse nome deve ser retirado. Outro virá substituí-lo. Johansson. Larsson. Meriläinen. Minh. Todos os nomes serão retirados. É apenas uma questão de tempo.

"Vou de elevador ou subo as escadas?", penso. Se fosse o Caçador, hesitaria, mas acabo tomando o elevador. Subir as escadas causaria uma impressão suspeita e sigilosa, caso alguém descesse em sentido contrário. Como um amigo inofensivo, decido tomar o elevador.

Estou agora no patamar do quarto andar: sei qual é a porta certa ou devo procurá-la? Quatro portas. Nenhuma delas está interditada com fita plástica ou placa de alerta. Foi bom não termos feito nenhuma marcação! Foi para demonstrar desprezo em relação ao público em geral, mas agora reconheço que foi uma medida correta em relação ao Caçador.

Finalmente, estou diante da porta de Gabriella Dahlström e reconheci o lugar. Tive uma sensação leve de vergonha por estar ali, em um prédio que não era o meu. Alguém poderia abrir a porta a qualquer momento e estranhar minha presença. Mas o silêncio era completo naquele patamar da escada.

Quem sou eu? O Caçador ou um amigo inofensivo? Poderia ser ambos. O que sinto? Ansiedade diante da situação de ser reconhecido. Estou indeciso, não sei se devo contatar a vizinha Tranberg. Ou desespero, excitação.

Não, ansiedade. Não ouço nada. Um leve borbulhar com a passagem de água por algum cano em um prédio velho. Um chiado ligeiro de ar passando pela ventilação. O silêncio é tão completo que sinto minha pulsação nos tímpanos.

Por isso, não toco a campainha! Por causa do silêncio. Estou diante da porta, mas fico escutando se há ruídos dentro do apartamento, se a polícia está lá dentro. Mas sei que Gabriella não está em casa. Vou direto para a porta de Tranberg e toco a campainha. Ela disse não ter ouvido ninguém bater na porta de Gabriella! Preciso verificar essa informação. Mas ela é uma pessoa que fala tudo, mais do que tudo. Ela teria falado sobre isso também.

Portanto, pode ser que o Caçador tenha feito uma visita. Pode muito bem ter sido ele!

Desci pelas escadas com toda a cautela. O silêncio me parecia ótimo, digno de ser mantido, nem havia o barulho causado pelo elevador. Quando saí para a rua já era noite. A cortina do céu já descera por completo, mas não me sentia mal. Antes, com uma sensação de lucidez. Pela Gripenbergsgatan, passando por árvores quase todas desfolhadas pelo outono, voltei ao edifício da polícia de bom humor. Talvez não haja mais vítimas. Talvez o Caçador tenha se revelado e nos dado seu nome.

Quando cheguei, Sonya já tinha ido embora, mas deixou uma mensagem em minha mesa. O número que recebemos de Tranberg levou-nos a encontrar um nome, mas Sonya ainda não tinha tido tempo para verificar os antecedentes. Erik Lindell, não Henrik, e um endereço na cidade de Dagmarsberg.

Sentei-me e fiquei olhando para o papel, apenas com o candeeiro de mesa aceso. Deixei a noite chegar, tentei me descontrair. Abri, depois, cada folha do protocolo da autópsia e do relatório do local do crime. Os documentos flutuavam no escuro como folhas brancas no meio da obscuridade da sala, embora, por momentos, antes de baixar de novo sobre a mesa, refletissem a luz do candeeiro.

Eu

O lho para os olhos. Estão numa solução química como se fossem gêmeos dentro do fluido amniótico. Eles se mexem. O menor movimento do recipiente faz estremecê-los e pularem para cima. A essa altura, podem observar o mundo à sua volta, as paredes frias, as prateleiras largas de madeira envernizada e uma única lâmpada no teto.

Os olhos devem sonhar que estão aqui, no porão ou no sótão de uma casa. A cada movimento lento, eles passam a ver as paredes e as sombras que parecem superar essas paredes.

Na claridade pálida do ambiente, alguma coisa se aproxima, surge um rosto. Alguém está olhando para os olhos. O que será que ele quer? No momento, esse alguém parece ter pegado um grande... Parece que é um garfo. Espeta as pontas afiadas do garfo nos olhos. Por que ele não os deixa em paz! Eles não querem outra coisa senão sonhar e acreditar que essa não é a realidade da vida. Mas os dentes do garfo atingem os olhos e a água fica vermelha. Fazem doer, uma dor que se sente como real. As espetadas continuam sem parar.

Harald

ACONTECIMENTOS DE 28 DE OUTUBRO DE 2005

A longa noite trabalhando com papéis não me deu novas ideias, mas uma renovada sensação diante do caso, o que resultou em uma madrugada de insônia. No dia seguinte, só cheguei à hora do almoço. Sonya devia ter descido e estar no refeitório. Deixei a porta de minha sala entreaberta e meia hora depois ela bateu e entrou, rapidamente, sem esperar a resposta. Começávamos a nos entender. Não precisei murmurar nenhuma desculpa pela manhã perdida.

— Esse Erik Lindell parece ser muito interessante — disse Sonya, mais agitada do que o normal. — Na realidade, foi oficial da força aérea, mas se inscreveu como voluntário para uma função terrestre na guerra da Bósnia. Mora aqui porque está de licença por doença, há longo tempo, mas ligado à aeronáutica no quartel de Sarakunda, em Tammersfors. Oficialmente, por dores na coluna, mas consegui falar com um major, antigo companheiro dele, na Bósnia. Primeiro, o major hesitou bastante e só mencionou a coluna de seu "muito apreciado colega", mas acabou dizendo o que, realmente, pensava de Erik Lindell: ele não havia aguentado bem tudo o que passara lá no sul. Era "covarde demais". Sempre aparentava estar estressado e distraído, ausente, e, por fim, envolveu-se na morte de uma jovem. A garota foi violentada e abatida a murros e pontapés, em circunstâncias pouco conhecidas. Lindell fugiu e, depois de muita procura, foi encontrado sentado ao lado do corpo da jovem morta, já em "estado de putrefação", segundo expressou o major. Depois da investigação, ele foi absolvido por falta de provas técnicas, mas restaram muitas questões a esclarecer. Em certas ocasiões, chegou a ser difícil interrogá-lo. Ele ficava alheio. Passou depois por um hospital militar na Alemanha, foi mandado para casa e considerado inapto a continuar de serviço no exterior. Na prática — estou citando —, estava "tão doente da coluna quanto da cabeça". Posto isso, nem sequer se sabia para que regimento deveria ser transferido caso se recuperasse. Atualmente, está vivendo aqui, pelo que o major sabia, mas havia muito tempo que não mantinham contato. Para os militares, está "desmobilizado".

— Isso é muito mais do que interessante em relação ao caso! Você falou com o psiquiatra que tratou dele?

— Sim. Tivemos um contato telefônico com um deles chamado Harkimo. Lindell foi tratado em um hospital especializado em síndrome de estresse pós-traumático. Tinha visto "crueldades" chocantes na Bósnia, mas nunca quis falar sobre o assunto em detalhes. A respeito dos acontecimentos relativos à morte da jovem, Harkimo não sabia mais nada, além do que constava nos interrogatórios oficiais. Atualmente, o psiquiatra não se encontra com Lindell há mais de meio ano, porque nem um nem outro acham mais necessário.

— Ok.

— Você acha que devemos convocar Lindell?

— Não. Acho que devemos procurá-lo e trazê-lo aqui — disse eu.

— Ok. Vou mandar Markus e Hector fazer isso.

— Não. Nós vamos também — decidi. — Quero ver como Lindell vai reagir. Mas devemos ter cuidado. Como militar de profissão, ele pode ter armas em casa.

— Você acha que ele é o Caçador?

— Pode ser.

— Mas, nesse caso, por que ele resolveu aparecer?

— Os seus assassinos em série nos Estados Unidos talvez sejam frios e calculistas, mas, segundo minha experiência de uma centena de assassinatos, aqui, na Finlândia, a maioria de nossos criminosos é composta de nervosos e medrosos. Pelo que fizeram e pelo medo de serem presos. Fazem besteiras, vivem andando pelos arredores, anunciam-se como testemunhas etc. Os sentidos se sobrepõem. Não conseguem pensar claramente.

— Disso você sabe melhor do que eu. Eu nunca...

— Nunca se encontrou com um verdadeiro assassino?

— Não na mesma sala. Mas, em Atlanta, assisti a muitos interrogatórios.

— Então, está na hora. Eles são pessoas como você e eu, diferentemente dos verdadeiros psicopatas, pois esses a gente nunca consegue entender e menos ainda os psiquiatras os compreendem. Os outros são nervosos e têm dificuldade em esconder isso. É isso que você vai ver. É essa a melodia por aqui, no norte: matar primeiro e cagar nas calças mais tarde!

Rimos. Sonya estava tão animada quanto eu. Ela demonstrou não ser pudica nem ultrassensível. Trabalho bom este!

Depois do planejamento feito a dois, de como agiríamos, segui com Sonya no meu carro, enquanto Markus e Hector vieram atrás, no carro-patrulha, todos com vestes de segurança. Diante de alguém que pode ser o Caçador, ninguém ousa assumir quaisquer riscos. É preciso fazer tudo certo, cem por cento, desde o início.

Na noite anterior, tinha caído a primeira nevasca, flocos grandes que fiquei admirando antes de me deitar. No momento, a neve parara de cair e logo começaria a derreter. Mas, no entanto, ficaria solta e alta no caminho, parecendo asas brancas explodindo pelas laterais dos carros. Guiava com todo o cuidado, enquanto contava para Sonya a história de um crime cometido em algumas casas, perto da Esplanada Lindhag, mas me calei ao virar e entrar na rua Knutssonsgatan. O céu estava gloriosamente azul. O sol devia estar no horizonte, mas não dava para vê-lo. Sua luz flutuava por sobre as nuvens cheias de água, como ondas de fogo marcadas por pontos negros, formados por um largo bando de gralhas indecisas.

Ao longe, sob a claridade do sol, viam-se dois blocos de concreto, altos e escuros, com linhas simétricas de buracos quadrados, transformados em janelas, com a última linha margeando o telhado. Estacionamos em um lugar afastado e fomos a pé para o prédio de Lindell, que era coberto por um telhado de placas de aço ondulado, escuro, o que parecia estranho. Nós nos reunimos diante do portão de entrada onde dei as últimas instruções.

Sonya recebera o código de entrada no portão dos bombeiros (eles têm todos os códigos). Ela digitou-o, abriu o portão e nós logo subimos pela escada, sem usar o elevador para evitar barulhos. Sonya tocou a campainha e se afastou da porta, com uma pasta nas mãos. Iria dizer que vinha verificar a licença de televisão. O silêncio era completo, mas o visor da porta apareceu bloqueado. Alguém tinha vindo olhar. Depois, clareou de novo o visor. Sonya afastou-se para o lado e Markus e Hector avançaram com as armas nas mãos. Quando a porta se abriu o suficiente para ver que a corrente de segurança não estava colocada, os dois saltaram. Empurraram a porta e entraram no apartamento. A porta bateu contra a parede e o homem que a abriu, caiu no chão, do lado esquerdo. Markus e Hector viram logo que ele estava de mãos vazias e até o ajudaram a se levantar. Tinha ombros largos como os deles e era da mesma altura, com cabelos castanhos encaracolados e olhos negros espantados. A essa altura, entrei e me coloquei diante dele.

— Erik Lindell?

— Sim. De que se trata? — ele quase gritou a resposta e a pergunta.

— Deve haver algum engano.

Dá-me os teus olhos

— Você esteve à procura de Gabriella Dahlström na Torkelsgatan?

— Sim, sim, estive lá. E daí? Aconteceu alguma coisa com ela?

A preocupação e o espanto eram autênticos ou muito bem representados.

— Por que você acha isso? Sabe alguma coisa? — pressionei.

— Não. Sei apenas que ela não atende ao telefone há vários dias. Vocês podem me dizer se aconteceu algo?

A essa altura, hesitei. Deveria falar sobre a morte dela diretamente, como um choque, que a polícia já sabia quem ela era e, imediatamente, fazer a ligação da morte à sua ação? Mas o momento da surpresa passara e Lindell estava mantendo a máscara. Se ele fosse o Caçador, já teria percebido que estávamos atrás dele. "Uma tática mais envolvente seria melhor", pensei. Poderíamos enfraquecê-lo, levando-o de carro-patrulha para interrogatório em um ambiente estranho.

— Nós vamos ter que esclarecer toda essa situação no departamento de polícia.

Fiz sinal para Markus e Hector para que ambos levassem Lindell ao elevador.

— Nos veremos daqui a pouco — disse eu. — Não será preciso nenhum mandato de busca e apreensão. Isso só acontece nos filmes americanos — disse, em voz alta, para Lindell, que se voltou para protestar.

Era um apartamento de esquina, com sala e quarto, cozinha e banheiro, muito bem arranjado, mas nada aconchegante. Tapetes de cortiça, frios, mas encerados e brilhantes. Do hall de entrada, viam-se os armários brancos da cozinha. Percorri a sala de estar com janelas em duas direções, chão de tacos de madeira e um tapete grande, de um branco acinzentado. Sofá e poltrona da mesma cor e uma mesa de centro sem manchas, com um jornal diário bem dobrado por cima. Uma estante dupla do mesmo tipo de madeira nobre da mesa, alguns metros de livros, nada de fotografias, mas alguns adereços. Era quase a imagem de uma sala de algum catálogo de interiores da década de 1980. Nada de objetos militares, nem um livro, uma foto ou bandeira. Em compensação, as pequenas prateleiras por baixo das janelas indicavam um dono de apartamento sempre pronto a sair em campo por longos períodos, mas que parecia não se preocupar com as plantas a murchar.

Depois, entrei no quarto de dormir. Havia uma cama de solteiro, bem arrumada e bonita, com uma coberta esverdeada. Um guarda-roupa e uma cômoda, ambos os móveis, provavelmente, da marca Anttrila, além de uma escrivaninha, estranhamente pequena, talvez para jovens, perto da janela. Nas paredes, nem quadros, nem cartazes.

— Você encontrou algo? — perguntei à Sonya que estava revistando a gaveta da mesinha de cabeceira.

— Pastilhas para a garganta, remédios com prescrição médica — para a "cuca", segundo deu para perceber. Camisinhas: de um pacote de vinte, foram usadas oito.

— Ok. Isso significa alguma coisa — murmurei, enquanto revistava o guarda-roupa. — O que você acha disto aqui?

Era um cabide em que estava pendurada uma camisa verde-escura do tipo militar, com alças de patente nos ombros.

— Será uma verdadeira camisa militar ou uma daquelas que se podem comprar para parecer alguém durão? — indaguei a mim mesmo.

— Não sei. Mas é o mesmo tipo de camisa que ele vestia hoje.

— Isso mesmo. Aqui existem mais: quatro, cinco, seis. Ele tem, pelo menos, meia dúzia do mesmo modelo dessa camisa.

Sonya se aproximou e reparou na marca no avesso da camisa.

— Não são verdadeiras. De fato, que raio de militar é ele que apenas usa roupa que imita a dos militares?

Nem eu, nem ela, tínhamos uma resposta para isso. Nesse momento, achei que Sonya parou, concluindo pela primeira vez que Lindell poderia ser realmente o Caçador. Sentia o mesmo. Havia uma friagem no quarto. Talvez estivéssemos bem perto do assassino: o estranho conjunto de camisas revelava uma psicopatia incomum. Talvez estivéssemos na casa e respirando o ar de um criminoso.

— Vamos recomendar que os técnicos revistem todo o apartamento e o depósito dele no porão. Pode ser que encontrem pistas — disse, vagamente, enquanto pendurava a camisa de volta no guarda-roupa.

Sonya acenou que concordava, mas também sem muita convicção. Havia como que uma espécie de sorriso malandro entre as superfícies bem limpas e a perfeita ordem no apartamento. Ali não iríamos encontrar nada, nem roupas de mulher, nem olhos apodrecendo. Erik Lindell não era um homem que deixava pistas.

Interrogatório

Lindmark: Interrogatório com Erik Lindell, na sexta-feira, 28 de outubro de 2005, em Forshälla, no departamento de polícia. Presentes, além de Erik Lindell, o comissário criminalista Harald Lindmark e a comissária criminalista assistente Sonya Alder. Por favor, diga seu nome e ano de nascimento.

Lindell: Erik Lindell, nascido em Forshälla, em 1967.

Lindmark: Você sabe que tem direito a um advogado que pode assistir a esse interrogatório?

Lindell: Sei disso, mas não preciso de nenhum advogado. Não fiz nada.

Lindmark: Qual é sua profissão?

Lindell: Sou tenente da Força Aérea.

Lindmark: Você ainda está na ativa ou foi dispensado?

Lindell: Em princípio, na ativa, mas, no momento, de licença por doença. Problema de coluna.

Lindmark: Como surgiu esse problema?

Lindell: O que isso tem a ver com a investigação? Vocês querem falar comigo sobre Gabriella! Gabriella Dahlström.

Lindmark: Calma. Vamos ficar calmos. Chegaremos lá, mas queremos saber um pouco também sobre seus antecedentes.

Lindell: Vocês acham que tentei invadir o apartamento? Só toquei a campainha.

Lindmark: A vizinha Tranberg não se lembra de você ter feito isso.

Lindell: De qualquer forma, toquei sim. Primeiro, bati na porta de Gabriella e, depois, na da vizinha, onde dei meu nome. Isso nenhum criminoso faz.

Lindmark: Como disse, vamos chegar lá, mas, no momento, estamos também interessados em você. Então, como foi o ferimento na coluna?

[Pausa.]

Lindell: Durante o período de instrução, coloquei uma metralhadora em cima de um caminhão e desloquei a coluna. Tratei, mas nunca mais fiquei realmente bom. Às vezes, a dor volta, sempre que faço um esforço maior.

Lindmark: Que tipo de esforço dessa vez?

Lindell: Pertencia às tropas de pacificação na Bósnia. Tinha vários tipos de esforços que não podia fazer... Por exemplo, fazíamos longas viagens de carro por estradas muito ruins.

Alder: Havia tensões de algum outro tipo?

Lindell: Sim, claro... Havia muita miséria por lá.

Alder: Que tipo de miséria?

Lindell: Muitas mortes e crueldades. Coisas desumanas.

Lindmark: Mas é para isso que você foi preparado como militar. É nessa hora que a pessoa aprende a enfrentar armas e violência. E a ver muitas mortes horríveis.

Lindell: Claro... Mas cada um tem uma espécie de... código. Por exemplo, não ferir civis. Era... Todos os códigos foram suspensos.

Alder: Você chegou a enfrentar algum problema? Pessoalmente?

[Pausa. Tosse. Clareia a voz.]

Lindell: Sim. Foi o caso de uma mulher. Ela foi violentada numa aldeia perto de Mostar.

Alder: De que maneira você entrou em contato com esse caso?

Lindell: Tentei evitar, mas não consegui.

Lindmark: Houve algum problema por causa disso?

Lindell: Sim. Foi feita uma investigação, mas o culpado nunca chegou a ser encontrado.

Lindmark: O que aconteceu com você na investigação?

Lindell: Bem. Eu não estava... Não foi necessário que... Quer dizer, não tinha nada a ver com essa história.

Lindmark: Mas você disse que tentou evitar o abuso sexual, que acabou acontecendo.

Lindell: Por isso acabou havendo um mal-entendido, mas fui... Absolvido. A situação foi esclarecida.

Lindmark: Você quer dizer que foi absolvido de acusações?

Lindell: Isso mesmo.

Lindmark: E isso foi correto?

Lindell: O quê?

Lindmark: Você acha que foi certo e correto ter sido absolvido?

Lindell: Claro, naturalmente. Não tinha nada a ver com o acontecido... Quer dizer, apenas tentei evitar o ato.

Alder: Qual é sua posição em relação a abusos sexuais?

Lindell: O quê? Posição? Naturalmente é um crime. Um crime horrível.

Lindmark: Você não acha que, por vezes, pode existir uma justificativa? A pessoa pode ser provocada de um jeito ou outro. Até mesmo muito provocada, de tal maneira que não dá para fazer outra coisa.

Lindell: Não. Realmente, não acho, não. Qualquer abuso sexual é sempre um crime.

Lindmark: E quando se trata de assassinato? Ou homicídio?

Lindell: Isso é também um crime. Mas o que isso tem a ver...

Lindmark: Você sabe o que aconteceu com Gabriella Dahlström?

Lindell: Não. Foi por isso que bati à porta da vizinha. Ela desapareceu?

Lindmark: Que tipo de relação você tem com Gabriella Dahlström?

Lindell: Nós somos... Amigos.

Lindmark: Com que frequência vocês se encontram?

Lindell: Há bastante tempo que a gente não se encontra, mas, às vezes, a gente se via várias vezes por semana e ainda telefonava um para o outro também.

Lindmark: E onde costumam se encontrar?

Lindell: Na cidade. No cinema. No café. Às vezes, em minha casa.

Lindmark: Mas não na casa dela?

Lindell: Não.

Adler: Por que não? É por que você quer ser visto em Stensta!

Lindell: Não. Claro que não. É por ser mais cômodo assim. Em minha casa, em Dagmarsberg.

Adler: Mas você sabia onde ela morava. Você foi lá e tocou à campainha.

Lindell: Sim. Mas foi só porque ela não atendia ao telefone. Nem de casa, nem o celular. Talvez ela tivesse viajado, para sua terra, Bromarv, onde morava antes. Talvez tivesse acontecido alguma coisa. De qualquer forma, é muito estranho ela não ter deixado uma mensagem nem atender ao telefone.

Adler: Como você sabe aonde ela pode ter ido se nunca se encontraram na casa dela?

Lindell: Claro que sei qual é o endereço dela. Fiquei preocupado. Ainda estou preocupado. Aconteceu alguma coisa a ela?

[Pausa.]

Lindmark: Gabriella Dahlström está morta.

[Pausa longa. Um gemido.]

Lindell: Não! Não é possível. Ela não pode estar morta!

Lindmark: Por que não? Você sabe de algo sobre a vida dela depois do último encontro? Ou do último telefonema?

Lindell: Não, não, ela não pode, não é possível! Oh, nãoooooo!

[Barulho de móveis se deslocando. Batida no microfone.]

Lindmark: Sente-se! Fique sentado!

[Mais barulhos. Nova batida no microfone. Som de respiração alterada, ofegante. Pausa.]

Lindmark: Onde você esteve no sábado, 15 de outubro, à noite?

[Pausa. Soluços.]

Alder: Onde você esteve? Não pode responder?

Lindell: Como Gabriella pode estar morta? Como ela morreu?

Lindmark: Aqui quem pergunta somos nós! E, agora, perguntamos de novo e queremos saber onde você esteve na noite de sábado, 15 de outubro?

Lindell: Devo ter estado em casa. À noite, estou quase sempre em casa. Talvez Gabriella estivesse comigo. Ou talvez tenha saído com ela. Para ir ao cinema, por exemplo.

Alder: Você diz, então, que pode ter estado com Gabriella Dahlström nessa noite, mas não tem certeza disso. Talvez você não tenha certeza de onde esteve ou de onde estiveram. Talvez vocês tenham estado juntos em Stensta.

Lindell: Não, isso não. Já disse que nunca estive na casa dela. Nunca. Só quando fui procurá-la. Mas nem cheguei a entrar em sua residência.

Alder: Mas talvez vocês tenham estado juntos? Talvez passeado?

Lindell: Não. Não em Stensta. Aí nunca estive com ela.

Lindmark: Por quê? Afinal, vocês se conheciam havia um bom tempo.

Lindell: Apenas aconteceu assim. Nós nos encontrávamos em minha casa ou na cidade.

Lindmark: Havia algum motivo especial para isso? Por que você, por exemplo, não queria ser visto na área, perto da casa dela? Não queria ser reconhecido.

Lindell: Não, de jeito nenhum. Apenas é mais confortável para nós fazer do jeito que fazíamos.

Lindmark: *Era* mais confortável. Gabriella Dahlström está morta. Foi assassinada. Estrangulada com um laço fino.

[Pausa. Novos gemidos. Pausa.]

Lindell: Como ela pode ter sido assassinada? Quem pode tê-la... Assassinado?

Lindmark: É isso que você vai ter que contar para nós.

Lindell: Mas como poderia saber uma coisa dessas?

Alder: Você a conhecia. Tinha contato com ela. Mais ninguém. Ela morava sozinha e estava desempregada. Seus parentes vivem em Nyland ocidental. Você era o único que tinha contato com ela! Você tem que saber algo sobre o caso.

Lindell: Como assim? Posso muito bem não saber de nada... acerca do louco que a matou.

Lindmark: Por que você acha que foi um louco? Como sabe disso?

Lindell: Não sei, claro. Mas só pode ter sido um louco. Caso contrário, quem poderia ter matado Gabriella? Gabriella!

Lindmark: E se eu disser que você poderia ter algum interesse nisso?

Lindell: Que interesse seria esse? Eu a [indistinto]. Ela era, nós éramos amigos.

Alder: Um louco. O que você acha que um louco poderia fazer contra alguém como Gabriella?

Lindell: Ele poderia matá-la, caso fosse, de fato, louco. Um presidiário fugitivo ou alguém assim. Saído de um presídio.

Alder: Ele poderia fazer mais alguma coisa também?

[Pausa.]

Lindell: Agora eu entendo. Ela foi... violentada. Foi por isso que vocês perguntaram sobre o caso de violação sexual na Bósnia.

Lindmark: Como você sabe disso? Que ela pode ter sido violentada?

Lindell: Não sei se foi. Mas são vocês que deram... a entender isso. Um louco. Como na Bósnia.

Alder: Afinal, onde você estava naquela noite? A noite em que ela foi assassinada?

Lindell: Já disse que, provavelmente, estava em casa. E se foi nessa noite indicada por vocês que ela foi morta, então, definitivamente, não estava com ela.

Lindmark: Como você está certo disso?

Lindell: Por que, a essa altura, naturalmente...

Lindmark: ... você teria tentado evitar o acontecido?

[Pausa.]

Lindell: Você deve responder de maneira que suas palavras cheguem ao microfone.

Lindell: Sim.

Lindmark: Mas foi isso que aconteceu na Bósnia. Você tentou evitar, mas não conseguiu.

[Pausa.]

Lindmark: Talvez você não quisesse.

Lindell: É claro que eu queria.

Lindmark: Queria o quê? Trepar com ela?

Lindell: Não. Eu tentei evitar que os outros, os holandeses...

Lindmark: Mas não conseguiu. E também não conseguiu agora. Com Gabriella. Apenas aconteceu e você não pôde evitar. Você não pôde se controlar, embora tenha tentado.

Lindell: Não. Já disse que não estava lá.

Lindmark: Mas na Bósnia, você estava.

Lindell: Sim, estava.

Lindmark: Mas, no entanto, não conseguiu se conter de...

Lindell: Não aguento mais! Quero ir para casa. Já disse tudo o que sei.

[Pausa.]

Lindmark: Para casa, você não vai. Ainda temos muita coisa para conversar. Você vai ficar preso.

Lindell [gritando]: Mas como ela pôde ter sido assassinada? Será que foi um assalto? É por isso que vocês estão me interrogando? Como assaltante, embora só tenha batido à porta da vizinha?

[Barulho de cadeira caindo.]

Lindell: Ela não pode estar morta!

Lindmark [ruborizado]: Aqui termina o primeiro interrogatório.

[Buzina. A porta abre-se.]

Lindell [do corredor]: Mas eu preciso ter...

[A porta fecha-se.]

[Pausa.]

Alder: Ele mordeu seu dedo?

Lindmark: Não, mas quebrei a unha. Tive de agir. O que você acha?

Alder: É difícil dizer. Mas notei que ele não contou toda a verdade a respeito dos acontecimentos na Bósnia. Falou apenas de um abuso sexual, mas a garota lá no sul também foi assassinada.

Lindmark: Ótimo. Vamos poder usar isso amanhã. Temos ainda todos os detalhes sobre o assassinato para utilizar nas oportunidades certas. Não vamos mostrar as fotografias, esperando que ele se distraia e revele algum detalhe em relação ao local do crime de que só o Caçador poderia saber. Ele é sensível, exalta-se com facilidade e pode se trair. Acho que ele ficou bem perto disso, quando falamos de abuso sexual na Bósnia e em Stensta.

Alder: E também quando falamos de loucos. Há muito ainda a descobrir em relação a ele.

Lindmark: O interrogatório de Erik Lindell é retomado, agora, sábado, 29 de outubro de 2005, no departamento da polícia de Forshälla. Presentes, além de Lindell, estão o comissário Harald Lindmark e a comissária assistente Sonya Alder.

Lindell: Será que posso ir para casa? Já respondi a todas as perguntas, já contei tudo o que sei...

Alder: Ainda precisamos de mais algumas informações.

Lindell: Estou cansado. Não consegui dormir na cela. Talvez nem possa responder direito.

Alder: Vai dar certo com certeza. Vamos começar com algo muito simples... O que você faz durante sua licença por doença? Recebe algum tipo de terapia?

Lindell: Recebo massagens nas costas uma vez por semana e faço ginástica de reabilitação às segundas, quartas e sextas.

Alder: Isso o ajuda?

Lindell: Pouco. O descanso me ajuda mais.

Alder: Mas não será necessária uma cirurgia?

[Pausa.]

Alder: Você precisa responder de maneira a ser ouvido.

Lindell: Não. Os médicos não encontraram nada para operar.

Alder: Você sente dores?

Lindell: Elas vêm e vão. Se não preciso fazer esforços, não dói tanto.

Alder: Você já usou remédios prescritos contra as dores? Qualquer coisa muito forte para realmente surtir efeito?

Lindell: Sim, já usei, mas não tomo essas cápsulas todos os dias. O remédio me deixa tonto e indisposto.

Alder: O que você faz quando fica tonto? Você pode ter, às vezes, um tipo de *blackout?*

Lindell: Que raio de *blackout* é esse?

Alder: Bem, é como se você não conseguisse se lembrar, depois, do que fez antes. É o que acontece, por exemplo, quando uma pessoa fica bem bêbada.

Lindell: Eu não bebo.

Alder: Você recebe algum outro tipo de tratamento?

Lindell: Sim, como já disse, vários tipos de massagens e ginástica. Tratamento por aquecimento às vezes.

Alder: Sim, mas estou me referindo a tratamentos para outros tipos de problemas, além dos exclusivamente físicos?

Lindell: Não sei se isso pode se chamar de tratamento, mas já falei com um salvador de almas.

Alder: Um o quê?

Lindell: Um sacerdote. Ele chama-se Jarl Arvidsson. Encontrei-me com ele no quartel da Força Aérea, mas também mantivemos contato, depois, por carta e telefone. Ele é muito simpático e acessível.

Alder: Mas você também fez tratamento psicoterápico, não?

Lindell: Também já falei com um psiquiatra, mas faz tempo. Não preciso mais disso.

Alder: Para que tipo de problema?

Lindell: Chama-se estresse pós-traumático.

Alder: Como se manifesta?

Lindell: Não sei como "se manifesta", mas dizem que a pessoa ficará doente caso não fale...

Alder: Falar de quê? De que poderá sofrer *blackouts?*

Lindell: Não. Já disse que eu não... A respeito do que aconteceu lá no sul, na Bósnia.

Alder: Abuso sexual. Você pensa muito nisso?

Lindell: Sim. Não. Tento não pensar nisso.

Alder: E foi apenas uma violação sexual?

Lindell: "Apenas" uma violação! Como você pode dizer uma coisa dessas sendo mulher? A violação sexual é um ato repulsivo! Um ultraje!

Alder: Mas não foi apenas isso. Na Bósnia, a garota foi assassinada.

Lindell: Como é que... Sim, ela foi assassinada, mas não cometi esse crime, se é isso que você quer saber. Claro que não!

Alder: O que você fez, então, em relação ao assassinato? Também tentou evitá-lo, assim como ontem quando disse que tentou evitar o abuso sexual?

Lindell: Não. Eu não estava lá a essa altura.

Alder: Agora, realmente, não entendo. Você estava lá quando ela foi violentada, mas não quando foi assassinada. É isso que você quer dizer? Se esse for o caso, como pôde ir embora do lugar?

Lindell: Fui afastado com violência. Depois, desmaiei.

Alder: É mesmo? Você desmaiou e enquanto ficou sem sentidos e não se lembra do que aconteceu, a garota foi assassinada. Isso é muito estranho.

Lindell: Não sei exatamente o que aconteceu. Só a vi depois.

Alder: Então, você foi encontrado. Ao lado do corpo assassinado da garota. Você se lembra do que aconteceu depois?

Lindell: Só me lembro de ter voltado lá e me sentado ao lado dela, mas não de como ela foi assassinada. Isso não sei porque não estava lá.

Alder: Talvez você se lembre de umas coisas e se esqueça de outras, embora esteja presente? Mas se desmaia, entretanto, tem um *blackout*.

Lindell: Não. Acho que não.

Alder: Mas você não tem certeza disso se não se lembra exatamente do que ocorreu.

Lindell: Não sei. Será que não podemos terminar agora? Tudo isso já foi resolvido pelas autoridades militares.

Lindmark: Em sua lixeira na cozinha, achamos um rolo de fio de náilon. O que você fez com isso?

Lindell: É para pescar, para usar em minha vara de pesca. Encurto ou alongo o arremesso da linha de acordo com o tipo de peixe que quero apanhar.

Lindmark: Nós não encontramos nenhuma vara de pesca em sua casa.

Lindell: A última vez que fui pescar, em setembro, o anzol ficou preso em alguma coisa. Achei que era um peixe grande e puxei de tal maneira que a linha se partiu e a vara quebrou. Fiquei bravo e arremessei a porcaria no mar.

Lindmark: Mas uma vara de pesca, atualmente, não se parte. É elástica. Produzida, especialmente, para não partir.

Lindell: Pensava isso também, mas não foi o que aconteceu.

Lindmark: Você sabe que Gabriella foi assassinada justamente com uma linha de náilon? Estrangulada até morrer.

Lindell: Ah, não! Quem pode ter feito uma coisa dessas? Quase me esqueci do caso, de que ela foi... Do que vocês disseram... É um verdadeiro pesadelo. Achei que se tratava do que aconteceu na Bósnia.

Lindmark: Não. Trata-se de Forshälla. Trata-se de Gabriella Dahlström, com quem você tinha um relacionamento e que foi estrangulada com uma linha do mesmo tipo que você tem em casa. Foi você que a matou?

Lindell: Não! Vocês não estão bons da cabeça. Eu amo Gabriella. Jamais poderia fazer algum mal a ela.

Alder: Mas... E se você teve um novo *blackout?* Nesse caso, poderia ter feito isso e, depois, não ter se lembrado do que fez.

Lindell: Não. Uma coisa dessas eu jamais esqueceria. Por que faria algo assim? Eu a amo. Ela é a melhor coisa que existe na minha vida.

Lindmark: *Existia.* Existia na sua vida. Ela está morta agora. Foi embora para sempre.

[Pausa. Gritos. Vidros tinindo.]

Lindmark: Tome um copo de água.

Lindell: Posso vê-la?

Alder: Você acha que há algo de especial para ver? Gostaria de ver Gabriella nua?

Lindell: O que isso tem a ver com o assunto?

Lindmark: Tem tudo a ver com o assunto. Gabriella Dahlström foi encontrada deitada, nua e morta em um caminho do parque.

Lindell: Oh! Meu Deus! Que tipo de monstro é esse que... Em um caminho do parque... Mas quero vê-la, apenas... Só isso. É normal. Não acredito que ela esteja morta. Vocês podem ter cometido um erro. Ou, de qualquer forma... Quero me despedir.

[Pausa longa. Som de respiração ofegante.]

Alder: O que você quer ver?

Lindell: Gabriella. O rosto dela.

Lindmark: Isso não pode.

Lindell: Por que não? Há algo de errado no rosto dela? Machucaram-na?

Lindmark: Por que você acha isso? Como você sabe disso? Machucaram-na como?

Lindell: Não sei. Por ela estar feia. Por isso, vocês não querem que eu a veja.

[Pausa.]

Alder: Se vocês viviam assim tão próximos um do outro, por que não moravam juntos?

Lindell: Queríamos conduzir o relacionamento com cautela. Não queríamos... apressar nada.

Alder: Era você que queria cautela porque não se sentia realmente curado? Fazendo tratamento psiquiátrico e tudo. Você disse que nunca entrou no apartamento dela. Talvez não quisesse manter tanta proximidade, assumir as responsabilidades que a vida a dois ia provocar. Você queria controlar tudo, de modo que só se encontravam em seu apartamento, na sua área.

Lindell: Talvez.

Alder: A essa altura, talvez você quisesse ainda menos constituir uma família.

Lindell: Jamais se falou disso. Ainda não. Nunca.

Lindmark: No entanto, de repente, havia uma razão para obrigá-lo a isso. Uma razão passível de ser evitada. Por exemplo, um aborto.

Lindell: Talvez. Mas o que isso tem a...

Alder: "A" como em "aborto". Isso diz algo para você? Uma letra importante.

Lindell: O que você quer dizer com isso?

[Pausa curta]

Alder: A letra "A" foi gravada no ventre de Gabriella.

Lindell: Gravada?

Alder: Isso. Você deve entender o que isso significa: o assassino usou uma faca para gravar um sinal no ventre da vítima.

Lindell: Não, não! É horrível! O que isso quer dizer? Quem poderia...

Lindmark: "A" como na palavra "aborto". Para terminar com a vida que estava nascendo no ventre de Gabriella. Ela estava grávida.

Lindell: O quê? Não pode ser verdade!

[Gritos. Soluços. Vidro tinindo.]

Alder: Por que não pode ser verdade? Afinal, vocês tinham um relacionamento sexual, não?

Lindell: Claro. Mas nós sempre evitamos...

Alder: Com camisinhas. Isso não é cem por cento seguro.

Lindell: Se ela esperava uma criança... Vocês conseguiram levá-la para o hospital?

Alder: Não. O feto também morreu. Estava apenas no terceiro mês.

Lindell: Mas a situação é ainda pior... Quer dizer que iríamos ter uma criança. E agora as duas estão mortas.

Lindmark: Você acha que era ainda pior esperar uma criança?

Lindell: Não. Quero dizer pior porque ela... Não apenas ela... Quero dizer...

[Pausa.]

Lindmark: Talvez agora a gente possa resumir a história do que aconteceu. Você soube que Gabriella estava grávida e achou que não podia assumir essa responsabilidade, por causa do estado de instabilidade emocional em que se encontra. Portanto, tinha motivo e acesso à arma do crime. E não tem álibi algum. Você pegou um rolo de fio de náilon, seguiu Gabriella e a estrangulou. Talvez nem se lembre disso e existam atenuantes, como sua doença e cápsulas de remédios muito fortes contra a dor. Talvez tenha tido um *blackout* e não saiba o que fez. Nesse caso, a retirada dos olhos da vítima fala a seu favor, pois parece um sinal de distúrbio mental. Você está seguro de que não foi isso que aconteceu?

Lindell: Os olhos! Os olhos de Gabriella! Eles fizeram... [Palavras gritadas, mas incompreensíveis.]

[Pausa.]

Lindmark: Oi! Alô!

Lindell: Não sei mais o que está certo ou errado.

Lindmark: Foi assim que aconteceu?

Lindell: Não sei. Não aguento mais.

Lindmark: Foi assim ou não?

Lindell: Sim, sim, me deixem em paz. Não me lembro.

Lindmark: Erik Lindell, você está preso pelo assassinato de Gabriella Dahlström, crime cometido no caminho do parque, perto da Torkelsgatan, no bairro de Stensta, em Forshälla, em 15 de outubro de 2005.

[Sinal sonoro. A porta abre-se.]

Lindmark: Levem-no para a cela.

[A porta fecha-se.]

Alder: Parece que correu tudo bem.

Lindmark: Sim, sim. Conseguimos um resultado. Uma confissão.

Alder: Mas nenhuma prova técnica. Nem os olhos. Ele não se denunciou. Fomos obrigados a mencionar primeiro os olhos.

Lindmark: Não é de esperar que ele os tenha em casa, dentro de um frasco. [Risos curtos.]

Alder: Talvez ele tenha uma personalidade dissociativa, uma capacidade de retirar certas coisas da consciência, de tal maneira que não se lembra mais delas. Nesse caso, ele não consegue falar do que fez com os olhos, por mais que deseje fazê-lo.

Lindmark: Também não precisa. Ou, melhor, vamos guardar isso para um interrogatório futuro. Já temos muitos indícios. Uma possível arma do crime, encontrada na casa dele, um motivo, antecedentes de uma ação semelhante, nada de álibi. Respostas suspeitas.

Alder: E os *blackouts*. Você acha que isso é suficiente?

Lindmark: Deveria ser. Já vi outros casos resultarem em sentenças punitivas com indícios muito mais fracos. Mas vamos ter que fortalecer nossa argumentação com o máximo de informações relativas a seus antecedentes.

Alder: Acha que devo entrar em contato com o salvador... O padre com quem Lindell falou?

Lindmark: Não vale a pena. O sigilo de confessionário é absoluto para a Igreja. Só poderá ser quebrado mais tarde se eles souberem que alguém planejou um crime grave. Mas fale mais uma vez com o psiquiatra e o fisio-terapeuta que tratou das costas dele. Os médicos também estão sujeitos ao compromisso do silêncio, mas devem compreender que se trata de um crime grave. Pode ser interessante saber mais sobre os tratamentos psíquicos e físicos na terapia de Lindell, qual foi a frequência dos tratamentos etc. De tudo isso o promotor vai querer saber para poder argumentar no processo, para rebater e contrariar a defesa, se esta enveredar pela linha psicológica.

Alder: É... Lindell parece bem... Bem doente. Não está bem de saúde.

Lindmark: Não está, não. Talvez escape da prisão por distúrbio mental, se bem que, pessoalmente, acho que é preciso muito mais para isso. Como disse antes: os assassinos costumam estar doentes. Vivem sob pressão e se comportam de maneira estranha. Já vi gente entrar em colapsos muitos piores do que este. Assim que as pessoas confessam, ficam mais calmas.

[Pausa.]

Alder: Você se esqueceu de desligar o microfone.

Lindmark: Ah, sim. Aqui termina o interrogatório com Erik Lindell.

Harald

ACONTECIMENTOS DO INÍCIO DE NOVEMBRO DE 2005

Foi, portanto, Lindell. Nós o interrogamos e ele foi se desmascarando, cada vez mais, acabando por se revelar, embora à sua maneira um pouco confusa. Por outro lado, errei: ele não era aquele psicopata esfomeado que eu tinha imaginado. O olhar, a postura, o sorriso irônico, a dissimulação — nada disso ficou demonstrado. Apenas uma casca superficial de disciplina militar que logo começou a abrir brechas. Lindell é, justamente, aquele tipo de pessoa que não consegue conviver com o que fez e aceita a possibilidade de confessar como um presente. Uma parte de sua personalidade ainda resistia: naturalmente, quem gostaria de ser preso durante a vida inteira? Por fim, a necessidade de atenuantes era cada vez maior, houve uma ruptura, e a verdade acabou por surgir. Um dia, o guarda de serviço encontrou um pedaço de papel bem escrito em cima de sua mesa: "Eu sou culpado pela morte de Gabriella. Não pude evitar. Mais uma vez, não pude evitar. Erik Lindell". Depois disso, ele dormiu como uma pedra. Antes, tinham sido várias noites de inquietude e insônia. A maldade acabou por ceder e foi deixada em cima da mesa. Só, então, ele ficou tranquilo.

Portanto, até ver isso, eu acertei: ele era o assassino em série que atacou "mais uma vez". A primeira vítima foi aquela garota na Bósnia, mas não sabia se as Forças Armadas ou a ONU iriam ou não levantar de novo a questão. Talvez fosse desnecessário, visto que Lindell seria condenado à prisão perpétua por matar Gabriella Dahlström. Segundo o médico da prisão, psicologicamente, ele estava mal, mas não tão mal que não pudesse ser processado e julgado. "Não pude evitar" apontava para uma pressão interior irresistível, mas não achava que ele pudesse ser considerado mentalmente irresponsável. Tão mal assim ele não estava. Tal fato foi confirmado também pelas informações que recebemos do psiquiatra militar: depressão, depois dos sérios acontecimentos vividos na Bósnia, mas nenhuma psicose.

Entrei na cela onde Lindell estava e tentei, cautelosamente, perguntar a respeito dos olhos e da roupa. Apesar de tudo, seria positivo encontrar isso na casa dele. Lindell estava sereno, com reações lentas, mas normal. Descartou as perguntas, apesar de não ter nada a ganhar com essa atitude. Mas já conhecia esse tipo de reação. Aqueles que confessam tudo de relevante sobre seus crimes sempre costumam esconder algum detalhe que consideram um segredo seu. Tudo o que seria vergonhoso era apresentado para apreciação pública. A abertura da alma era total, mas algo, uma pequena peça de tecido, os criminosos querem guardar para se aquecer. Todas as pessoas precisam ter um recanto particular que seja só seu.

Lindell era apenas meu sexto ou sétimo assassino em série nos meus vinte e cinco anos de carreira Os outros foram psicopatas puros. Sabia disso com toda a certeza porque uma noite fiquei no escritório folheando minhas pastas. Queria ter uma visão geral de minha carreira.

O que poderia rever no passado? Os noventa e oito casos, primeiro apenas em Forshälla, depois em toda a Finlândia ocidental, área em que fiquei conhecido como perito em assassinatos.

Noventa e um casos foram solucionados. Seis ou sete deles resolvi com satisfação e orgulho. Prendi um assassino implacável e egoísta — e também duas assassinas — com inquestionável prazer, no momento em que ele teve que desistir. Senti, então, realmente que tinha feito algo de útil, que minha vida fazia sentido. Existe um equilíbrio moral no mundo que, de alguma maneira, consegui restaurar. Isso mesmo. Sentia-me como um instrumento poderoso que jamais aceitaria o fato de um ser humano como aquele continuar em liberdade.

Além desse, enfrentei uma série de criminosos difíceis de enquadrar (entre eles, uma mulher) que talvez devessem ser considerados, verdadeiramente, diabólicos. Mas os outros podem ser divididos em dois grupos. O primeiro é composto de encontros infelizes e desentendimentos idiotas. Dois homens bêbados, de uma maneira agressiva, acabam por se encontrar um ao lado do outro, na fila para um quiosque de cachorros-quentes, às primeiras horas da manhã. Um deles acha que o outro é um de seus velhos desafetos, o outro nega, é acusado novamente, nega de novo, é chamado de mentiroso, o outro reage com violência, pega a cabeça do desconhecido pelas orelhas e bate com ela na quina metálica do quiosque até ele morrer. Ou um marido, engenheiro, que desconfia que a esposa o engana, segue os passos dela e vê que ela permaneceu várias horas em um prédio alto onde sabe que vive um colega de trabalho dela. Na mesma noite, o marido enganado estrangula a mulher na cozinha da família, depois de muita gritaria que manteve os vizinhos acordados. Segundo a investigação feita, a esposa tinha visitado no prédio uma senhora idosa, entrevada, a que fazia companhia, de acordo com um programa samaritano. Ela nunca comentou isso com o marido, talvez para resguardar uma parte de sua vida estressante, talvez por saber que ele reprovaria sua conduta, visto que ela estaria deixando de atender à família para dar assistência a uma pessoa totalmente estranha. Durante a discussão, provavelmente, ela tentou explicar a situação, mas o marido não acreditou na versão de que a velha senhora morava no mesmo prédio do colega de trabalho dela.

E assim aconteceu com várias dezenas de outros casos. O pior de tudo era ter de enfrentar depois essas pessoas, cidadãos normais, decentes, com a vida totalmente arrasada pelo que fizeram. Ontem, estava tudo normal, hoje, estavam presos em um inferno incompreensível que construíram com as próprias mãos. Seus olhos, seus movimentos na cela: muitas vezes, não conseguem ficar quietos, andam em círculos e arranham as paredes. Precisam ser observados o tempo todo para não cometerem suicídio, o que, de vez em quando, apesar de tudo, conseguem.

As crianças. Muitos já têm filhos.

O segundo grupo, mais ou menos do mesmo tamanho, é composto daqueles que estão seriamente perturbados. Muitos são imprevisíveis e acabam sendo internados em hospícios. Outros são condenados à prisão, mas, de qualquer maneira, estão doentes, com mania de perseguição ou outras formas de distorções de personalidade. Foi o caso de um colecionador de selos que achava que todos estavam dispostos a roubar sua coleção. Para isso, iriam matá-lo e pegar suas chaves para retirar a coleção de sua casa. Perto de Euraforsen, ele se sentiu perseguido, reagiu e jogou um homem em uma lagoa, um jovem vietnamita que perdeu os sentidos ao bater contra uma pedra e acabou se afogando. O criminoso estava convicto até o fim do julgamento que fez o que foi necessário para preservar sua coleção de selos.

Ou aquela menina que era sempre perseguida e hostilizada na escola pelas colegas, até que não aguentou mais e, durante uma festa, no banheiro, enfiou uma faca no estômago da pior das torturadoras. Depois, dirigiu-se para a festa, rindo, com o rosto e os braços marcados de sangue. Só então se sentiu de novo um ser humano, salvando uma espécie de autorrespeito e de identidade.

No trabalho com esses dois grupos, pelo menos na maioria dos casos, não senti nenhuma espécie de orgulho. Uma parte de mim gostaria de deixar o criminoso em liberdade, servindo como gari, apanhando o lixo da sociedade. Afinal, alguém tem que fazer esse trabalho desagradável, mas necessário. Os interrogatórios transformam-se em sessões de terapia em que passo a ser um ouvinte obrigado a se encontrar com gente desesperada, embora sem preparação especial e sem a possibilidade de poder se distanciar. Sofro com eles quando tentam subir pelas paredes ou desaparecer dentro de si mesmos. É possível ver isso em uma base puramente física. A cabeça, o peito e os ombros se encolhem como se fossem uma espécie de bonecos infláveis dos quais o ar começa a sair. As vozes ficam mais fracas, vindo de bem longe, do fundo de suas gargantas.

Lindell pertencia ao grupo daqueles que estão doentes, mas não são completamente imprevisíveis. Passei longos períodos com ele, falava dos olhos e perguntava se ele podia explicar por que os retirou. Mas Lindell apenas ficava sentado à beira da cama, balançando o corpo. "Como isso pôde ter acontecido? Como isso pôde ter acontecido?" Ele caiu no sono e acabou agora de acordar, espantado e horrorizado ao saber o que fez. Sonya podia ter razão sobre os *blackouts* dele. De fato, talvez ele não se lembre do que aconteceu aqui e na Bósnia.

Mas dentro dele havia alguém que tinha feito isso. O outro, o imprevisível, o assassino que agia sob algum impulso sexual. Mãos fortes e um rosto distorcido que, depois, desaparecia. Era essa a pessoa imprevisível que precisava ser mantida na prisão, longe da sociedade. Aquele Lindell que víamos era um disfarce, um observador espantado que tinha de sofrer por aquele que ele deixava assumir o comando de seus atos ou no qual se transformava, durante alguns curtos períodos, de vez em quando.

Como algumas pessoas podem alterar dessa maneira sua personalidade, sendo, assim, tão vítimas quanto suas vítimas? Não consigo entender.

Sou apenas o homem do lixo que não sabe o que existe dentro de cada saco. Ou o iluminado que dentro de um trem completamente cheio é obrigado a ficar sentado num banco em que o viajante a seu lado o escolhe para lhe contar todas as agruras da vida, transformando-as em uma história agonizante. Sou o único a quem eles podem se dirigir. Olham para mim, apelando, como seu eu fosse Deus. Mas não posso mudar nada.

Às vezes, eu os encontro por acaso na cidade. Recebem permissão de saída das prisões de Kakola ou Riihimäki ou, então, já estão em liberdade, depois de dez ou quinze anos de clausura. A essa altura, muitos deles evitam se aproximar. Alguns me encaram, olhos nos olhos, achando, magoados, que foi tudo culpa minha, mas outros, ainda, se aproximam e falam comigo como se eu fosse um velho amigo. Contam que estão agora em liberdade, que se sentem bem melhor, que começaram uma nova vida. Perguntam como estou. Nem sei como reagir diante disso, depois do que fizeram. No momento, mesmo sendo considerados normais e não estando mais abalados, não consigo me compadecer deles, não consigo ser um velho "contato" como um deles disse segundo o jargão do presídio. Possivelmente, já "cumpriram sua punição", mas por causa deles existem pessoas que, apesar de tudo, estão debaixo da terra, cadáveres comidos por vermes, enquanto eles continuam vivendo. Não me parece justo.

Na realidade, é neles em quem devo pensar mais. Nos mortos. Na mulher estrangulada na cozinha, no homem que ficou grudado no Euraforsen. Mas a respeito deles sei muito pouco. As coisas que fico sabendo sobre eles são sempre, apenas, antecedentes, reconstituições fragmentadas. Nunca tenho tempo de pensar neles na maneira real como eram como pessoas. O tempo escoa-se, os primeiros dias depois do crime são preciosos e precisam ser utilizados do melhor modo possível. Para mim, a vítima torna-se um conjunto de pistas possíveis, não uma pessoa cuja única vida foi brutalmente ceifada.

Gabriella Dahlström. Gabriella Evelina Dahlström. Com ela, um mundo inteiro se afundou e ninguém sentiu, realmente, esse choque. Ninguém mais poderia viver nesse mundo. Ou no mundo rapidamente apagado do embrião morto. Era isso o mais preocupante e não os assassinos, por mais patéticos que fossem. Eles continuarão a viver, mesmo que seja só na prisão: vendo o mundo, escutando seus pensamentos, recebendo a visita de seus parentes.

Quando olhei para trás e vi todos esses crimes... Não havia nada de que me arrependesse, nem mesmo em meus sete casos por solucionar, porque mesmo aí sempre fiz o que foi possível. Mas eu... Eu lamento tudo isso que aconteceu. Se realmente fosse Deus, lamentaria que isso tivesse acontecido.

Nesse período, talvez algumas noites mais tarde, descrevi no papel um sonho em que eu andava por um campo coberto de neve. A cada passo dado, a neve se soltava do solo e voava, empurrada pelo vento gelado. Estou vestido com roupa demasiado leve e continuo apressado na direção da cidade que se esconde por trás do horizonte. A cidade já começa a aparecer e sinto que ainda vou conseguir me salvar do ambiente congelante.

Lá na frente, à direita, corre um regato meio coberto de gelo para o meio do campo e, na outra margem, vejo uma criança sentada brincando com ramos e pinhas de árvores. É uma menina, ainda pequenina, vestida apenas com um vestido vermelho-claro que deixa seus braços descobertos. Nesse tempo! Não se vê nenhum adulto por perto, mas hesito: devo priorizar a segurança dela ou a minha?

Por fim, corro até o regato e grito para a menina, pedindo-lhe para ir para casa. Ela olha para mim, mas continua brincando. A essa altura, tinha que fazer algo, mas o regato é largo demais para saltar por cima dele e o gelo, fino demais para aguentar meu corpo. Corro para a nascente e consigo passar para a outra margem, em um lugar em que o regato é mais estreito. Ao voltar, acompanhando o regato, vejo que a menina continua no mesmo lugar e entoa uma canção enquanto brinca. Não importa o que eu diga, ela não desiste e pede que eu brinque com ela. Eu aceito, mas apenas para poder convencê-la a deixar o local. Não posso conduzir com violência para longe uma criança estranha.

Ela me indica o lugar onde devo ficar deitado de costas e começa a rodear meu corpo com pinhas cravadas na neve. Com os dedos, coloca outras pinhas e pequenos arbustos sobre elas, de modo que, camada sobre camada, à minha volta, sobe uma pequena construção que termina com a forma de um telhado. É uma pequena cabine, tão aconchegante que nem sinto mais frio. Através de uma pequena porta, a menina enfia-se pela cabine e deita-se a meu lado.

Está ficando escuro, mas não importa. Aqui dentro estamos seguros.

ACONTECIMENTOS ENTRE DEZEMBRO DE 2005 E FEVEREIRO DE 2006

Depois da confissão de Lindell, não havia muito mais a fazer. O crime foi esclarecido. Era para sentir um alívio grande depois de tudo o que imaginamos a respeito do Caçador como um selvagem e devastador assassino em série. Mas eu estava cansado e vazio. Dormia muito, mas superficialmente. Acordava exausto depois de dez horas de inconsciência. Talvez fosse um período natural de recuperação, mas não era isso o que sentia. Apenas tristeza. Uma força dentro de mim tinha se apagado e não sabia se ela se acenderia algum dia de novo.

Indolentemente, voltei ao trabalho rotineiro. Uma violenta briga em um bar. Suspeitas vagas da existência de um bordel em Grönhagen. Um monte de cartas anônimas, postadas a nossos diversos departamentos, a respeito de anomalias físicas observadas em gatos e raposas nascidos perto da usina de Olkiluoto.

Em casa, fiquei circulando e vendo a decoração, tirei o pó e resolvi revirar velhos montes de papéis. Quase tudo em que mexia falava de Inger. Na maioria dos casos, foram coisas que ela comprou ou até costurou ou tricotou, quando não tinha mais nenhum prova da escola para corrigir. As capas das almofadas, os pequenos quadros nas paredes, a bandeja com conchas que colhemos no verão em Yyteri e que, depois, ela colou em uma base, seguindo um determinado padrão. Sua caneca de café permanece ainda no mesmo lugar, no armário.

Aquela metade vazia da cama. Inicialmente, tirei a colcha de cima de toda a cama, como habitualmente fazia, mas depois se tornou doloroso demais ver aquela parte do lençol branco e a almofada vazia. Chegou a parecer que havia uma cabeça imóvel em uma caixa aberta para que os parentes viessem se despedir em países onde isso é um hábito. Atualmente, dobro a colcha no meio, só do meu lado, de modo que fica dobrada do lado dela, com o avesso para cima. Também não é nada agradável. É como se estivesse jogando uma última pá de terra em cima do caixão.

Não é uma associação saudável. Estava fora dos eixos depois da morte de Inger, mas só agora sei quanto. Confuso. Devia ter falado disso com alguém.

ACONTECIMENTOS DE 28 DE FEVEREIRO DE 2006

E, então, chegou o dia em que tudo ficou de pernas para o ar! A promotoria — que já tinha se pronunciado a favor do indiciamento, por haver condições de completa responsabilidade, tal como eu imaginava — andou xeretando por aí e ouvindo de colegas rumores espalhados no refeitório. De qualquer maneira, parece que foi isso. E, então, a situação ficou caótica.

Depois de Erik Lindell ter confessado seu crime, oralmente e por escrito, para Sonya e para mim, seria desnecessário gastar mais tempo com o caso e, desse modo, algumas rotinas deixaram de ser cumpridas. Mas quando os promotores perguntaram a respeito de informações sobre os antecedentes médicos, Sonya ficou controlando os terapeutas com quem havíamos falado, mas, depois, deixou por isso mesmo. Os promotores leram todas as ressalvas feitas pelos terapeutas em relação a Lindell e tornou-se evidente que ele, de fato, fez fisioterapia para tratar as costas várias vezes ao mês.

Até aí tudo bem. Mas o terapeuta das costas tinha uma informação a acrescentar: em 15 de outubro, Lindell teve uma sessão extra de ginástica. Isso não constava na agenda normal do terapeuta, visto a sessão ter sido realizada em um feriado, o único período que ele tinha livre naquela semana. Lindell tinha ficado deitado em uma espécie de máquina de esticar o corpo, distendendo a coluna e diminuindo a pressão entre as vértebras. Chegou ao consultório do terapeuta logo depois do almoço, foi tratado e fez ginástica durante toda a tarde e, ainda, permaneceu deitado na máquina de esticar o corpo durante toda a noite. Tudo isso aconteceu em um consultório particular com poucos funcionários, fora do expediente, mas eles ficaram controlando o estado de Lindell à noite e de madrugada, a intervalos regulares, e na manhã seguinte ele continuava lá, no mesmo lugar. Na sequência disso, o terapeuta estava "absolutamente seguro" de que Lindell, sem ajuda de ninguém, não poderia ter saído do aparelho e voltado, depois, para o mesmo lugar. Trata-se de um procedimento complicado com linhas e cintos de couro, de difícil manobra.

Assim que recebi essa informação, retornei para me encontrar com Lindell, que continuava na cela da cadeia havia quatro meses, o que não lhe tinha feito bem. A pele estava pálida, o olhar, instável, circulando, respostas indecisas, pequenas manchas de baba branca ressecada nos cantos da boca. Mas, por fim, consegui extrair dele a lembrança de ter estado deitado no aparelho das costas, durante toda a noite. "Na realidade, me senti muito bem." Ele não se lembrava do dia em que isso aconteceu e pareceu ou representou ter ficado espantado e consternado ao ouvir que Gabriella Dahlström foi assassinada justamente nesse dia. Em relação à confissão, ele disse, então, que não foi sua intenção confessar tê-la matado fisicamente, mas que se sentia culpado por não ter conseguido defendê-la. Por ser seu namorado, devia ter evitado o que aconteceu, achava ele. No entanto, o caso na Bósnia continuava ainda sem solução (nunca levamos o assunto às autoridades militares — hoje, não sei se foi por bem ou por mal).

Com essas novas informações, não tínhamos quase nada em que nos embasar, dizia a promotora. Os interrogatórios, claro, não foram suficientemente esclarecedores. Ao contrário de Sonya e de mim, a promotora não viu Lindell durante os interrogatórios e acreditou, inteiramente, no álibi apresentado relativo ao aparelho de recondicionamento da coluna.

Tinha minhas dúvidas. Achava que Lindell poderia ter descoberto uma oportunidade perfeita para matar a namorada, mantendo o álibi construído, mas saindo do mesmo lugar, voltando a ele e recolocando algumas linhas e cintos.

Aquilo que eu achava, porém, não interessava. Lindell foi posto, imediatamente, em liberdade. Vi quando ele saiu, sendo aguardado por um homem de uns quarenta anos de idade, de cabelos finos, claros, que vim a saber ser Arvidsson, o padre com quem Lindell estivera em contato.

— Um fracasso — chiou a promotora, mas se consolou com a ideia de que o processo, de qualquer forma, não teve tempo de chegar ao indiciamento público. Visto que conseguimos manter a mídia fora do caso, também não houve consequências diretas. A exigência de indenização também não era possível, já que havia uma confissão explícita, parecendo real e verdadeira. "Você não tem língua na boca para falar, homem?" — disse eu para Lindell. — "Se agora foi dado como inocente, por que não falou isso antes, em vez de ficar aqui preso durante meses?" A essa altura, o "cuco maluco" disse alguma coisa no estilo de que para ele sua atitude estava correta, visto que se sentia culpado, embora "de uma outra maneira"!

Sonya manteve-se cautelosa. Talvez exista "uma dúvida razoável", disse ela, não sabendo no que acreditar em relação ao aparelho de tratamento da coluna. Ficamos um bom tempo em silêncio, em minha sala, ela e eu. O céu refletia a transição inverno-primavera, estava azul-claro, mas a planície ainda se mantinha branca de neve, com algumas manchas douradas de capim queimado aqui e ali. Parecia impossível que qualquer tipo de crime pudesse ter sido cometido. Para mim, o caso todo parecia um verdadeiro enigma com uma solução paradoxal que colocou tudo sob uma nova luz. Se a única pessoa próxima de Gabriella Dahlström não fez isso e se nenhum assassino em série era culpado, pois já se tinham passado quatro meses e não tinha havido sequência para a série, então a conclusão só podia ser uma: o crime não tinha acontecido.

Mas, então, o que tinha acontecido em Stensta? — era isso o que perguntávamos a nós mesmos. Gabriella teria cometido suicídio, pendurou-se em uma árvore com uma linha que o vento balançava, mas primeiro tirou a roupa, talhou o ventre, estripou os olhos e comeu-os. Ou os olhos foram apanhados por gralhas e as roupas, por algum atleta de corrida rústica. Ou talvez nem houvesse nenhum cadáver, apenas uma boneca que os médicos legistas construíram só para nos enganar. Ou talvez não houvesse nenhum assassino porque ele se arrependeu e se jogou em um charco onde se afogou.

A gente se diverte assim quando está cansado e um pouco amargurado. Mas, por fim, voltamos às duas alternativas realistas. Não havia ninguém com motivação para matar, justamente, Gabriella Dahlström. Isso significava que Lindell, apesar de tudo, era o culpado ou o Caçador era algum outro indivíduo, doente mental, que matava ao acaso. Talvez fosse alguém que ficou tão chocado por ser a primeira vez que parou de matar novamente, mas com certeza era um tipo de "animal predador", esperando um pouco para atacar e matar de novo.

Só podíamos esperar. Mas para mim, em casa, quase podia ver os olhos do assassino no escuro da noite. Às vezes, os olhos desapareciam. Ele fechava-os e parecia pensar em outra coisa. Depois, voltavam a aparecer. Brilhantes.

ACONTECIMENTOS DE 2 DE MARÇO DE 2006

Apesar de tudo, não aguentava mais ficar apenas esperando. Uma noite, fui buscar no arquivo toda a papelada relativa a Gabriella Dahlström. Tudo o que havia sobre ela foi guardado em três caixas grandes para consultas e eventuais pistas a encontrar. Já tínhamos visto antes essa papelada, mas não encontramos nada de extraordinário, a não ser algumas informações sobre a usina de Olkiluoto no computador e nas mensagens enviadas via internet a alguns jornais. Seguimos lendo essas mensagens e ainda outros papéis mais antigos e irrelevantes, em especial prestando atenção ao fato de que Lindell se tornou logo o suspeito número um e já estava preso.

Voltei às caixas de novo. Fotografias de família, Gabriella adolescente, com cabelos meio longos, castanhos. Os pais, já idosos, mas de semblante amistoso, diante de seu sítio no campo. Retrato da classe na escola. Antigos documentos escolares, com notas mencionadas, além de cadernos repletos de anotações feitas com um estilo de caligrafia de jovem bem madura. Diploma de natação. Exame final do ginásio feito em Ekenäs: a nota mais alta em língua materna e em matemática, aprovação laureada, *magna cum laude*, em inglês.

Mais fundo na caixa com as pastas da escola, havia um maço de papéis que pareciam bastante antigos e que, por isso mesmo, havíamos deixado de lado. Eram fotocópias de uma longa história manuscrita. Ao começar a folhear essas fotocópias, verifiquei que, na realidade, a história era relativamente recente e dizia respeito a Olkiluoto e aos problemas ali existentes.

Talvez houvesse ali uma pista a seguir, um segredo que mostrasse Gabriella Dahlström vítima de um assassinato planejado, cometido por alguém que não Lindell? Alguém que queria tirá-la do caminho e que acabou por matá-la, quando isso se tornou necessário.

Comecei a leitura.

O relato de Gabriella

Devo dizer de imediato que minha realidade no momento é esta: sei uma coisa sobre meu local de trabalho. Se eu falar publicamente sobre o assunto, vai haver um choque geral, de grandes repercussões na mídia, de consequências inimagináveis.

Mas dizer isso é uma coisa, tomar uma atitude ousada é outra, totalmente diferente. Há um longo caminho a percorrer e estou me preparando da melhor maneira possível. Entre outras medidas, estou escrevendo para o senhor a respeito de minha vida. É como reunir dados desde o início em relação à personalidade que será exposta ao risco e terá de enfrentar pessoas com muito mais poder do que ela.

Eu me chamo Gabriella Evelina Dahlström e tenho trinta e quatro anos de idade. Desde meados da década de 1990, moro em Forshälla, mas nasci em Bromarv (ou, na realidade, na maternidade de Ekenäs). Foi um acontecimento dramático, não apenas para mim que, gritando, fui trazida ao mundo, mas também para minha mamãe. Ela foi obrigada, realmente, a pressionar para fora este incontrolável pedaço de músculos e ossos. Durante vinte duas horas, esteve deitada, gritando e bufando, amparada pelos braços de duas enfermeiras e chegou a quebrar o dedo indicador quando teve uma câimbra e bateu com o dedo no amparo metálico da cama. Assim, tão forte, foi minha resistência.

No corredor, papai ficou andando de um lado para o outro, esfregando as mãos e perguntando a todos como as coisas estavam indo e se faltava muito para o final. Numa das vezes em que mamãe gritou mais alto, ele entrou na sala de partos, mas foi logo empurrado para fora. "Elin parecia um animal furioso, com os olhos cegos de tão escuros que estavam. Acho que ela nem me reconheceu." Foi isso que ele contou para mim durante uma pescaria que fizemos juntos. Eu me lembro ainda de sua voz grave e de seus olhos fixos nos peixes que jaziam no chão.

Esse uma peça importante do quebra-cabeça que eu, durante toda a minha infância, consegui montar no meu pequenino cérebro, para me lembrar da maneira como nasci. Foi aos poucos que meus pais me informaram do que aconteceu em 14 de junho de 1971.

Quando finalmente concluí que já sabia de tudo — ou achei que sabia —, tive muitas vezes uma sensação de culpa. Olhava de viés para mamãe, a fim de ver se ela, bem lá no fundo, ainda me desprezava, embora parecesse carinhosa e agradável. Quando ela dizia: "Agora vai ser, por favor, uma menina bem gentil", eu pressentia uma segunda intenção de quem queria dizer: "Isso é o mínimo que posso pedir depois de tudo aquilo que fez contra mim". Embora sempre aparentasse ser carinhosa, apenas um pouco cansada e triste, sentia outra coisa quando ela me deitava na cama e eu ainda permanecia acordada. Eu via aquele rosto que se virava para longe, depois de apagar a luz do candeeiro, com dois olhos escuros em brasa e uma boca bem aberta. O focinho de animal selvagem e o rosto normal da mamãe se alternavam no escuro do quarto, na minha frente.

Foi assim que vivi toda a minha infância e adolescência em Bromarv. No final de uma longa enseada em que o mar pentrava terra adentro, tínhamos um sítio com vinte vacas, quatro ou cinco porcos, dois cavalos, um trator e uma grande quantidade de galináceos. Naquele tempo, era disso que ainda dava para se viver. Aliás, até muito bem. Tínhamos uma casa enorme, com um bom caminho de entrada, e eu tinha um quarto só para mim, com uma grande cama e muitos brinquedos.

Eu me sentia segura porque mamãe e papai estavam sempre em casa, mas, ao mesmo tempo, sempre trabalhando: mamãe fazendo comida e ordenhando as vacas e papai arando as terras com as máquinas e mexendo em seus papéis no escritório. Não posso dizer que naquele tempo me faltasse algo, mas como filha única me sentia muitas vezes só e aborrecida.

A essa altura, costumava andar de um lado para o outro, sempre cantando. É assim que me lembro de mim mesma nos primeiros tempos de vida: uma menina pequena andando nas terras do sítio ou no estábulo entre fileiras de vacas, cantando, com uma vara ou um galho na mão. Aprendi a cantar escutando mamãe na cozinha, mas também sabia como inventar outras canções. Eram longas, meio melódicas, uma espécie de monólogos litúrgicos. Mas só me lembro do começo de um: "Lina, Linuska, minha menina, anda na floresta sozinha, quando acaba encontrando uma lebre, com quem começa a falar".

Também me lembro da escola, é claro. O cheiro de lá úmida, as tábuas longas, pintadas de marrom, no chão, mesas com uma gaveta que se fechava quando se escrevia, mas se mantinha aberta, na vertical, com um pino, quando era para comer. Não tínhamos refeitório, mas voltávamos às mesas com aquele tipo de comida que uma mulher magra e amargurada dividia entre nós no corredor.

Tinha medo de ir ao banheiro na escola. As garotas maiores estavam lá, conversando sobre seus problemas e sempre irritando as menores. Estar com vontade de urinar é outra coisa de que me lembro bem em meus primeiros anos escolares.

Dá-me os teus olhos

O estudo básico foi feito na escola da pequena cidade onde a gente morava. Em seguida, já com onze anos, comecei a viajar para a cidade, Ekenäs. Meus queridos pais revezavam-se, conduzindo-me de carro vinte e oito quilômetros, ida e volta, todos os dias, mas eu gostava de viajar de ônibus pelo prazer da companhia. Era no ônibus e nos intervalos das aulas que podia brincar e falar com os outros.

Minha melhor amiga se chamava Tiina. A mãe dela falava finlandês e, por isso, escrevia o nome da filha com dois "is", mas Tiina falava sueco exatamente como eu. Ela subia no ônibus duas paradas depois de mim e, por isso, podíamos ficar conversando quase o caminho todo. Ela tinha irmãos e, certamente, precisava menos de mim do que eu de ela, mas sobre isso ela nunca fez menção alguma. Falávamos sobre nossas famílias e brincávamos muito aquele tipo de jogo em que as mãos batem umas nas outras com grande rapidez. Trocávamos as frutas e as guloseimas e éramos "Lina e Tiina, Tiina e Lina" como era habitual as pessoas falarem quando nos viam juntas. Daí, também passamos a dizer a mesma coisa como uma saudação quando nos encontrávamos, "Lina e Tiina, e quando nos despedíamos, "Tiina e Lina". Era uma promessa de vida que nós seríamos amigas para sempre. E era da janela do ônibus, na hora de voltar, que eu a via, com as suas tranças louras, correndo a caminho de casa.

Anos mais tarde, as tranças louras se desfizeram e seus bonitos cabelos dourados e lustrosos caíam livres como uma cascata até a cintura. Ela era a mais bonita da classe, por quem todos se sentiam atraídos e eu continuava orgulhosa de ser sua amiga. Mas no oitavo ano, quando tínhamos catorze anos de idade, os professores começaram a falar com ela de um jeito diferente e ela também passou a ser mais amiga dos rapazes da classe. Um deles se chamava Tony. Cheirava a loção pós-barba e se sentava muitas vezes ao lado de Tiina no ônibus, na volta para casa, embora eu sempre tentasse fazer o mesmo. Por fim, era Tiina quem se sentava ao lado dele a caminho da escola. Ele subia no ônibus antes de mim, de modo que não havia nada que eu pudesse fazer se ela preferia se sentar ao lado dele. É claro que eu sempre tinha esperança de que ela se sentasse ao meu lado. Às vezes, ela ainda vinha conversar comigo e ficava a meu lado, mas, passado algum tempo, nós nos afastamos uma da outra por completo. Ela tinha namorados de verdade, namoros mais sérios do que Tony, e só falava comigo de tempos em tempos. Não existia mais "Tiina e Lina". Somente Lina.

Uma noite, no quarto ao lado, escutei papai e mamãe falando na cozinha como devia ser difícil para mim perder uma grande amiga. "Como assim, difícil?", pensei eu. E fui conversar com eles. A essa altura, os dois trocaram olhares e me contaram, depois, que eu tinha tido uma irmã gêmea que morreu a meu lado ainda no útero. Foi por isso que meu nascimento foi tão difícil. Talvez por isso fosse tão importante para mim ter uma grande amiga como Tiina, explicou mamãe. De certa maneira, eu teria tido uma grande amiga antes mesmo de nascer. "Não idêntica, mas mesmo assim..." — acrescentou ela.

Fiquei em pé, olhando fixamente a toalha de quadrados verdes e brancos da mesa da cozinha e em silêncio. Foi um choque pior que a imagem da mamãe como selvagem. Quer dizer que eu tinha tido uma irmã gêmea, ligada a mim, que viveu quase o tempo todo no ventre da mamãe onde eu também estava. Para mim, levou um certo tempo para entender a situação. Primeiro, senti pena e dor pela morte de minha irmã, mas, depois, algo começou a crescer dentro de mim. Um tom vermelho de raiva se espalhou sobre o branco de minha dor. "Por que vocês não me contaram antes?" — gritei eu. "Eu devia saber que havia uma natimorta em meu caminho, que não era minha culpa o fato de meu nascimento ter sido tão difícil!" Papai parou a caneca de café a meio caminho da boca. "Mas, minha querida, quem disse algum dia que a culpa era sua?" "Foi isso que entendi o tempo todo" — gritei, com lágrimas nos olhos, correndo do lugar. Nunca quis chorar tendo alguém por perto, vendo minhas lágrimas.

Mais tarde comecei a pensar em outra coisa. Por que minha irmã morreu? Por eu a ter pressionado para fora, tomando o lugar de que ela precisava para viver? Talvez nós duas tivéssemos lutado no escuro da bolsa uterina? Uma luta sobre quem continuaria a viver, visto que, notoriamente, não havia alimentação, nem espaço para nós duas. Mas quando, finalmente, ousei questionar mamãe a esse respeito, ela me contou que foi feita uma autópsia que mostrou que minha irmã havia nascido com um defeito que levou à sua morte. Isso nada tinha a ver comigo.

Mesmo assim, durante muito tempo, continuei sentindo culpa por minha irmã ter morrido. Mas agora quero pensar em tudo isso como uma força. Sou forte: já no início da vida, consegui sobreviver mesmo em circunstâncias difíceis. De certa forma, posso até considerar que tenho duas vidas. Vivo por mim e por conta da minha irmã gêmea. Isso me faz sentir forte — forte o suficiente para conseguir aquilo que preciso fazer.

Comparando-me com Tiina, eu era — ou sou — uma pessoa sem atrativos. Soa bem dizer que sou morena, mas, na realidade, tenho cabelos castanho-escuros, que caem retos como um cortinado sem brilho. Os olhos, pior ainda, não são castanhos, mas de um azul indeciso. E pequenos demais. O nariz é um pouco alongado, mas o restante do rosto, felizmente, tem proporções normais. Os dentes são bons. De sorrir eu gosto, mas só a boca sabe como fazer. Não consigo "acender" o rosto de dentro para fora, como muitas pessoas fazem quando sorriem. Quanto ao corpo, não sou gorda, mas um pouco redonda demais para ser considerada esbelta. Os peitos poderiam ser um pouco maiores. Não existe nada de errado comigo, mas tenho de aceitar que não sou uma dessas mulheres pelas quais os garotos e os homens, espontaneamente, se sentem atraídos.

Por outro lado... Não estou certa se devo escrever isso aqui, mas tratando-se de uma característica de minha personalidade, por que não? Estranhamente, as mulheres se sentem atraídas por mim. Quando era jovem, considerava isso uma demonstração de amizade — nem sabia que existiam lésbicas. Mais tarde, porém, entendi qual era o motivo de minha professora ter me convidado para ir a sua casa tomar uma sauna e a dama da livraria em Ekenäs, desde a segunda vez que fui lá, sempre me abraçar como se eu fosse a melhor amiga dela.

No lugar onde nasci, nunca houve nada disso, mas no primeiro outono em que fui estudar na universidade, frequentei o bar de um hotel em que encontrei uma mulher de uns trinta anos, muito bem vestida e maquilada com estilo. Foi muito agradável falar com ela e treinar meu finlandês. Em um dado momento, ela se aproximou muito, sem nenhuma timidez, esfregando o corpo contra o meu, até que, por fim, com a mão apoiada em minha coxa, me perguntou se não gostaria de ir com ela para sua casa. Disse não, é claro, mas entendi logo do que se tratava.

Ao deixar o bar a caminho de casa, de repente me lembrei da professora e de seu convite para fazer sauna com ela. De como ela fazia questão de me enxugar bem com uma toalha vermelha, deslizando as mãos pelo meu corpo. E como ela afagava meus cabelos só porque o "xampu cheira tão bem". De volta a meu quarto de estudante, eu me olhava nua no espelho para ver se havia alguma coisa errada em meu corpo, se me parecia com algum tipo de homem ou algo assim. Acho até que cheguei a chorar um pouco.

Mas isso passou. Hoje, acho que tudo isso chega a ser divertido, embora, às vezes, também irritante. De vez em quando, acontece de alguém se aproximar de mim. São muitas as mulheres que gostam de mulheres. Muito mais do que os homens imaginam. Pelo menos, são muitas as que gostam de flertar e se amassar um pouco. Isso se nota quando a pessoa é uma espécie de *chic magnet* como é meu caso. Dei uma gargalhada quando ouvi pela primeira vez essa expressão, em um filme americano, faz alguns anos. Nessa ocasião, tratava-se de um carro, mas teria gostado de gritar para seu dono: "Leve-me com você. Sou uma *chic magnet*"!

Na maioria das vezes, tudo transcorre sem maiores problemas, mas faz algumas semanas que estou sendo insistentemente cortejada por uma mulher bastante forte, que mais se parece com um homem. Ela mora bem perto de mim em Stenska e várias vezes já se aproximou de mim na rua, convidando-me para ir a sua casa e dizendo taticamente: "Venha, não seja tímida. Na realidade, também vai gostar!". Quando digo não, ela insiste durante um tempo. Há mais ou menos uma semana, ocorreu um fato desagradável. Percebi que ela me seguia, à noite, na rua Torkelsgatan e, depois, no caminho do parque, no escuro, trajeto que costumo fazer ao voltar para casa. Depois disso, não a vi mais.

Vamos voltar à adolescência. Depois da traição de Tiina — foi assim que vivi a situação àquela altura —, fiquei um tempo sozinha, mas, por fim, encontrei também um namorado. Ou foi Robert que me encontrou no inverno em que estava com quinze anos e meio. Por mais estranho que pareça, não me lembro de onde e como nos conhecemos. Mas eis que ele está ali, com dentes tortos e um grande sorriso, de cabelos meio louros, finos e bem penteados. Sou sua namorada, sem que isso sequer tenha sido mencionado antes. Era como um sonho em que as situações se impunham por si mesmas. De repente, ele está sentado a meu lado e se sente no direito de apalpar meus peitos e tentar me beijar, de modo que nossos dentes batem de frente, como a tampa de um tacho errado. De alguma maneira, tudo estava certo: eu amava Robert sem entender o que isso significava. Ele falava muito, não me lembro do que ele dizia, porque a única coisa importante era seu sorriso rápido e seu olhar quando ele se virava para mim e sorria. Isso eu nunca esquecerei.

Quando Robert se mudou para a Itália porque seu pai foi trabalhar na Fiat, recusei-me a comer durante várias semanas. Ia para a escola como uma grande torre de gelo em movimento e quase não conseguia escutar nada do que se dizia na aula. Ficava dentro da torre de gelo onde os outros podiam me ver e apontar para mim, mas vivia escondida em um silêncio branco.

Nunca mais amei de uma maneira tão intensa como dessa vez. Posso ainda sentir o perfume de Robert, do seu desodorante, do sabonete que usava, da sua pele. Mais tarde, lamentei que tivéssemos sido tímidos demais para ter ido para a cama juntos — minha primeira vez devia ter acontecido com ele.

Quando penso nisso, sinto-me voltando à torre de gelo e tenho que parar de escrever.

Robert estava um ano à minha frente, no curso de exatas do secundário, naquele mundo cheio de segredos em que muitos de nós, mesmo estando no estágio mais elevado, jamais conseguimos entrar. Tiina, claro, ficou de fora, pois só queria saber de andar com os rapazes e, com certeza, logo ficaria grávida, enquanto as garotas mais finas, como Yvonne e Sara, estavam dentro, visto que seus pais tinham altos cargos em escritórios de grandes firmas em Åbo e Helsinque. Uma filha de agricultores como eu podia escolher: os pais não eram culturalmente ilustres, mas, por outro lado, estavam bem de vida, com um bom pedaço de terra e dois carros na garagem. Para acompanhar Robert, prossegui os estudos e entrei no curso secundário de exatas. Mas ele foi embora, depois de dois longos e chorosos beijos de despedida, em 6 de maio de 1987. Contudo, no outono, ainda continuei um pouco com ele, pertinho dele, porque entrei no curso de acesso à universidade.

Tornei-me uma estudante-padrão. Por culpa de Robert, não tinha namorado e continuei virgem até o segundo ano do curso. Lia muito, estudava muito e notei que isso impressionava meus pais. Às vezes, quando passava algum programa diferente na televisão, podia explicar a eles assuntos dos quais nada sabiam: as guerras aqui e ali, *comme il faut*[3], a diferença entre o Senado e a Câmara dos Representantes nos Estados Unidos etc. A essa altura, eu era a adulta e eles, minhas crianças. E eu gostava disso:

---

3. Em francês: Como são de fato. (N. do T.)

uma estranha sensação que misturava carinho com superioridade. Papai, de início, não gostou nada, mas acabou por entender a situação e, por fim, demonstrou estar tão orgulhoso quanto mamãe. Quando tínhamos convidados, papai ligava a televisão só para não perder a oportunidade de me ver explicando alguma situação difícil.

Terminei o curso de acesso à universidade com notas altas e podia ser, praticamente, o que quisesse. "Médica", deu a entender mamãe. Papai continuou tímido. Quase não ousava dizer a palavra certa, brilhante, e ficavam nos rodeios: talvez queira "ajudar as pessoas". Mas eu já tinha visto muitas vezes o olhar das vacas quando elas, contorcidas e cheias de câimbras, davam à luz seus vitelos entre rios de sangue. Era o sofrimento inevitável dos seres vivos. Senti que gostaria mais de trabalhar com o que estivesse já morto, com aquilo que se mantém longe da vida, mas forma padrões riquíssimos de bilhões de moléculas, de matérias inorgânicas. Pesquisei e ingressei no curso de bioquímica em Åbo e no de engenharia em Tammerfors.

Química, pensei eu, primeiro. Teria sido mais simples para uma mulher naquela época. Um pouco no estilo de farmacêutica. Mas na noite anterior ao último dia de inscrição, permaneci deitada na cama, meio adormecida, e olhando fixamente para dentro de duas salas no escuro. Uma delas estava repleta de tubos de ensaio, borbulhantes, com líquidos verdes e amarelos. Na outra, havia uma grande máquina acinzentada trabalhando com estrondo. Era uma máquina desprezível, repulsiva, e eu não sabia o que fabricava. No entanto, era só para ela que eu queria olhar, vendo seus movimentos repetidos, rígidos e exatos. Sua confiabilidade era total, sem maldade, nem tristezas. Ao entender o que vi, adormeci de novo, profundamente.

— Tudo bem. Mas, então, o que vai fazer? — questionou mamãe na manhã seguinte. — Quer mesmo isso? Ser engenheira? — como se

Torsten Pettersson

acreditasse que eu ficaria junto de uma correia de produção, fazendo buracos em um pedaço de aço. Papai não falou muito, mas parecia satisfeito ao me levar de carro para a estação ferroviária, em Ekenäs. Quando estava para subir no trem, ele fez algo muito raro. Ele me cingiu com ambos os braços e disse baixinho em meu ouvido: "Minha amada filhinha". Escutei lágrimas em sua voz. Foi a partir daí que nunca mais deixei de amá-lo. Meu papai!

Nunca tinha estado em Tammerfors, mas gostei logo da cidade, ao descer da estação ferroviária, diretamente, pela rua principal, a Hämeenkatu. Segui, depois, pela ponte onde ficam expostas as estátuas de antigos heróis finlandeses. Dali se via o telhado de chapa avermelhada de uma grande fábrica de papel que, por incrível que pareça, produzia rolos enormes bem no meio de uma grande cidade. Na praça central, a Keskustori, subi no ônibus que me levou a Hervanta, onde está situado o Instituto Superior de Tecnologia, que me pareceu um monte de blocos de pedra arremessados na floresta por algum gigante da mitologia Kalevala, mas que, depois, foram afinados e esburacados, surgindo, então, o telhado, as janelas e os corredores.

Na sala de recepção de estudantes, uma senhora de cabelos castanhos, um pouco grisalhos, aceitou meu registro, olhando para mim com uma expressão de compreensão sigilosa. Uma pequena faixa de luz veio de seus olhos em direção aos meus, atravessando a sala cheia de rapazes bem encorpados e barulhentos. Entre aí na brecha! Finalmente, uma heroína! Mostre que nós, mulheres, também podemos!

Para mim, tratava-se apenas de trabalhar com metal. Pedaços de metal, duros e brilhantes, que se ajustavam uns aos outros, para bater, bombear e funcionar. Cheguei a pensar, mais tarde, que habitava em mim a admiração da camponesa pela colhedeira. Não tenho nenhuma recordação especial daquele "sapo" gigante que se comporta de maneira esquisita e ridícula, avançando pelo prado e engolindo um riacho de sementes, ao mesmo tempo que cospe para o lado a palha desprezada. Para mim, era apenas uma máquina que avançava sempre em agosto. Entretanto, ainda penso que dentro de mim existe uma menina, à beira do prado, olhando para aquela máquina pela primeira vez e sentindo os olhos dilatarem e ficarem encantados para sempre. Assim são as máquinas para mim — como animais! As pessoas podem tratá-las e até amá-las, mas elas não têm os olhos sofridos que a gente precisa encarar.

No curso, éramos duas mulheres entre vinte e dois homens. Gabriella e Greta. Assim que Greta abriu a boca para falar em finlandês, deu para ouvir, imediatamente, que era sueco-finlandesa[4]. Ela parecia bem esperta e receptiva, ria muito e contava a respeito de sua vivência e crescimento na cidade de Österbotten, sempre ajeitando os cabelos louros.

No início, fomos atraídas uma para a outra. Sentávamos juntas durante as aulas e ficávamos assim nos intervalos. Tudo correu surpreendentemente bem. Os professores eram cavalheiros à moda antiga e os rapazes, sempre muito atenciosos e com aquele pensamento, às vezes tímido, outras vezes declarado, de estar a fim de arranjar uma namorada. "Nós podemos tomar um café juntos, um dia destes, não?" Por conta da história com Robert, ainda não me sentia interessada. Foi isso que eles logo notaram. Em especial, quando começaram a arranjar namoradas entre as estudantes de filologia e literatura nos restaurantes da rua Hämeenkatu, eles me deixaram em paz. Em contrapartida, Greta não se privava nem um pouco. Logo se tornou uma espécie de rainha das abelhas entre os rapazes. Escolhia e rejeitava a seu bel-prazer. Nós já não permanecíamos juntas tanto como antes. Aconteceu o mesmo com Greta o que aconteceu com Tiina, mas na

---

4. A Finlândia tem duas línguas oficiais: o finlandês e o sueco, sendo a comunidade de origem sueca minoritária. A capital é Helsinki, em finlandês, e Helsingfors, em sueco. Em português do Brasil é Helsinque. O mar Báltico, que se fecha ao norte, tem águas internacionais que dividem os dois países, a Finlândia e a Suécia. Hoje, um dos roteiros náuticos e turísticos mais frequentados é o que liga as duas capitais, Estocolmo e Helsinque. (N. do T.)

época era mais adulta e menos sensível. Prossegui nos estudos com bom aproveitamento e, durante algum tempo, curti uma atração especial pelo professor mais brilhante do curso, mas não deu em nada.

No segundo ano, após uma noite de festa com muitas bebidas, fui para a cama com Antero, um estudante de medicina que eu conhecera quatro horas antes. Não doeu tanto como eu previra. Deu certo, achei. Mas, na manhã seguinte, no seu conjugado de estudante, no bairro operário de Tammela, ele ficou estranhamente embaraçado. Só muito tempo depois entendi a situação, tal qual quando a gente entende uma piada depois de ter sido contada. Ele tinha ejaculado cedo demais. Aliás, muito cedo demais! Um dia, quando viajava de trem para Ekenäs e olhava pela janela, compreendi tudo de repente e fiquei sorrindo para minha imagem no vidro da janela. Toda a cena daquela manhã me pareceu, então, uma farsa: ele trazendo xícaras de chá fumegante e algumas fatias de pão seco, falando sem parar da festa muito boa da noite anterior, e eu, perplexa, sem entender nada. E o público, se houvesse, sem dúvida, estaria rindo da cena. Mas saí de lá muito satisfeita. Desci a rua em direção ao túnel ferroviário e com um sol pálido de setembro me batendo nas costas. Eu era normal. Eu também podia. *Screw Greta! Screw Tiina!*[5]

Vou terminar agora, mas apenas porque é noite. Escrevi o dia inteiro, mas a narrativa segue um pouco lenta, visto que escrevo à mão.

Estamos no dia seguinte. Vou continuar a escrever.

Os anos foram passando e eu estudando. Morava também em Hervanta, onde se tinha todo o serviço básico. Corria na floresta e andava de esqui nos invernos que eram, então, muito frios e com o brilho especial do branco das nuvens e do azul do céu. Branco e azul, as cores da bandeira da Finlândia. Viajava com frequência para Bromarv, onde afagava as vacas que deixei para trás. Meus pais se orgulhavam de minha escolha estudantil, mas

---

5. Em inglês: "Que se lixe, Greta! Que se lixe, Tiina! (N. do T.)

estavam preocupados com o fato de ninguém ficar com a fazenda. Liam anúncios nos jornais onde se procuravam engenheiros na província de Västra Nyland, na esperança de que eu viesse a trabalhar na região e acabasse casando com o filho de um camponês que tomasse conta de nosso sítio, enquanto eu me deslocasse para meu trabalho na cidade. Às vezes, eles falavam também de uma "profunda mecanização da agricultura" em estudo, realizado por engenheiros. Evitava alimentar tais ideias, mas também não tirava essa esperança de meus pais. Sem realmente pensar no assunto, imaginava que eles pudessem continuar a alimentar esse desejo. Papai teve um leve infarto de coração e tossia muito. Mamãe ficara grisalha e encolhera, um pouco mais cada vez que eu a via.

Na realidade, tinha traído a esperança deles ao me especializar em energia nuclear. Nesse caso, os trabalhos estavam longe, nas usinas de Lovisa ou Olkiluoto. Duas criaturas animalescas. Gatos gigantescos que dormem na praia e espalham calor e segurança por cima de longínquas florestas e planícies ventosas. Após seis anos, graduei-me engenheira de operações, cheia de fórmulas, esquemas operacionais e algumas ideias relativas a melhorias e linhas mais retas no sistema. Queria me sentar sozinha lá dentro, em um grande salão de controles. Mal podia esperar esse momento.

No início do último ano, escrevi para ambas as usinas nucleares e recebi respostas encorajadoras. Escolhi Olkiluoto porque eles me ofereceram um cargo mais interessante do que em Lovisa. Além disso, a usina ficava perto de Forshälla, a "capital sueco-finlandesa" do país. Isso era perfeito para mim, depois de ter crescido na região de Ekenäs, onde também se pode viver, completamente, falando sueco. Evidentemente, sentia-me à vontade em falar finlandês, depois de muitos anos em Tammerfors, mas, de qualquer forma, não era exatamente a mesma coisa.

Mamãe e papai também acharam Forshälla um bom lugar (eles quase não sabiam nenhuma palavra de finlandês). Mamãe tinha uma prima,

Edla, na cidade, em cuja casa eu poderia morar. Fiz um empréstimo bancário para comprar um carro e fiquei percorrendo na ida e na volta os quarenta quilômetros entre Forshälla e Olkiluoto. Também acabei ficando na cidade, quando fui morar sozinha, depois de muitos protestos de Edla que tinha, de fato, um grande apartamento na Dragongatan. Consegui um com sala e dois quartos em Stensta, com vista para os prados em frente, de onde vêm os odores da primavera e do outono que me fazem lembrar os anos de infância do lugar onde nasci.

Aqui, em Forshälla, os habitantes são amáveis, embora também muito curiosos. Gosto muito das velhas casas de madeira e do forte cor de bronze ao mesmo tempo feio e bonito. Tenho dificuldade em aceitar uma parte da outra "consciência tradicional": os anúncios que, noventa anos depois da independência, continuam com texto em russo e um antigo costume de salientar que há poucos que podem dizer ser "oriundos da população original", que inclui seus antepassados e, claro, os construtores do forte no século dezessete. Eles tentam até falar à moda antiga, porque tal ação é considerada muito fina! Por outro lado, a população é muito receptiva a novos habitantes. No século dezenove, foi construída uma pequena mesquita para receber os imigrantes tártaros e, mais recentemente, os vietnamitas que fugiram de barco de seu país, vieram encontrar aqui refúgio e hoje fazem parte da população. De maneira geral, posso dizer que me sinto bem aqui. Forshälla é minha cidade há mais de onze anos.

Há quatro anos, papai morreu de um infarto mais forte do coração e mamãe, meio ano mais tarde. Não estava completamente despreparada, mas mesmo assim tive que pedir licença de um mês por doença em ambos os casos. Não chorei muito, mas não conseguia me concentrar no trabalho. Fiquei imaginando se minha escolha profissional teria contribuído para a morte deles, embora tivesse por hábito passar um fim de semana por mês em Bromarv. Eles não tinham mais de sessenta e oito e sessenta e cinco anos de idade respectivamente.

Foi então que tudo começou. Quando mamãe foi embora, fiquei novamente sozinha no apartamento, durante um mês, mas não estava sozinha. Sentia uma aproximação. Primeiro, vaga, como um rumor quase inaudível vindo da rua, quando a janela ficava aberta na sala ao lado. Depois, passei a ouvir uma voz: "Gabriella". Parecia minha própria voz.

Durante vários dias, escutei apenas isso, meu nome. Mas uma noite, depois de ter me deitado bem cedo, ouvi: "Não fique triste". Foi o que ouvi com toda a nitidez. Alguém disse aquilo, em tom baixo, com minha voz. Levantei o corpo, fiquei sentada na cama e entendi que foi minha irmã gêmea que falava comigo. "É você. Não pode aparecer..." — disse eu também em voz baixa. "Não precisa ficar triste" — foi a resposta.

Mais tarde, senti a presença dela com alguma frequência. Ela não falava, mas estava lá. Sei que se podem dar explicações psicológicas para essa situação, mas acho que, realmente, ela está em algum lugar e pode se aproximar, pelo menos às vezes, quando preciso dela. Isso demonstra que ela gostaria de me ajudar e não está zangada comigo, porque estou viva e ela, morta. Nos últimos seis meses, ela esteve várias vezes em minha casa.

Depois da morte de mamãe, tive que tomar uma decisão em relação à nossa herança. Podia ter vendido a propriedade, mas não quis. Acabei entregando-a a meu primo Greger, que vai pagar as prestações dela conforme puder. Ele tem mulher e dois filhos. Foi isso que meus pais poderiam considerar como quase a melhor opção: o sítio continuar na família. Nunca chegamos a falar sobre o assunto pela simples razão de que queria fingir que eles viveriam ainda muito tempo e talvez eu voltasse a viver em Forshälla. O sonho de me verem casada e vivendo no sítio em Bromarv continuava a existir.

Às vezes, imagino Greger andando pelo sítio com uma ferramenta qualquer na mão e olhando para os prados. Ele tem olhos e mãos que deveriam ser meus. Ele tem uma família que devia ser a minha.

Esta, portanto, sou eu e minha realidade. Aqui, em Forshälla, na rua Torkelsgatan, no bairro de Stensta. Sinto-me, às vezes, um pouco sozinha (Edla também já faleceu), mas bastante satisfeita com o ambiente em que vivo e com meu emprego na Olkiluoto. Não fiz grandes reformas. Na prática, era tudo mais complicado do que eu esperava. Muitas coisas em que eu pensava já estavam feitas. Nunca cheguei a ser engenheira de pesquisas. Mas estou na sala de controles e escuto como o coração bate e o sangue escorre pelas veias deste grande "animal". Olho para os instrumentos e vejo que está tudo bem.

Era lá que eu estava sentada. Tudo terminou seis meses atrás. O senhor vai saber em breve o porquê. Mas, antes, devo falar sobre Erik.

Encontrei-me com Erik, na primavera passada, em um leilão ao qual fui por impulso. Tinha visto um anúncio com um rosto "conhecido da TV" e resolvi ir ao leilão naquela mesma noite, em vez de ao cinema. Evidentemente, o "conhecido" como perito não estava lá, mas o ambiente era muito estimulante. Fiquei agitada e fiz sinal várias vezes, aumentando a proposta. Pela primeira vez na vida, senti o que era ser dependente de jogo. Com o rosto ruborizado, aumentei cada vez mais meus lances por utensílios de que, definitivamente, não precisava e quase nem queria possuir. Uma estante para livros, feita de teca, escritos de Jarl Hemmer, amarrados com um tecido azul-claro, partes de um serviço de porcelana Meissen. Felizmente, na sala, havia mais loucos do que eu. Por isso, o único objeto cuja compra acabei por fechar (por cento e vinte euros!) foi uma colher de prata, de origem russa, do século dezenove, com um buquê de flores em porcelana, encaixado no cabo.

Depois disso, aproximou-se de mim um homem que queria olhar e apalpar a colher. Primeiro, achei ele era um funcionário que queria controlar algo, mas, em seguida, reconheci-o logo pelo tom grave de voz. Era o homem que estava disputando comigo a compra e, por fim, conseguiu ser menos louco pela colher do que eu. Era Erik.

Ficamos conversando e acabamos saindo, como todos, quando o leilão terminou. Para não mostrar onde eu morava, dirigi-me com ele ao centro da cidade, embora isso fosse um desvio considerável para mim. Ele parecia uma pessoa agradável, mas nunca se sabe se estamos com um dissimulador. Passeamos ao longo do riacho e discutimos mil e um assuntos. Como disse, estávamos na primavera. As árvores começavam a florir e a superfície da lagoa parecia um espelho. Ambos achávamos agradável viver em Forshälla. Sem dúvida, ele era um homem fino, alto, de ombros largos, cabelos castanhos bem espessos e uma maneira tímida, mas pura de falar, não artificial como certos homens gostam de adotar, achando que, por isso, se tornam mais charmosos. Na praça Porthanstorget, nós nos despedimos com um aperto de mão à chegada do ônibus que eu deveria tomar. Falamos nosso nome um para o outro e combinamos de nos encontrar ali, naquele lugar, dois dias mais tarde. Erik e Gabriella. Gabriella e Erik.

Nesse dia, uma noite de sexta-feira, fomos ao cinema. A sugestão foi minha e ele logo a considerou uma boa ideia. "Gosto de filmes." No entanto, vi por seu comportamento no cinema que ele nunca tinha estado lá, enquanto eu ia lá sempre — era meu *hobby*. Ficamos sentados, um ao lado do outro, como dois jovens adolescentes que têm um álibi para estar juntos, sem precisar conversar. Não fiz nada, ainda não me tinha decidido, mas olhava para ele, de soslaio, muitas vezes sob a luz refletida da tela. Ele olhou para mim, disfarçadamente, para meu rosto e meus peitos. Não era muito bom em disfarçar seu interesse, mas não ousou ir mais longe.

Depois, ao conversar sobre o filme, notei que ele tinha perdido muitas cenas da ação, embora não pudesse ser considerado uma pessoa sem talento. Talvez, nesse momento, eu o tenha escolhido e, quando estava no ônibus, a caminho de casa, entendi a razão: ele passou o tempo todo pensando em mim. Ele estava comovido. Antes, tive três namorados — se é que posso considerá-los assim — em Forshälla, mas nenhum deles se mostrou ligado a mim. Eram mais do tipo: "Olá, tudo bem?" e "Então, tchau!". Sexo, sem tirar as meias. Televisão antes e depois.

A terceira vez que me encontrei com Erik foi no Café Obermann. Ele contou que era oficial militar, mas não falou com muito entusiasmo sobre seu trabalho. Eu falei de Olkiluoto, mas com toda a cautela, sem revelar nada. Há muita coisa de que não podemos falar. Ele estava sentado num sofá antigo, de pelúcia vermelha, com vista para a rua e eu, ao voltar do banheiro, fui me sentar a seu lado. Senti que agi corretamente, mas ele ficou em um silêncio tão completo que me fez imaginar ter ido longe demais. Talvez ele fosse um daqueles homens que têm de tomar todas as iniciativas. Mas vi, então, que ele tinha corado por baixo do bronzeado. Estava mesmo a fim de mim! Também olhei em frente, para outras pessoas e um ônibus verde que passava na rua, mas, ao mesmo tempo, em minha mente, vivia a imagem refletida de nós dois, sentados no sofá, à maneira das fotografias antigas, em que se consegue perceber que se trata de um casal, embora ambos estejam apenas encarando a câmera. Eles estão juntos porque os dois pertencem um ao outro. Isso é mais do que estar feliz.

Ao sairmos pela calçada estreita, nós nos beijamos pela primeira vez. Tive que subir na ponta dos pés. Os bicos de meus peitos se retesaram e também subiram, procurando a pele dele por baixo das camadas de tecidos.

Depois disso, fiquei pensando muito em Erik e, uma noite, reparei que já não me lembrava mais de Robert. Foi isso que sempre fiz quando me deparava com um homem que seria um possível namorado.

Na vez seguinte em que nos encontramos, os bicos de meus peitos avançaram, decididos, contra a pele de Erik, na sua cama, com seu cheiro e seu rosto, bem na minha frente, e suas faces em minhas mãos. Foi tudo diferente em comparação com outros homens. Era como se tivesse mergulhado e me afogado em água quente, onde seria possível respirar melhor do que em plena atmosfera.

Depois, ele ficou deitado, imóvel, que até parecia morto, mas eu tinha a orelha colada em seu peito e ouvia como seu coração batia bem forte e, em seguida, se acalmou cada vez mais. Era como se alguém, angustiado, corresse pela floresta, uma grande distância, mas estivesse, agora, chegando em casa e ficado completamente calmo. Meu coração correu com ele e o fogo aceso entre as pernas se espalhou pelos braços com um calor que me fez sentir todo o meu corpo e feliz por ter um corpo em que tudo podia acontecer.

Erik continuou deitado a meu lado, por muito tempo. Também não queria me mexer, mas comecei a olhar em volta no seu quarto onde nós apenas entramos na cama e saímos dela. Era muito simples. Não tinha persianas, nem cortinados, apenas aquela cortina azul-escura, enrolada, que evita a entrada da luz do sol, no verão, durante a madrugada, e que nos esquecemos de baixar. Um papel de parede cinza-claro, com um padrão leve de desenhos, um espelho de parede, um guarda-roupa branco e marrom e uma cômoda condizente, ambos os móveis da marca Antrila, além de uma pequena escrivaninha branca junto da janela. Era um quarto que não queria exprimir nada — ou queria conservar uma pureza, longe do mundo à sua volta. Nenhum quadro que pudesse expressar uma escolha pessoal, nada de cartazes que animassem o quarto com suas cores. Simples ou repousante, irrefletido ou inteligentemente pensado.

Mais tarde, notei que o apartamento de quarto e sala de Erik seguia o mesmo estilo. Havia o necessário bem escolhido: um conjunto de sofá branco e cadeiras, um tapete médio na mesma cor, uma estante de madeira teca e um televisor médio. A cozinha tinha uma mesa coberta por uma toalha de plástico e o chão era de linóleo. Ao falar da decoração do interior do apartamento, Erik explicou que tudo fora escolhido pela funcionalidade: "Prático, fácil de limpar, suficiente".

No início, fiquei com receio de que ele fosse controlador, alguém preocupado em ter tudo simples para poder dominar— inclusive a mim!

Por sorte, não foi assim. Erik é flexível e receptivo às minhas opiniões. Ele é o tipo de homem puro que sabe agradecer uma opinião que havia muito tempo esperava. Segundo meu ponto de vista, foi por isso que alguns meses antes ele começou a colecionar objetos de decoração comprados em leilões. Na estante de madeira teca, há um pequeno cachorro marrom de porcelana, um relógio do século dezenove que não funciona mais, mas é muito bonito, e um enfeite central feito de conchas.

Convém mencionar que Erik, como já disse, é oficial militar: tenente da Força Aérea, embora, atualmente, esteja de licença por ter deslocado a coluna vertebral. Ele é um pouco militar também durante seu tempo livre, sendo muito rigoroso na maneira como se veste e mobiliou seu lar. Mas, bem no fundo, ele é exatamente o contrário. É tranquilo e discreto apenas comigo. Quando estamos fora, entre outras pessoas, por exemplo, em um restaurante, ele é autoritário e viril, beirando o exagero. O tom grave de sua voz e a articulação clara inspiram respeito — posso muito bem imaginá-lo no comando de uma empresa. Então, ele vira-se para mim de novo e é um Erik completamente diferente, aquele que realmente é.

Talvez esteja divagando um pouco, mas quero escrever sobre Erik porque ele, nos últimos seis meses, tem sido uma parte importante de minha realidade. Não vivemos juntos, ainda não, mas nos encontramos com frequência no apartamento dele. Ademais, em breve, teremos uma nova razão para viver juntos.

Agora, vou falar de meu trabalho e, com isso, detalhar a grande missão que vou cumprir.

Durante muito tempo, tenho sentido uma vaga sensação de desagrado, sentada à mesa de controle da usina de Olkiluoto. Todos os valores assinalados nos quadros estavam dentro dos parâmetros normais, mas tinham uma tendência gradual a subir na escala e também flutuavam mais que o normal. Era como se um rosto bem conhecido tivesse começado a fazer caretas, o que, por princípio, não seria considerado anormal, mas também nada disso tinha sido visto antes por ali. Passado algum tempo, entendi qual era o problema. Vou tentar explicá-lo.

Uma usina nuclear produz eletricidade por meio do vapor de água aquecida que faz funcionar uma turbina geradora de energia. O aquecimento da água ocorre quando um isótopo de urânio se divide e produz energia para esquentá-la. A divisão do isótopo é obtida pelo bombardeamento do urânio com nêutrons que enfraquecem as forças que mantêm juntas as moléculas. Por sua vez, quando as moléculas se repartem, produzem energia e também como subproduto, colateralmente, alguns nêutrons que se tenta usar para dividir o próximo pedaço de urânio. E, depois, o próximo. E o próximo etc. Cria-se, portanto, conscientemente, uma reação em cadeia que, de forma eficiente e precisa, produz a energia elétrica que queremos.

Contudo, também há um perigo. Caso se consiga usar muito bem os nêutrons liberados para novos bombardeamentos, de repente, o efeito subsequente pode aumentar de modo que o calor produzido seja mais intenso que o previsto. A essa altura, acrescenta-se mais água fria, mas também — como "elemento de controle" — o elemento boro, que absorve nêutrons e rebaixa o ritmo de bombardeamento do urânio e sua divisão. A pior hipótese é a de que tal ação não será suficiente para conter a galopante reação em cadeia. Com isso, o aumento do calor torna-se tão intenso que o vaso de contenção em volta do núcleo do urânio se derrete. Nesse momento, a usina nuclear começa a incendiar-se e o perigoso material radioativo se espalha por toda a área anexa através do buraco aberto no vaso de contenção, feito de aço e concreto.

Naturalmente, isso ainda não aconteceu, mas observei que nosso consumo de boro tem aumentado continuamente, ao mesmo tempo que se eleva também nossa produção de energia. Isso indica que as reações em cadeia são cada vez mais eficientes na produção de energia, apesar da maior quantidade de boro para conter o aumento de calor. Várias vezes, chamei a atenção de meus superiores para esse fato, mas recebi sempre a mesma resposta: "O grau de arrefecimento não aumentou, apenas carregamos as palhetas de controle com uma nova espécie de boro mais fraco, consumido em quantidades maiores, o que, em compensação, permite regular com mais precisão as reações em cadeia. Foi também por isso que a produção de energia por unidade aumentou: podíamos "freá-la" e "acelerá-la" de manei-ra mais suave e eficiente do que antes, como o nosso chefe, fanático por car-ros, se expressou (ele se chama Kaukainen, mas nós costumamos chamá-lo de "puta de Kaukainen" porque ele só sabe falar com palavrões à mistura).

Foi uma explicação lógica, mas a conversa não me acalmou. Visto que me sentava todos os dias diante dos instrumentos, podia ver que as oscilações no reator não diminuíam, mas aumentavam muito mais do que antes — como no caso de um grupo de cavalos que, em um dado momen-to, parte em disparada cada vez mais veloz, e em outro, para. Contudo, tal fato não era visto nas estatísticas oficiais que eram registradas a cada hora, e não a cada minuto. Falei muitas vezes com meus colegas a respeito desse assunto, mas eles não liam os instrumentos da mesma maneira que eu e pareciam não estar preocupados com a situação.

Um dia fui chamada pelo departamento pessoal e tive de ouvir que espalhava "desinformações" e queria estabelecer "divergências" entre os co-legas. Se eu não parasse com isso, seria despedida. De qualquer forma, não podia abandonar minhas convicções. A responsabilidade era minha. Chegava a acordar várias vezes durante a noite e, ainda muito sonolenta, via grandes prédios em chamas, labaredas que se pareciam com bandeiras gigantescas e muita fumaça negra se espalhando na paisagem.

Conversei com o sindicato e tentei mais uma vez fazer meus cole-gas entenderem a situação. Primeiro, fui transferida para uma unidade de pesquisas e, um mês mais tarde, me despediram. O sindicato não fez nada.

Eles acreditaram na conversa da chefia sobre "deslealdade" e "desinformação", mas obtiveram uma indenização de dezoito meses. Também não queria lutar até minha última gota de sangue. Em parte, porque estava em desvantagem, não podendo discutir nem brigar bem em finlandês. Em parte, pensava que poderia agir com mais liberdade, não estando mais ligada por contrato a nenhuma usina nuclear. Insisti até em receber a recisão de uma vez, o que era, sob o ponto de vista do imposto de renda, menos vantajoso que o pagamento mensal. Naquele momento, porém, queria mesmo agir como bem entendesse, sem estar presa a ninguém.

E é assim a vida em que me encontro: confortável enquanto o dinheiro durar e bastante excitante na sequência do que pretendo fazer. Penso em falar sobre os problemas de segurança da usina. A batalha consiste em conseguir que a mídia me ouça. Depois, serão despedidos os chefes incompetentes e a pressão dos cidadãos vai exigir que a segurança da usina melhore. Nessa situação, terei a oportunidade de ser readmitida. Talvez até consiga uma posição melhor na carreira.

Nos últimos meses, senti muito nítida a presença de minha irmã. Ela e Erik me dão força. Também considero muito produtivo o fato de ter escrito tudo isso no papel. Agora, estou preparada para fazer o que devo.

Com os melhores cumprimentos,
Gabriella Dahlström

Harald

ACONTECIMENTOS DE 2 DE MARÇO DE 2006

Foi muito estranho. Em minha sala, no escritório onde estava e lia, no crepúsculo do dia, vi Gabriella Dahlström sentada em minha frente, inclinada sobre minha mesa, escrevendo sua história. Através dessa história, ela voltou a ficar viva. Todo aquele mundo interior que existe em cada pessoa se abriu para mim. Senti uma pressão no peito quando, ao lado do manuscrito, vi a fotografia do corpo dela, nua, morta, com todos os seus pensamentos brilhantes apagados, todos os seus sentimentos, todos os seus sonhos futuros. E morta, também, a criança em seu ventre, aquela que nunca chegou a ver a luz do dia.

Essa sensação pela vítima de um assassinato nunca tinha vivido, mas agora jamais poderia esquecê-la. Em última instância, era por causa dessa sensação que continuaria a caçar o assassino.

Fiquei ainda andando pelos corredores do edifício da polícia, com as luzes já apagadas, repensando o assunto.

De volta à sala, permaneci olhando os faróis dos carros iluminando o caminho para a cidade.

Como o manuscrito poderia auxiliar a solucionar o assassinato? Pelo seu conteúdo, não muito mais do que já se sabia: a ligação com Lindell, a tentativa de reforçar a segurança em Olkiluoto, uma imagem vaga de uma lésbica obstinada.

Mas para quem Gabriella o escreveu? "Com os melhores cumprimentos" está escrito no final. Portanto, ela escreveu uma espécie de longa carta para alguém, não se tratando apenas de um diário. Ela explica as coisas mais simples em relação à maneira como cresceu e onde morou, além do que aconteceu na escola e no exercício da profissão. Escreveu para todos os que a conhecem aquilo que achava que deviam saber. No entanto, escreveu, em especial, para uma pessoa estranha: por que com tantos detalhes, tão minuciosamente e, ainda por cima, tudo escrito à mão, como uma carta pessoal e íntima?

Talvez seja uma primeira carta para um futuro amigo epistolar, mas por que não indicou nada a respeito do destinatário, nem fez nenhuma pergunta sincera, nem pelo menos diplomática, ao receptor? Não deixou nenhum rascunho do endereço. Parece até não ter usado envelope ou algo parecido.

O que aconteceu com você, Gabriella? Alguma coisa importante está aqui dentro, na sua história, mas não consigo ver o que é.

Portanto, para mim, só restava esperar. Uma semana, um mês, dois meses, teria que andar por aí, pelas ruas, à sombra do Forte. Mirar mulheres jovens nos olhos e indagar a mim mesmo: "É você que está aí, mascando chiclete, a vítima B ou a C? Você que ri aí, com o rosto inteiro, para seu namorado, é quem vai ser aquela que uma noite, ao passar pelo parque sozinha, não conseguirá nem sequer se virar para ver seu assassino?".

O diário de Nadya

MARÇO DE 2006

Eu me chamo Nadeschda Stepanova, Nadja, ou melhor, Nadya. Sou uma garota russa que mora na Finlândia, em Forshälla. Escrevo em um pequeno livro de anotações para aprender melhor o sueco e pensar em coisas melhores do que chatices. Começo com a minha vida na Rússia e conto o que sentia na época, ainda criancinha.

Fui criada no interior da Rússia, perto de uma cidade que no mapa finlandês se chama Viborg. Com minha mãe e meu irmãozinho, Kólia, morava em uma casa que não tinha eletricidade, nem água corrente. Tínhamos um candeeiro de petróleo e, na parte do fundo da casa, um banheiro externo. O fogão permanecia aceso quase permanentemente, para termos um pouco de calor, a não ser que estivéssemos sem lenha, tendo que aguentar a geladeira geral. Tínhamos também três vacas e um pequeno prado, de modo que conseguíamos sobreviver com leite, batatas e algumas lebres, para comer, e quando mamãe conseguia vender algo na praça em Viborg.

Com isso, era possível pagar ao homem da lenha, que chegava com um cavalo ou trator e uma grande carroça com lenha. Às vezes, quando mamãe não tinha dinheiro, eu e meu irmão tínhamos que sair de casa por bastante tempo, cada um com sua cenoura na mão, para afagar o cavalo ou olhar o trator, enquanto o homem da lenha estava lá em casa com mamãe e recebia o pagamento de outra maneira. É disso que me recordo muito bem de minha infância.

Lembro-me também do pequeno caminho diante da escada de acesso à nossa casa e do prado por trás do banheiro externo. Nossa casa era feita de velhos troncos de árvore, de cor acastanhada, e o telhado, coberto de ramos de feno. O prado tinha múltiplas faixas de cores diversas: verde, amarelo, vermelho, branco e azul, conforme a plantação feita de flores. Havia sempre uma neblina colorida que parecia emanar das flores sobre o prado.

Ao lado do prado, uma árvore, uma única, não muito alta, mas larga. Podia-se sentar à sombra dela, em uma pequena ilha de obscuridade, quando estava muito quente. Era onde eu ficava, olhando para as vacas ou para algumas borboletas que voavam à luz externa ou, ainda, para os pássaros que pousavam na árvore e cantavam. Uma vez, fui com meu irmão até a árvore e, ao chegar lá, vimos que mamãe estava dormindo, encostada ao tronco. Ela vestia uma blusa branca que dava para notar a distância, assim como seu rosto, também muito branco. Parei com Kólia ao lado, fazendo sinal para ficarmos em silêncio. Mamãe dormia e seu rosto era diferente do normal. Não cansado, não sofrido, porque, por exemplo, meu irmão se feriu. Apenas calmo e denotando um pequeno sorriso, aquele que aflora dos lábios quando não existem preocupações maiores e se considera que tudo vai ficar bem.

Não me lembro do que fizemos depois. Apenas permanecemos ali, durante muito tempo, olhando para mamãe. Kólia ficou em silêncio o tempo todo. Os grilos do prado cantavam, estridentemente, em nossos ouvidos, mas não conseguiam acordar mamãe. Com sua blusa branca, ela continuou dormindo, à sombra daquela árvore única e de sua folhagem verde, flutuante, como se fosse um cortinado.

Dá-me os teus olhos

No prado, normalmente, no verão, pastavam as vacas que circulavam lentas, por todos os lados, enquanto eu brincava com Kólia. Mas eu tinha que tomar conta de meu irmão para que ele não pisasse no estrume dos animais. No entanto, isso acontecia sempre e, às vezes, com frequência, só porque Kólia queria. A essa altura, mamãe ficava zangada. Tinha de ir buscar água no poço e lavar os pés de Kólia em uma bacia, no jardim. Então, puxava meus cabelos ou me dava um puxão de orelhas. De qualquer forma, junto da porta de casa, no verão, sempre havia uma outra bacia para enxaguar os pés antes de entrar. Eu sempre corria descalça. Os pés ficavam endurecidos e, por isso, não me doíam, mas ficavam pretos, da cor da terra, sujos, e tinham que ser lavados.

Além do prado, havia uma trilha que conduzia a um riacho. Kólia e eu corríamos para lá, durante o verão, às vezes, com as mãos nos ouvidos, porque o som dos grilos era forte demais. O riacho era tão estreito que só dava para vê-lo quando chegávamos perto dele. Era quase um córrego. As águas corriam bem lentas e havia sempre algo na superfície: grama ou pedaços de flores. Às vezes, pedaços de papel ou plástico ficavam subindo e descendo na água, de modo que era difícil ver do que se tratava.

Na outra margem do riacho, começava logo a floresta, desde a praia. Era uma floresta muito grande onde ninguém podia entrar, visto que tinha dono, mas Kólia e eu víamos, de vez em quando, uma lebre ou outra saindo dela, aproximando-se das águas do riacho, parando e olhando para nós. Mamãe disse que talvez a mãe da lebre lhe tivesse avisado para não saltar no riacho e só olhar para ele.

Havia peixes no riacho, mas muito poucos. Mamãe insistia para que fôssemos pescar, com outros rapazes maiores, a fim de ter o que comer. Mas os rapazes também não pescavam quase nada. Apenas alguns peixinhos que pareciam pedaços de prata barrenta. Na maior parte do tempo, Kólia e eu brincávamos na margem, construindo casas e castelos de areia e barro, com água e grama. Perto do riacho, havia sempre sol e estava sempre quente, embora também chovesse, de vez em quando, destruindo todas as casas e castelos feitos na areia. Mas nós voltávamos a construir tudo de novo, alegres e satisfeitos. Kólia fartava-se de rir ao ver as casas caindo por causa da chuva. Às vezes, eu também nadava, mas só quando mamãe estava presente para segurar Kólia, que sempre queria se atirar na água, embora ainda não soubesse nadar.

Kólia ria muito, embora tivesse muitas picadas de mosquitos, feridas nos joelhos e, como disse antes, estrume nos pés. Às vezes, também piolhos nos cabelos, assim como eu. Ele era um menino alegre e mais alegre ainda em relação a pequenas coisas, sem importância, como correr atrás de mim ou eu correr atrás dele. Ou quando eu me escondia atrás de casa e ele tinha que me procurar. Nessa brincadeira de esconde-esconde, ele também se escondia, mas era fácil encontrá-lo: não parava de rir. Assim era Kólia como criança. Mas agora faz quase um ano que não o vejo.

Fui para a escola também, o que significou ter de usar sapatos quando o outono chegou. Todo o verão sem usar sapatos, mas tinha que os usar para ir à escola. Oh, como faziam doer os pés! Eu achava que eram desnecessários porque ainda estava quente e, com os pés endurecidos, podia andar pela estrada e nas ruas sem sapatos. Mas era impossível fazer a mesma coisa na escola, situada na periferia de Viborg. Lá, além dos sapatos, era preciso andar de roupa lavada e sem buracos. Isso era importante para mamãe. "Caso contrário, vai parar num orfanato", dizia ela. Eu entendia que isso era o pior que podia acontecer. Pior do que ter fome e frio e não ter dinheiro. O orfanato era pior do que tudo isso!

Antes de ir para a escola, mamãe me vestia ou eu me vestia com aquela roupa bonita. Quando voltava da escola, despia a roupa imediatamente e a pendurava no armário, para não estragar. Essa roupa fora comprada e não costurada pela mamãe, como eram feitas quase todas as nossas outras roupas.

De início, tive algumas dificuldades na escola, visto que não estava habituada a conviver com outras crianças, a não ser com Kólia. Falava pouco e a professora até insistia para eu me expressar, mas só conseguia ficar vermelha. Não dava para falar na classe, com todos escutando o que eu dizia. No entanto, escrevia muito bem e a professora confirmou: "Tu escreves muito bem, sim. Pelo menos, isso". Também aprendia com facilidade os nomes dos rios e das cidades, e me lembrava de todos os países pelas cores nos mapas. A Rússia era vermelha. A Finlândia, azul. A Alemanha, verde. Nos intervalos, conversava pouco e pulava corda com duas outras colegas. Ninguém fazia diabruras comigo, mas mesmo assim ficava satisfeita quando chegava a hora de voltar da escola para casa.

No inverno, fazia muito frio, muita neve. Era a hora de ir para a escola de esquis. Era muito boa esquiadora. Era muito rápida, a mais rápida dentre todas e todos, exceto um rapaz chamado Peria. Sempre queria ser mais rápida e reparei que a professora e as outras crianças também achavam que isso era muito bom. Ganhei uma medalha azul de cartão, com fita vermelha, várias vezes, por esquiar bem. Uma vez ganhei uma medalha dourada quando Peria ficou doente e não compareceu ao torneio. Fiquei, então, em primeiro lugar. Fui a mais rápida de todos.

Era bom poder esquiar no inverno, mas não era bom chegar em casa e sentir frio. Até a comida ficava ruim. As batatas e a carne das lebres ficavam escuras e tinham um gosto ruim. Mamãe dizia que eu precisava comer muito na escola, repetir o prato duas vezes e ingerir muita carne. Nem todos podiam repetir o prato, mas a professora disse que eu, assim como algumas outras crianças, podia fazê-lo. De vez em quando, a professora também me dava algumas roupas ou maçãs e laranjas para levar para casa.

De vez em quando, mamãe ia trabalhar em uma fábrica. Kólia e eu íamos, então, para casa de uma *babuchka*, uma vovó, que morava entre nossa casa e a escola. Ela tinha um rosto escurecido e muitas rugas. Usava um lenço na cabeça que não tirava nem mesmo dentro de casa. Kólia ficava lá o dia inteiro e era para lá que eu ia ao voltar da escola. Mamãe ia nos buscar quando o trabalho na fábrica terminava.

De lá, de vez em quando, ouvia-se um estrondo semelhante a um trovão e mamãe dizia que eram troncos de árvores que chegavam à fábrica e eram despejados em um funil gigantesco. Perguntei a mamãe se ela trabalhava na fábrica "como mulher", isto é, se ela fazia comida ou trabalhava na limpeza, ou, talvez, até no escritório. Ela riu e disse que trabalhava "como homem". Estava na fábrica e fazia celulose dos troncos. O cheiro era horroroso e ela suava muito. "Mas não é perigoso" — disse ela — "e ganhamos dinheiro." Não pensei mais no assunto, a não ser quando notei que mamãe também cheirava um pouco mal. Como gostaria que ela trabalhasse como mulher!

Um dia chegou à escola uma "titia" desconhecida. Ela veio da fábrica e vestia roupas de operária. Disse que se chamava Irina e conhecia minha mãe. Eu me lembrei de que mamãe falava de Irina, mas nunca a tinha visto. Depois, saí da aula e me dirigi com Irina ao corredor. Ela começou a chorar e me abraçou: "Pobres crianças, pobres crianças, estão agora sem os pais. Sua mamãe estava debaixo dos troncos quando um laço de couro se rompeu e um dos troncos atingiu a cabeça dela. Ela teve morte instantânea. Não chegou a sofrer, minha querida". Eu quase não entendi nada, mas Irina me pegou, nós nos retiramos da escola antes de a aula terminar e fomos para casa da *babuchka* onde Kólia já se encontrava.

Babuchka estava junto do fogão a lenha quando Irina lhe contou o que havia ocorrido. Ela ergueu as mãos para o céu e berrou estridentemente, começando logo a chorar. "Meu Deus, meu Deus!" — gritou. Eu comecei também a chorar ao ouvir os gritos de *babuchka* e ao ver o vazio entre seus braços levantados. E foi assim, de alguma maneira, que senti um vazio em mim, senti a falta de mamãe, a certeza de que nunca mais a veria.

Kólia também estava por perto, olhando, primeiro em silêncio, mas logo começou também a chorar. Nós choramos por tanto tempo que, em um dado momento, começamos a estremecer e soluçar e foram *babuchka* e Irina que nos trouxeram água fria para bebermos.

Depois, Kólia e eu fomos para a cama e ficamos deitados juntos. Lembro-me de que colocaram sobre nós muitos cobertores e ficamos bem quentes. Durante um momento em que ainda estava acordada, vi o rosto vermelho de Kólia à luz do fogo de lenha. Não conseguia entender bem por que mamãe tinha morrido. Até hoje, ainda não consigo entender.

Contudo, lembro-me do funeral. De uma presilha branca que prendia meu cabelo nesse dia e de estar segurando a mão de Kólia. Avançamos de mãos dadas e depositamos um buquê de flores sobre o caixão de mamãe, ainda na igreja. Quando saímos de lá, *babuchka* nos mostrou uma cova aberta no terreno da igreja e disse que era lá que mamãe ia dormir. Peguei a mão de *babuchka* e queria ir embora, mas Kólia olhou para a cova e disse que, certamente, devia fazer muito frio naquele lugar.

A essa altura, tinha nove anos e Kólia, cinco. Moramos com *babuchka* durante um tempo e comecei a ir à escola de novo, onde todos permaneceram em silêncio e foram muito carinhosos comigo. A professora nunca mais disse que eu falava pouco. De vez em quando, voltávamos a nosso antigo lar para pegar roupas e brinquedos. Lá estava frio e escuro e as vacas tinham sido levadas. Alguém tinha de tomar conta delas, mas nunca cheguei a saber quem.

Choramos muito por mamãe e ficamos muito tristes. Às vezes, ainda ríamos um pouco. *Babuchka* era muito boa e oferecia muito chá, mas a comida não era boa não. Contudo, ela dizia: "Queridos Nadya e Kólia, vocês são muito queridos, mas estou velha demais. Vocês não podem ficar aqui". Kólia não entendeu nada, quase nem ouviu o que *babuchka* disse, mas eu comecei a chorar. Entendi que o pior estava para acontecer: o orfanato! A essa altura, chorei também por papai.

Nunca tivemos um papai, mas me lembro de um homem que me levantava nos braços quando eu era pequenina. Nunca pensei muito nisso. Para mim, era normal haver apenas mamãe, Kólia e eu. Mas Kólia perguntava sobre papai de vez em quando e mamãe dizia que ele estava no exército, na Sibéria. "Ele sabe pilotar avião?" — perguntava Kólia. E mamãe respondia: "Não, mas ele está no exército e usa uniforme". Eu me lembro ainda hoje de ouvir Kólia repetir muitas vezes quando se falava de pais: "Papai usa uniforme, papai usa uniforme". Mais tarde, pensei que até mesmo no exército os pais sempre voltam para casa. Não ficam sempre fora. Pensei que talvez papai estivesse preso, mas mamãe nunca mencionou nada a esse respeito.

Então, quando ainda era pequena, mamãe já tinha ido embora e estávamos para deixar vovó e ir para o orfanato, sentia saudades de um pai que não tive. Queria que ele chegasse e nos levasse para nossa casa, para nosso riacho e nossas vacas. Achava que era injusto não termos nem mãe, nem pai. "Por que Deus fez isso conosco?" — perguntava à nossa *babuchka*. Ela devia saber a resposta, porque falava muito com Deus todos os dias e não apenas na oração da noite e antes das refeições. "Obrigada por esse presente" ou "oh, Teus caminhos" — murmurava ela, muitas vezes, referindo-se a Deus. Mas, agora, quando lhe perguntava isso, ela dizia: "Deus escolhe os Seus caminhos e Seu tempo é diferente do nosso. Um ano para nós representa um segundo para Ele. Nós nunca devemos ser impacientes". Então, ela pegou uma pequena caixa e a abriu. Na tampa, havia um ícone com a cabeça meio escura de Jesus e ouro em volta. "Olha aqui o seu Salvador" — disse ela. "Olha bastante para Ele e, então, entenderá por que Ele faz o que faz. Você não poderá traduzir isso em palavras, mas vai entender com seu coração." Olhei e voltei a olhar, senti algo, sim, mas não sei se entendi alguma coisa com o coração. Continuava sendo impaciente e esperava que Ele fizesse algo melhor por mim e Kólia e corrigisse o que não estava certo.

Um dia chegou uma senhora de chapéu e vestidos bem engomados. Puxei Kólia pela mão, corremos e nos escondemos, porque ela queria nos levar para o orfanato. Ficamos escondidos bastante tempo em um buraco embaixo de casa, onde havia uma ratazana gigante, mas acabamos saindo de lá quando vovó apareceu nos procurando e dizendo que a titia já tinha ido embora. Ela era funcionária da comuna e sabia onde nossa avó paterna podia ser encontrada. Nossa avó materna estava morta, disso eu já sabia, mas havia uma avó paterna em São Petersburgo em quem nunca havia pensado antes. A comuna queria nos enviar a ela.

Mais tarde, fomos buscar nossas coisas em casa e vê-la pela última vez. Depois, levaram-nos de carro para a estação ferroviária de Viborg. Cada um de nós tinha uma mochila nas costas e, além disso, eu tinha uma pequena maleta. Kólia queria ver o castelo da cidade e o carro passou por lá, mas não parou. Uma titia da comuna, não a mesma da primeira vez, viajou conosco até São Petersburgo, mas ficou apenas lendo seus papéis e não disse quase nada. Quando Kólia pediu para ir ao toalete, tive de ir com ele para ajudá-lo. Ela não quis fazer algo tão sujo assim.

Quando chegamos, ficamos esperando um longo tempo na estação, que era enorme como uma floresta e tinha um eco tão grande que mal dava para as pessoas conversarem normalmente. Por fim, chegou uma senhora já idosa que era nossa avó paterna e, assim como eu, tinha o sobrenome de Stepanova. Ela teve que assinar muitos papéis. Virei as costas para lhe servir de escrivaninha. Depois disso, a titia regressou ao trem.

Nossa nova avó também era velha, mas completamente diferente da *babuchka*. Usava chapéu e tinha os lábios pintados e uma capa esverdeada, com uma pele preta em volta do pescoço. Ela parecia mais uma titia da comuna de São Petersburgo, mas era professora e já estava aposentada.

Kólia e eu fomos levados pelas mãos dela, que nos segurava com força como se a corrente de pessoas à nossa volta estivesse pronta para nos pegar como quem pega uma flor à margem do rio. Fomos pegar o metrô, mas, na entrada, Kólia soltou a mão de vovó e ficou com medo de descer porque estava escuro. Ela, então, procurou um outro portão bem iluminado e Kólia resolveu nos seguir sem problemas. O metrô não era outra coisa senão um trem que andava debaixo da terra, onde era escuro e as luzes acendiam e apagavam com rapidez. O barulho era infernal. Kólia falaria disso, muitas vezes, mais tarde.

A casa de vovó também era completamente diferente da de *babuchka*. Era um apartamento em um prédio alto como uma torre e ela disse para Kólia que ali moravam mais de mil pessoas. Mil! Havia muitos prédios iguais em volta! O prédio de nossa escola cabia dez vezes no da vovó e nossa antiga casa, mil vezes, segundo minhas contas, enquanto olhava para os outros prédios da janela de vovó. O apartamento ficava no nono andar de uma torre de catorze andares. Durante muito tempo, Kólia sequer se aproximava da janela com medo de cair lá de cima.

O apartamento era de um quarto e sala e tive de ficar dormindo atrás de um biombo no quarto de vovó. Não havia lareira, mas apenas aquecedores de água quente circulante. Kólia aproximava as mãos com frequência desses aquecedores para sentir como estavam quentes. Ele também se arrastava pelo chão até a janela, ainda com medo de cair, e ficava deitado, cantando baixinho, enquanto segurava o aquecedor. Havia, claro, toalete dentro do apartamento e água corrente, mas a cozinha era no corredor, sendo utilizada por todos no mesmo andar. Isso era ruim. Vovó não podia fazer comida quando estávamos com fome, mas apenas quando a cozinha estava livre ou era seu horário de utilizá-la.

A nova vovó tinha um rosto anguloso e não parecia ser carinhosa como mamãe e *babuchka*, mas também não era má, nem puxava nossos cabelos. Havia muitas regras a seguir em seu apartamento: o que podíamos e não podíamos fazer, como devíamos sentar e pendurar nossas roupas etc. Não comíamos com faca. Se fazíamos algo de errado, ela falava com voz aguda como se fosse uma tesoura cortando a atmosfera.

No restante, tudo era muito melhor do que na casa de *babuchka*. Havia televisão e a comida era boa, mas continuava preferindo viver no campo. Sair quando me apetecesse, sem ter que descer uma escada enorme. Estar no lugar certo quando papai chegasse. Perguntei um dia por nosso pai, ou seja, o filhinho dela, embora fosse agora uma pessoa adulta. Ela sempre respondia: "Disso não quero falar". Isso também ocorria se eu perguntasse a respeito de mamãe, quando ela voltaria, embora soubesse que isso nunca iria acontecer. Kólia gostava bastante de morar na torre, visto que conseguiu se aproximar da janela e por haver muitos garotos com quem podia brincar no grande parque entre os prédios.

Kólia tornou-se o rapaz dos rapazes e não quis mais brincar comigo. Também começou a ir à escola e se habituou a brincar lá com outros garotos. Eu brincava com as garotas e frequentava a mesma escola que Kólia. Era uma escola grande, onde eu agia como todas as outras garotas e ninguém controlava o que eu fazia. Muitos professores nem sabiam meu nome. Eu não me sentia feliz, nem infeliz, mas inconformada com o que acontecera a mamãe.

E assim se passaram os anos. Quase quatro. Nós frequentávamos a escola e morávamos na casa de vovó. Praticamente, não acontecia nada. Apenas ficávamos cada vez maiores, é claro.

Um dia, notei que vovó cuspiu sangue no toalete. Ela olhou para mim, pela porta entreaberta, e disse: "Não é nada. Não se preocupe". Contudo, isso ocorria cada vez com mais frequência e ela acabou adoecendo. Ficava muito tempo na cama e era uma vizinha que se prontificou a comprar comida para a gente. Nossa vovó ainda conseguia cozinhar, mas não aguentava mais sair na rua.

Notei também que ela começou a cheirar mal. Normalmente, estava sempre perfumada, mas logo em seguida exalava um outro cheiro da boca. Era o odor da doença, ao mesmo tempo doce e amargo. Alguém com esse cheiro não podia estar saudável não. Kólia também sentiu esse odor e tapava o nariz com os dedos só quando vovó não podia ver-nos.

Um dia chegou uma médica, ou enfermeira, de bata branca para dar remédios para vovó. "Não pode continuar assim", disse a enfermeira uma vez e tanto ela como vovó olharam para nós. A essa altura, já sabia no que ambas estavam pensando: orfanato! À noite, falei no ouvido de Kólia por trás do biombo. Disse que tínhamos de fugir e viajar para casa de *babuchka* ou para nossa casa. Já estava bem crescida e sabia fazer comida e ajudar vovó. Por isso, podíamos viver na nossa própria casa, perto de Viborg. Mas Kólia não queria. Ele gostava de viver em São Petersburgo e não estava com medo de orfanatos. "É a mesma coisa que a escola, só que o dia inteiro", disse ele. "Posso brincar com os outros meninos e jogar futebol. Não quero viver sozinho no campo, com uma menina e a *babuchka*."

Mais tarde, voltei a perguntar a mesma coisa, muitas vezes, mas ele sempre dizia que não queria. Estava com nove anos de idade e eu, com treze. Era muito mais alta, mas ele já não era meu irmãozinho. Era forte e tinha braços fortes também. Já não fazia mais aquilo que eu lhe dizia para fazer. Não estava mais com medo. Era forte. Eu, não.

Vovó tinha um cartão do metrô em uma gaveta. Peguei-o e fui de metrô até a estação ferroviária, onde, havia tempo, tínhamos chegado. Na estação, o eco era igual ao de antes, mas, agora, entendia melhor como tudo funcionava. Nos grandes quadros, podia-se ver quando o trem saía para Viborg e qual era o número da plataforma. Não foi difícil encontrar o trem que indicava Viborg. Uma vez lá, não seria difícil encontrar minha escola e minha casa, por trás da escola. Contudo, não tinha dinheiro algum e sabia que para viajar era preciso tê-lo. Às vezes, Kólia perguntava à mamãe se não podíamos viajar para a Sibéria onde o papai vivia, servindo o exército. Mamãe sempre respondia que não tinha dinheiro para a viagem.

A estação em São Petersburgo era imensa e havia tanta gente, grandes multidões de todos os tipos de pessoas, que pensei na possibilidade de alguém precisar de mim e me levar para casa, para fazer comida e limpeza, como eu fazia na casa de vovó, quando ela não aguentou mais fazê-lo. Assim, poderia juntar dinheiro para viajar para casa ou viver na casa dessa pessoa, e não no orfanato. Pensei ainda que talvez, mais tarde, Kólia quisesse viver conosco, em uma outra casa em São Petersburgo, onde pudesse estudar em outra escola e brincar com outros rapazes. Seria melhor do que voltar para nossa casa e muito melhor do que ficar em um orfanato. Perguntei a várias titias da mesma idade de vovó se elas precisavam de ajuda com comida e limpeza, mas elas apenas seguiram em frente. Não ouviam o que eu dizia ou sorriam amavelmente, mas seguiam seu caminho.

Também houve um homem que não era idoso, mas parecia ser por causa das rugas em volta dos olhos. Ele se aproximou de mim e me perguntou se eu precisava de ajuda. Disse que sim, que procurava trabalho, que sabia fazer comida e limpeza. Perguntei se ele conhecia alguém que precisasse desses serviços. Ele perguntou que idade eu tinha. Estávamos em abril de 2005. Respondi que tinha treze anos. Ele ficou olhando para mim, pensativo. Mordeu o lábio, de um lado, de modo que o lábio ficou grosso do outro. Depois, abanou a cabeça. "Não conhece ninguém?" — perguntei. "Não" — respondeu ele. E foi embora.

Voltei à estação ferroviária várias noites, às vezes para perguntar se alguém precisava de ajuda em casa, às vezes só para saber se poderia voltar para casa, caso vovó morresse e tivesse que ir para o orfanato. Um domingo à noite, aproximou-se de mim o homem de antes, ao lado de outro homem. Este era alegre, parecia brilhante e vestia roupas caras. "Este aqui é Sergey" — disse o pequeno homem mais velho. "Talvez ele possa ajudá-la."

Paro de escrever aqui. Acabaram-se as folhas do bloco de anotações.

MARÇO DE 2006

Novo bloco.

Ali estava Sergey! Bem em frente ao trem, na estação de São Petersburgo, e parecia até estar em casa. Tinha certeza de tudo e parecia pronto para viajar para a Europa quando quisesse. Era uma dessas pessoas que sabem sempre o que precisa ser feito. Perguntei-lhe se ele conhecia alguém que precisava de ajuda em casa, de modo que pudesse dormir lá. "Naturalmente", respondeu Sergey, "isso não é problema." Mas ele falou que eu precisava entender que não era em São Petersburgo que se encontrava essa pessoa. Lá, as pessoas são pobres e não têm como encher a boca de mais ninguém. Mas no Ocidente! Lá as pessoas são ricas e não gostam de fazer certos trabalhos. Pagam para outros desempenharem essas funções: imigrantes e trabalhadores temporários, vindos do exterior. Perguntou se eu gostaria de ir para o Ocidente, por exemplo, à Finlândia. Lá, eu poderia conseguir trabalho e moradia. Contudo, disse que não sabia falar finlandês. "Não é problema", disse Sergey. "Tenho amigos na Finlândia e eles falam russo. Você vai aprender finlandês ou sueco mais tarde. Você é jovem. Vai ser fácil. Com seus cabelos castanho-claros e olhos quase azuis, você até parece finlandesa. Nem parece russa."

Respondi que precisava pensar, o que não era um problema para Sergey. "Venha aqui no próximo domingo à noite e me diga o que decidiu", falou ele. "Depois, poderá voltar na quarta-feira seguinte. Então, partiremos para a Finlândia." Mas também poderia voltar mais tarde, pois Sergey aparecia na estação com frequência.

Durante toda a semana, falei com Kólia, mas ele não queria sair dali e viajar comigo. "O orfanato é como uma prisão", dizia eu, mas ele respondia que mais parecia a escola. Falei também com vovó, perguntei-lhe como se sentia e se ia ficar boa de novo. Ela não respondeu, mas disse que se precisasse ir para o hospital, alguém da cidade viria tomar conta de mim e Kólia. "O que eles vão fazer conosco?" Vovó disse, então, que iríamos para um orfanato, onde encontraríamos novos amigos e companheiros para brincar. "Poderemos ficar juntos?" — perguntei. Vovó achava que os orfanatos eram diferentes para rapazes e meninas.

No sábado, sentei-me ao lado da cama de vovó e disse-lhe que se não voltasse um dia para casa, ela não deveria se preocupar comigo, pois isso significaria que arranjara trabalho na casa de uma família que precisava de ajuda, de quem fizesse comida e limpeza. "Escolha uma boa família", disse vovó, afagando com a mão minha face. Respondi que sim, que faria isso.

Nessa noite, falei longamente com Kólia na cama. Ele chorou um pouco e não queria que eu fosse embora, mas insisti, dizendo que, de qualquer forma, iríamos para orfanatos diferentes, mas um dia voltaria para visitá-lo. No domingo, mostrei a ele como se fazia para manter tudo limpo e preparar comida quando ele ficasse sozinho com vovó. Ela assistiu a tudo e disse para eu não me preocupar. Os vizinhos poderiam ajudar enquanto eu estivesse fora. Ela me pediu também para pegar uma bolsa de uma gaveta e me deu um pouco de dinheiro.

Quando tudo estava pronto, tomei o metrô para a estação ferroviária no domingo. Fiquei circulando bastante tempo nela, sendo que um policial ficou de olho em mim. Sergey não estava presente. Ninguém estava lá! Esperei ainda, até que anoiteceu. Por fim, vi aquele senhor com rugas nos olhos conversando com uma mulher perto do quiosque. Aproximei-me e pedi para ele dizer a Sergey que voltaria na quarta-feira seguinte. Ele me perguntou novamente que idade eu tinha e quando respondi treze anos, ele olhou para a mulher que tinha a pele muito branca, leitosa e usava muita maquilagem. Os dois se afastaram um pouco, mas mesmo assim consegui ouvir o que disseram. A mulher afirmou: "O problema é de Sergey, mas ela tem um corpo bem desenvolvido, parece ter quinze anos". "Ótimo. Vou falar com Sergey", disse o homem.

Para mim, ele disse que eu poderia voltar na quarta-feira à noite, mas precisaria ficar numa esquina, atrás do guardador de bagagens, e não no grande hall da estação. Às oito horas. Falei que tinha entendido. Isso aconteceu em abril do ano passado.

Dizer sim a Sergey era quase como já estar viajando. Vovó e Kólia não falaram muito comigo, mas ela pediu a Kólia para fazer coisas que antes eram feitas por mim. Ela estava muito cansada e pensei que logo iria para o hospital. Acho que os dois entenderam bem a razão de eu partir. Contei que ia trabalhar na casa de uma família em Viborg, mas isso não era verdade. Era mentira. Sabia que um dia teria de pagar por essa mentira. O castigo sempre chega e, às vezes, a recompensa também, mas todos nós sabemos de coração se agimos errado ou certo. Por que mentimos mesmo sabendo que mais tarde virá o castigo?

Na quarta-feira, depois da escola, fiquei segurando longamente a mão de vovó e beijei sua testa e rosto. Abracei Kólia durante muito tempo e dei a ele um velhinho de brinquedo que comprei com o pouco dinheiro que vovó me deu. Vovó e Kólia apenas ficaram em silêncio, mas não choraram. Eu chorei. Peguei a mochila e minha pequena maleta, com minhas coisas, e saí pela porta que, silenciosamente, fechei em seguida.

O elevador estava em conserto como habitualmente e tive que descer pela escada os nove andares, encontrando muita sujeira e desenhos nas paredes. Pensei que devia ser melhor na Finlândia. Dava para ver pelas imagens. Na Finlândia, era tudo mais limpo e puro.

Na estação, atrás do guardador de bagagens, havia duas garotas quando cheguei. Eram maiores do que eu e talvez tivessem catorze ou quinze anos. Ou dezesseis. Permanecemos em silêncio e não tínhamos certeza se outras iam viajar conosco. Mas quando uma das garotas, a de cabelos louros e longos, olhou mais uma vez para o relógio, não me contive e perguntei se ela também estava à espera de Sergey às oito horas. Ela confirmou que sim e a outra garota também. Depois, voltamos a ficar em silêncio, novamente.

Faltavam vinte minutos para as nove, quando Sergey chegou. Estava alegre e achou que tudo estava em ordem. Partimos no carro de Sergey, que estava estacionado longe, e rodamos por muito tempo pela cidade de São Petersburgo. Partes da cidade que nunca tinha visto e não eram tão bonitas. Depois, paramos em um sítio muito escuro onde havia outro carro. A única luz vinha do assento traseiro cujas portas estavam abertas. Era um micro-ônibus, com bancos laterais. Cinco garotas estavam sentadas lá dentro, com maletas no chão. Com nós três, lotou. Sergey apontou para uma caixa que estava embaixo de um banco e continha Coca-Cola e batata chips. "Por favor, sirvam-se" e fechou as portas.

A princípio, tudo ficou escuro e não dava para ver nada. Isso me paralisou e me deixou com vontade de voltar para casa. Mas, lentamente, começou a clarear. Através de uma pequena janela, na frente dos assentos onde estavam Sergey e o motorista, um pouco de luz entrou pelo vidro das portas. Era possível ver os pés das garotas e o colo onde suas mãos repousavam, mas não seus rostos. Por isso, ficamos em silêncio, durante muito tempo. É difícil falar quando não se consegue ver. Mas, depois, a garota ao meu lado disse para outra: "Você também vai para a Finlândia?" "Sim." "O que vai fazer?" "Dançar." "Eu vou cantar." Em seguida, novo silêncio até que uma das garotas do outro lado falou que também ia dançar.

As demais garotas passaram a falar umas com as outras, mas não queria dizer que ia fazer a limpeza de alguma casa. Soava tão mal dizer uma coisa dessas quando as outras garotas iam para a Finlândia para serem artistas. Mas uma das garotas, com voz rouca, disse que era enfermeira e, então, pude dizer que ia "trabalhar em uma casa". Já não soava tão mal. Ficamos falando, depois, de nossos pais, uns já falecidos e outros doentes. Uma contou que o pai sempre se embebedava com vodca e batia na família. A Finlândia ia ser melhor para todas nós.

Viajamos de carro durante toda a noite. Ficamos sonolentas e dormi apenas um pouco. Sempre acordava por causa de algum som diferente ou pelo tremor do carro, mas mesmo assim a viagem não foi ruim. Paramos uma vez e vimos que se tratava de um posto de gasolina. Ouvimos a batida metálica da ponta da mangueira entrando no tanque de combustível. Sergey abriu uma porta e distribuiu sanduíches e copos de chá com muito açúcar entre as garotas. Uma delas pediu para ir ao toalete, mas Sergey disse: "Mais tarde. Em breve". E assim foi. Pouco depois, o carro parou perto de uma floresta, saímos para urinar e recebemos de Sergey pedaços de um rolo de papel para nos enxugarmos.

Entrei na floresta um pouco mais e quebrei alguns ramos pelo caminho por causa de minha timidez. Estava sozinha, urinei e, depois, olhei para cima. Eram pinheiros altos que balançavam bem lá em cima. O céu estava estrelado, de uma maneira que já conhecia de ver do riacho, perto da nossa casa, mas nunca o tinha visto assim em São Petersburgo. As estrelas eram como Deus: estavam lá no céu o tempo todo, o espaço sideral sempre existia, mas nem sempre a gente podia vê-las. Elas estavam em cima de nossa casa, perto do riacho, onde eu vivia com Kólia e mamãe. Agora, porém, ali na floresta, estava sozinha e havia só silêncio, além de um pequeno sussurro do vento passando pelas árvores.

Ao voltar para o carro, vi ao longe as luzes de uma grande cidade. Uma das garotas perguntou a Sergey que cidade era aquela, mas ele disse apenas que ela nem precisava saber. "Ainda estamos muito longe de Helsinque."

Paramos da mesma maneira mais duas vezes. Primeiro, para comer sanduíches e, depois, para ir ao toalete ao ar livre. Mas não vi mais estrelas. O céu ficou escuro, quase negro.

Quando amanheceu, chegamos. As portas do carro foram abertas com estrondo e Sergey exclamou: "Olá, garotas! Bom dia". Bocejando e com as pernas bambas, saímos e ficamos espantadas. Estávamos à beira-mar! Mais abaixo, via-se a praia no final de um estreito caminho aberto entre a floresta. Era apenas uma pequena praia, cheia de pedras negras, entre a floresta e o mar. A água do mar também era escura, com uma névoa branca pairando por cima, e a umidade era muito grande.

Nós, as garotas, fomos primeiro ao "toalete" na floresta e, depois, olhamos umas para as outras, pela primeira vez, à luz do dia. Reconheci logo as duas que estavam na estação quando cheguei. As outras eram, mais ou menos, da mesma idade: catorze, quinze ou dezesseis anos. Todas eram muito brancas, com rostos cansados, mas com traços de maquilagem (nunca tinha usado sequer batom). Tentei reconhecer aquelas que queriam dançar, mas, para mim, eram todas iguais: magras, bem altas e, talvez, boas dançarinas. Era impossível saber também quem não dançava nem cantava e, como eu, vinha para trabalhar em alguma casa particular.

Mas quando ouvi aquela voz rouca, soube de imediato quem ia trabalhar como eu. Ela se chamava Galina e tinha quinze anos. Seus cabelos eram castanho-escuros e bastante longos e os dentes, muito brancos, os dois da frente ligeiramente separados. Ela sorria muito, era alegre e amável com todas. Junto com outra garota, viera de Toksovo, uma pequena cidade nos arredores de São Petersburgo. Olhava muito para o mar e disse que gostava de andar de barco. Sergey aproveitou a oportunidade para dizer que era de barco que íamos chegar a Helsinque, onde ela queria trabalhar como enfermeira. Galina disse também que era bom ter já quinze anos. Era a idade necessária para quem quisesse começar a trabalhar em um hospital, na Finlândia. Tendo eu apenas treze anos, só poderia trabalhar em casa particular. Nesse caso, não havia regras.

Sergey olhava insistentemente para o mar e também para o relógio. Esperava. Mantinha uma expressão alegre para nós, mas dava para ver que estava preocupado, nervoso. Assim, também ficamos preocupadas.

Fazia frio, embora não houvesse vento. Vestimos todas as roupas que tínhamos e algumas de nós voltaram para o carro, onde o motorista continuava sentado, fumando, com o vidro da janela um pouco rebaixado. Também voltei para o carro e fiquei comendo um resto de batatas chips e olhando para a neblina lá fora. Nunca tinha visto o mar. A garota dos cabelos louros disse que Sergey devia pensar no café da manhã. "Vocês poderão comer no barco", disse o motorista. "A comida é sempre muito boa nos barcos." Enquanto falava, olhei pela primeira vez para o motorista. Era jovem e tinha um nariz grande, curvo, e seus dentes, quando sorria de boca aberta, eram desalinhados e acavalados uns nos outros.

Depois, não se ouviu mais nada, a não ser as batatas chips estalando em nossas bocas e as embalagens plásticas sendo amassadas. O motorista voltou a fumar mais um cigarro. Nós ainda ficamos dentro do carro, onde havia calor e era possível dormir um pouco.

"Ohoy!" Saímos do carro e corremos para a praia. Sergey gritava "ohoy", mas não para nós. Era para um anjo! Um anjo que estava chegando pelo mar: grande, alto e silencioso. Vinha buscar a gente e ele não precisava gritar porque sabia, exatamente, onde estávamos. Permanecemos em silêncio para não incomodar aquela nau que brilhava com luz própria e voava com suas grandes asas.

Momentos depois, vimos uma pessoa de capa branca e longa, mais branca do que a névoa, e que parecia, de fato, um anjo. Era um homem que estava sozinho na proa do barco e, em seguida, vimos dois outros homens que remavam, um de cada lado da embarcação, ambos de camisas pretas. Os dois eram baixos e pareciam estar ajoelhados como pessoas que estão orando para um anjo.

"Sergey Ivanovich", gritou Sergey. O outro homem no barco também tinha o mesmo prenome. "Olá, Sergey Petrovich!", disse ele, por sua vez, com voz grave, como se viesse de dentro de um grande barril.

O barco parou na praia com um som agudo e forte como se fosse desmontar. O homem da capa branca pulou na areia e foi cumprimentar Sergey primeiro. Tinha um grande bigode castanho-claro e olhos azuis. Com eles, olhou para nós e, em especial, para mim. Franziu a testa e falou baixo com Sergey. Acho que ele estava zangado por minha causa. Talvez pensasse que eu fosse fraca demais para fazer serviços de limpeza. Ficou parado, mas nosso Sergey só gesticulava. Se eles perguntassem, estaria pronta para dizer que era forte e havia muito tempo fazia a limpeza e a comida na casa de vovó. Por fim, Sergey Petrovich parou de falar e tirou uma grossa carteira do bolso de sua capa. Sergey Ivanovich estendeu a mão e ambos ficaram conferindo as notas como se fossem duas crianças na escola. As notas eram esverdeadas. Eu nunca as tinha visto antes.

Sergey colocou parte do dinheiro no bolso da calça e outra parte no bolso da camisa, antes de se virar e nos chamar. "Vamos, garotas. Tragam suas coisas. Vocês vão viajar agora para a Finlândia!" Fomos buscar nossas maletas no carro e dissemos adeus para o motorista, mas ele não respondeu. Continuava fumando. O homem da capa voltou para o barco e sentou-se bem atrás, na popa. Sergey ajudou-nos a subir no barco pela proa. Era um barco bem grande, com lugar para todas: quatro à frente dos remadores e quatro atrás deles. Sergey parecia satisfeito e se despediu de nós, uma a uma, à medida que nos ajudava a subir no barco, mas errou ao me chamar de Galina. Quando estávamos todas sentadas, o homem da capa disse: "Olá, garotas!". E depois: "Vamos nessa!". Sergey tentou empurrar o barco três vezes para o mar, mas estava pesado demais. O novo Sergey fez um sinal para um dos remadores que pulou na água e pôs o barco a flutuar quase sem a ajuda do primeiro Sergey. O remador era muito mais forte, mas lembro-me de ter pensado que era injusto ele ter molhado os pés. O motorista do primeiro Sergey podia ter ajudado.

Quando o barco começou a deslizar, a neblina não parecia tão branca e dava para ver cada vez mais o mar. Mas, momentos depois, já não era possível ver a praia, nem o carro, nem o primeiro Sergey. Estava tudo branco e a neblina era total.

Os remadores usavam longos remos e o novo Sergey, de vez em quando, fazia soar o sino da popa. A princípio, não se escutou mais nada, mas, logo em seguida, um outro sino tocou em meio à neblina. Sergey apontou uma direção para os remadores e, depois de vários toques de sinos, chegamos a um barco maior ou talvez devêssemos dizer "navio".

O navio era alto e de ferro. Nosso barco, que era de madeira, alinhou-se bem próximo ao navio e chegou a ranger ao bater nele. Nós também chiávamos, parecendo pequenas leitoas, chiando para receber a comida de sua enorme mãe. Tivemos que subir em uma escada até chegar ao deque do navio, que cheirava a peixe, e algumas garotas taparam o nariz como Kólia fazia quando vovó cheirava mal. Os homens que estavam no deque, todos marinheiros, riram muito e imitaram as garotas tapando também os narizes. Eles usavam camisas pretas como os remadores e tinham barba. Seus rostos estavam bem queimados, com muitas rugas, mas não eram idosos.

O novo Sergey subiu depois de nós e contou quantas éramos: oito. Depois, conduziu-nos por uma escada dentro do navio onde o cheiro de peixe era ainda mais forte, misturado agora com o cheiro de diesel e de outra coisa qualquer. Embaixo, havia dois quartos com quatro camas cada um. Fiquei no mesmo quarto com Galina e também no mesmo beliche, eu embaixo e Galina em cima. Ao me deitar, achei a cama bastante macia e confortável, mas também senti que jamais conseguiria dormir com aquele cheiro. "Deixem suas maletas em cima da cama e venham comer", disse Sergey. "Vocês vão poder dormir mais tarde."

O motorista tinha razão. A comida era boa no navio, bem americana, com sucrilhos, grandes sanduíches com queijo e chá com bolachas e geleia. Podíamos comer tudo o que quiséssemos durante o tempo que fosse necessário. Mas, depois, era para ficarmos quietas enquanto Sergey ditava as regras. Não devíamos subir ao deque à luz do dia. "Vocês só verão o mar quando puderem mirar as estrelas. Estejam sempre prontas para ir à minha cabine quando eu quiser, em juntar suas coisas e se esconderem bem no fundo do navio." Tivemos todas que dizer que havíamos entendido as regras: "Sim, Sergey Ivanovich." Depois, fomos dormir.

O navio partiu enquanto comíamos, produzindo um ruído muito forte e infernal. Fiquei pensando nele e no mau cheiro e não consegui dormir. Foi o que as outras garotas também disseram. Todas tentaram ficar acordadas, falando do navio, da Finlândia e de Sergey. A garota mais alta, a de cabelos longos e louros que se chamava Larissa, disse que ele era bastante bonito.

Eu me deitei e fiquei pensando em vovó e Kólia e me perguntando se na Finlândia iria encontrar outras garotas russas. Era melhor trabalhar em um hospital, onde encontraria muitas garotas, do que em uma casa particular, onde ficaria sozinha. E ali, estava eu deitada em uma cama macia, mantida quente por um grosso cobertor e de estômago aquecido por um chá. A essa altura, o barulho e o mau cheiro do navio desapareceram e eu adormeci.

Quando acordei, era uma hora da tarde. Tinha dormido quatro horas. O navio balançava. Dava para sentir as ondas do mar debaixo do casco. A sensação era de que o mar estava ali pertinho, do outro lado da parede, e a água estava fria. Estava enjoada, mas só um pouco. Não cheguei a vomitar. Alguém colocou um balde no meio do quarto para quem precisasse usá-lo. O balde tinha uma tampa que levantei para ver. Veio um cheiro horrível. Alguém vomitara enquanto eu dormia. As outras garotas ainda dormiam, mas começaram a se mexer e a esticar os braços. As camas eram macias, mas pequenas e estreitas. Não dava para se mexer muito.

Depois, a porta se abriu devagar. Sergey entrou, lançando um olhar para nós. Fingi que ainda dormia, mas vi nos olhos dele o estado alcóolico em que ele se encontrava. Enquanto dormíamos, ele se embebedara certamente com vodca.

Sergey ficou nos fitando por um bom tempo, mudando o olhar de direção, com a expressão meio alucinada pela bebedeira e pelo balanço do barco. Quase caiu, mas se segurou na porta. Depois, esticou o braço e balançou Larissa. Ela acordou, mas ainda estava sonolenta. Sergey fez um sinal com o dedo nos lábios. Silêncio. Depois, outro com a cabeça. "Venha!" Larissa passou a mão nos cabelos desalinhados, lindos e dourados e saiu com Sergey. Também estaria pronta se tivesse que sair com ele.

Fiquei deitada na cama durante um bom tempo, um pouco enjoada, pensando que se mamãe ainda vivesse, não estaria ali sozinha, no meio do mar, dentro de um navio muito estranho. Pensei nos troncos que caíram sobre ela e a mataram, deixando-a sangrar. Penso que ela sangrou bastante, embora nunca ninguém tenha me contado a verdade. Para Kólia, contei apenas que ela tinha recebido uma pancada na cabeça e desmaiado. Depois, morreu.

Contudo, preferia pensar em mamãe quando ela ainda estava viva e inteira. Quando ela sorria e afagava meu rosto, embora tivesse que trabalhar muito para manter todos nós. Quando ela cantava e divertia o pequeno Kólia que ficava sentado em seus joelhos. Permanecia sentada ao lado deles e escrevia a letra "M" na mesa, quando ainda frequentava o primeiro ano do ensino básico. Pensava nela agora. Via-a de blusa branca dormindo à sombra da árvore, com um leve sorriso espelhado no rosto e a expressão de que tudo acabaria dando certo. Talvez ela agora estivesse olhando para mim do céu, vendo-me deitada na cama de um navio que singrava, balançando, o mar. Fiz uma oração, pedindo que mamãe estivesse ali comigo para me ajudar.

As outras garotas também acordaram e uma delas (não me lembro do nome) perguntou a respeito do cheiro. Galina disse que teve de vomitar. A outra garota sentiu, então, vontade de vomitar e saiu do quarto, mas

Galina e eu ficamos. Já não sentia mais o mau cheiro e para Galina o cheiro era também o dela. Não a incomodava mais.

Falamos de trabalho e da Finlândia, além de nossas famílias. O pai de Galina morrera num acidente com um caminhão e a mãe dela, por causa disso, virou alcoólatra. Ela tinha vivido em um orfanato e, quando perguntei, ela me disse que era horrível. Eu já sabia! O irmão e a irmã dela estavam em orfanatos separados. Eu também sabia disso. Os orfanatos eram assim. Os rapazes e as garotas não podiam ficar juntos. Contudo, estava a caminho da Finlândia e me sentia feliz por isso.

Um marinheiro chegou e entrou logo a seguir. Disse que a comida estava na mesa. Voltamos, então, para a sala maior e comemos um omelete com pedaços de batata e salsichas. Estávamos sozinhas, sem a presença de marinheiros. Eles tinham comido antes e, no momento, estavam trabalhando.

Mais uma vez, pudemos comer o quanto queríamos e beber suco de fruta. Olhei pela janela redonda e vi que ainda havia luz do dia e nada de estrelas. Não dava para sair. As ondas do mar Báltico eram grandes e a água, muito verde, a não ser pela espuma que era branca. Era bonito ver tudo isso desde que não se sentisse mal. Notei que tinha estômago forte: podia ver o mar e, ao mesmo tempo, não parar de comer. Algumas das garotas não conseguiram comer nada.

Mais tarde, começamos a jogar cartas, mas uma das garotas de meu quarto só conseguiu ficar deitada no sofá. Todas as garotas estavam lá, com exceção de Larissa, que continuava no quarto de Sergey, do outro lado da sala de jantar.

Por fim, quando Larissa voltou, ela estava ruborizada e com uma expressão no rosto muito estranha. Passou por nós e foi para seu lugar no beliche sem dizer uma palavra. Continuamos a jogar cartas, mas fizemos menos barulho. Não saberia dizer o porquê. O motor do navio continuava a produzir ruído, sem regularidade, como alguém que dorme, está com febre e fica reclamando o tempo todo, algumas vezes em voz baixa, mas outras em altos brados.

As outras garotas começaram a jogar um tipo de jogo de cartas que eu não conhecia, de modo que fui dar uma volta pelo navio. Na sala que servia de refeitório, passei os dedos pela madeira da mesa chamada de mogno. Do outro corredor, uma escada metálica dava acesso ao local do motor. Desci metade da escada e vi dois homens com manchas de óleo negro no rosto e nos braços nus. O barulho era tão grande que não dava nem para pensar. A cabeça ficava cheia de tanto ruído.

Depois, voltei para minha cabine e adormeci de novo até que Galina me acordou. "Tem de ir à presença de Sergey. É a sua vez."

Aqui termina o meu segundo livro de anotações.

MARÇO DE 2006

Terceiro caderno de anotações.

Diante de Sergey, havia uma garrafa de vodca quase vazia e alguns copos. Um pouco de vodca balançava em cima da mesa conforme a oscilação do navio. Cheirava muito mal, a gasolina. Sergey inclinou-se por cima da mesa, apoiado nos braços, com os cabelos desalinhados e os olhos nadando em sua própria água. Ou seria vodca?

Quando entrei, ele acordou e ficou alegre. Levantou os braços: "Ah, Tânia!". Falei que me chamava Nadya. Ele disse que estava tudo bem e escreveu o nome em um bloco à sua frente. Acrescentei Stepanova, mas o sobrenome ele não escreveu. "E você, quantos anos tem?" Respondi treze, mas ele escreveu quinze. "Não, treze", disse eu, duas vezes, mas ele não mudou nada. Estava tão bêbado que não conseguia ver a diferença entre o número 13 e o número 15.

— E você quer o quê?

Respondi que queria trabalhar como empregada doméstica em uma casa particular ou, de preferência, como faxineira em um hospital. Sergey disse ter entendido, mas acrescentou que talvez não fosse possível arranjar trabalho de limpeza. Talvez fosse necessário fazer outra coisa. Perguntei o que, e ele disse que sempre era possível dar um jeito.

— Certamente, você é uma garota com juízo que fará o que a gente lhe disser para fazer. Ou não? — acrescentou Sergey.

Não disse mais nada e fiquei quieta em meu lugar. Queria era trabalhar como faxineira.

— Ah, Nadya, Nadya, você é tão pura — disse Sergey, recostando-se na cadeira. — Daria tudo para ser tão puro como você.

Ele fez, então, uma pausa e ficou balançando a cadeira. Depois, continuou:

— Por amor, poderia dar tudo. Tudo! Mas não existe mais amor. Não existe mais pureza. É tudo uma sujeira só. Estou sujo e, à medida que o tempo corre, fico cada vez mais sujo. Sempre. Você entende o que é ficar cada vez mais sujo, durante toda a vida, dia após dia, ano após ano?

Assim falava Sergey. Ou mais ou menos assim, o que era muito estranho. Queria sair dali, mas ele fez sinal com a mão para eu ficar. Voltou a pegar a garrafa de vodca e encher o copo. Metade da bebida caiu em cima da mesa. E bebeu de novo.

— Nada tem valor. Está tudo morto, sem valor — exclamou Sergey. — Você está vendo? Está vendo, em cima de mim, um anjo negro? Um anjo com asas pretas. E essas penas caem em cima de mim e, então, também fico preto. Caíram penas pretas, em cima de mim, a vida inteira.

Ele apontava para o teto e mostrava com os dedos no ar como as penas caíam em seu peito, mas não conseguia ver nada. Sergey estava brincando ou vendo fantasmas. Talvez estes também existam, mas nem todos conseguem vê-los.

— No entanto, estou vivo! Não sei por que ainda continuo vivendo e ainda não tirei minha própria vida — ele enfiou, então, o indicador na própria boca como se fosse uma pistola. — É tão fácil. Apenas um segundo. Mas não consigo fazer isso. Você sabe por que não consigo? Porque existe a pureza! Porque ainda existe pureza no mundo, aquela pureza que você tem, Nadya! Vem e me beija, vem e beija minha testa!

Eu abanei a cabeça e achei que ele estava sendo infantil.

— Não? — perguntou ele. — Não! Eu entendo. Eu não valho nem um beijo seu. Mas, então, cante! Você, com certeza, sabe cantar. Cante uma canção para mim, Nadya!

Eu perguntei se depois podia ir embora. Ele disse que sim. Então, cantei: "Milhões de rosas". Comecei em voz baixa, mas depois fui elevando a voz, porque gosto de cantar, embora saiba que não sou boa cantora. Sergey balançava com a música e cantou por vezes comigo, algumas palavras da letra, as que ele conhecia. Ao mesmo tempo, começou a chorar e a soluçar como Kólia, quando se feria. Eu queria terminar, mas tive de cantar mais uma vez. É uma canção que pode ser repetida muitas vezes.

Sergey estava cada vez mais cansado e balançava menos. As palavras da canção que ele conhecia passaram a diminuir até que desapareceram. Por fim, ele se inclinou para a frente, sobre a mesa, e quase tombou a garrafa. Eu afastei-a a tempo. Sergey adormeceu com a face apoiada na mesa e a pressão fez que o rosto ficasse de lado. O nariz quase encostou no tampo, com pequenas poças de vodca. Desejei que ele se sentisse mal, que a bebedeira o obrigasse a vomitar e, nos sonhos, chorasse e cantasse muitas canções ridículas. Ao fechar a porta da cabine, ri bastante ao pensar na cena. Hoje, porém, não consigo mais rir dele.

A essa altura, anoitecera e estávamos autorizadas a ver o mar e as estrelas. Peguei minha capa e subi para o deque. O ar estava frio, mas muito puro e, de repente, notei como era difícil respirar lá em baixo, embora já me tivesse habituado. No momento, meus pulmões estavam maiores e mais limpos, à medida que continuava a respirar. O vento e o mar entravam neles, purificando-os. O sal das águas misturava-se com o cheiro do peixe conservado no gelo por baixo do deque. Por cima do mar, havia uma pequena luminosidade produzida pela lua, atrás das nuvens. Dava para ver as grandes manchas escuras e dançantes das ondas e pensei, novamente, nos movimentos do navio, aos quais já me tinha habituado sem sequer notar isso. Lá ao longe uma mancha escura de terra. Talvez a Finlândia.

Fiquei vendo as estrelas por muito tempo, mas acabei descendo e encontrando as outras garotas já dormindo. Mais tarde, fiquei sabendo que todas tinham estado na cabine de Sergey, uma de cada vez, antes de mim. Enfim, às seis horas da manhã, ele veio nos acordar. Sua boca cheirava muito mal e parecia, realmente, uma lixeira. A face do rosto que ficou encostada na mesa, durante o sono, ainda estava vermelha. Ele estava também muito zangado e gritava a todo momento para andarmos rápido. Tínhamos que nos levantar, fazer as camas e pegar todas as nossas coisas antes de nos escondermos em um pequeno buraco atrás da casa das máquinas. Já tinha entrado lá quando me lembrei de ter esquecido a escova de dentes. Corri, peguei-a e voltei. Em nossa cabine, havia agora marinheiros deitados nas camas como se tivessem dormido lá o tempo todo.

Ficamos muito tempo no buraco escuro e tínhamos de manter silêncio completo, até que o navio parou e os motores foram desligados. Ouvimos alguns homens conversando, não em russo, talvez em inglês, finlandês ou sueco. Sergey havia dito que era preciso ficarmos caladas porque alguns finlandeses não queriam que trabalhássemos no seu país. Os sindicatos também não queriam. "Mas há muitos finlandeses que gostam de russos que trabalham bem", disse Sergey. Não havia problema.

Por fim, os motores voltaram a ranger e o navio prosseguiu viagem. Fomos autorizadas a voltar às cabines e a dormir. Os marinheiros já tinham ido embora, mas o cheiro deles, de suor, loção pós-barba e tabaco, ainda se mantinha lá dentro.

Quando acordamos, já tinha raiado o dia e o navio estava parado com os motores desligados. Certamente, tínhamos chegado à Finlândia, mas não pudemos sair logo, nem mesmo abandonar a cabine. Sergey chegou com a comida, macarronada, que comemos sentadas nos beliches. Depois, voltamos para as camas, à espera de a noite chegar. Xixi só no balde.

Falamos muito de Sergey e sobre o que ele realmente queria. Todas as garotas de minha cabine ouviram dele que não podiam dançar, nem cantar, nem fazer limpeza, não logo de início, mas aquilo que tínhamos de fazer não ficou claro. "Talvez trabalhar em uma fábrica", sugeriu uma. Pensei nisso e achei que conseguiria me adaptar a esse serviço, mas não em uma fábrica que trabalhasse com troncos de árvores! "Desde que tenhamos comida, pelo menos, e uma cama bem quente", falou Galina com voz bem rouca.

Anoiteceu mais uma vez e Sergey voltou. Já não estava zangado como naquela manhã, mas também não tão delicado como na noite anterior, depois da vodca. Foi duro e frio e sabia exatamente o que devíamos fazer: reunir as nossas coisas, vestir nossas roupas e subir para o deque. Lá em cima, escuridão total e nada de estrelas. Apenas alguma luminosidade da lua clareando um pouco as nuvens. Descemos, então, para o barco a remos, o "porquinho de madeira" como era chamado, e fomos levadas à praia por dois remadores. Passamos, depois, por uma região de rochas escarpadas, até chegar à beira de uma floresta. Lá havia uma pequena estrada e dois carros estacionados. Fomos divididas, quatro em cada carro, sendo a escolha feita por Sergey. Tive sorte de ficar com Galina em meu carro, com Larissa e uma outra garota chamada Liza (Elizabeta). Tivemos que ficar no assento traseiro, mas o veículo era grande. Era um Mercedes. Sergey sentou-se à frente, ao lado do motorista que era baixo, tinha cabelos negros e mascava chiclete o tempo todo.

O carro avançava em alta velocidade ou, pelo menos, parecia, devido à escuridão da noite. Estava sentada junto ao vidro traseiro e podia olhar para fora. A noite estava bem escura, mas à luz dos faróis do carro dava para ver que passávamos por arbustos e árvores. A floresta indicava que estávamos longe de qualquer cidade e a estrada era de terra batida, empoeirada. Depois, viramos para a direita e entramos no asfalto. Vi uma placa azul com números brancos. Turku 88, Rauma 12. Falei com as outras garotas e uma delas disse que eram cidades finlandesas. Sorrimos todas, pensando estar a caminho de Helsinque, onde iríamos conseguir trabalho e ganhar dinheiro, talvez até um quarto para cada uma. Mais tarde, talvez dançar para aqueles que quisessem. Nesse momento, estávamos cheias de esperanças.

Passamos por algumas cidades menores, talvez apenas aldeias, casas baixas, algumas luminárias de rua, um posto de combustíveis, placas que ainda não conseguia entender. Depois, os candeeiros de rua se tornaram mais frequentes, produzindo uma luz alaranjada ao longo do caminho. As casas passaram a ser maiores. Mas nada de Helsinque, apenas Turku, Rauma e Pori. E, a seguir, Forshälla 33. As garotas ficaram se olhando e se interrogando. Liza deu um toque em Larissa que era a mais velha. Por fim, ela perguntou:

— Para onde estamos viajando?

Sergey respondeu:

— Houve uma pequena alteração em nossos planos. Não estão precisando de gente em Helsinque, mas em Forshälla. Estamos a caminho de lá. Não falta muito para chegarmos. É uma cidade muito bonita.

Logo em seguida, vi uma placa com Forshälla 28 e falei para as outras confirmarem.

Pensei que Helsinque seria melhor, pois era a capital e tinha visto na televisão uma bonita festa de independência realizada na cidade. Mas ninguém se atrevia a dizer nada contra Sergey. Ele era forte, duro e frio e queria ir para Forshälla. Em determinada altura, o motorista perguntou se ele poderia parar em um posto de gasolina e Sergey reagiu com um palavrão em russo tão alto que o motorista até parou de mascar o chiclete que tinha na boca. Logo compreendemos que Sergey poderia falar assim conosco caso nos atrevêssemos a discordar de sua escolha por Forshälla ou de qualquer uma de suas decisões. Nós três olhamos para Larissa, que encolheu os ombros como quem diz: "Forshälla, afinal, também é Finlândia". Ficamos todas em silêncio, mas Galina, que estava a meu lado, apertou minha mão durante todo o caminho até Forshälla. Ela também não estava feliz.

— Não entre na cidade por aí. Vamos por um dos caminhos circulares — disse Sergey ao motorista. Logo deixamos de ver a cidade por dentro. Aliás, tínhamos visto muito pouco da Finlândia. Sei que Forshälla tem um forte e uma igreja muito bonita, mas vi isso em fotografias e, algumas vezes, na televisão. Grönhag foi o lugar onde paramos. Foi esse nome que vi à noite em uma placa. Agora sei que Grönhag faz parte de Forshälla, que faz parte da Finlândia.

Continuava muito escuro quando estacionamos, mas vi que estávamos diante de uma casa térrea bem grande. A porta abriu-se e uma mulher saiu e aproximou-se de nosso carro. Ela mesma abriu a porta do carro e foi logo dizendo: "Olá! Eu me chamo Denia". Ela devia ter uns trinta e cinco anos de idade e seus cabelos eram bem escuros. Estava bem vestida, com uma saia e jaqueta da mesma cor bege, muito maquilada e usava um perfume que notei assim que saí do carro. Ela disse "sejam bem-vindas" e perguntou se a viagem tinha corrido bem, se tínhamos enjoado muito, como nos sentíamos agora e se estávamos com fome. Ouvi dizer mais tarde que ela tinha vindo da Bósnia.

Ela e Sergey se beijaram no rosto, de ambos os lados. Em seguida, beijou-o na boca também. Ela estendeu a mão e nos cumprimentou, perguntou nossos nomes e repetiu cada um eles. Depois, pegamos nossas coisas do bagageiro do carro e Denia nos mostrou o caminho para casa. Lá dentro, indicou-nos um quarto nos fundos com quatro beliches de duas camas cada um. Larissa e Liza, que eram as mais altas, ficaram com as melhores camas, embaixo, sem precisar subir nas camas de cima, onde Galina e eu ficamos. Melhor assim, porque ficamos novamente juntas no mesmo nível.

O quarto era simples, com tapetes entre as camas, alguns armários de ambos os lados da porta e uma mesa junto à janela. Tudo feito de plástico imitando madeira, em uma cor acastanhada. Pensei nisso e fiquei com receio de que a Finlândia fosse tão pobre que nem houvesse madeira de verdade para fazer móveis. Pelo menos isso a Rússia tinha, embora também fôssemos pobres. "Talvez todos na Rússia estivessem errados ao dizer que a Finlândia é rica e vive bem", pensei.

O restante da casa estava em bom estado e o banheiro era grande, com paredes de tijolos verdes, e tinha até uma boa banheira para tomar banho. Também havia um pequeno toalete extra separadamente. Denia deu-nos quatro toalhas e escovas de dente. A sala de estar era muito bonita, com uma mesa de vidro e um grande sofá bem macio, de cor acinzentada. Havia também uma televisão enorme, de plasma, pendurada na parede, o que eu pensava ainda não existir. Além disso, as estantes eram feitas de madeira de verdade, o que me levou a pensar que talvez a Finlândia, afinal, não fosse assim tão pobre. Denia era alegre e estava orgulhosa, mostrando tudo, mas só na sala e na cozinha, onde pudemos comer arroz com frango, passas e condimentos estranhos da Bósnia que ela cozinhava com frequência. Havia também outros quartos que, naquele momento, não nos mostrou.

Durante a refeição, perguntamos onde iríamos trabalhar, mas Sergey, que estava em pé, junto da bancada da cozinha, bebendo uma cerveja, disse que falaríamos disso no dia seguinte. "Agora, vocês precisam dormir", disse Denia. Nesse momento, ela saiu da sala, sendo seguida por Sergey. Ouvi que eles mencionaram meu nome e Sergey disse várias vezes em voz alta: "Quinze". Denia respondeu: "Doze ou, no máximo, treze". Pelo que pude entender, havia algum problema com o fato de Sergey ter escrito no papel minha idade errada. "Por que não perguntam para mim? Sei qual é minha idade. Não sou mais bebê", pensei. "Não sou como Kólia que mostrava a idade com os dedos quando ainda era bem pequeno."

Fiquei em silêncio. Fomos dormir. A princípio, conversamos um pouco e estávamos tristes por estar em Grönhag em vez de Helsinque. No entanto, estávamos satisfeitas em estar em uma casa limpa que não era ruim. Liza olhou embaixo dos beliches e disse que não havia sujeira. Já deitadas, Galina falou de maneira esquisita, imitando Denia, e todas nós rimos por causa de uma palavra russa que ela pronunciava um pouco erroneamente, de um jeito que a transformava em palavrão. Em seguida, Larissa disse que estava cansada e pediu para nos calarmos. Durante algum tempo, ainda escutei as outras se mexendo na cama e respirando da maneira que as pessoas respiram quando estão acordadas. Em pouco tempo todas dormiram.

Só eu fiquei pensando em tudo e não consegui dormir. Não sei como está Kólia nem o que vou fazer amanhã, em um país diferente. Talvez mamãe esteja olhando por mim.

Fazia um silêncio completo. Era como se não houvesse ninguém, nem carros, em Grönhag. Mas dali a pouco, ainda acordada, comecei a escutar alguns pequenos e fracos lamentos e gritinhos, mas os chiados ficaram cada vez mais fortes, parecidos com os de qualquer porquinho que quer mais comida. Vinham de Sergey e Denia que estavam fazendo a mesma coisa que mamãe fazia com o lenhador. Depois, esses ruídos terminaram e fiquei com sono. Adormeci sonhando com os leitões em volta de mamãe, querendo comida.

Tudo isso ocorreu um ano atrás, em abril de 2005. Depois, muitas coisas aconteceram comigo. No entanto, vou terminar de escrever agora, embora haja muitas folhas a preencher neste bloco de anotações. Houve muitos acontecimentos tristes em Grönhag e sobre eles não quero escrever.

Harald

ACONTECIMENTOS DE 19 DE ABRIL DE 2006

E aí começou tudo de novo.

Desta vez, fui o primeiro a chegar à cena, isto é, depois do ornitólogo que encontrou o corpo em uma casa de campo, uma *stuga*, ao sul de Euraåminne, a pouco mais de quarenta quilômetros a sudoeste de Forshälla. O estudioso de aves não tinha mais água no cantil e resolveu bater à porta da *stuga* para conseguir beber. A porta se abriu e ele acabou encontrando uma pessoa morta. Então, telefonou para a polícia com seu celular e descreveu a situação de tal maneira que o policial de plantão logo encaminhou a chamada para mim. Sonya estava fora em serviço e decidi assumir a situação e partir com Markus para o local. Em um outro carro atrás, seguiram dois peritos criminais com todos os seus equipamentos.

Markus ficou sentado a meu lado e, pelo que pude perceber, era muito mais sensível do que dava a entender seu rosto alegre e radiante. Durante a reunião, após a morte de Gabriella Dahlström, ele demonstrou ser um bom profissional, atendo-se aos fatos, embora sempre um pouco calado demais, mas agora parecia bem nervoso. Mantinha as mãos enormes bem juntas sobre os joelhos.

— Será mesmo que aconteceu de novo? Um crime em que os olhos da vítima foram retirados? — perguntou ele.

— Sim, claro. Era de se esperar que o Caçador agisse de novo.

— Tudo bem. Mas, mesmo assim, não deixa de ser... Desagradável.

Apesar de esperado, o caso estava nos preocupando demais, sendo nossa obrigação tentar manter certa distância dos fatos e encarar o caso pelo lado meramente profissional. Markus ainda sussurrou algo enquanto abria e fechava os punhos, mas, pelo visto, só estava desabafando por meio de palavras sua sensação de desconforto e espanto diante de um criminalista mais experiente que ele. Daí, começou a limpar os dentes com fio dental durante alguns momentos, o que, nessas ocasiões, também parecia ajudar.

Depois de se acalmar um pouco, Markus começou a indicar no mapa o caminho certo para mim. Mesmo assim, erramos o trajeto duas vezes, mas acabamos encontrando uma pequena trilha na floresta, onde o mato já tinha crescido de novo. Durante quase um quilômetro, ainda tivemos que enfrentar dificuldades ao avançar sobre raízes e pedras. Os peritos já tinham chegado lá, estacionaram a certa distância da casa de campo e paramos atrás deles, em um lugar que dava para sair e retornar sem problemas.

A pé, percorremos o restante do caminho e encontramos à nossa espera o ornitólogo, um homem de certa idade, mas ainda bastante ágil, chamado Holmgren. Nem sequer se atreveu a sentar em uma cadeira do jardim, para o caso de haver algum tipo de pista nela, explicou ele, mas reconheceu ter puxado um balde de água do poço porque estava, de fato, com muita sede. Insistiu em começar a falar sobre o caso, mas disse-lhe que não faria muita diferença, sendo melhor ser interrogado por Markus.

Olhei em volta. Uma casa pintada de vermelho cujas toras marrons começavam a aparecer através da tinta. Uma pequena construção, já um pouco inclinada, não prestes a cair, mas com um aspecto de abandonada. Os encaixes das janelas e as próprias janelas ainda estavam no lugar, mas tudo poderia ser retirado com facilidade. O jardim em volta tinha virado uma plantação de capim. Havia um velho poço com tampa de madeira e um toalete externo, sem qualquer pintura, à beira da floresta. Para lá, seguia uma trilha que mal dava para ver, dominada por folhas de batata-brava. Também se viam sinais fracos de rodas de automóvel. Um canteiro, talvez abandonado havia muito tempo. A atmosfera estava cheia de moscas recém-nascidas. O vento provocava um leve assobio na floresta. Tudo existia em um estágio natural, perto da sociedade, mas fora dela.

Pedi que os peritos verificassem os sinais das rodas e entrei sozinho na casa, com sacos plásticos envolvendo os sapatos. O mau cheiro veio direto para meu rosto, um cheiro ácido de cadáver em estágio de putrefação. Um cheiro que não experimentava havia bastante tempo e que me fez lembrar de outro caso em que um aposentado ficou um mês morto dentro de um apartamento no bairro de Lindhagen.

Usei um lenço para proteger a boca e o nariz e olhei em volta. O único ambiente da casa estava em melhores condições do que sua parte externa: alguns tapetes pelo chão, uma mesa da marca Anttila, cadeiras de plástico, uma cama de casal extralarga encaixada em um canto da sala criando uma espécie de alcova. A cama estava feita, mas sem colcha. Não havia luz elétrica, mas uma lareira com um grande forno incorporado. Vi uma escova de limpeza de louça ainda pouco usada, mas não abandonada, e roupa espalhada pelo chão: jeans, um paletó marrom-escuro, meias pretas e ceroulas.

O corpo estava meio escondido embaixo da mesa. Um homem adulto, alto, com cabelos curtos, pretos, deitado nu sobre o lado direito. Pela cor da pele, estava ali, morto, pelo menos, desde antes da Páscoa. Com o mau cheiro aumentando, agachei-me e aproximei-me do rosto. Sangue escuro em vez dos olhos. Tive que me levantar logo, não apenas porque sou muito sensível aos cheiros, mas também porque algo me embrulhou o estômago. À memória, veio a imagem fotográfica do corpo de Gabriella, a história da sua vida, a noite em que passei pelo caminho do parque em Stensta.

Ela tinha sido a primeira de uma série. O Caçador estava de volta. A impressão era nítida, embora houvesse algo novo no caso atual: uma cruz greco-ortodoxa sobreposta ao antebraço esquerdo do morto. Era uma pequena cruz de madeira, não pintada, mas laqueada.

Voltei em seguida à porta de entrada para respirar um pouco de ar puro. O que estava sentindo diante daquela repetição? Surpresa, comoção, mas, ao mesmo tempo, uma crescente satisfação pelo fato de o monstro ter começado a se revelar. A partir disso, tínhamos mais elementos com que trabalhar.

É claro que senti a consciência pesar um pouco por pensar assim, por estar satisfeito com esse segundo homicídio. Por outro lado, senti também um certo alívio. Nenhuma mulher tinha sido morta do mesmo jeito que Gabriella Dahlström. A divulgação de um aviso alertando as mulheres para terem cuidado ao sair à noite também não teria feito nenhuma diferença.

Markus escreveu os comentários de Holmgren e os peritos, que estavam de joelhos sobre a grama, olharam para mim, esperando novas ordens. Fiz sinal com a mão para que continuassem onde estavam e voltei a entrar na casa. Naquele momento, senti que estava preparado. Estava na hora de eu também começar. Coloquei o lenço no bolso. Precisava aguentar. Era necessário olhar tudo de novo, prestando mais atenção.

Agachei-me de novo diante daqueles dois buracos vazios no rosto da vítima, comparando-os com as primeiras imagens de Gabriella que vi em cima de minha mesa. No caso, aqui, os buracos dos olhos apresentavam-se, após vários dias, como manchas negras de sangue coalhado e havia várias formigas circulando por eles. Todo o rosto já estava com uma cor azulada e a pele, com uma tonalidade acastanhada. Em volta do pescoço, a bem conhecida marca do fio de náilon, e sobre o estômago e o peito, muito sangue que, em parte, já tinha escorrido para o chão. Como esperado, uma letra debaixo do sangue. "A" na repetição da assinatura do assassino. Ou era um "B" como o número dois de uma série?

Estrangulamento e retirada da roupa e dos olhos. Tudo igual, embora a cruz fosse nova e as roupas tivessem sido deixadas no lugar. Não sabíamos onde o Caçador tinha estado durante seis meses, mas agora, sem dúvida, estivera ali. Não poderia ter sido obra de nenhum imitador, visto que havíamos conseguido manter o primeiro caso longe dos meios de comunicação, por mais estranho que pareça.

Pouco mais de seis meses. Esse foi o período durante o qual se manteve escondido, o louco danado. Ou será que ficou preso durante esse tempo por algum crime menor? Mas qual a razão para esses malfeitos? Aonde estaria querendo chegar? Desta vez, a vítima foi um homem e, aparentemente, não houve abuso sexual, apesar de as roupas terem sido retiradas. E o lugar era completamente diferente. Não um lugar público, mas particular. E longe de tudo. Onde estaria o padrão do crime? E o motivo?

De qualquer forma, dois casos sempre são mais do que um. Há superfície de contato, repetições que indicam um padrão, mesmo que não saltem à vista de imediato.

Voltei a olhar por toda a sala. Os tapetes estavam bem estendidos e, quando os levantei, o chão surgiu como uma cobertura de linóleo marrom mais claro. Tudo estava em seu devido lugar. No entanto, as pernas da mesa estavam um pouco fora do lugar, a julgar pelas marcas quadradas no tapete. Seriam sinais de luta que o Caçador não conseguiu apagar? Ou será que o corpo foi deixado lá depois de o homem ter sido morto em outro lugar? As roupas espalhadas pela sala indicavam que, pelo menos, sua retirada foi feita ali, mas isso cabia aos peritos averiguar.

Chamei-os. Falei com Holmgren em frente a casa. Muito simpático, mas bastante nervoso. Mexia o tempo todo seu grande binóculo ou corrigia a posição de seu boné. Não tinha visto ninguém nas proximidades da casa, mas bateu na porta e resolveu entrar ao ver que estava aberta, porque realmente estava com sede. Ficou bastante chocado ao ver o corpo nu, desfigurado, o lugar e as "circunstâncias especiais" ao redor. Essa foi a expressão que ele usou. Portanto, viu os buracos dos olhos e o sangue no peito e no estômago.

— Sei que não se deve mexer em nada, de modo que recuei, imediatamente, e logo telefonei para vocês. Além disso, a situação era, de fato, muito desagradável...

— Este é um caso complicado e nada deve ser divulgado fora daqui, principalmente as circunstâncias especiais. Isso prejudicaria as investigações.

— Entendo. Nada direi a esse respeito.

— Nós agradecemos seu silêncio. E a cruz? Não foi você que a colocou no morto?

— Não, não. Absolutamente!

Holmgren ficou quase chocado com a pergunta.

— Ótimo. Muito obrigado.

Ridiculamente, pensei ter feito um pequeno elogio ao dizer isso, mas logo segui em frente, em direção a meu carro, assim como qualquer policial de quarteirão teria feito, jovialmente, nos velhos filmes. Contudo, parece que minha consideração calou fundo em Holmgren, que me deu um aceno de despedida de quem estava se sentindo um cidadão sério, responsável e bem informado.

Markus voltou para casa com os peritos. Acabei fazendo um desvio no regresso. Fiquei circulando um pouco sem destino. Isso daria um tempo para me distanciar, repensar o caso e ter novas ideias, mas me senti apenas vazio. Por um lado, nossas chances tinham melhorado graças à repetição. Por outro lado, o caso começava a se configurar como um problema de psicopatia em que ficava difícil avaliar, totalmente, as ideias e as ações do psicopata, assim como entender suas intenções. De repente, pela primeira vez em muito tempo, tive a sensação de que esse seria um caso que não solucionaríamos. Também já não sentia a mesma energia de antes.

Acabei em um posto de gasolina, onde comi um suntuoso almoço e fiquei pensando em folgar o restante do dia. Comecei tomando o caminho de volta para Lysbäken, mas, depois, refleti melhor, desisti e voltei para casa.

Reunião

É terça-feira, 25 de abril de 2006. Vocês já sabem do que vamos tratar. O que sabemos? O que achamos?

— Temos agora dois crimes com a mesma estrutura: estrangulamento com um laço fino, desnudamento da vítima, extração dos olhos e uma letra rasurada na pele. Neste caso, um "M". Sabemos que se passaram seis meses entre os dois casos e nada semelhante foi registrado durante esse período na Finlândia ou informado pela Interpol.

— Podemos ter certeza de que se trata do mesmo criminoso ou criminosa? Existem também diferenças: uma cruz greco-ortodoxa, troca de sexos e de ambiente, além de as roupas terem sido deixadas no lugar.

— Claro. Contudo, as semelhanças são muito especiais para serem casuais. Além da equipe de investigadores e de alguns comandantes da polícia, ninguém sabe desses detalhes. Por isso, podemos concluir que o conhecimento desses fatos partiu da mesma pessoa: o Caçador.

— Mas ele pode não ter participado, fisicamente, de ambos os crimes. Pode ter contado a alguém que, depois, cometeu um crime parecido, com ou sem o conhecimento e participação dele.

— Os criminosos em série não costumam agir desse jeito. Eles precisam do *rush*, do ataque súbito, da prática do crime em si. É isso que lhes dá a sensação de *gol marcado*, da realização, e não apenas a visão de alguém morto.

— Não seria essa uma possibilidade a se considerar neste caso? Dois criminosos em contato um com o outro? Isso explicaria não só as marcas semelhantes, mas também as diferenças encontradas, sem mencionar a cruz. Provavelmente, isso signifique algo para o segundo criminoso, qualquer coisa ligada ao fato de ser Páscoa, que é o ponto alto das comemorações da fé greco-ortodoxa. O assassinato ocorreu, exatamente, próximo a ou mesmo na Quinta-feira Santa.

— Acredito mais na existência de um único criminoso extraordinariamente perturbado, que pratica vários tipos de crimes com apenas certas características que funcionam como ligações especiais entre eles. O criminoso encontrou uma arma com a qual se adaptou muito bem e continua a utilizá-la. Por algum motivo, ele quer ficar com os olhos. A cruz pode ser apenas um pretexto para desviar nossa atenção.

— Mas ele, certamente, não pratica os crimes apenas para ficar com os olhos, não acham?

— Não. Provavelmente, não. Mas ainda não descobrimos nenhum outro motivo. Os olhos são, presumivelmente, um troféu ou, então, têm algum significado simbólico.

— Antes achávamos que o Caçador queria deixar de ser visto por suas tentativas frustradas como estuprador. Esse pensamento permanece?

— Não tanto agora. Por um lado, o assassino — o Caçador — teria de ser bissexual, o que, a princípio, é possível. Por outro lado, desta vez, não houve nenhum motivo para não ter ocorrido abuso sexual. A *stuga* é isolada, o que impediria qualquer pessoa de o interromper.

— Mas se... A vítima?...

— Sim, claro. Podemos pensar nisso, visto que, por enquanto, nem sabemos seu nome.

— Se a vítima se defendeu de tal maneira que nada ocorreu. Desta vez, trata-se, de fato, de um homem alto e forte. Então, o crimi... o Caçador ficou mais uma vez frustrado e precisou esconder seu fracasso.

— As unhas e os nós dos dedos da vítima estão intactos, mesmo depois de uma semana do assassinato. Ao que parece, ele não se defendeu.

— Impotência é uma possível explicação. A sexualidade do Caçador está ligada à violência ou ele utiliza a violência como forma de se excitar, mas, mesmo assim, não consegue se satisfazer. Ele tenta com uma mulher ou um homem, mas é incapaz de satisfazer seu desejo e, então, mata — para que não possam passar adiante sua vergonha. Assim, as vítimas não poderão contar para ninguém o que ocorreu e o criminoso não passará vergonha com seu fracasso. Além disso, esta é, evidentemente, mais uma característica individual que demonstra ser ele quem mata.

— Mas não existe nenhum sinal de abuso sexual, nem mesmo a tentativa. Nem mesmo de sexo oral.

— Mas o desnudamento leva-nos a pensar em um componente sexual. Talvez o Caçador tenha a intenção de cometer o estupro, mas percebe muito cedo que não vai conseguir. Jamais vai tão longe. Não consegue, pura e simplesmente, chegar lá.

— O maior estuprador fracassado do mundo.

— Mas "bem-sucedido" como assassino. Já cometeu dois assassinatos e não temos a mínima ideia de quem ele seja, de como é ou de qual seja sua motivação.

— Afinal, o que dizem os peritos? Onde foi cometido o crime?

— Os olhos, provavelmente, foram extraídos no local. Há manchas de sangue no chão. Também é provável que os arranhões na pele do peito tenham sido feitos lá, visto que o sangue colhido do corpo é do mesmo tipo daquele que se encontra no chão. O crime deve ter sido cometido na *stuga*, mas teoricamente é possível, ainda segundo os peritos, que a vítima tenha sido transportada para lá depois do estrangulamento e as outras intervenções tenham sido feitas depois. Nesse caso, o transporte foi realizado com o corpo envolto em algum tipo de cobertura que evitou os vestígios e, além disso, na mesma posição, deitado de lado. Isso implicaria cuidados especiais durante o transporte de um corpo masculino que, incluindo roupas e sapatos, devia pesar cerca de noventa quilos. Provavelmente, tal ação não foi realizada pelo criminoso sozinho, dado o peso do cadáver, sem que surgissem pequenos ferimentos no corpo. Em contrapartida, duas pessoas fortes poderiam fazer esse transporte, com todos os cuidados, usando um carpete ou uma lona como se fosse uma maca. Mas, como foi dito, o mais provável é que o local onde o cadáver foi encontrado seja também o local onde o crime foi cometido.

— E nada foi encontrado nos braços dele?

— Sim. A vítima apresenta algo semelhante a marcas de corda no antebraço e acima dos punhos. É como se tivesse sido amarrada por cima das roupas, de modo que a corda não chegou a cortar a pele. O paletó apresenta sinais de aperto nos lugares correspondentes, mas não foram encontradas fibras estranhas nos respectivos lugares. Ambas as indicações são muito vagas e fracas, além de terem sido modificadas pelo adiantado estágio de decomposição do corpo. Podem indicar pistas de outro tipo, como o de uma espécie de jogo sexual particular que não tem nada a ver com o crime.

— Se é assim, por que a vítima foi amarrada?

— O homem pode ter sido raptado em outro lugar e levado amarrado para a *stuga*. Nesse caso, o Caçador, provavelmente, é o dono da casa ou tem acesso a ela, e não a vítima.

— Mas temos o DNA da vítima espalhado por toda a casa. É provável que o assassino tenha usado a casa há algum tempo. Também foi encontrado o DNA de outra pessoa, provavelmente, do sexo masculino. Os lençóis da cama parecem não ter sido usados, mas contêm pistas de DNA, provando que a vítima mexeu neles. Talvez, simplesmente, ao fazer a cama.

— Portanto, continuamos sem saber quem é a vítima...

— Não, ainda não sabemos. Não foi encontrada a carteira, nem quaisquer outros documentos que forneçam alguma informação. Raramente, a *stuga* deve ser usada. Não se encontrou comida, apenas sachês de chá e um pouco de pão duro. Não há registro da vítima e o dono do terreno está viajando. Já estivemos na casa dele duas vezes e deixamos uma mensagem para entrar em contato conosco. Os vizinhos moram longe e não sabem onde ele está. Segundo os vizinhos, ele se chama Keijonen e tem sessenta anos de idade. É muito reservado. É pensionista, dono de muitos hectares, mas não cultivados. Algum tipo de subsídio da União Europeia torna isso vantajoso para ele. Os vizinhos afirmaram não conhecer a existência dessa *stuga*. Pela maneira como está escondida na floresta, é fácil acreditar nisso.

— E entre os desaparecidos?

— Nenhum possui as características da vítima. Pelo menos, na região de Forshälla.

— Quanto às marcas das rodas, tem alguma ideia?

— Ninguém dirigiu nenhum carro lá nos últimos cinco dias, ou seja, não depois do assassinato. Choveu durante todo esse tempo, portanto as marcas deixadas não dizem nada, a não ser que apenas um carro passou por lá, um carro particular, de tamanho grande, a julgar pela largura dos pneus.

— Mas não se encontrou nenhum carro. O assassino deve ter saído de lá com ele. O que isso nos diz: que o assassino levou a vítima no carro até lá ou ele saiu de lá com o carro da vítima? Neste caso, como o assassino chegou lá? Ou a vítima levou o assassino no próprio carro como amigo?

— Mas voltando à hipótese de um assassino em série: talvez haja algum tipo de ligação entre Gabriella Dahlström e o homem encontrado, não?

— É possível, mas difícil de relacionar, pelo menos enquanto não soubermos quem é o homem. Por outro lado, averiguamos todos os possíveis conhecidos de Gabriella Dahlström no período de sua morte. Todos os colegas dela e ainda outras pessoas viram a imagem do homem encontrado na *stuga*, isto é, a fotografia do rosto, com os olhos de porcelana, e ninguém reconheceu o homem como alguém que Gabriella conhecia.

— A essa altura, voltamos à estaca zero em relação ao motivo do crime.

— Talvez o motivo seja religioso, um pouco ritualista. Não importa quem se mata, apenas vale encontrar uma vítima e tirar-lhe os olhos. Isso poderia explicar uma escolha ao acaso, combinada com as características referidas de estrangulamento e extração dos olhos.

— E a cruz?

— Verificamos com um estudioso de religiões esse dado depois do assassinato de Gabriella Dahlström, mas parece não haver nenhuma seita desse tipo.

— Evidentemente, as seitas são sigilosas e também podem surgir novas seitas. Religiosidades particulares, rituais próprios, contatos com forças obscuras. Talvez alguma forma de satanismo. Isso se torna mais provável, agora, em que a tentativa fracassada de estuprar Dahlström foi descartada. É importante verificar o calendário e saber qual a fase da lua na hora do assassinato.

[Pausa, ruído de papelada manuseada.]

— A medicina legal considerou que a morte na *stuga* ocorreu entre 12 ou, possivelmente, 14 de abril. Portanto, era noite de lua cheia a Quinta-feira Santa, dia 13. Alguém está com o calendário do ano passado? Gabriella Dahlström morreu...

— Na noite entre 15 e 16 de outubro.

— Então, foi também uma noite de lua cheia! Dia 15.

— Uma coincidência interessante. Além disso, passou quase exatamente meio ano, de 15 de outubro a 13 de abril.

— Será que tal fato significa que há um padrão ritualístico acoplado à lua?

— Então, seria de esperar a existência de algum tipo de lugar de culto, não um ambiente variável e trivial. Mas nunca se sabe quando se trata de seitas.

— Caso se trate de uma situação religiosa, as letras "A" e "M" podem fazer parte de "Amém", que é uma palavra com que se terminam as orações cristãs, fortalecendo seu conteúdo cujo significado é "sem dúvida" ou "assim seja".

— Então, podemos esperar mais dois assassinatos com as letras "E" e "M" rasuradas nos corpos?

— A retirada das roupas talvez signifique algum tipo de purificação ritualista: a vítima morre sem a vestimenta normal e sem os olhos que viram tantas maldades no mundo.

[Pausa.]

— Outras possibilidades?

— "A" e "M" seriam as iniciais do nome e sobrenome do criminoso. Ou dois nomes. Se ele realmente quer fazer pouco de nós, deve pensar: "Até meu nome dou para vocês e mesmo assim não conseguem me apanhar".

— A alternativa para "A" e "M" seria "Amos" ou "Amanda".

[Pausa.]

— Continuo achando que não devemos excluir a hipótese de haver dois assassinos que matam por motivos diferentes. Contudo, eles conversam entre si e utilizam os mesmos métodos e detalhes para nos desorientar. Se acreditarmos que há um único assassino, os dois têm um álibi perfeito para seu crime. É mais ou menos o que ocorre no filme *Strangers in a train*[6], de Alfred Hitchcock, em que dois homens se conhecem e fazem um

---

6. *Strangers in a train* (*Pacto sinistro/O desconhecido do Norte-Expresso*), de 1951. (N. do T.)

pacto para assassinar a vítima do outro, criando um álibi que não os associe aos crimes. No nosso caso, os dois cometem assassinato por motivos pessoais, mas seguindo uma pseudorrotina que nos leva a procurar psicopatas e loucos religiosos em vez de considerar motivações normais, como ciúmes, ganância etc. Há motivos específicos para cada vítima.

— É possível, mas quem iria contar para outra pessoa sobre seu plano de assassinato ou sobre um assassinato já cometido?

— Pensem na possibilidade de o primeiro assassino ter sido preso por um outro crime e, na prisão, ter encontrado outro detento com o mesmo tipo de ideia. Isso explica por que seu crime, em um cenário de estupro em praça pública, não mais acontece, mas tomamos conhecimento agora de um outro tipo de crime realizado contra um homem em um cenário particular. Um companheiro do primeiro assassino sai da prisão e utiliza os mesmos parâmetros. A essa altura, ambos os álibis são perfeitos. O companheiro talvez estivesse preso na data do primeiro assassinato e agora o assassino de Gabriella está na prisão. Com base nas evidências deixadas, se chegarmos à conclusão de que os assassinos são uma e a mesma pessoa, então, a situação será perfeita para eles. Nenhum deles poderá ser preso nem sequer considerado suspeito. Simplesmente, trocaram de vítimas.

— É possível, embora tenhamos pesquisado possíveis motivações para alguém ter matado Gabriella e não encontramos nenhuma.

— Motivo para matar sempre há caso a pessoa seja do tipo certo.

— Do tipo certo!

— Quero dizer: de um determinado tipo. Por exemplo, alguém que tenha predisposição assassina.

— Estamos andando em círculos: uma pessoa inclinada a cometer crimes.

—Se é um assassino em série que procuramos, então, talvez não haja mais nada a dizer: um ser com propensão assassina que age sem nenhum motivo normal.

— O que é um motivo normal para matar uma pessoa?

— Não vamos agora começar a discutir tudo ao pé da letra. Estou falando, evidentemente, de motivações egoístas, como ganância, vingança, ciúmes, desejo sexual, coisas que se possam compreender.

— Mas estamos falando justamente de dois assassinatos cometidos por razões racionais e pessoais.

[Pausa.]

— Pode ser que Gabriella, apesar de tudo, tenha tido algum contato com o homem da *stuga* por meio de seu emprego na usina de Olkiluoto. Será que não houve nenhum tipo de conflito no momento em que ela foi despedida?

— Seguimos também essa pista e não chegamos a lugar algum.

— Mas agora temos uma nova peça do jogo.

— Estamos falando de seres humanos que foram assassinados.

— Quero dizer, um novo fator neste inquérito. Se a vítima mais recente tem alguma coisa a ver com energia nuclear ou a usina de Olkiluoto, ou, ainda, com algo ligado a essa área, então, estamos diante de uma nova e diferente situação. Aí está a vantagem de termos dois casos a investigar.

— De fato, há algo sério nisso se considerarmos haver uma motivação racional em ambos os casos.

— A essa altura, portanto, a retirada dos olhos seria apenas uma estratégia para desviar nossa atenção de outras ligações entre as vítimas, ligações essas que nos conduziriam ao assassino ou ao mandante dos crimes. O assassino quer se apresentar como um psicopata, mas, na realidade, é um justiceiro astuto ou um matador pago com razões concretas para matar essas duas pessoas em particular ou foi incumbido dessa missão por alguém.

— Segundo os peritos, isso explicaria por que ele não deixou nenhuma pista. Ele não age no calor do momento, na sequência de uma inclinação assassina como psicopata que comete erros ou deixa indícios.

— Os psicopatas também podem ser astutos. Muitas vezes são mais inteligentes que a maioria das pessoas. Podem planejar um crime tecnicamente perfeito, não deixando pistas.

— Pedantismo e caos total no mesmo cérebro. Essa ideia pode nos levar a muitas direções. O mesmo assassino pode cometer outros crimes sem qualquer tipo de ligação uns com os outros. Pode matar com uma faca uma vez, não ligando para os olhos, e, depois, fazer duas coisas absolutamente idênticas que passam a constituir uma única ligação entre dois crimes.

— Nenhum assassino em série conhecido age totalmente por acaso. Os assassinos desse tipo têm rituais próprios porque precisam deles. São os "marginais patológicos". Eles se colocam tão distantes da sociedade e de tudo o que aprenderam como comportamentos adequados, que necessitam ter uma nova estabilidade. Nenhuma pessoa pode viver sem regras e não desmoronar. Então, ela inventa um novo sistema de regras e passa a agir de uma forma considerada irracional pelo mundo à sua volta ou se torna invisível. Talvez haja mais rituais do que a gente consiga ver. De repente, o assassino pode agir no dia dedicado ao seu nome ou no dia de nascimento do presidente dos Estados Unidos, ou, ainda, na semana em que no domingo anterior houve um jogo de futebol com um determinado resultado. É assim que os assassinos em série agem. Eles não saem com um machado uma vez e com um laço e uma faca para extrair olhos na outra. Eles seguem um determinado sistema.

— Segundo essas teorias, qual é o tipo de assassino em série que enfrentamos ou começamos a enfrentar agora? O que você acha?

— O tipo mais clássico. Um homem de trinta a trinta e cinco anos de idade, provavelmente bem educado, solteiro ou, talvez, divorciado. Pode não ter antecedentes criminais ou ter sido fichado pela polícia por outros delitos, como maus-tratos, abuso sexual ou exibicionismo. Crimes como roubo ou peculato ele não pratica. Contudo, está ciente de suas tendências perversas há muito tempo, quer tenha dado seguimento a elas ou não, e mantém uma fachada acima de qualquer suspeita. Não quer se destacar. Muitas vezes, é considerado taciturno, mas simpático. Entre os antecedentes, em geral se encontram problemas sexuais de natureza complexa, mas, no caso em pauta, duvido um pouco disso, salvo o desnudamento das vítimas.

— Mas, então, não podemos falar de caos nem de anarquia no cérebro de um assassino em série. Pelo contrário: trata-se de um comportamento cuidadosamente controlado que é, certamente, particular, mas segue certas regras psicológicas. É assim que o assassino age mesmo? Será que existe uma fórmula para definir esses loucos?

— De fato, noventa por cento dos casos preenchem mais ou menos esses parâmetros. Mas, como disse, normalmente, incluem aspectos sexuais.

— Nos Estados Unidos, talvez, mas os assassinos em série na Finlândia podem ser diferentes.

— Os casos conhecidos na Finlândia, que são, evidentemente, bem poucos, seguem em grande parte o padrão americano. Há algo universal ou, pelo menos, ocidental nessa tendência. Contudo, normalmente, trata-se de homens que atacam apenas mulheres. De anormal, portanto, no caso em pauta, é a mudança de sexo da vítima. Isso torna os investigadores inseguros.

— Você, então, não acredita em dois assassinos?

— Não.

— E o que revelam os olhos e o restante?

— Talvez nada mais que as características do assassino. Talvez, também, algo simbólico, significando que ele não quer ser visto ou que as vítimas viram algo proibido.

— Por que o assassino esperou seis meses para realizar o segundo ataque?

— Esse prazo não tem nada de excepcional. Pelo contrário, é normal. Mas é possível que o próximo ataque ocorra mais rápido.

— Você acredita que haverá um novo ataque?

— Sim. A não ser que consigamos prendê-lo antes ou se o momento de estresse que provoca os ataques desaparecer da sua vida, o que é improvável.

— Qual é a hipótese mais real? A de que acabaremos capturando-o...

— Bom, podemos começar a resumir o que temos em mãos. É preciso trabalhar em várias frentes ao mesmo tempo. Primeiramente, vocês verificarão quais foram as penas curtas de prisão aplicadas durante os últimos seis meses, em especial aquelas decorrentes de violência e delitos sexuais. Depois, quem foram os companheiros de cela desses detentos e os frequentadores visitantes em todos esses casos. Também, compararão o DNA de todos os registros possíveis e imagináveis, independentemente de essa ação ser legal ou não do ponto de vista formal. Pesquisem, igualmente, as provas que deveriam ser destruídas pelo fato de os implicados não terem sido condenados e que, provavelmente, ainda estão guardadas em algum lugar. Digam aos peritos que isso é prioritário! Verifiquem os casos de desaparecidos em todo o país e, depois, em toda a Europa. Nosso homem está morto há uma semana. Alguém já o deve ter procurado ou informado a respeito de seu desaparecimento. A julgar por suas roupas bastante finas, é uma pessoa da sociedade. Não é um morador de rua de que ninguém sente falta. Voltarei a entrar em contato com Keijonen para ver se descubro algo mais a respeito do dono da casa de campo e pesquisarei mais sobre rituais. Depois nos reuniremos de novo quando soubermos a identidade do morto. Uma eventual ligação deste novo caso com o de Gabriella Dahlström pode se revelar interessante e tudo o que sabemos pode assumir uma nova direção. Os pequenos detalhes podem se tornar importantes e até decisivos. Isso é tudo no momento. Lembrem-se: somos muitos, temos recursos e todos os assassinos acabam cometendo algum erro. Neste caso, não há motivo para desespero.

Harald

ACONTECIMENTOS DO FINAL DE ABRIL DE 2006

Na noite seguinte, dormi mal, tendo que correr para o banheiro várias vezes. A volta do Caçador sob uma nova e inesperada forma causou-me, apesar de tudo, um certo choque. Tinha necessidade de falar com alguém. Inger. Mas, ao olhar em volta no apartamento, percebi que se ela estivesse ali, falaríamos apenas de programas na televisão, de cortinados que precisavam ser lavados, do tapete na sala de estar que talvez necessitasse ser trocado: tudo o que estivesse a nosso lado e chamasse nossa atenção. Isso ocuparia todo o nosso tempo. E não o mais importante de nossas vidas.

O que eu sabia a respeito do que havia passado na escola onde ela trabalhou metade da vida? O que eu contava, realmente, nesse tempo a respeito de mim próprio e de meus casos nos quais eu pensava a todo momento? Na minha cabeça, estava no escritório, embora fingisse estar em casa.

Será inevitável uma coisa dessas, a de uma pessoa desconhecer profundamente outra, ainda que fosse a mais próxima? Realmente, jamais vivi os

Dá-me os teus olhos

sentimentos de Inger por mais que quisesse. Seus sentimentos sobre nós, se ela era feliz ou infeliz comigo. Seu sofrimento quando a doença a acometeu. Estava preso em meu sistema nervoso e ela, no seu.

E é ainda pior com outras pessoas. Falo com um vizinho ou um colega. Chegamos a um consenso e conseguimos fazer algo juntos. Devíamos estar inseridos na mesma grande imagem, mas não conseguimos fazê-lo. Em vez disso, construímos um mosaico onde cada pessoa é uma peça isolada, um sistema cheio de pensamentos próprios, sentimentos e recordações! As pessoas vivem repletas de recordações nas quais pensam todos os dias, mas que os outros conhecem apenas em linhas gerais ou, simplesmente, desconhecem. Estou sentado com colegas em uma reunião, falamos sobre o mesmo assunto, mas uma palavra ou um nome fazem com que se lembrem de algo no seu passado e eles começam a pensar nisso sem que ninguém saiba. Na cabeça deles, passa um filme que nenhuma outra pessoa vê.

Sendo assim, como podemos realmente deixar de nos preocuparmos uns com os outros? Sentir o sofrimento dos outros. Afirmamos que fazemos isso, mas um assassino demonstra que isso não é verdade. Ele pode matar unicamente porque não sente o sofrimento dos outros quando estes gritam e se debatem. Para ele, os outros são apenas corpos estranhos.

Mas tentamos nos mostrar como sendo mais do que corpos. Nós nos revelamos como somos e queremos entender as histórias dos outros, suas vidas interiores. Não somos totalmente bem-sucedidos, mas mesmo assim conseguimos algum resultado positivo, um mosaico de vida que dá para suportar.

Acho que isso também acontecia com Gabriella. Ela vivia isolada, mas queria demonstrar que existia através de um texto escrito. Eu não sei para quem, mas, ao lê-lo, pude entender como ela era.

Antes, era capaz de me meter na pele dos criminosos, adivinhar como eles pensavam e o que tinham feito. Para mim, as vítimas constituíam, acima de tudo, um conjunto de pistas, um alimento para meu desejo de elucidar mais um caso. Dava a elas, talvez, uma espécie de reparação, mas não as considerava pessoas inteiras e vivas. Agora, a situação era diferente. A história de Gabriella me fez ver sua tragédia de seu ponto de vista, quando a existência de uma pessoa com todas as suas recordações, os seus sentimentos vibrantes e os seus projetos de vida, de repente, se extingue pela única razão de um outro indivíduo ser terrivelmente egoísta, implacável e impiedoso... É demais.

Entendo agora que a morte de Inger me preparou para essa tomada de consciência. Nesse momento, pela primeira vez, senti experiência da tragédia, confrontado com o desaparecimento puro e simples de uma pessoa. Depois, tive a mesma sensação por Gabriella e, agora, tentei sentir o mesmo pelo morto na *stuga*.

Em relação a este novo caso, dirigimos nossos esforços segundo os parâmetros normais do trabalho da polícia. A primeira reunião não apresentou resultados palpáveis, visto que não sabíamos ainda quem era a vítima. No entanto, algumas providências nos deram algumas indicações: encontramos meia dúzia de deliquentes sexuais de menor nível que tinham estado presos entre as duas mortes e que, por uma questão de cronologia, poderiam ser culpados. Prosseguimos com as verificações em relação a eles e a seus companheiros, mas não tivemos sorte nem com as provas de DNA, nem com os desaparecimentos. Parecia que ninguém tinha sentido a falta de nosso homem da casa de campo.

Parti rumo à descoberta de seitas estranhas, mas não encontrei nenhuma que sacrificasse os participantes, tirando-lhes os olhos. Por fim, acabei me cansando da procura e de telefonar sem resultado para Keijonen, o dono do terreno que devia saber de algo. Por intermédio do departamento de aviação civil, recebi a informação de que ele viajara e, depois, pela policial local de Tenerife, nas Ilhas Canárias, onde estava instalado. Mal havia

Dá-me os teus olhos

acordado de sua *sesta*, já tarde no dia, no hotel, ele me respondeu e julgou que alguém tinha morrido. "É Maikki? Aconteceu algo com Maikki?" — gritou a mulher atrás dele. Não entrei em detalhes, mas consegui o nome do hóspede na *stuga*. Era Jon Jonasson, um jornalista de Forshälla, que um ano antes tinha batido à porta e perguntado se tinham uma casa de campo para alugar. Primeiro, Keijonen disse que não, mas mais tarde se lembrou de que tinha uma antiga *stuga* que, provavelmente, devia estar em mau estado. Jonasson foi vê-la sozinho, com as chaves na mão, visto que Keijonen disse não aguentar adentrar tão longe na floresta. Inesperadamente, Jonasson voltou, dizendo que a casa era ótima. Ele pagou um aluguel simbólico, "puramente simbólico", acentuou Keijonen, que, evidentemente, não paga imposto algum em relação a essa receita. "Qual é a marca do carro de Jonasson?" — perguntei. Bom, Keijonen só o viu uma vez, quando ele bateu à porta. Depois, Jonasson chegou a pé com o aluguel. Mas o carro era branco, bege ou marrom-claro. "E o tamanho?" — questionei. "Bem, bastante grande, talvez americano. Esses são grandes."

Essas informações logo foram confirmadas: Jon Jonasson era, realmente, jornalista autônomo em Forshälla. Morava na avenida Stängelvägen, no bairro Nydal. Ao pesquisar o registro de carteiras de motorista, pela fotografia, logo se constatou que ele era a vítima assassinada na casa de campo. Portanto, ele não tinha emprego fixo, viajava muito, segundo seus vizinhos em Nydal, e vivia sozinho. Por isso, ninguém tinha sentido sua falta. Nem foi citado entre os conhecidos de Gabriella Dahlström. A pesquisa de porta em porta onde ele morava, com a fotografia dela, também não trouxe nenhum resultado positivo, assim como a pesquisa de porta em porta em Stensta com a fotografia dele. Ninguém os vira nunca juntos. Era muito simples: a ideia de que eram amantes sigilosos, mortos por uma terceira pessoa ciumenta, era pouco provável. Até mesmo Erik Lindell passou pela minha mente, embora já tivesse sido excluído das investigações.

Procuramos ainda outros tipos de ligação entre as vítimas. Esperávamos encontrar um assassino racional e descobrir sua motivação original. Talvez fosse um assassino que abandonou sua intenção de matar, visto que o necessário já estava feito.

A essa altura, minha principal interlocutora era Sonya, que eu apreciava cada vez mais. Ela aproximou-se com seu bloco de notas com mais informações sobre Jonasson.

— Em primeiro lugar, o carro. Ele tinha um Ford Mustang bege que está desaparecido. Não está nas proximidades da *stuga*, nem em Nydal.

— E o que isso significa?

— Que o Caçador ficou com ele talvez como uma compensação. Talvez ele goste de ter carros grandes, espetaculares, que reforcem seus instintos perversos. Na melhor das hipóteses, ele será preso quando estiver guiando-o. Todos os nossos policiais estão atentos e será fácil descobrir onde o carro está. Se estiver estacionado em algum local, será possível procurar também pelo Caçador.

— Muito bem. De fato, esperamos que ele seja completamente louco por carros especiais. Em relação ao apartamento de Jonasson, o que descobriram?

— Investigamos o apartamento todo e encontramos envelopes e papel de carta dos rapazes de Engelbrekt. Telefonei para o presidente da instituição e ele me contou que Jonasson treinava uma equipe juvenil de handebol. Pelo que se sabe, todos gostavam dele e era um bom treinador. A equipe está classificada, agora, na metade superior da tabela.

— O que ele disse sobre o assassinato?

— Como habitualmente, não contei nada antes. Ele perguntou, então, se houve alguma reclamação. Uma vez, alguém comentou que Jonasson não devia treinar jovens por ser homossexual — contou Sonya.

Dá-me os teus olhos

— Isso é interessante.

— Isso mesmo — continuou Sonya. — O presidente não sabia nada a esse respeito, mas disse que nunca teve motivo algum para despedir Jonasson. Ele fez — ou fazia — um bom trabalho e ninguém reclamava, a não ser essa única vez. Ele disse ainda que o eventual despedimento poderia ser considerado discriminação, uma perseguição discriminativa, o que é ilegal. Foi essa, justamente, sua expressão.

— É possível que outros tenham uma posição diferente e mais inflexível a esse respeito — salientei.

— Foi justamente isso o que pensei. Por isso, pedi a ele para me dar alguns nomes de rapazes que Jonasson treinava. Havia Henrik, Eero, Linus e um jogador da Somália, de quase dois metros de altura, chamado Mahdi. Conversei com todos e eles disseram a mesma coisa: "Jonasson é legal". Henrik e Eero já tinham ouvido falar que ele era *gay*, mas nunca ligaram para isso. Ele nunca os assediou e sequer tomava banho com eles.

— No entanto, essa é uma pista interessante. Talvez alguém mais homofóbico tenha reagido e lidado com o caso de forma diferente. Havia um DNA masculino estranho na *stuga*. Alguém que achasse indecente o comportamento de Jonasson com os rapazes. Sempre existem reações fortes a respeito desse assunto, principalmente no esporte. Todos os lugares onde os rapazes e os homens tomam banho juntos são considerados suspeitos em relação a esse assunto. Nas Forças Armadas, nos quartéis de bombeiros e, principalmente, no esporte.

Sonya ficou em silêncio. Vi que ela gostaria de acrescentar "e na polícia".

— Mas o DNA encontrado não foi identificado. Como podemos relacionar esse motivo com o caso de Gabriella — perguntou ela. — Deve ter sido o mesmo assassino.

— Talvez alguém que queira "limpar" o lixo sexual — imaginei eu.

— É um claro caso de assassino em série: a de um matador de prostitutas ou de "pecadores" semelhantes. Alguém com vontade de acabar com toda a sujeira.

— Mas é inusitado esse posicionamento que derruba a fronteira do sexo. Além disso, o que foi que Gabriella Dahlström fez?

— Ela estava esperando uma criança sem ser casada. Talvez isso seja suficiente para um fanático. Uma pecadora e um pederasta. Se é que podemos pensar assim.

— E os olhos?

"Eles viram muitas indecências", pensei, mas essa era uma ideia muito doentia, até mesmo para descrever a maneira como pensava o Caçador.

— Quem pode saber o que se passa pela cabeça de um fanático — disse eu, nesse sentido. — Talvez ele queira que eles nunca cheguem a ver Deus. Você sabe: "Santificados são aqueles que... Não sei quê... Que conseguem ver Deus". O que você acha?

— Não sei.

Era estranho que Sonya dissesse isso. Ela sempre tinha alguma teoria na qual se embasar, algum tipo de padrão aprendido nos Estados Unidos. Ou ela estava guardando alguma informação para si ou, então, estava como eu: cansada e sem opção. Foi isso que me obrigou a lhe fazer uma pergunta pessoal:

— Apesar de tudo, você acha que devíamos ter divulgado o primeiro crime, para, possivelmente, alarmar o Caçador. Você acha que sim?

— Não. Acho que não iria ajudar em nada — disse ela, em um tom de voz monótono. — O assassinato de Jonasson acabaria tendo um outro caráter.

— Claro. Mas, por outro lado, será que não ganhamos nada ao manter silêncio — continuei eu. — A repetição do esquema que acreditamos que acabaria por acontecer de novo não aconteceu. A situação é, possivelmente, ainda pior e ainda mais incompreensível do que depois do caso com Gabriella.

— Há um esquema, mas ainda não o conseguimos ver. Existe sempre um padrão.

— O que vamos fazer agora? Esperar um terceiro caso?

— Nós ainda temos a luta de Gabriella pela segurança da usina nuclear — salientou Sonya. — Ela pode ter entrado em contato com Jonasson quando o jornal negou aceitar suas objeções. Jonasson era jornalista.

— Foram encontradas evidências disso no apartamento dele?

— Não. Há projetos e artigos em seu computador, mas nada que aponte nessa direção.

— Talvez fosse um assunto tão confidencial que ele sequer ousou escrever qualquer anotação. A energia nuclear é um assunto tão delicado que as pessoas se sentem ameaçadas só de falar nele. Os produtores dessa energia querem vendê-la para novos clientes, especialmente agora que foi planejada a construção de uma nova usina. A essa altura, qualquer um que reme contra a maré e fale de segurança pode ser colocado à margem. Estão em jogo centenas de milhões de euros.

— Pode ser.

— Encontraram algum tipo de história biográfica semelhante à encontrada na casa de Gabriella?

— Procuramos isso também, mas não encontramos nada. Jonasson tinha muitas outras coisas no computador, até mesmo listas de compra.

Sonya desviou o olhar para a janela. Tentei entender se isso significava desconforto ou desconfiança, se ela estava seguindo alguma pista que gostaria de apresentar como um triunfo pessoal. Mas não era esse o caso. Ela parecia estar exausta, assim como eu.

— O assassinato do primeiro-ministro Adolf Palme, da Suécia — disse eu ao acaso.

— O que isso tem a ver?

— Começo a entender como se sentem aqueles que trabalham nesta investigação. Uma grande quantidade de meias pistas, mas nenhuma completa e inquestionável. São como moscas voando na atmosfera.

— Isso não é tão extraordinário — disse Sonya, em tom decisivo. — Se tivermos poucas informações, ou informações demais, mas desordenadas, a equação jamais será fechada. É um fato simples a considerar. Não é uma falha nossa. A situação é parecida com a de médicos diante de um caso de câncer incurável. É uma situação impossível de ser resolvida, mas com a qual é preciso conviver e continuar fazendo o que é possível.

Entendi que ela falava em seu próprio nome, tanto quanto em meu nome. Estava preocupada com a situação de impasse nas investigações ainda mais que eu. Talvez isso tenha despertado em mim um instinto de proteção.

— Escute-me. Foi muito bom você ter descoberto a homossexualidade de Jonasson — disse eu. — Isso possibilita dirigir as investigações para a punição de um pecador. Talvez seja dessa maneira que o Caçador pense. Seguindo essa linha de raciocínio, talvez tenhamos alguma pista a seguir.

Tentei não parecer paternal e protetor, apenas positivo e motivador como um chefe deve ser. Ela pareceu não levar a mal meu comentário.

— Isso não vai ajudar — disse ela, novamente, com ar de cansaço. — O Caçador pode atacar de novo, a qualquer momento. Não se pode dizer, verdadeiramente, que, no mundo atual, são os comportamentos sexuais, reprovados pela Bíblia, que ocasionam crimes. Se é que se trata disso.

Portanto, Sonya não se tornou especialmente positiva ou motivada. Era inteligente demais para aceitar essa conversa motivadora sem cobertura literal. Acabamos permanecendo em silêncio.

"Estamos começando a ficar como os investigadores do caso Adolf Palme, sem saber por onde prosseguir", pensei. "Continuamos a trabalhar.

Seguimos várias pistas." Eles estão cada vez mais determinados a justificar o que dá um pouco de sentido a sua própria existência. Mas nós ainda não chegamos lá, pô! De fato, pensei assim, cerrando os punhos onde estavam, por baixo de minha mesa de trabalho. Vou me esforçar para encontrar uma saída.

— Existe um ponto interessante a explorar que nos permitirá evitar talvez que o Caçador ataque de novo: quem sabia que Jonasson era homossexual e — ainda mais interessante — que Gabriella Dahlström estava grávida? Até mesmo Lindell parecia ignorar o assunto. Quando falamos disso, seu estado de choque pareceu bem sincero.

— Conversamos com todos os que a conheciam, segundo o que investigamos — objetou Sonya. — Ninguém sabia que ela estava grávida, nem mesmo que tinha namorado. Todos os seus amigos trabalhavam na usina de onde saiu antes de saber que estava grávida. Também não teve nenhum contato com os colegas depois disso, achando que todos a tinham traído. Era assim que ela via a situação. Também parece que ela nem chegou a ir ao médico antes de ser assassinada.

Percebi que não chegaríamos a lugar algum, portanto fizemos uma interrupção.

O caso estava nos retalhando como se fosse um anzol enorme revolvendo nossos intestinos. Não sabia para onde seguir, mas doía chegar a essa conclusão.

O relato de Erik

DE 20 A 28 DE ABRIL DE 2006.

A *história de acontecimentos graves*
De Erik Lindell para Jarl Arvidsson, padre e confessor.

Caro Jarl,

Sigo a sua sugestão e vou escrever, agora, um pouco a respeito de minhas vivências. Devo acrescentar que tudo é estritamente confidencial e apresentado por mim sob o regime de silêncio obrigatório como se estivesse no confessionário.

Quando penso na Bósnia, a primeira coisa de que lembro é uma fumaça negra no horizonte, subindo como colunas escuras e se expandindo no céu. Fogos, longe, nos planaltos, e por perto: um ônibus em chamas, rodeado de corpos e de mochilas abertas com roupas rasgadas. Corpos de mulheres, todos ensanguentados, ao longo das coxas.

Corpos, pendurados nas árvores, enforcados. Ou abatidos a tiros e depois pendurados pelos pés, de cabeça para baixo, como sinal de vitória.

Um frio surpreendente nas regiões montanhosas. Em vários lugares, vi montes de cadáveres cobertos de neve, como se a natureza quisesse advertir que eles deviam ser deixados em paz, apenas com uma cobertura fina para que se pudesse ver que havia ali corpos humanos. Ninguém mexia neles. A neve permanecia intocada e era possível ver que estavam ali fazia muito tempo.

No início, ouviam-se gritos e via-se muita agitação por parte dos soldados. Reclamações e fugas nas aldeias. Moradores dessas aldeias se espalhando pelas planícies, a caminho das montanhas. Depois, silêncio e lentidão. Muitos dos que conseguiram correr e gritar jaziam mortos e aqueles que ainda viviam não conseguiam prosseguir. Ficavam quietos com o olhar vago. Aceitavam a comida e viravam as costas sem proferir uma palavra, distanciando-se de nós que chegávamos em carros. Aqueles que chegavam dessa maneira eram também considerados culpados.

Durante dias inteiros, viajamos em caminhões por estradas esburacadas por bombas e minas. Era ruim para as minhas costas, embora eu, como oficial, pudesse ficar sentado ao lado do motorista, com algum tipo de molejo. Os músculos se contraíam abaixo dos ombros e a coluna vertebral doía na zona lombar. Era como se as dores se espalhassem por toda a coluna e o nervo ciático se transformasse em um cabo de fogo. Uma espinha ardente que nenhum analgésico conseguia dominar. Muitas vezes, chegava a pensar que não tinha tomado nada, mas o estado de delírio e uma leve agonia mostravam que, apesar de tudo, tinha tomado sim. Duas cápsulas ovais brancas e quatro goles de água.

Tentei estudar a paisagem e pensar em outra coisa. Planícies e riachos, com perfis montanhosos ao longe. As minas terrestres explodindo, deixando um braço ou uma perna como restos únicos de um ser humano. As paredes das casas mais pareciam fatias de pão duro sueco, cheias de buracos feitos por balas. Mulheres queimadas e ressequidas, de roupas coloridas e *burkas* tapando os rostos, olhavam para nós à beira das estradas, estendendo por vezes as mãos em nossa direção. Entre as áreas de florestas e os pequenos rios em que as águas brilhavam, viam-se flores amarelas e vermelhas, oscilando alegremente, como se os seres humanos nunca tivessem nascido no mundo.

À noite, chegamos e nos reunimos com o contingente holandês das forças das Nações Unidas antes de prosseguir. O lugar era perto da pequena cidade de Mostar, onde os soldados viviam nas ruínas de casas entre a população civil que ficava assando batatas em pequenas fogueiras diante de suas casas. Muita gente já tinha fugido ou sido morta, de modo que havia lugar para todos.

O major apontou para uma casa no centro do terreno e levei meus homens da força finlandesa para lá. Havia uma grande sala coberta de carpetes onde se podia colocar os sacos de dormir, uma sala menor para a guarda de plantão e uma latrina do lado de fora, tudo o que era necessário para passar a noite. Os holandeses tinham prometido nos convidar para tomar uma sopa de peixe na casa onde estavam.

A sopa era grossa e farinhosa, mas servia para matar a fome. Fiquei sentado ao lado de nosso chefe de companhia e dos oficiais holandeses, mas o jantar foi rápido, sem muitas delicadezas e conversas. Todos estavam cansados. Durante meses, tínhamos tentado "manter a paz", quase chegando ao esgotamento, trocando de posições, para frente e para trás, segundo planos incompreensíveis, vendo atrocidades inimagináveis no meio da Europa.

Assim que as conchas de sopa ficaram vazias, todo o mundo se levantou. Lembro-me de ter mexido os ombros com uma manobra cautelosa de ginástica para as costas, no caminho para nossa casa, sob a luz pálida de um candeeiro de rua. Ao chegar, peguei um pouco de água de nossa enorme cisterna e tomei duas cápsulas de analgésico para passar a noite. Mal olhei em volta. Um dormitório como inúmeros outros, um saco de dormir no chão da sala onde outros já estavam deitados. Logo adormeci.

Mas acordei com dores nas costas. O chão era duro demais, apesar dos tapetes dobrados. Só conseguia dormir algumas horas por vez, fazendo exercícios de ginástica entre as sonecas. Saía do saco de dormir e ia até a janela para respirar o ar livre por um vidro quebrado, enquanto tentava, cautelosamente, esticar os músculos. A essa altura, olhei para uma rua lateral sob a luz fraca de um candeeiro: montes de morteiros, algumas latas de cerveja e uma meia coberta de lama. Silêncio. Ouvia-se apenas o ressonar de alguns companheiros atrás de mim.

Depois, sombras que subiam pelos morteiros. Soldados. Um grupo de holandeses, não a marchar, mas em movimentos lentos e irregulares. Eles arrastavam uma garota bosniana que resistia com força extraordinária, o rosto contorcido, mas em silêncio. Ela não gritava, embora sua boca estivesse livre. Pude ver que ela chorava por entre uma cortina de cabelos escuros e havia um fio vermelho, longo, que descia de um dos olhos até a boca como se ela tivesse deixado cair uma lágrima de ácido corrosivo. Primeiro, fiquei quieto no lugar, mas em seguida pulei e corri para fora, mas tomei a direção errada. Senti o mau cheiro da latrina, mas acabei encontrando o caminho certo para a rua. Naquele momento, a garota estava sendo arrastada mais longe e tentavam fazê-la entrar na última casa, mas cheguei a tempo.

— *Stop!*

Um homem parou e virou-se em minha direção:

— *Not your business*[7] — disse um outro, em voz baixa e monocórdica.

Avancei e tentei pegar a mão estendida da garota. Ela olhava direto em meus olhos. Nesse momento, dois soldados puxaram suas facas.

---

7. Em inglês, no original: "Não é problema seu!" (N. do T.)

— *Not your business* — repetiram eles, tensos, em voz já não tão baixa.

Olhei para a casa deles, queria avisar seu chefe de companhia, mas, então, vi-o na porta para onde a garota era arrastada. Seu rosto avermelhado ficou iluminado, momentaneamente, pela brasa do cigarro. Ele esperava pela garota e me encarou com toda a calma.

A essa altura, minha cabeça começou a girar. Tudo se confundia: as dores nas costas eram como facas espetadas em meu corpo, um muro de holandeses endurecidos pela guerra, a estranha necessidade de que tudo devia ser feito em silêncio, que ninguém podia gritar como se fosse um antigo filme mudo. Virei as costas e vomitei. Fui empurrado por alguns homens que me conduziram até minha casa. Segui tropeçando na sala que servia de dormitório e caí em cima de meu saco de dormir. Apaguei.

Quando acordei, senti muito frio. As costas estavam melhores, mas quase congelei. Fui até a janela. Começava um amanhecer escuro à volta dos candeeiros de rua. As latas de cerveja tinham mudado de lugar e o monte de morteiros parecia ter aumentado.

A essa altura, lembrei-me dos acontecimentos da noite anterior e saí da casa. Fui correndo em direção à casa para onde a garota fora levada. Do lado de fora, havia um cachorro magro de pelo castanho-claro andando para frente e para trás, mas a casa estava vazia. Apenas um cobertor sujo no chão. Pontas de cigarro. Procurei por toda a casa, escalei os montículos de projéteis, mas não encontrei ninguém.

Ao voltar, vi ao longe uma carroça se deslocando lentamente à esquerda, pela rua principal. Corri para lá. Uma família bósnia estava indo embora. O pai estava presente e era ele quem puxava o veículo no lugar onde antes havia um jumento. À direita, do outro lado da rua, ouvi uma porta se fechando. Virei o corpo para lá e vi um garoto com talvez dez anos de idade correndo, passando por mim até chegar à carroça com um candelabro na mão. Lentamente, mais uma vez como em um filme, avancei em direção a essa casa de onde o rapaz tinha saído. Era uma das casas menos atingidas pelas bombas, mas a porta não estava fechada com chave. Empurrei e ela se abriu. Entrei.

Percorri todas as salas e a mobília era de vários estilos, havendo muitas caixas e tábuas. Havia um certo conforto, sendo possível viver lá. Fui até os fundos, do outro lado da casa, onde havia um pequeno jardim. Ali estava a garota que eu tinha visto na noite anterior. Reconheci logo seus olhos e o arranhão descendo para a boca, além dos cabelos longos e desalinhados. Mas agora os cabelos estavam grudados com fios de sangue coalhado vermelho-escuro. Ao lado dela, havia uma pedra coberta de sangue. O crânio estava esmagado, os olhos tinham as pupilas levantadas para cima, parecendo espantados, seu branco era bem visível. Ela não tinha conseguido chegar em casa sem ser vista, não conseguira esconder sua vergonha, a vergonha da família.

Sua face. Sua pele ainda estava quente. Sentei-me no chão e peguei na mão dela.

Com a outra mão, comecei a jogar punhados de areia e terra com grama arrancada sobre seu corpo. Comecei também a cantarolar de boca fechada. Alguma coisa cantarolava dentro de mim.

Continuarei a escrever quando puder.

Depois da Bósnia, houve um choque de dias vazios e confusos. Anos que não deixaram quase nada para recordar. Interrogatórios, hospitalização na Alemanha e em Helsinque, na Finlândia, função de serviços em Forshälla, licença por doença. Lentamente, a situação foi melhorando, em especial, depois de ter encontrado Gabriella.

Fiquei chocado, evidentemente, com sua morte e a sequência de suspeitas a meu respeito, o longo tempo na cadeia, interrogatórios tão absurdos e brutais como na Bósnia. No final de fevereiro, quando você foi me buscar, depois de quatro meses na prisão, estava, como você sabe, em más condições, mas acho que me recuperei bastante rápido desta vez. Apenas um mês mais tarde estava bem melhor. Falei com você por telefone, fiz longos passeios e consegui recuperar bem minhas costas, que também sofreram bastante na prisão. Mantive uma boa medicação que, no entanto, me deixa enjoado e, por vezes, tonto.

Todos os dias, de repente, revia na mente imagens de Gabriella no leilão, perto do riacho, no café Obermanns, onde costumávamos nos encontrar. Mas de Gabriella morta: nua no caminho do parque, sem olhos, com a letra A rasurada no ventre. Horrível. Às vezes, parecia ouvir um som forte e agudo, ao mesmo tempo que a via. Mas aprendi também a reconhecer que essa era uma recordação valiosa. Mesmo considerando que Gabriella já não existia mais por ter sido morta de uma maneira incompreensivelmente cruel, para mim, ela ainda continuava ali, como uma pessoa real e viva. Estivemos unidos. A tristeza compactuava com isso. Ela tinha um significado maior em minha vida.

Então, chegou a primeira semana de abril. Saí depois de ter dormido até as nove e meia. Segui por ruas desertas até entrar por umas trilhas da floresta citadina. As nuvens estavam baixas e densas como tinham estado durante toda a semana. A floresta respirava em silêncio como se fosse um animal dormindo.

Enquanto avançava, imaginava a floresta vista por cima, em um mapa em que meu caminho se apresentava como uma linha vermelha, cheia de desvios, entre as árvores. Escolhia sempre caminhos diversos ou a floresta os escolhia por mim. Era quase impossível ver a diferença entre uma trilha e outra, ou reconhecer com certeza determinado pedaço de terreno, nem distinguir em um o outro qualquer conjunto de vidoeiros ou abetos. À direita ou à esquerda, a diferença era nula. Ficava andando de um lado para o outro, mas voltava sempre ao lugar por onde entrara, do lado sudeste. Havia apenas uma regra fundamental orientando minha caminhada: não devia encontrar ninguém. Não era difícil. Bastava evitar aqueles caminhos onde sempre passavam os corredores, atletas rústicos, com seus agasalhos de treino azuis e vermelhos. Por falar em caminhada, quando fazia a minha, a floresta estava praticamente vazia.

Mas, no momento, alguém estava lá, em meu caminho. Cansado com a relativa penumbra, mudei de uma trilha para outra, para sair mais rapidamente da floresta. Não havia perigo algum. O terreno estava firme por baixo de minhas botas de borracha. Sentia no corpo, na nuca e nas costas que estava na direção certa.

De repente, uma cova surgiu em minha frente. Fiquei irritado. Uma cova que me obrigava a fazer um desvio. Mas a cova tinha apenas dois metros de comprimento e meio metro de largura. Dirigi-me a uma das pontas e me vi, mentalmente, como se fosse um sacerdote diante de uma cova funerária. O local estava à beira de uma ponta de terra que descia direto para o mar. O vento soprava forte em meus cabelos. Um antigo salmo cristão parecia soar à medida que um caixão afundava, lentamente, em minha frente, na cova.

Na realidade, a cova estava vazia. Sua profundidade não era maior que um metro. Pude ver a terra quase negra onde jaziam ramos e folhas de árvores. Dava para notar que alguém havia coberto o buraco, mas fez isso tão mal feito que restaram apenas alguns galhos e folhas secas do ano anterior. Notei também que a terra retirada se encontrava amontoada em pequenos montes de um lado e do outro da cova. Abaixei-me. Peguei um pouco com a mão. A terra estava fria e era granulada, mas quase seca. Não tinha sido atingida, certamente, pelas chuvas fortes caídas duas noites antes. A cova fora feita no dia anterior ou durante a noite. No máximo, na noite do dia anterior.

Levantei-me e olhei em volta. Haveria, de fato, um motivo prático para cavar esse buraco? Teria a administração do parque planejado fazer uma cova de húmus ou coisa parecida? Não havia nenhum sinal que indicasse isso. Nenhuns montículos de folhas ou ramos caídos de árvores. A floresta estava totalmente intocada como o fundo do mar defendido pelas águas. No máximo, era possível ver uma fraca pista de grama pisada, uma pista que vinha do norte, da trilha que eu pretendia percorrer. Lá atrás se ouvia a passagem de carros, a uns cento e cinquenta metros da cova. Era a distância certa se alguém quisesse enterrar um cachorro para este ficar em paz, onde pudesse descansar, na natureza de onde veio. Por outro lado, o dono não teria de percorrer senão uma pequena distância, a partir de seu carro, estacionado na avenida Nydalsvägen.

Contudo, a cova era grande demais para um cachorro, até mesmo para um pastor-alemão ou um são-bernardo. Serviria para enterrar um bezerro ou uma vitela, mas era absolutamente impensável que alguém trouxesse um animal desses morto para enterrar na floresta. Os criadores se desfaziam de seus animais mortos de outras maneiras.

Então, havia apenas outra possibilidade. Era uma cova para enterrar um ser humano! Um cadáver humano!

Tinha começado a esfriar. Dei uns trinta passos na direção de casa, mas voltei. A cova tinha uma força que me atraía. Em minha mente, via uma estranha procissão vindo da avenida. Pessoas vestidas de preto que, em razão das dificuldades do caminho, andavam em uma fileira bem longa. Na frente, balançando, um caixão carregado por quatro homens, meio atrapalhados por ter de pisar no mato. Pertenceriam a uma sociedade de fé ecológica que se recusava a enterrar seus mortos em um cemitério normal. Em silêncio, a procissão levava o cadáver na natureza livre onde Deus se achava e imediatamente aceitava os mortos em seu reino. As covas seriam feitas e já estariam prontas para que tudo ocorresse rápido, longe da vista das autoridades.

"Mas de tal sociedade nunca ouvi falar", pensei depois, a caminho de casa. Uma atitude dessas devia ser suspeita: haver uma pessoa morta e o cadáver ter desaparecido. Podia-se acreditar que eles tinham... Ah, não! Não podia ser... Então, entendi!

Se alguém mata uma pessoa e quer se desfazer do cadáver, é isso que vai realizar! Cava, antecipadamente, um túmulo para, depois, o mais rápido possível, sem que ninguém veja, enterrar o cadáver. Joga-o dentro da cova e cobre-o com terra solta, galhos e folhas secas, de modo que não passe mais do que alguns minutos ao lado do túmulo de risco. Comecei a andar mais rápido e quase a correr para sair dali.

Durante todo o dia e a noite, fiquei andando para frente e para trás no meu apartamento, sem coragem de ligar a televisão. Não quis ver os jornais. Arrumei a bancada da cozinha e fiquei olhando para a rua, onde nada acontecia, com os nós dos dedos apoiados no parapeito interno da janela. Durante todo esse tempo, só pensava em algo: o túmulo fora cavado por uma ou mais pessoas que planejavam realizar um assassinato. Sem dúvida, essa era a única conclusão possível.

Na manhã seguinte, fui à polícia. Foi desagradável voltar a caminhar em direção ao edifício em Lysbäcken e ver seus dois blocos combinados e bem coloridos. Foi lá que me mantiveram como um animal em uma gaiola e me deixaram ainda mais estragado do que já estava. Depois daquele sofrimento, não tinha mais tanta confiança nas autoridades, mas, ao mesmo tempo, sentia que era meu dever relatar a eles o que tinha visto. Talvez desse para evitar o crime ou, pelo menos, apanhar os criminosos. Era plausível que houvesse pelo menos dois, visto que uma pessoa só certamente não conseguiria carregar um cadáver floresta adentro.

Segui direto para o guichê de informações da polícia.

— Do que se trata? — perguntou a mulher já idosa na minha frente, cujos cabelos de uma tonalidade acastanhada não escondiam a brancura das raízes, do jeito que eu a olhava, de cima a baixo. Ela estava aborrecida e a pergunta foi ácida, mas seus olhos se abriram, espantados, quando disse que vinha denunciar um crime planejado. Ela deve ter pressionado algum botão de alarme, escondido em algum lugar, visto que mal tive tempo de me sentar e fui abordado por um homem de camisa branca de mangas curtas e gravata azul. Parecia um comissário de bordo de algum barco de passageiros. Talvez pensasse que eu estava planejando alguma coisa.

— Gunnar Holm, inspetor criminal — disse ele, com a mão estendida, olhando por cima de seus óculos tipo meia lua, direto nos meus olhos. Devia ter um pouco mais de cinquenta anos, altura mediana, mas de constituição forte. O rosto estava bronzeado e os cabelos, cortados curtos. Parecia estar suado, mas não cheirava mal. O aperto de mão foi forte e correspondi ainda com mais força. Sempre tive mãos fortes.

Nunca encontrei antes Gunnar Holm, mas ele provavelmente me conhecia, pelo menos de nome, depois do tempo que passei na cela da polícia. Nesse caso, ele escondeu esse fato quando me pediu para segui-lo. Passamos por dois corredores e portas, com fechaduras codificadas, até chegarmos à sua sala. Senti um fraco cheiro adocicado. Talvez ele tivesse algum problema em termos de higiene corporal.

Acabei sentando em uma cadeira, junto do canto de sua mesa de trabalho. Depois, tive de mostrar minha carteira de identidade e dar outras informações pessoais, preenchendo um formulário. "Tenente da Força Aérea. Atualmente, de licença por doença." Vi que Holm hesitou um segundo e deve ter acrescentado "por motivos psíquicos". Por fim, recostou-se na cadeira e contei a ele o que tinha visto e o que achava disso. Recitei todas as palavras que tinha "mastigado" desde o dia anterior.

— Pensei que a polícia poderia vigiar o lugar e prender os criminosos — acrescentei no final. — Eles vão aparecer mais cedo ou mais tarde.

"Prender os criminosos." As palavras soaram absurdas como se fossem tiradas de algum filme ruim. Elas ficaram no ar por um bom tempo antes de o inspetor responder.

— Infelizmente, não temos recursos para isso. As indicações ainda não são suficientemente fortes.

— Mas será que não está claro que se trata de um túmulo e que algo vai acontecer?

— Claro certamente não está. Na realidade, é pouco provável que um túmulo tenha sido feito tão perto de uma avenida com tráfego intenso. Como disse, não podemos ter gente observando o local por tempo indefinido. Existem crimes já cometidos que precisam ser solucionados.

— O senhor não pode ir ao local e ver tudo? Acho que o senhor mudará de opinião.

Irrefletidamente, notei que estava tratando-o por senhor, no velho estilo dos habitantes de Forshälla, provavelmente para melhorar minha chance de convencê-lo.

— Havia alguma coisa por lá, um papel ou uma peça de roupa qualquer, por exemplo?

— Não, mas há um túmulo que espera a chegada de alguém que será morto! No meio do Parque da Cidade e perto de uma avenida, a Nydalsvägen. — senti como o sangue me subiu à cabeça e minha voz quase estrondou. — É urgente. Pode acontecer a qualquer momento!

— Bom, vamos ter calma e fazer o seguinte: aguardar os acontecimentos e designar um carro-patrulha que passe por lá de vez em quando. Se conseguirmos descobrir algo mais concreto, tomaremos as devidas providências. É claro que agradecemos todas as denúncias vindas da população em geral. Seu caso não é exceção. Está anotado.

O inspetor afastou a cadeira para trás, bateu a ponta do formulário na mesa e colocou-o em um monte de papéis ao lado. Entendi que devia ir embora, mas continuei sentado, insistindo, agarrando-me aos braços da cadeira como se alguém quisesse me arrancar do lugar.

— O senhor sabe quem sou — disse, em voz baixa, enquanto olhava direto para a parede. — O senhor me considera uma pessoa transtornada que, primeiro, confessa um crime que não cometeu e, agora, vem denunciar um outro fantasiado.

— Não estou pensando nada disso — disse Holm também em voz baixa. — Acontece apenas que as indicações não são suficientes para que possamos dedicar recursos humanos ao trabalho de esclarecer essa denúncia. Mas muito bem, sei quem o senhor é e entendo que tenha passado por momentos difíceis neste local. Não era o chefe das investigações, nem mesmo assistente no caso, por isso nada pude fazer, mas para o senhor posso dizer o seguinte agora: acho que o senhor não teve a menor culpa nessa confusão. Àquela altura... Àquela altura, achava que o senhor era inocente e me dava pena ver sua situação, tendo que passar um tempão na prisão... Enfim, existem algumas pessoas conhecidas por seus métodos brutais de interrogatório. Por consequência, podem surgir também confissões que não são reais e dão motivo a prolongados prazos de aprisionamento injustificados. É uma situação naturalmente muito estressante.

Ele fez uma pausa, mas não sabia o que devia dizer.

— Posso perguntar como o senhor se sente? — continuou ele. — Sei que se passou apenas um mês desde que deixou a prisão, mas talvez o senhor já tenha se recuperado...

Encolhi os ombros e, após um curto silêncio, ele ainda continuou com suas reflexões.

— Já encontrou algo útil para fazer? Nos casos em que a pessoa passa por um estado de choque, por uma injustiça, é fundamental encontrar um novo objetivo. Talvez seja isso que esteja procurando fazer ao se preocupar com uma cova na floresta. Mas o senhor precisa de algo mais permanente com que se distrair, talvez uma nova carreira. Já pensou nisso?

— Talvez — murmurei, olhando de viés para ele, sem mudar a posição do corpo. Ele estava me observando com um leve sorriso nos lábios e parecia sinceramente simpático, de uma maneira antiquada de os titios darem conselhos. Mas, ao mesmo tempo, era um policial que, em termos de túmulo, não entendia nada!

Entretanto, era bom ficar ali mais uns momentos, sentado naquele lugar falando em voz baixa em meio ao ruído suave do ar-condicionado. De qualquer forma, era uma boa ocasião para contar a outra pessoa aquilo que me preocupava. Era como se fosse uma sessão de terapia. Relaxei a tensão no braço da cadeira e, para prolongar a visita, perguntei algo a respeito da paisagem representada no calendário pendurado na parede. Ele respondeu, mas não me lembro mais o que disse.

Por fim, levantei-me e fui escoltado pelos corredores. Depois de mais um aperto de mãos e de um olhar direto e prolongado por parte de Holm, com seus olhos azuis muito claros, saí para a rua e me dirigi primeiro para o lado errado. A calma que senti na sala já tinha se dissipado.

"De qualquer maneira, cumpri meu dever", pensei, mas não estava satisfeito. Uma pessoa estava prestes a ser assassinada e ninguém evitaria isso. Estava vivendo em uma sociedade em que alguém podia matar outra pessoa e enterrá-la sem que ninguém se preocupasse com isso. Tudo é permitido desde que não vá para a cadeia. A mesma droga por toda a parte. A polícia não faz nada enquanto...

Meus pensamentos vinham bem formulados como se estivesse fazendo um discurso em uma reunião de cidadãos. As palavras ficavam borbulhando na garganta e no diafragma, criando uma espécie de mal-estar. Tive que me conter para não gritar, suplantando o ruído do trânsito, para um casal de jovens que me olhava de forma penetrante e irritada, ele com seus óculos da moda, muito estreitos, e ela com seus sapatos vermelhos verdadeiramente idiotas.

Certamente, devia ser uma celebridade no departamento da polícia: o maluco que confessou e ficou quatro meses na prisão porque se considerava absolutamente culpado. Eles faziam pouco de mim nas mesas do refeitório, se bem que, na realidade, foram eles que falharam e erraram.

Eles jamais acreditariam em mim. O verdadeiro assassino ficou solto enquanto eles concentravam as investigações em mim. Agora, mais uma vez, aconteceria o mesmo.

Nesse momento, senti a falta de Gabriella. Gostaria de vê-la. Precisava que Gabriella ainda existisse.

Eu era o homem comum, um Erik qualquer. Ela era a extraordinária, a Gabriella. Eu era o obscuro, ela, a brilhante. Fui atraído pela luminosidade de seus olhos, pelo sorriso de seus lábios e por seus cabelos lisos castanho-escuros. Ela ficaria para sempre em minha vida por seus risos e suas mãos, por sua voz quando eu chegava em casa, cansado, depois de mais um dia de trabalho. Ela queria que eu ficasse em sua vida. Não conseguia entender por que, mas ela queria.

Tínhamos nos encontrado no verão, em um leilão onde concorremos por uma colher de prata que pertencera ao czar Alexander II, da Rússia. Gostei muito do ornamento florido do cabo, mas deixei que ela ficasse com a colher ao ver seu ardor tímido por ser a primeira vez que ia a um leilão como aquele. Em seguida, aproximei-me dela para tocar pela última vez no objeto que havia perdido. Então, começamos a conversar. Nenhum de nós tinha interesse profissional por antiguidades, mas estávamos de acordo que era interessante ficar com um objeto decorativo de vez em quando. Estava certo: ela nunca havia feito uma oferta de compra em nenhum leilão. Tinha ido ali para ver os profissionais de antiguidades, sem ser pela televisão, disse sorrindo. Mas naquela noite, nenhum deles esteve presente.

Seguimos, depois, passeando pela margem do riacho, em direção ao centro da cidade, e falando de como era bonito ver as árvores com suas folhas renascendo. Era quase como olhar para um cartão postal idílico. As águas do riacho também cintilavam sob os derradeiros raios solares do dia e entendemos, então, por que aquele bairro da cidade se chamava "Lysbäcken" — o riacho da luz. Em sentido mais amplo, Forshälla. Não havia muito o que falar sobre a cidade. Era pequena, apesar de ter cerca de sessenta mil habitantes. De qualquer forma, era fácil conversar com ela. Arrisquei-me a propor um novo encontro antes de ela subir no ônibus com destino a Stensta. Quando o ônibus se aproximou, ela me pegou pela mão e me disse seu nome, Gabriella.

Gabriella. Um nome que fiquei saboreando durante dois dias até nos vermos de novo na noite de sexta-feira. Levei comigo uma joia secreta contra todas as crueldades e as pequenas ignomínias a enfrentar na vida.

No nosso segundo encontro, fomos ao cinema. Não sabia o que fazer. Não ousava pegar na mão dela, mas deixei como por acidente que a minha tocasse na pele de sua mão, no salão cheio de reflexos da tela e durante o passeio que fizemos depois. Gabriella.

No terceiro encontro, fomos a uma cafeteria. Depois de ir ao toalete, ela voltou, mas não se sentou em seu lugar, na minha frente. Sentou-se a meu lado no sofá. Quase não falamos, mas nossas mãos e coxas ficaram bem juntas. Senti seu corpo e seu calor. Minha respiração ficou mais curta e meu membro endureceu. Diante da cafeteria, trocamos o primeiro beijo. Eu me encurvei um pouco para ela não sentir minha ereção. Depois disso, não me lembro mais de como nos separamos e de como cheguei em casa. Só me lembro de que fiquei deitado na cama, o coração batendo forte, e tive de me masturbar para conseguir dormir. Senti vergonha o tempo todo e tentei pensar em outras coisas. Não nela, nem em suas coxas.

Depois, foi tudo rápido. Ela chegou em minha casa uma noite. Deve ter pesquisado meu número de telefone para encontrar o endereço. Fiquei feliz ao vê-la ali na minha frente, diante da porta. A princípio, hesitou um pouco, mas logo se alegrou diante de minha felicidade.

Algo muito grandioso estava para acontecer e tínhamos de ser prudentes como se tivéssemos de equilibrar um objeto frágil e muito valioso nas pontas dos dedos. Eu me ofereci para fazer um chá a fim de ter alguma coisa simples para fazer. Mas enquanto a água aquecia, ela demonstrou o quanto era original. Ela me pediu para escutar meu coração. Abri os braços e ela encostou o ouvido em meu peito. Ficamos, então, em silêncio, nessa posição, à medida que a água começava a ferver: eu segurando ligeiramente seus ombros e ela pressionando o ouvido contra meu coração que batia excitadamente. Seus cabelos castanhos levemente perfumados e o calor de sua face agitavam todo o meu corpo. Por fim, ela levantou o rosto e nós nos beijamos, com mais sofreguidão do que na primeira vez.

Nossa relação sexual foi, a um tempo, inebriante e serena. As ancas eram pequenas, mas bem arredondadas e sua bundinha, bem excitante e movimentada. Sua vagina, tal qual sua boca: pequena, mas firme e bem suculenta. Ela me sugava e apertava com suas coxas como se eu fosse um tronco de árvore que quisesse escalar. Senti meu pênis grande e duro como um verdadeiro pau em que ela se sentava. Durante todo o tempo, ela manteve meu rosto entre suas mãos e me olhava direto nos olhos. Era comigo que ela fazia amor e não apenas com um homem qualquer munido de pênis.

Ela era a estranha, a Gabriella. Eu era um outro homem com ela. Com ela, não era apenas uma sombra e um problema personalizado. Não apenas uma roda numa máquina militar. Para ela, eu era um ser humano.

Quando saí da prisão, depois da minha fracassada confissão, fiquei meio paralisado. Sequela do acolhimento cético que recebi e das recordações da maneira sádica com que fui tratado por Lindmark e Alder: eles me atacaram como se tivessem uma cortina de pedras. Depois da saída, fui andando, lentamente e ao acaso, em direção ao sul, atravessando por cima do riacho uma pequena ponte e subindo, em seguida, para o bairro de Lindhagen. Pouco a pouco, a paralisia se dissipou.

Pensei em Gabriella e me encaminhei, inconscientemente, para a sua morada na rua Torkelsgatan. Era como se fosse um sinal de que ela ainda estava comigo. Nesse momento, sabia que, diante do fracasso das investigações da polícia, havia apenas uma coisa a fazer. Eu próprio precisava vigiar o túmulo. Na melhor das hipóteses, poderia evitar o assassinato caso fosse realizado perto da cova. Se os assassinos chegassem carregando um corpo, pelo menos poderia contribuir para a prisão deles.

Segui rapidamente para casa e me preparei. Peguei meu revólver, que estava comigo desde a Bósnia, e o celular para poder telefonar para a polícia, desta vez com algo muito "concreto" quando estivesse em frente aos assassinos e a vítima, viva ou morta, caso não ficasse por demais agitado, como costumo ficar às vezes. A essa altura, agiria por conta própria em vez de telefonar.

Não seria difícil prendê-los. Eles seriam apanhados de surpresa. Eu armaria a emboscada. O pior era estar presente quando eles chegassem. O ideal seria haver duas ou três pessoas de plantão em turnos, mas não tinha ninguém em quem confiar. Tinha que fazer tudo sozinho.

Preparei um litro de café que coloquei em garrafas térmicas. Levei comigo ainda um abridor e latas de sopa de ervilhas. Essas sopas podem ser comidas com colher, tal como aprendi nos campos de treinamento. São um pouco secas, mas nutritivas. No porão de casa, fui buscar uma bem equipada mochila, uma barraca individual, um saco de dormir e uma cobertura para forrar o chão. Tudo em ordem, tudo pronto para ser utilizado. Por vezes, é bom ser militar, mesmo que isso seja desagradável. "Pense positivo", disse para mim mesmo. "Você já passou por treinamento militar. Você vai se dar bem! Você tem uma estratégia!"

Cerca de uma hora depois de ter chegado em casa, às 15h34min, dirigi-me para a Floresta da Cidade com meus equipamentos. Armei a barraca atrás de uns arbustos a cinquenta metros da cova, do lado contrário à cova e à avenida Nydalsvägen. Verifiquei por vários ângulos a possibilidade de ser visto cedo demais e, assim, afugentar os assassinos. Depois, deitei-me no chão com um binóculo noturno como se fosse um caçador à espera da presa.

Desta vez, era a caça que tinha preparado sua própria armadilha sob a forma de uma cova escavada por ela. Assim se passa com o ser humano, o mais perigoso dos animais, destrutivo contra si mesmo e os outros.

Era bastante repousante ficar estendido no saco de dormir dentro da barraca. Ainda havia alguns flocos de neve, mas o chão mantinha-se seco. O vento assoviava levemente na floresta e alguns pássaros cantavam. Os mosquitos e as moscas ainda não tinham chegado, mas à minha frente podia ver na terra as formigas no seu eterno vai e vem, sempre procurando comida, muitas carregando pedaços das pontas de pinheiros. Por baixo de mim, o chão exalava um cheiro forte de terra e de putrefação do inverno.

Na minha frente, a cova, e mais longe, o ruído do tráfego na avenida. Era de lá que eles viriam. O som de um motor de carro poderia ser o deles.

Vieram o crepúsculo e a noite. A madrugada foi clara, com as estrelas brilhando por entre as árvores. Era um viajante que tinha montado sua barraca no frio, para ver as estrelas, assim como milhares de andarilhos faziam no mundo inteiro. Talvez estivessem esperando o sono chegar, mas eu não. Tinha meu binóculo noturno e minha lanterna muito potente. Estava à espera deles que não suspeitavam encontrar uma situação muito diferente daquela que imaginavam! Senti que não estava sendo difícil ficar acordado. Bebia café e pensava nos assassinos. Imaginava seus rostos, primeiro, fazendo caretas, depois com medo e pedindo perdão.

A manhã chegou com uma neblina fraca e nada acontecera. Continuei esperando durante todo o dia, enquanto o céu ficava azul e o ruído do tráfego da avenida aumentava à medida que a vida da cidade surgia. Ninguém que conduzia pela Nydalsvägen sabia que eu estava ali. Além dos assassinos, ninguém sabia que existia um túmulo aberto no meio da floresta. O crepúsculo chegou ao fim do segundo dia.

Tive de piscar os olhos. Será que adormeci? Estava muito escuro. Devo ter perdido a consciência durante várias horas! Levantei, tive certa dificuldade em desembaraçar as pernas do saco de dormir, mas consegui correr, rapidamente, com a lanterna na mão, em direção à cova, que já tinha sido enchida e estava repleta! Os assassinos tinham estado lá, enquanto eu dormia! Tinham pisado a terra e, por cima, colocaram alguns ramos de árvore. Cheguei tarde demais! Dei um berro, procurando em volta com minha lanterna. Ali! À beira da floresta, seguiam dois homens na contraluz da avenida. Chamei-os e corri em sua direção. Eles se viraram, olharam, mas continuaram seu caminho quase correndo. Um deles era alto e forte e estava de paletó escuro. O outro era quase da mesma altura, mas mais ágil. Tinha uma capa esverdeada, meio longa, aberta, com as laterais esvoaçando. De acordo com minhas intenções, corri e quase os apanhei. Minha ação foi insuficiente e, além disso, na pressa, esqueci o revólver na barraca. Caso contrário, teria conseguido pará-los com um tiro de aviso.

Ao chegar à beira da floresta, ainda escutei quando eles deram a partida no carro. Fixei o olhar no número da chapa, à luz dos candeeiros da avenida, e fiquei repetindo-o, enquanto voltei a correr para a barraca, a fim de escrever o número em um papel.

Depois, dirigi-me para o túmulo. Com uma pequena pá, parte de meu equipamento, comecei a cavar e a retirar a terra. Não precisei cavar muito para bater em algo mais macio: um tecido, um corpo embalado em um tecido vermelho-claro. Limpei-o com as mãos até que ele ficou totalmente à mostra como se fosse uma múmia. Por cima, havia uma cruz greco-ortodoxa feita de madeira laqueada. Depois, com toda a cautela, retirei o tecido que estava ocultando o rosto.

Gabriella! Era Gabriella, pálida, mas com os mesmos cabelos castanhos e lisos. Era ela que tinha sido assassinada! Levantei seu corpo, abracei-a, chorando, e balancei-a em meus braços durante muito tempo, como se estivesse a ninar uma criança. Ela estava de novo comigo. Queria defendê-la contra tudo e contra todos. Ela estava apenas dormindo e com vida. Cantei para ela, para ela continuar a dormir.

Sento-me para escrever. Posso ser eu mesmo quando escrevo. Tenho tempo para refletir, não fico nervoso como costuma acontecer diante das pessoas e nos interrogatórios. Além disso, é um alívio saber que tudo o que digo está bem defendido pelo segredo de confessionário.

Confessionário. A confissão de pecados e o perdão. Em tempos passados, acreditava nisso porque acreditava em Deus, mas tudo acabou na Bósnia. É isso que lamento diante de sua fé em Deus, o que respeito, mas para mim tudo ficou por isso mesmo. Não que eu esteja zangado, que seja contra Deus por Ele deixar que tantas coisas horríveis aconteçam. Não que eu pense que essas coisas sejam uma prova para pôr em causa a imagem de um Deus todo-poderoso e benfeitor. Sei que são muitos os que raciocinam desse jeito, mas, para mim, restou apenas, de repente, um vazio brutal. Passou a ser irrelevante acreditar e ter fé, quando me vi rodeado, no meio de uma terra bombardeada, coberta de cadáveres. Nada aconteceu de imediato, mas pouco a pouco notei que minhas orações, às vezes, à noite, eram apenas uma reação mecânica. Murmurava algumas palavras, mas notava que já não pensava mais em seu Receptor. Tornara-se irrelevante orar.

Parar de acreditar em Deus tornou-se primeiro um sentimento de culpa. Mas, no entanto, Deus existia e observava, zangado e ameaçador, os renegados. Era isso o que eu sentia. Ele viria me punir. Foi assim que pensei durante muito tempo, embora também pensasse que Ele não existia. Mas também essa ideia desapareceu de minha mente. Depois, foi um alívio chegar à conclusão de que este mundo é o único que existe. Muitas vezes, sentia-me tão cansado e depressivo que pensava até em desaparecer deste mundo. Não que pensasse em cometer suicídio — você não precisa se preocupar com isso —, mas por dizer que estou farto de viver neste mundo. Não quero, isto é, não quero agora nem imaginar uma vida depois da morte, nem mesmo de acordo com outras condições como as de um paraíso. Não estou com forças para viver uma outra vida.

No entanto, sinto também uma perda. Tempos depois de eu ter terminado de orar por Deus, notei que alguma coisa estava começando a ser sugada de mim. Minha humanidade. Isso devo admitir e, por consequência, dar a você "razão" por sua fé. Não acreditar em Deus fazia eu deixar de ser humano. Um animal era o que eu era. Os animais não têm deuses, mas talvez isso não seja um mal tão grande. Os seres humanos têm deuses, mas isso não impede que ajam como diabos.

Apesar de tudo, considerei que a morte violenta e macabra de Gabriella foi uma punição contra mim, do destino, dos poderes instituídos. Talvez tenha sido punido por tudo o que eu fiz e deixei acontecer na Bósnia ou por aquilo que viria a fazer mais tarde no futuro. Foi nisso que pensei muitas vezes na prisão. Se os poderes existem, eles veem tudo e criam um equilíbrio entre o bem e o mal, de vez em quando, sempre que isso lhes dá prazer.

Fiquei sentado bastante tempo junto da cova com Gabriella, mas entendi progressivamente que não era ela que estava ali. Saí de uma neblina vermelha em que chorara de dor, mas, ao mesmo tempo, cheio de felicidade por ter Gabriella perto de mim, embora por um pequeno momento.

Foquei a luz da lanterna no túmulo. Aquela mulher, na realidade, era muito jovem. Ela parecia Gabriella, mas era quase uma criança. Pálida, perfumada, muito bem envolvida por um lençol mortuário, como se fosse uma boneca enterrada por crianças, mas uma vez viva e agora assassinada por aqueles dois homens. Despedi-me dela como alguém que a conheceu viva e me apossei da cruz. Não sei bem por que, mas achei que estava fazendo o certo. Como se tivesse direito de ficar com uma recordação, um sinal de que nunca mais a esqueceria ali, debaixo da terra.

Tudo tinha corrido conforme eu previra, mas continuava sem qualquer prova. Claro que poderia telefonar para a polícia. Os assassinos poderiam ser encontrados por meio do número da placa do carro, mas negariam tudo e não haveria prova nenhuma contra eles. Por isso, acabei não telefonando. A decisão foi tomada quando ainda estava junto da cova e isso me deixou tranquilo.

Cobri de terra, novamente, o corpo da jovem, com todo o cuidado. De fato, ela era Gabriella, embora parecesse mais nova. Depois, reuni todas as minhas coisas e a barraca e voltei para casa.

No dia seguinte, telefonei para o registro de veículos. Já tinha havido antes uma grande discussão em nosso alojamento militar sobre o assunto: poderia qualquer pessoa telefonar para saber o nome e o endereço do dono de um carro registrado ou tudo seria como nos filmes americanos em que a pessoa só consegue as informações se conhecer alguém no departamento de registro ou na polícia? A discussão não chegou a uma conclusão definitiva, portanto não sabia o que ia acontecer.

Mas era simples. Do outro lado da linha, surgiu uma voz jovem, surpreendentemente alegre e cheia de boa vontade, falando em sueco com pequeno sotaque finlandês. Mais tarde, vi o papel todo cheio de bonitas letras e números azuis. Finalmente, tinha em mãos algo de concreto! Jon Jonasson. Um diabo.

O endereço era longe em Nydal, de modo que tive de tirar o carro da garagem, coisa que evito o máximo possível. Não é bom para as minhas costas dirigir, mas seria ainda pior ficar andando a pé por um bairro residencial fino ou, ainda, utilizar um ônibus e ser visto. De carro, poderia levar comigo tudo o que precisasse para estar preparado para qualquer eventualidade.

Apenas um dos homens morava no endereço, na avenida Stängelvägen. Definitivamente, era ele o homem mais forte. Reconheci-o pela jaqueta marrom. Durante vários dias, passei de carro em frente à casa e fiquei conhecendo sua rotina. Permanecia muito em casa, até mesmo durante o dia, mas no fim da tarde de terça-feira foi de carro para uma instalação esportiva. Pouco depois, entrei e vi que ele treinava uma equipe de handebol composta de garotos. Senti o mesmo cheiro de suor antigo embutido no ginásio como antes no alojamento militar.

Estava sempre com minha pistola, mas não queria ficar por aí, à mercê daquele assassino. Queria ter os dois e o segundo não aparecia de nenhuma maneira. Não antes da Quinta-feira Santa.

Nesse dia, Jonasson saiu de carro e fui atrás. Em um posto de gasolina, ele entrou e, quando saiu de lá, estava com o segundo homem. De frente, vi logo que ele devia ser um adolescente, mas a sua altura e a jaqueta esverdeada não me enganaram.

Ambos entraram no carro e fui atrás, passando por dentro de Forshälla e seguindo pelo campo, ao sul da cidade e na direção de Euraåminne. Depois de andar cerca de quarenta quilômetros, eles entraram em uma pequena estrada, quase impossível de ser encontrada caso não se soubesse de sua existência. Segui em frente, mas voltei e recuei o carro um pouco para dentro da pequena estrada, o suficiente para não ser visto por quem passasse na estrada principal e de maneira que pudesse sair de lá rapidamente. Depois, levantei a tampa do bagageiro e retirei as duas cordas de plástico que tinha trazido comigo. Verifiquei, então, se estava nos bolsos com o restante do que precisava. Coloquei nas mãos as luvas de plástico e segui a pé para dentro da floresta.

A estrada era bem estreita e cheia de curvas, mas não impedia a passagem de um carro até chegar a uma *stuga*. O carro deles ocupava metade da área livre em frente da casa. Na realidade, a área resultara, certamente, da derrubada de algumas árvores. Dei uma volta à beira da floresta, a fim de ver o que se passava dentro da casa. Vi o homem e o rapaz se movimentando, ambos agora de paletó. Reconheci-os novamente. Não havia razão nenhuma para hesitar.

Dei um pontapé na porta e entrei. Joguei as cordas no chão e apontei o revólver com ambas as mãos. Primeiro, quis ver onde o outro estava. Vi apenas uma figura, mas logo ela se desfez: os dois estavam abraçados.

— O quê? O que está acontecendo? Como o senhor se atreve? Somos ambos adultos — disse o homem, com voz forte, bem articulada, como se fosse ator. — Não há nada ilegal aqui.

— Não estou ligando nem um pouco para o que vocês estão fazendo aqui. Não é por isso que estou aqui — retorqui em um tom de voz tão forte quanto a dele. — Pegue uma das cordas e amarre os pulsos dele atrás das costas — ordenei para o rapaz, apontando com a pistola. — Amarre-o também na cadeira.

O rapaz estava com tanto medo que tremia e mal se atrevia a avançar e pegar a corda.

— Calma, tudo vai ficar bem — consolou-o o homem, sentando-se na cadeira. — Apenas faça o que ele mandar.

O rapaz amarrou o homem na cadeira e, depois, seus pulsos atrás das costas. Tive de verificar várias vezes a corda para ver se estava devidamente amarrada. Depois de saber que o homem estava bem preso, peguei a outra corda. Amarrei os pulsos e os tornozelos do rapaz e juntei os dois laços, de tal maneira que ele ficou deitado de lado, com o corpo formando um arco. Além disso, amarrei a ponta da corda na porta do forno. Não poderia sair dali.

Virei-me para o homem.

— O que você quer? — perguntou ele, olhando diretamente em meus olhos.

Dá-me os teus olhos

— Quero que vocês confessem!

— Confessar o quê? Tudo bem, nós temos um relacionamento, mas Linus tem mais de dezoito anos de idade. Tem direito a fazer o que quiser. Portanto, o que você tem a ver com isso? Diria que os tempos mudaram...

— Estou me lixando para esse relacionamento entre vocês! É o assassinato que vocês devem confessar. Ou você mesmo. Foi você, certamente, que cometeu esse crime. O rapaz só deve ter ajudado a transportar o cadáver.

— Que cadáver? Nós não sabemos nada a respeito de nenhum cadáver!

— Pare com isso! Vi vocês dois quando o enterraram. Na Floresta da Cidade, em Forshälla.

— Nunca na vida! Você está equivocado e questionando a pessoa errada.

— Está afirmando que você e esse... Linus não estiveram na Floresta da Cidade, há uma semana, de noite, e depois deixaram, rapidamente, o lugar de carro, que eu também reconheci.

— Ah, foi você que correu atrás de nós como um lou... Sim, éramos nós, mas estávamos lá apenas para mijar. Estávamos a caminho daqui, mas tivemos de parar para urinar. Nada mais do que isso. O que você pensou, ali, no meio da floresta?

— O que pensei? Vocês enterraram um cadáver! O corpo de Gabriella. A garota que vocês mataram e já tinham cavado um túmulo para enterrá-la.

— Você não está bom da cabeça! Você está completamente pirado! Sim, paramos junto à Floresta da Cidade e entramos nela algumas dezenas de metros para mijar. Nada mais que isso. Perto da avenida por onde as pessoas passam, o que poderíamos fazer? Depois, voltamos. Foi quando vimos alguém — manifestamente você — gritando e acenando com uma lanterna. Pensamos que fosse alguém que gosta de atacar pederastas e corremos para o carro. Isso é tudo. Não vimos nenhum cadáver. A única coisa que vimos foi você correndo atrás de nós.

— Ah, é assim que você pensa se salvar — explodi. — Negando tudo. E você? O que tem a dizer?

Apontei a pistola para o rapaz, mas ele apenas olhou para mim, de olhos bem abertos, espantado e tremendo como vara verde. Enquanto o homem mantinha uma certa altivez, o rapaz estava com tanto medo que era suficiente para os dois. Não conseguiu dizer nem uma palavra.

— Não lhe faça mal! Deixe-o de fora disto aqui — pediu o homem.

— Muito bem, mas, então, você precisa contar algo. Por que você a matou?

— Eu não matei ninguém. Será que pode entender isso? É outra pessoa quem você deve procurar. Escute, podemos até ajudá-lo a procurar o assassino. Sou jornalista e sei como desencavar informações. Se alguém foi assassinado, isso também é, jornalisticamente, interessante. Podemos trabalhar juntos.

— Não tente vir agora com um tipo de tática psicológica! Eu estava lá, você entende? Descobri a cova e estava de vigia. Eu vi... Sei que vocês estavam lá e colocaram o corpo lá dentro, cobrindo-o depois. Quem era ela?

— Você sabe e disse que era Gabriella.

— Não. Era outra pessoa. Mas ela também foi assassinada por alguém como você. Seu demônio!

A essa altura, ele ficou em silêncio. Não sabia o que dizer. Procurava outra estratégia psicológica.

— Muito bem, vou dar a você uma última chance — disse, com a pistola no meio da cara dele. — Se confessar e disser por que fez isso, talvez deixe vocês fugirem.

Ele olhou bem de frente para mim e hesitou. Imaginou as consequências, mas escolheu dizer não.

— Não fui eu, não fomos nós! Acredite nisso, por favor. Deixe-nos ir embora. Não vamos contar nada para ninguém. Foi tudo um honesto erro de sua parte. Isso pode acontecer a qualquer um. Nós... Nós vamos esquecer tudo o que se passou aqui.

— Essas são suas últimas palavras?

— É a verdade.

Olhei para o rapaz.

— E você aí?

Ele estava desmanchado em lágrimas e apenas ficou me olhando, mas parecia abanar a cabeça.

Virei-me para Jonasson de novo.

— Então, você vai ter o mesmo fim que ela — disse. — Um criminoso embrutecido como você que não se arrepende não merece nenhuma redução punitiva.

Tirei a linha de pescar do bolso e fiquei trás dele. Jonasson tentou se soltar das cordas e balançar a cadeira. Teria caído para o lado se eu não o pegasse com a linha em volta do pescoço. Puxei tudo o que podia, apoiando o joelho contra o espaldar da cadeira. Ele gargarejou e tentou se soltar, mas mantive o aperto firme durante todo o tempo. O rapaz gritou e tentou soltar a corda da porta do forno, que se abriu com um estampido, mas não conseguiu se soltar.

Em poucos minutos, acabou tudo, mas a sequência foi tão violenta que nem consegui manter a cadeira em pé. Quando soltei o laço, Jonasson caiu para o lado direito, atrás da mesa.

A essa altura, encarei o rapaz. Estava no chão, tremendo e choramingando. Por baixo do paletó e da camisa aberta, o corpo estava nu da cintura para cima, um corpo de garoto, branco e sem pelos, com as costelas aparentes como se fosse uma antiga tábua de lavar roupa. Ele fechou os olhos, com a cabeça inclinada para trás como um animal indefeso que oferece a garganta para o lobo.

A essa altura, o lobo não tem mais nada a fazer do que aceitar a oferta. Mas vira para o lado seus dentes bem afiados, ruge mal-humorado em volta e deixa a vítima em paz. Era incapaz de fazer o que devia: matar a testemunha para não ser preso. Embora apenas tivesse feito justiça, a polícia poderia me prender e me jogar de novo na prisão.

O rapaz parou de choramingar e não disse nada. Permanecemos ambos em silêncio, imóveis. Ouvia-se apenas o vento soprando por uma fina abertura da porta. Tive pena dele. Era tão jovem. Mas tinha que me assegurar. Não podia deixar que ele contasse tudo.

— Jura — disse eu, com voz grave e seca. — Jura — se bem que, atualmente, não vão acreditar em nada —, mas jura por seus colhões!

O rapaz olhava para mim com os olhos bem abertos. Então, peguei seus cabelos e olhei bem firme e direto em suas pupilas.

— Jura por seus colhões que nunca contará nada do que aconteceu aqui para ninguém enquanto viver! Se quebrar esse juramento, terá câncer nos colhões e estes terão que ser cortados com sua pica. Coloque dois dedos dentro da cueca e jure!

Tirei minha faquinha de pesca, do bolso da jaqueta e cortei a corda que o prendia para que ele pudesse jurar do jeito que eu pretendia. Com a mão direita enfiada na cueca, ele repetiu com o ranho saindo pelo nariz as palavras que lhe ditei: — Eu juro... Jamais falarei...

Peguei suas axilas suadas e puxei-o para cima. O corpo dele estava tão flácido que tive de carregá-lo para a grama da entrada da casa. Depois, ele tentou andar, mas era como se tivesse recebido um choque elétrico. Ficou cambaleando e passou pelo carro de Jonasson em direção à estrada principal. Por fim, começou a correr, meio desajeitadamente, com o paletó e camisa voando dos lados. Seguiu em frente, tirou o paletó e ficou com ele agarrado na mão esquerda, arrastando-o pela terra. Depois, deixou-o cair e continuou correndo com a camisa esvoaçando, e entrou na floresta.

Não! De qualquer forma, não podia deixá-lo livre! Dei uns passos rápidos de volta a casa, para pegar a pistola que tinha deixado sobre a mesa, mas tropecei e caí com o rosto no chão. Vi, então, entre as tábuas. Em baixo, estava escuro. De repente me senti cansado, queria apenas me deitar e respirar um pouco, inspirações profundas, de recuperação. Senti também dor nas costas, embora tivesse tomado analgésicos antes.

Na hora, porém, em que meu peito bateu no chão, notei que estava tremendo. O corpo dava solavancos tão grandes que chegava a mudar de posição entre as tábuas. Já não estava mais olhando pelas brechas, mas para baixo, por um nó da madeira. Apoiei o corpo sobre os dedos dos pés e as palmas das mãos contra as tábuas rugosas do chão, mas não consegui me levantar. Estava paralisado pelos espasmos. Fiquei deitado, tremendo, até que desmaiei. Era como antes na Bósnia.

Depois, arrumei a casa, limpei tudo, coisa que aprendi a fazer nas Forças Armadas, para não deixar pistas. Soltei a corda que prendia Jonasson e levantei a cadeira, mas não encontrei o laço, muito fino, quase invisível. Momentos depois, quando comecei a entrar em pânico, encontrei-o no bolso e logo o deixei onde estava. Também recolhi tudo o que me pertencia. E ainda o paletó do rapaz que ele jogou fora e a jaqueta esverdeada que estava pendurada em um prego, na *stuga*.

Gostaria de ter enterrado o corpo, mas não pude por causa das costas. Em vez disso, peguei a carteira e as chaves para, em parte, ocultar a identidade do demônio. Como aconteceu com a jovem desconhecida na floresta. Ela se parecia com Gabriella e tudo devia ser feito por ela. Era preciso deixar as coisas de tal maneira que desse a entender que ele fora morto por causa dela. As autoridades tinham de perceber isso. Portanto, tirei-lhe as roupas e deixei-o nu. Retirei seus olhos do lugar, colocando-os dentro de um saco plástico, por vingança do que aconteceu com Gabriella. Tudo devia ser igual. Ela foi morta por um tipo de indivíduo que era como ele e ele devia ficar igual a ela. Ele era um assassino e isso devia ficar assinalado por um "M"[8] que risquei em seu ventre. Por cima do corpo, coloquei a cruz de madeira que guardei do túmulo na floresta. Senti que era justo fazer isso. Esse objeto demonstraria que ele morrera por ter matado a jovem que primeiro tinha a cruz e era parecida com Gabriella.

Jonasson estava agora bem colocado no chão, meio encoberto pela mesa. Ia demorar um bom tempo para seu corpo ser encontrado. Mesmo que alguém olhasse pela janela da casa, seria difícil vê-lo. Pelo mesmo motivo, levei dali o carro dele, que acabei por lançar e afundar em um lago durante a noite, com o paletó e a jaqueta do rapaz que enfiei no assento traseiro. Dentro do saco plástico com os olhos dele, coloquei pedras e joguei-o, também, no lago, assim como as chaves do carro. Depois, voltei a pé para buscar meu carro.

O ar fresco da noite me fazia sentir bem. Mas logo fui assaltado por um pensamento desagradável. O rapaz devia ter corrido pelo mesmo caminho e viu meu carro. Se guardasse o número da placa, poderia me encontrar, assim como eu os encontrei: ele e Jonasson. Eu devia ter, sim... Mas o que ele poderia fazer agora? Estava com medo, medo demais.

Enfim, estava feito. A garota no túmulo estava vingada. Gabriella estava também vingada. Fora restabelecido um certo equilíbrio moral. Ao chegar a meu apartamento, dormi doze horas seguidas.

Agora, sinto que estou a caminho de recuperar a saúde. Foi também um alívio ter escrito tudo isso. E você, por favor, não conte nada disso para ninguém.

Com meus melhores cumprimentos,

Erik Lindell

---

8. "M", de *mördare*: assassino em sueco. (N. do T.)

Harald

ACONTECIMENTOS DE 1º DE MAIO DE 2006

Tinha surgido um impasse, apesar de termos mais de um caso para resolver. Por estar de mau humor, não senti vontade nenhuma de festejar o dia 1º de maio, nem de ficar em casa, escutando a festa dos vizinhos e as buzinadas na rua. Em vez disso, fui até a *stuga* de Jonasson, em Euraåminne. Um pequeno e calmo passeio e uma possibilidade de ter novas ideias.

Desta vez, parei no início da pequena estrada de terra na floresta. Tinha vindo com meu carro baixo, correndo o risco de bater no caminho em pedras e raízes. Além disso, inspirava tranquilidade andar um pouco pela floresta, em um belo dia ensolarado de primavera, escutando o cantar dos pássaros e me deparando com tantos aromas da época. Era como ser bem-vindo e entrar em uma gruta verde em que havia todo o espaço do mundo.

Estava mais claro na área em frente à casa do que na primeira vez em que estive lá. A casa parecia maior. O corpo já fora retirado, evidentemente, mas a grande mancha vermelha de sangue coalhado ainda continuava no mesmo lugar, como se alguém tivesse espalhado pelo cháo um frasco inteiro de geleia.

Sentei-me à mesa. Aqui, nesse lugar, Jonasson também teria bebido chá e comido bolachas duras de páo preto, o muito conhecido *knäckebröd* que ainda restava em parte na *stuga*. Talvez náo tivesse passado ali muitas noites. A casa náo parecia equipada para isso. Devia ser usada mais como local secreto de encontros com seus amigos homossexuais.

Teria sido assim que o Caçador chegou aqui? Fingindo ser um parceiro? Será possível enganar alguém homossexual fingindo também ser? Náo... Náo até o final, claro, mas durante tempo suficiente para encurralá-lo em uma sala como esta e, depois, atacá-lo.

E se o Caçador for, de fato, homossexual? Mas luta contra isso, tentando fazer sexo com Gabriella violentamente. Depois, mata-a ao verificar que náo consegue. A seguir, tenta fazer sexo com um homem, mas também sem sucesso. É improvável que Jonasson tenha dito náo. Ele próprio teria trazido aqui o Caçador como convidado. Mas talvez tenha dito algo que o feriu, de modo que este partiu para o ataque. Talvez despeitado por uma tentativa fracassada de fazer sexo. Mas Jonasson era um cara alto e forte. Além disso, um desportista e, provavelmente, muito ágil também. Náo teria sido fácil dominá-lo, por mais irritado que o Caçador estivesse.

Levantei-me e imaginei-me estrangulando Jonasson, pegando-o com o laço por trás. Mas ele tem quase um metro e noventa de altura e é muito forte. Pula e tenta se virar. Depois, joga o corpo para trás e me derruba no cháo, mas também sou forte. Náo largo a presa e estou me lixando se me feri ou náo na queda. Mas como vou evitar que Jonasson se vire contra mim? Devo pressionar o corpo contra o dele, peito contra as costas, mas, entáo, tenho que puxar o laço ainda mais e mantê-lo o mais curto possível, de maneira que náo haja nenhum espaço entre nossos corpos. Se eu tiver de puxar as máos para os lados, em relaçáo à sua cabeça, para manter a distância certa, ele ficará pesado demais. É como levantar um corpo com os braços estendidos. O laço tem de ficar muito curto, mas como consegui passá-lo por cima de sua cabeça? O homem em minha frente devia estar completamente despreparado, permitindo que me aproximasse tão perto, por trás. Mas se estamos tão próximos um do outro, por que ele não consegue estender as mãos para trás? Ele também pode se curvar para frente e levantar meu corpo, jogando-o para frente ou para o lado. Por que ele não tenta arranhar meu rosto com as mãos? Ou até pressionar os dedos contra meus olhos? As mãos de Jonasson estavam intactas e sem feridas. Parece impossível. Não conseguiria aguentar essa situação. Precisaria ter um ajudante. Alguém que agarrasse Jonasson, enquanto eu o estrangulava. Ou, então, ele estava amarrado! É isso: as marcas da corda dizem respeito ao assassinato. As marcas podem fazer parte de um jogo sexual, não consequência de algo à parte que tenha acontecido antes. É assim que consigo enganar Jonasson, convidando-o para um jogo sexual. Fazer algo por trás enquanto ele está amarrado. Talvez estivesse desempenhando um determinado papel: seria um preso algemado e eu, um carcereiro atraído por ele. Chego por trás. Então, devo ser homossexual ou ter certa inclinação para esse lado. Caso contrário, Jonasson não teria ido tão longe, no jogo sexual, deixando-se amarrar e algemar, ficando totalmente indefeso.

Era uma fantasia muito estranha, quase um sonho do qual acabei de acordar. Fiquei lá na *stuga* com as mãos juntas, como se estivesse apertando ainda a garganta de alguém, um pouco sem fôlego depois de ter lutado com minha suposta vítima. Um pouco envergonhado, também, diante de mim mesmo, por me ter transformado em "carcereiro" com tanta facilidade, pressionando o corpo da vítima.

Precisava de ar. Corri rápido para a área livre, em frente a casa. O coração batia acelerado e senti até um pouco de ereção. Tinha sido uma experiência desagradável, mas o resultado parecia positivo. A lésbica que atacara

Torsten Pettersson

Gabriella não tinha nada a ver com o caso. Ela aparecera como um fantasma em minha mente. Considerei-a a última possibilidade, embora improvável, mas agora sabia que não podia ter sido ela. O Caçador era um homem que, inteligentemente, sabia como infundir confiança em outro homem. Era ou fingia ser homossexual.

Sentei-me em um banco estreito de madeira, notando que precisava de um momento para voltar por completo à realidade. Uma parte de minha mente ainda continuava a pensar no Caçador e outra parte, em Jonasson, lutando, quase asfixiado, como daquela vez em que passei por uma situação semelhante ao ser atacado durante um interrogatório. Minha posição infringida. A luz se esvaindo, a escuridão chegando. Depois, quando pude respirar de novo, minha raiva cresceu rápido diante da infração. Um murro contra o estômago do psicopata e contra os braços com que defendeu o rosto. Uma máquina aquecida, dentro de mim, que apenas se debatia e esmurrava, até que os colegas vieram e me contiveram. Podia ter matado aquele filho da mãe. Era assim que me sentia.

O Caçador ainda não encontrara ninguém que o contivesse.

De onde eu estava sentado, via a luz do sol, mais ou menos, sob o mesmo ângulo de quando cheguei. Afinal, não tinha passado tanto tempo assim dentro da casa, embora a sensação não fosse essa.

Respirei fundo o ar já ameno da primavera. Senti o aroma dos abetos e dos pinheiros. Olhei para aquelas árvores, balançando suavemente no alto. Escutei o cantar alegre dos pássaros. Tudo isso teria sido desfrutado também por Jonasson, antes de entrar na casa e ser assassinado. Certamente, ele também devia ter sentado naquele banco de madeira e desfrutado daquele sol, bebendo água de alguma fonte natural e comendo algo trazido do apartamento. Talvez até tivesse conversado ali com algum amigo.

Também fiquei no local por algum tempo, até me acalmar por completo. Achei que tinha direito a isso, assumindo um minuto de silêncio pelo morto.

O diário de Nadya

ABRIL DE 2006

Hoje é segunda-feira e estou com tempo para começar um novo livro de anotações. Nas segundas-feiras, é feriado para nós. Denia diz que devemos descansar uma vez por semana. Sergey concordou com isso porque segunda-feira é um dia ruim para os negócios. Poucos clientes. Evidentemente, não podemos sair, mas podemos tomar longos banhos, uma de cada vez, banhos que ajudam a melhorar a dor entre as pernas. Colocamos toalhas molhadas sobre o rosto, para melhorar a pele cansada pela maquilagem. Larissa dorme quase o dia inteiro e vai ao banheiro em estado de sonambulismo, voltando logo para a cama. É fácil ver que ela tem uma perna torta, ligeiramente arqueada, na sequência de uma fuga quase bem-sucedida que deixou Sergey muito zangado.

Às segundas-feiras, Denia faz a limpeza e abre todas as janelas, enquanto Sergey fica de olho em nosso quarto. Ela também pede a Sergey para trazer comida do McDonalds. Nesse dia, não faz comida. Em compensação, é dia de festa para nós que gostamos de hambúrgueres. Além disso, é bom quando o telefone toca e Sergey sai. Denia atende e diz que está fechado, mas Sergey diz que, às vezes, pode chegar algum cliente, embora seja segunda-feira. O melhor é quando ficamos livres à noite e podemos ver bons programas na grande televisão de plasma, na sala de estar, sem ter de fazer pausas para atender clientes. Nos outros dias, recebemos os clientes, a maioria das vezes à noite, e vemos televisão durante o dia. Nesse horário, os programas são muito chatos, muito antigos ou para crianças, mas sempre os vejo para aprender sueco. Também leio muitos livros, pelo mesmo motivo, e quando tenho alguma dúvida, pergunto a Denia a respeito da palavra. Denia mudou-se para Forshälla há mais tempo e sabe sueco muito bem. Sergey conhece apenas um pouco, mas recebo emprestado seu dicionário russo-sueco e sueco-russo para usar quando escrevo.

Galina tem um cliente regular que diz amá-la e ela aprende sueco com ele, mas não tenho ninguém. Falo sueco com muitos clientes diferentes e aprendo também algumas palavras de finlandês com aqueles que só falam essa língua. Liza aprende sueco também, mas Larissa não. Larissa cheira cocaína e esse pó branco a deixa muito cansada. Por isso, não consegue ler, nem ver televisão. Dorme sempre que pode. Ela se cansa também porque é obrigada a aceitar os clientes mais difíceis, por ser a mais velha entre nós. Os difíceis são aqueles que querem fazer coisas estranhas que nós não entendemos e que não são normais. Não preciso usar chicotes ou algemas, ou fazer aquilo no toalete com o cliente, como Larissa, às vezes, é obrigada a fazer.

Em vez disso, sou obrigada, às vezes, a me vestir como criança. Estou em Forshälla há quase um ano. É primavera de novo. Portanto, tenho catorze anos de idade, mas continuarei a ser uma criancinha para os clientes que desejarem, usando tranças e vestidos que Denia é obrigada a costurar. Em geral, os vestidos são grandes demais para mim, mas, de qualquer maneira, parecem, de fato, roupas de criança. Esses vestidos não existem nas lojas nem são como aqueles que as outras meninas têm. Os vestidos delas são mais glamorosos e mais finos que os meus. Devo me lembrar sempre se o cliente gosta de roupas de criança e devo ter sempre uma pronta para usá-la. O cliente pode ficar zangado e reclamar e, então, Denia entra e puxa meus cabelos, ou se Sergey está aqui, ele faz ainda pior, mas nunca toca em meu rosto para eu não ficar feia. Anoto em um livro quando um cliente me deseja como criança, de modo a não esquecer isso da próxima vez, mas é difícil. Muitas vezes, os clientes trocam de nome. Não dão o nome verdadeiro. Alguns querem também que eu fale como criança. Querem que eu fale em sueco como alguma outra criança que talvez conheçam. Por isso, ensinam-me o sueco com gosto, mas não do mesmo jeito que Galina e Liza.

Denia me ensina também canções de ninar para crianças, em sueco, que devo cantar se algum cliente quiser. Comprou até um CD com canções para crianças e toca às vezes para eu aprender: "Bebê, ovelha branca, pequenas rãs, o pequeno Olle de mamãe". São canções populares em sueco, mas alguns clientes também querem que eu aprenda algumas canções suas. Isso é muito bom, pois o tempo corre e não preciso fazer tanto aquilo. Solto uma risada e finjo que não aprendi nada. Peço que o cliente continue a cantar para mim. Às vezes, o tempo acaba e não preciso mais fazer aquilo. Então, ele volta e quer que eu cante e faça tudo completo. Também escrevo quando aprendo uma nova canção, não tão popular, de algum cliente que queira ouvi-la na visita seguinte.

Muitos clientes não querem canção alguma, apenas ver as roupas e tranças e, às vezes, escutar palavrões. As pessoas de Forshälla podem dizer o que quiserem, mas sou uma garota russa e não quero pronunciar todas as palavras, embora seja obrigada a dizê-las. Às vezes, Denia puxa meus cabelos quando o cliente reclama por eu não dizer as palavras que ele quer ouvir.

Acho que Galina e Liza estão em uma situação melhor que a minha, visto que são obrigadas a só fazer o normal. Nada de coisas estranhas como

Larissa ou de infantilidades como eu. Mas elas talvez tenham que atender clientes difíceis que, de repente, batem nelas ou, de qualquer maneira, lhes fazem mal. De resto, todas nós passamos por isso. Sergey tenta nos defender, mas o cliente pode botar a mão em nossa boca, de tal forma que ele fica sem saber o que está acontecendo por estar sentado na sala de estar, ao lado da sala dos clientes, a não ser que pudéssemos gritar. Em casos assim, às vezes, Sergey corre depois atrás do cliente e bate nele, caso ele nos tenha batido. Sergey é uma pessoa muito estranha, que nos defende contra os outros que nos batem, embora também nos bata quando fazemos algo de errado. Ou nos trata a pontapés como no caso de Larissa, quando ela tentou fugir.

Não tento fugir nem fazer nada proibido, portanto não recebo pancadas duras. Fico apenas com nódoas levemente arroxeadas que dá para disfarçar com a maquiagem. Isso acontece quando choro muito e não consigo atender um cliente que tem de esperar enquanto Denia fala comigo. Então, Sergey me bate, mas só depois. Sinto a dor e volto a chorar. Isso ele fez muito no início, mas depois me acostumei e comecei a atender os clientes. Ele me pune porque choro ou me comporto mal com algum cliente. Bate forte e, ao mesmo tempo, olha para mim e diz: "Não pode nem deve chorar". Mordo os lábios e fico em silêncio, de modo que o choro logo acaba. De qualquer forma, Sergey não implica muito conosco, apenas com Larissa, de vez em quando, e com Denia, é claro. É como se estivessem casados.

Não sei por que isso acontece, mas às vezes, de repente, começo a chorar, embora saiba que não posso nem devo. Isso acontece em um dia normal, não pior que os demais dias. Talvez pense em mamãe ou em Kolia e lamente por não os ver mais. Estou presa aqui, tendo Sergey como dono. Ele diz que se trabalharmos bem, ganharemos o dinheiro que ele pagou ao primeiro Sergey. Ele pagou e passou a ser dono de nós, de maneira que não podemos fugir. Mas se trabalharmos bastante tempo, poderemos ganhar o que ele pagou e, depois, voltar para casa na Rússia ou ficar na Finlândia, "exatamente como quiserem", diz Sergey. Mas ele jamais diz de quanto se trata a dívida, nem por quanto tempo vamos ter de trabalhar para poder ir embora e fazer outra coisa ou voltar para casa. Às vezes, pergunto: "Será suficiente para mim em breve?". Mas ele responde: "Você ainda precisa atender muitos clientes". Diz ainda que se eu fugir, vai achar Kolia e feri-lo, assim como todos os parentes das garotas que tentarem fugir daqui.

Galina acredita que o cliente que a ama estaria disposto a pagar a Sergey e tirá-la desta vida. Então, ela o atenderia somente, e não mais aos outros. Seria mais fácil. Um homem só não aguenta fazer aquilo tantas vezes quanto um grupo de clientes todas as noites e, então, não doeria tanto entre as pernas. Larissa diz que é possível qualquer uma de nós encontrar um cliente que queira se casar de verdade e viver conosco o restante da vida. Para mim, custa-me acreditar nisso. Ademais, isso não vale para mim. Nenhum cliente vai querer se casar com aquela menina que todos querem que eu seja.

As outras garotas também choram, com exceção de Larissa, mas nem sempre. Às vezes, ficamos alegres e satisfeitas quando jogamos cartas e assistimos a programas numa pequena televisão em nossos quartos ou quando fazemos uma pequena festa com hambúrgueres e pipoca, às segundas-feiras. Ou, ainda, quando nos mascaramos e fazemos teatro com roupas diferentes. Denia e Sergey são o público, na companhia, às vezes, de Larissa, com sua perna torta. Ela também ri, embora tenha dito antes que não quer participar nem mesmo como parte do público. Um dos atos que representamos é o de alguém que chega a Forshälla e não sabe sueco. É enganado e levado a comprar coisas estranhas sempre que diz a palavra errada. Outro é o de um cliente do bordel que chega, tirando as calças, escolhe uma garota e verifica que ela, afinal, é um rapaz. Esse personagem foi interpretado por Galina, que usou uma salsinha naquele lugar. Eu era o cliente e usava o chapéu de Sergey. Todos rimos muito. Denia e Sergey bateram palmas e assoviaram como se fossem um público de verdade. Por estranho que pareça, há momentos em que a gente se sente numa família.

Contudo, é importante que não sejamos uma família com filhos. Nesse sentido, Denia cuida para tomarmos pílulas. Ela coloca nos pratos uma pílula por dia e escreve também nosso nome. São cinco pratos, visto que Denia também toma a pílula. Ela fica preocupada quando alguma de nós sente dores no estômago e vomita, mas até o momento tudo correu bem e ninguém ficou grávida. Se alguém vomita por mais tempo seguido ou sente dores mais intensas entre as pernas ou no estômago, Denia administra remédios, principalmente antibióticos vindos da Rússia. Denia também obtém tudo o que a gente precisa ou manda Sergey comprar: jogos para a televisão, roupas, guloseimas, Coca-Cola, batatas chips, discos e outras coisas que vemos nas propagandas da televisão.

Ela também nos pergunta se queremos mudar algo nos quartos onde recebemos os clientes, mas sabe bem como torná-los mais confortáveis: novos lençóis de seda, muitos espelhos e cores diferentes. Uma vez, quando ela questionou isso, Liza disse: "Sem clientes, o quarto fica ótimo".

A essa altura, Denia ficou em silêncio. Acho que ela se sente um pouco mal ao ver que somos obrigadas a ficar trancadas o tempo todo. É como se ela fosse nossa mãe, fazendo a comida, distribuindo os remédios e tirando alguns piolhos de nossa cabeça, mas, ao mesmo tempo, quer ganhar dinheiro e, por isso, não nos perde de vista. Uma vez, Galina chorou e tentou obter autorização para sair em uma segunda-feira em que não havia clientes. Denia quase a deixou sair e andar ao ar livre. Quase chorou também. Mas, então, ouvimos as chaves girarem e Sergey entrou em casa. Galina e Denia correram, então, para seus quartos, sabendo que Sergey iria bater nelas. Foi isso que quase aconteceu. Sergey também batia em Denia.

Nós, garotas, havíamos discutido a possibilidade de pedir aos clientes para nos ajudarem. Seriam outros, além daquele que ama Galina. Mas isso é difícil. Sergey e Denia dizem que nenhum cliente se dispõe a ir à polícia porque os amigos descobririam que ele esteve aqui. E a família também.

Não posso entender uma coisa dessas. Há clientes que têm mulher e filhos. Por isso, não vale a pena contar para qualquer um deles que as janelas estão fechadas, os vidros são blindados e não podemos sair de casa nunca.

Assim é a vida em Forshälla, na Finlândia, onde estou agora faz um ano. Os dias transcorrem assim normalmente. Mas aconteceu algo de novo: Galina está doente. Há uma semana, começou a sentir dores no ventre e os remédios de Denia não ajudaram em nada. Sergey e Denia receavam que Galina estivesse grávida, mas assim que ela menstruou, ficou claro que as dores eram resultado de algo diferente. Ela ficou tão mal que não pôde mais atender clientes. As dores eram fortíssimas. Suava muito e o rosto assumia uma cor muito estranha. Sergey mandou vir da Rússia remédios muito fortes que Denia aplicava por meio de injeções. As dores diminuíram, mas Galina continuou com febre e a suar. Teve de mudar da cama de cima do beliche para baixo com Liza. Assim, era mais fácil ser tratada. Fico a seu lado bastante tempo. Ela é minha melhor amiga. Assim foi o tempo todo na Finlândia. Peço a Deus que ela melhore logo.

Quando Galina conseguiu falar, contou um pouco de seu tempo na Rússia, de coisas que nunca falou antes. Ela não fica acordada o tempo todo. Por isso, aquilo que diz vem misturado com sonhos e talvez nem tudo seja verdade. Fala de um rapaz chamado Sacha, de que gostava muito, em Toksovo. Ele nadava muito, pois treinava para competições. Galina acompanhava-o muitas vezes e assistia às competições. Depois, ela e Sacha seguiam para boates, dançavam, beijavam-se e faziam uma coisa que agora somos obrigadas a fazer o tempo todo. Com Sacha, porém, ela fazia isso porque gostava. Ela queria também. Isso acontecia em algum quarto que cheirava a condimentos e onde havia uma rede no teto para qual ela olhava quando estava com ele. Era disso que ela se lembrava e me contou.

Sacha, depois, conheceu outra garota e Galina ficou muito triste. Acabou com ele e a natação dele. Contudo, agora, diz que lhe perdoa e quer que ele saiba disso. Ela me deu o endereço dele em Toksovo e me perguntou se eu poderia falar com ele. Disse-lhe que ia tentar e dei a ela água em um copo. Seus lábios estavam bem secos. Tinha falado durante um bom tempo. Muito tempo. Muito mais do que posso transcrever aqui.

Galina disse também que não estava zangada com sua mãe por ela ter trazido para casa um novo homem. Esse homem acabou atraindo toda a atenção da mãe, afastando-a de Galina. A mãe ficou diferente, bebia, passava muito tempo com ele e não pensava mais na filha. Por isso e por causa de Sacha, ela resolveu viajar com o primeiro Sergey, mas perdoa a todos e pede para sua mãe não ficar triste. Depois, recebi também o endereço da mãe. Tentarei encontrá-la ou talvez escreva para ela se Denia permitir. Então, pedi a Deus, novamente, que Galina ficasse boa e pudesse falar com Sacha e sua mãe. Às vezes, ela parece melhorar e não sentir muitas dores, mas está cansada.

Denia e Sergey discutem todos os dias se devem chamar um médico, mas ele diz que não podem confiar em ninguém e vão parar na cadeia se o médico contar tudo para a polícia. Ele diz que os remédios são bons e muito fortes e que isso vai ajudar Galina a se recuperar. Denia fica esfregando as mãos uma na outra e, depois, sente a temperatura na testa de Galina a toda hora, mas não consegue encontrar outra saída diante da possibilidade de ir parar, também, na prisão. Hoje, Galina está melhor. Tomou outro remédio e não tem tanta febre, apenas trinta e oito e meio. Mas ela parece dez anos mais velha, quase da idade de Denia, embora tenha apenas dezesseis anos.

Passados alguns dias, Galina não aguentava mais falar. Ficava deitada e calada, com os olhos cada vez mais encovados, como se no vazio visse algo além de nós que somos suas amigas e tentamos tratar dela. Ela também cheirava mal, embora a gente a lavasse todos os dias e trocasse sua roupa de dormir, usando até desodorante. O mau cheiro vem de sua boca e não há nada a fazer. Para nós, é muito difícil manter um rosto alegre com os clientes, visto que nunca deixamos de pensar em Galina. Denia continua a lhe dar injeções de analgésicos contra as dores.

Dois dias depois, Galina virou-se contra a parede e não quis ser mais lavada. Não comia e bebia pouca água. Às vezes, aceitava uma pedra de gelo que ficava derretendo na boca. Denia mudou de posição e insistiu em chamar um médico, mas Sergey voltou a recusar e falar todos os dias por telefone com alguém na Rússia a respeito de remédios e doenças.

Hoje, Sergey disse que chegará amanhã um médico da Rússia, alguém em quem ele pode confiar. O médico virá de São Petersburgo, de avião, direto para o aeroporto de Vanda, em Helsinque. Sergey vai buscá-lo depois do meio-dia. Galina, agora, apenas dorme.

Hoje, bem cedo pela manhã, Liza me acordou e disse que Galina não respirava mais. Juntas, fomos acordar Denia com medo de que ela se zangasse. Denia quer sempre dormir mais tempo ao lado de Sergey. Ela acordou com o rosto feio, sem maquiagem e ainda desorientada, mas não se zangou. Aproximou-se de Galina com um espelho e colocou-o diante da boca dela. Depois, disse que Galina ainda respirava, mas era bom que o médico chegasse logo, ainda hoje. Fiquei o tempo todo ao lado de Galina, enxugando seu rosto, embora não existisse nele mais suor. Às vezes, colocava os dedos, levemente, em seu peito. Não consegui sentir se ela ainda respirava. Sua cabeça caía para o lado na almofada, de um jeito que, para mim, não era normal para alguém que estivesse dormindo. Congelei e não ousei me levantar da cadeira ao lado de Galina. Denia também ficou preocupada e chegou a recusar um cliente, embora não fosse segunda-feira. Apertei o pulso de Galina para sentir as batidas de seu coração, mas Denia

Torsten Pettersson

disse que é difícil sentir a pulsação de alguém quando não se está habituada a fazer isso.

Sergey partiu para o aeroporto Vanda, de Helsinque, e voltou com um médico russo um pouco mais tarde. Ele tinha o cabelo grisalho e o rosto cheio de rugas. Também não veio com a bata normal de médico. Apenas de terno. Mas trouxe estetoscópio e uma maleta de médico. Levantei-me para que ele se sentasse ao lado de Galina. Depois, ele escutou o coração dela, verificou a pulsação e abriu os olhos de Galina. Pegou os dedos dela para sentir sua força. Em seguida, levantou-se e saiu do quarto, sozinho, com Sergey. Foram os dois para a sala de estar. Denia pegou um lenço e fez pressão com ele, contra a boca, em um esforço para não chorar. Larissa, Liza e eu nos olhamos e ficamos com medo.

O médico voltou e disse que era tarde demais. Puxou o lençol em cima do rosto de Galina e disse que ela estava morta havia três ou quatro horas. Ela morreu enquanto eu estava a seu lado. Todas as outras meninas, de vez em quando, abriam a porta e olhavam. Nada mais podíamos fazer.

Todas nós choramos. Denia também. Mas Sergey pegou o carro e foi embora com o médico. Voltou mais tarde e disse que tínhamos de enterrar Galina de noite. Até tinha aberto a cova para ela, caso fosse necessário. Foi isso que ele disse para Denia.

Era quase noite e todas nós dissemos que queríamos participar do enterro. Sergey falou, então, que podíamos ir, mas antes tínhamos de preparar e vestir Galina para o funeral. Denia trouxe uma camisa branca e todas nós ajudamos a cobri-la, depois de lavá-la. Só Sergey ficou à parte. O rosto de Galina estava branco, mas todo o corpo tinha uma cor amarelada e estava muito magro. Dava para sentir todos os ossos das mãos e dos braços quando a lavamos, chorando. Galina! *Galupka*.

De madrugada, às duas horas, Sergey disse que estava na hora de partir, mas apenas eu e Denia podíamos acompanhá-lo. Fui escolhida como representante no funeral, mas Larissa e Liza também queriam estar presentes no enterro. Denia fechou-as em casa, enquanto Sergey levava a morta para o carro, em um lençol lavado. Entretanto, Liza me deu sua cruz para que eu a deixasse no túmulo. Era uma cruz greco-ortodoxa feita de madeira laqueada. Denia me emprestou um bonito casaco e me segurou fortemente pela mão, até chegarmos ao carro, para eu não fugir.

Pela primeira vez em um ano, estava fora da casa, embora dentro de um carro. Devia estar satisfeita, mas só pensava em Galina e chorava. Sergey colocou-a no bagageiro, embora Denia quis que ela viesse no assento traseiro. Sergey, porém, disse que alguém poderia ver e estranhar a situação. Por isso, só Denia e eu ocupamos o assento traseiro. O trajeto não foi longo. Paramos perto de uma floresta. Fiquei surpresa, pois julgava que iríamos parar em um cemitério. Mas era apenas uma floresta. Sergey pegou, então, Galina e adentrou a mata. Denia seguiu-o, segurando minha mão e uma lanterna de bolso na outra mão, iluminando o caminho. Não podíamos ver muita coisa e quase caí uma vez, mas Denia me segurou.

Dentro da floresta, havia uma cova. O túmulo que Sergey aprontou. Ele acomodou o corpo de Galina na cova e voltou ao carro para pegar uma pá que tinha esquecido. Denia e eu ficamos junto do túmulo. Estava escuro, mas Denia apontou o facho de luz da lanterna para o lençol branco que envolvia Galina. O lençol se destacava pela brancura no meio da escuridão. Podia ver o corpo de Galina e de que lado estava a cabeça. Foi, então, que atirei a cruz no peito dela, cuidando para que ficasse bem presa no lençol. Por um momento, parei de chorar, revendo, mentalmente, o rosto branco de Galina como o de um anjo. Perguntei baixo a Denia se podíamos cantar um salmo, mas ela respondeu no mesmo tom, dizendo que tínhamos que ficar em silêncio.

Sergey voltou com a pá e Denia fez o sinal da cruz quando ele começou a lançar terra sobre o corpo. Fiz também o sinal da cruz e pronunciei em voz baixa aquelas palavras que sempre ouvi na Rússia: "Meu Deus, ajude-nos. Cristo nos ajude. Meu Deus, ajude-nos". Fiquei repetindo essas palavras muitas vezes, enquanto Sergey cobria o corpo de Galina com terra até a cova desaparecer e restar um chão plano. Ele ainda deu vários passos sobre a terra lançada e jogou alguns ramos de árvore por cima, de forma que a cova ficasse invisível. Depois, voltamos para o carro, sem dizer nenhuma palavra. Sergey e Denia não falaram uma palavra sequer durante a viagem de volta. Permaneci também calada. E vazia.

Chegamos a casa ainda de madrugada, no escuro da noite. Larissa e Liza nos esperavam. Não podia falar, mas Denia contou a elas o que aconteceu. Que o túmulo estava em um lugar calmo e a cruz ficou linda. Sergey disse que descansaríamos no dia seguinte, embora não fosse segunda-feira.

É neste dia que estou escrevendo. Larissa e Liza perguntam como é a vida em Forshälla, lá fora, longe da casa, mas não respondo. Estou pensando apenas em Galina.

E aqui encerro meu quarto livro de anotações.

Eu

À noite, atravesso o antigo cemitério de Forshälla que não tem iluminação, mas não está totalmente às escuras porque o tempo está nublado. As luzes da cidade se refletem nas nuvens e iluminam com um tom avermelhado os túmulos do cemitério.

As pedras dos túmulos aparecem apenas como sombras, mas conheça-as muito bem. As mais antigas são de pessoas que morreram durante a construção da Fortaleza no século dezessete. As mais novas foram postas por cima com os mortos dos últimos anos. As dos jovens mortos do novo milênio, com os corpos ainda quase inteiros, estão junto dos antigos dos quais há apenas ossos, caveiras e alguns anéis de casamentos. Vejo todos como por intermédio de raios X, suas fileiras bem alinhadas como se fossem uma parada militar, fixada em fotografias.

Eles estão completamente imóveis, mas não sei se completamente calmos. Talvez estejam preocupados, embora não possam se mexer. Os mais antigos estão incomodados pelo fato de estarem colocando uma nova camada de mortos em cima deles: "Nem mesmo aqui uma pessoa pode ficar em paz. O que significa terem decorrido cinquenta ou cem anos? O que significa nossa carne ter apodrecido? Nosso tempo é a eternidade. Faz-nos sofrer que se continue a cavar e a colocar novos mortos na terra, ao nosso lado".

Talvez eles se preocupem comigo. Eles me viram muitas vezes por aqui. Sou uma espécie de amigo para eles, quase um parente. Para os antigos mortos, sou o único que olha para eles como trabalhadores do cemitério. No momento, notam que eu ando por aqui de uma maneira diferente da habitual, passando pelos túmulos sem parar e sem ler o que está escrito nas pedras. Estão se perguntando o que vou fazer e acham que tenho um assunto importante a resolver. Quando olham para mim, estão comigo, embora estejam mortos e eu, vivo.

Passo pela pequena igreja onde se realizam missas segundo a religião greco-ortodoxa. Não agora, mas em outros dias. Vi isso e estive quase disposto a entrar. No portão, está pendurado um pequeno cartaz onde se lê que qualquer um pode entrar mesmo não sendo ortodoxo.

No lado leste, entro por uma pequena porta que quase ninguém conhece. É uma abertura em um muro de estacas. Por ali, entro nas instalações da escola superior, mas contorno-a e sigo pela esquerda, por baixo de árvores enormes, do parque Engelbrekt. As árvores ainda estão tão nuas que não conseguem esconder ninguém e os candeeiros do parque estão acesos, mas isso não causa medo, medo de que alguém me veja. Posso estar a caminho de um lugar qualquer. Ninguém pode imaginar em direção a qual casa estou caminhando.

Chego ao Jardim Botânico cujo portão está aberto. Sei quando é fechado e decidi chegar antes. É outro lugar que conheço muito bem, de tal maneira que vejo tudo mesmo no escuro. Durante o dia, as águas da cascata formam um espelho das nuvens e das árvores inclinadas, assim como as áreas de grama onde se pode andar descalço no verão, como diante de nossa própria *stuga*. Do outro lado da avenida Nydalsvägen, em um verdadeiro jardim, consigo ver as flores e suas cores, os nomes nas pequenas placas, a madeira polida dos bancos. Se tivermos os olhos afinados, será sempre verão. Posso imaginar como é abrir um saco plástico e comer um sanduíche à luz do sol, sentado em um desses bancos. São duros, mas adaptados ao corpo humano.

Passando por um caminho estreito que muitos nem conseguem ver, chego ao outro lado e continuo em direção a Kronstad. No momento, esquivo-me de alguém que se aproxima. É desnecessário ser visto. De qualquer forma, meu trajeto não se modifica muito. Se fosse visto do alto, das nuvens, qualquer um poderia perceber a clara intenção de minha rota. O trajeto me levava em direção a belas e imponentes casas e àquela, precisamente, aonde pretendia chegar. Sei que tem um grande jardim e que poderia entrar por ele, mas tenho que escolher uma entrada do outro lado e subir por uma escada que começa a apenas alguns passos da rua.

Felizmente não chove esta noite. Não ficaria bem chegar com uma pasta molhada nem seria profissional para quem controla as licenças de televisão ou finge controlar apresentar-se assim. Então, abro a pasta e coloco-a sobre o braço esquerdo, pego uma caneta e toco a campainha. Primeiro, não se ouve nada, mas estou tranquilo. Vi as luzes acesas na sala de estar. Toco mais uma vez e ouço que alguém se aproxima.

Sei quem é. Ele chega. Abre a porta. Continua com os cabelos grisalhos e acastanhados e um sorriso cauteloso na boca. Suas mãos abrem mais a porta e me convidam a entrar.

Depois, saio pelo jardim e passo as mãos pelos arbustos úmidos. Sento-me em um banco, ao lado de alguns pinheiros, e respiro fundo o ar fresco da natureza viva. Na mão, seguro um pequeno gato de porcelana como recordação. Distingo cada vez melhor a forma das plantas contra a claridade pálida do céu. Ninguém me vê.

Reunião

— É quinta-feira, 4 de maio de 2006. O que sabemos? O que achamos?

— A vítima é Lennart Gudmundsson, descendente direto da população original. Vivia sozinho em sua casa em Kronstad e foi descoberto anteontem por uma vizinha que ficou preocupada com o fato de não o ter visto durante a Festa da Primavera, em 1º de maio. Segundo a autópsia, ele morreu, provavelmente, na sexta-feira, ou seja, em 28 de abril. Portanto, era quase lua nova. Muito longe da lua cheia. Então, pelo menos, a ideia de um eventual ritual de morte parece estar excluída. Não existem sinais de arrombamento e o assassinato foi executado com um laço. Em seguida, o corpo foi despido e remexido. Os olhos foram extraídos e a letra "E", rasurada no diafragma. As roupas foram deixadas mais uma vez no local, como no caso de Jonasson, mas os olhos, como de hábito, foram levados pelo criminoso.

— O Caçador seguiu o mesmo padrão da vez anterior: a vítima é um homem assassinado em sua própria casa e não há sinais de arrombamento. Além disso, a vítima foi ornamentada com uma cruz greco-ortodoxa que, no entanto, desta vez, é de vidoeiro nacional e parece ter sido feita em casa, enquanto a cruz deixada com Jonasson é de faia, laqueada e, provavelmente, produzida em uma fábrica. Ademais, parecem iguais. Em contrapartida, Gabriella Dahlström foi morta ao ar livre e não teve direito a nenhuma cruz.

— Aceitando que nenhum transeunte a roubou. Afinal, Gabriella permaneceu uma noite inteira jazendo no local.

— É verdade. Esse é um fato complicador.

— O que devemos pensar destes três assassinatos em sequência?

— Uma possibilidade é a de o Caçador, no segundo assassinato, ter encontrado, por assim dizer, sua forma. Talvez sua motivação não seja sexual e a escolha de um cenário de estupro no primeiro caso tenha sido uma camuflagem para desviar a atenção geral para uma pista na direção de conhecidos estupradores. Por isso, não deixou o crucifixo a princípio (se é que não foi roubado). Isso teria assinalado que o primeiro caso teve algo diferente como motivo. Não estupro.

— Por que foi utilizada a cruz nos casos seguintes?

— O Caçador ganhou confiança. Ousa mostrar mais sua identidade em vez de se esconder em meio a outros estupradores. Também planeja cada ato com mais cuidado. Aquilo que vimos no caso Gabriella foi uma "crisálida", um assassino em série incorporado em uma pupa, uma couraça, como um bicho que ainda não está pronto para mostrar todas as suas capacidades. Apenas os olhos são sua assinatura registrada. Era como se a borboleta, finalmente, tivesse saído do casulo. Isso levou tempo. Durante seis meses, ele desenvolveu sua verdadeira identidade e procurou sua vítima. Depois, tudo foi rápido. Em seguida, o primeiro assassinato. Depois, o segundo, em um lugar que previamente deve ter escolhido. A ordem seguida nos dois últimos assassinatos pode ter surgido por acaso. Ele deve ter procurado ambas as vítimas ao mesmo tempo, paralelamente.

— Não há nada que o impeça de já ter pronto um esquema para fazer uma quarta vítima. E uma quinta ou várias mais.

— Pode ser. O ritmo atual, com duas semanas entre os dois últimos crimes, é um mau sintoma. O Caçador está acelerando.

[Pausa.]

— Qual é, então... A identidade da borboleta?

— Começa a inclinar-se para uma questão religiosa. As letras A-M-E apontam para a palavra "Amém". Ainda por cima, parece haver uma sexualidade ambígua que nós, no primeiro caso, interpretamos como um fracasso temporário, e não tanto como uma parte da identidade do Caçador. Ele está procurando algo mais complicado do que uma satisfação sexual que parece se transformar em uma relação dupla com as vítimas: agressão, mas também uma espécie de consideração marcada pela cruz.

— Será possível pensar que a extração dos olhos também é uma espécie de consideração? As vítimas recebem uma cruz que lhes dá acesso à eternidade de Deus e a retirada dos olhos indica o mesmo: as vítimas esquecem, assim, tudo o que viram em sua vivência terrestre. O Caçador as livra de todas as mazelas do mundo e das roupas que usaram. É desse jeito que podemos interpretar também a situação.

— Talvez possamos fazer isso. Nesse caso, a agressão compreende apenas o estrangulamento. O Caçador talvez considere isso uma expressão de caridade: uma libertação das maldades do mundo. Esse é um padrão peculiar que se manifesta muitas vezes nos assassinos em série em hospitais e nos asilos de tratamento: eles acreditam que matando a vítima, ela encontrará a merecida tranquilidade. Em comparação com casos anteriores, isso seria uma novidade combinada às circunstâncias externas que vimos, mas é completamente possível. Os assassinos em série evoluem e se desenvolvem. Querem definir sua identidade por meio de algo novo que ninguém fez antes.

— Mas agora o caso não é o de vítimas estarem muito doentes e hospitalizadas, precisando de eutanásia. Os relatórios das autópsias as descreveram como saudáveis.

— Tudo bem, mas como foi dito, o caso Gudmundsson representa uma evolução em relação aos cenários anteriores. O Caçador vai mais longe e considera todas as pessoas doentes e sofredoras em um mundo de maldades e em queda.

— O que significa "em queda"?

— Um mundo que, em consequência do pecado original de Adão e Eva, se transformou de paraíso a vale de lágrimas.

— Pensando no lado religioso, há outra motivação para os assassinos em série: a vingança, a punição e a maldição de Deus.

— Nós já falamos dessa situação: algum fanático religioso poderia escolher como motivo o fato de Gabriella Dahlström ser solteira e estar grávida e de Jonasson ser homossexual. Mas no caso de Lennart Gudmundsson, qual seria o motivo?

— Talvez ele tenha cometido algum ataque sexual no passado? Estupro ou pedofilia.

— Não existe nenhum dado que comprove isso. Ele não tem nenhum registro de criminalidade cometida, mas isso não exclui, evidentemente, a prática de pecados secretos.

— O que sabemos a respeito dele?

— Jardineiro municipal, devotado a seu trabalho, respeitado por todo o mundo. Há quarenta anos, vivia em sua casa, primeiro com os pais e, depois, com sua mulher, que desapareceu há quase quatro anos.

— Desaparecida?

— Pelo registro, ela foi dada como desaparecida no verão de 2002. Desapareceu em Helsinque, durante uma viagem de férias. O caso é considerado não esclarecido, uma situação que deve ser analisada mais detalhadamente.

— Temos certeza disso?

—De qualquer maneira, não foi feita nenhuma investigação em Forshälla. Nossas informações sobre o caso são poucas e derivam completamente dos relatórios que nos foram enviados pela polícia de Helsinque.

— Muito estranho.

— É sempre muito estranho com todas as vítimas, principalmente quando a gente se debruça melhor sobre os casos. Dahlström foi despedida depois de discutir sobre a segurança da usina nuclear. Jonasson era homossexual e treinava jovens da equipe de handebol e Gudmundsson tinha uma esposa que simplesmente desapareceu. Talvez o Caçador saiba de algo que não sabemos.

— Você quer dizer que ele estaria punindo aqueles que cometeram algo ruim?

— Isso.

— Mas, então, por que a cruz?

— Ele os pune por aquilo que fizeram neste mundo, mas não quer lançar suas almas ao castigo eterno. Na eternidade, eles poderão recomeçar do princípio. *With a clean slate*[9].

— A essa altura, podemos admitir uma espécie de ligação entre as pessoas, mesmo que nunca se tenham encontrado: Jonasson atraía para si os jovens que treinava, Gudmundsson talvez tenha matado sua mulher e Dahlström fez... O quê?

— Talvez falso testemunho. Mentiu a respeito do problema nuclear e preocupou as pessoas sem motivo.

— Se ela tivesse visto publicadas suas acusações! No entanto, pelo que se sabe, só seus colegas de trabalho e alguns jornalistas sabiam de suas suspeitas.

---

9. Em inglês, no original: *Com uma ficha limpa*. (N. do T.)

— Quem mais? Quem poderia conhecer todos esses crimes presumíveis?

[Pausa.]

— Nós. A polícia.

— Mas não são considerados crimes. Ninguém veio reclamar, a não ser no caso do desaparecimento da senhora Gudmundsson. Até nesse caso, não há nenhuma certeza em relação à existência de crime.

— Quem mais teria conhecimento desses casos antes de chegarem à polícia?

— Talvez os jornalistas?

— Hum...

— Um padre, especialmente se for católico, que, sob juramento, ouviu as confissões.

— Há algo desse gênero nos antecedentes das vítimas?

[Ruídos de papéis.]

—Dahlström e Gudmundsson eram membros da igreja, mas não ativos. Não eram considerados pessoas religiosas segundo quem convivia com eles. Jonasson não pertencia a nenhuma seita religiosa. Em todos os casos, ninguém era católico.

— E a ideia de que o Caçador seja um padre...

[Pausa.]

— Os ouvintes de plantão!

— O que isso significa?

— Bem, as pessoas podem telefonar para eles e falar de qualquer assunto que as aflija. Tudo pode chegar a esses ouvintes. Gabriella pode ter telefonado e reclamado do departamento de segurança da usina nuclear. Os riscos a preocuparam e deixaram-na nervosa. Algum dos rapazes atacados pode ter telefonado e reclamado do abuso sexual cometido por

Jonasson ou este pode ter telefonado e confessado. Gudmundsson pode ter telefonado e reclamado do desaparecimento da esposa.

— Mas por que essas pessoas foram assassinadas. O que fizeram de mal, com exceção, eventualmente, de Jonasson?

— O Caçador talvez tenha escutado e tirado conclusões próprias segundo o que as pessoas disseram. Que Gabriella Dahlström contou uma mentira: "Não prestarás falsos testemunhos!". Que o próprio Gudmundsson matou a mulher e escondeu o corpo: "Não matarás!". E, claro, que Jonasson é pederasta: "Dormir com outro homem é abominável!". Nesse caso, haveria motivos para matar essas pessoas. Essa é uma hipótese que corresponde em todos os pontos ao conjunto de informações de que dispomos.

— No entanto, tudo isso é mera especulação. Não temos certeza de que as vítimas cometeram um único desses crimes apontados!

— Você tem... Existe alguma proposta melhor?

— Sem dúvida, é uma ideia sedutora. Uma hipótese que merece ser investigada.

Conversa gravada

ACONTECIMENTOS DE 9 DE MAIO DE 2006

Depois da reunião, resolvemos seguir essa interessante sugestão, escutando um dos chamados ouvintes de plantão que teve conhecimento de fatos relacionados com as três vítimas, fatos que, depois, conduziram às suas mortes. Por isso, falei com o plantonista e gravei a seguinte conversa:

Pirio Karttunen-Andersson é como ela se chama. Tem cerca de quarenta e cinco anos e é líder da SOS Amigos em Forshälla há oito anos, depois de ter trabalhado como enfermeira no departamento de psiquiatria. Ela fala com um pouco de sotaque finlandês, permanece calma e concentrada o tempo todo, visto que é especialista em comunicação e em controle de emoções, mas, às vezes, tenho a impressão de que está mais tensa do que deixa transparecer. De vez em quando, suas faces ficavam róseas e não brancas, por baixo dos óculos escuros e finos, bem na moda. Apareceu vestida com muita simplicidade, de jeans e *t-shirt* de sua própria organização. Era uma chefe que gostava de ficar no mesmo nível de seus "colaboradores", como se costuma dizer hoje em dia.

Lindmark: Conversa entre o comissário criminalista Harald Lindmark e Pirio Karttunen-Andersson, em 9 de maio de 2006, na sede da polícia, em Forshälla. Pedi que você viesse aqui porque precisamos de informações sobre um caso.

Karttunen-Andersson: É algum de nossos clientes que está em apuros?

Lindmark: No momento, sabemos muito pouco, mas queremos ampliar nossas possibilidades e, acima de tudo, receber informações sobre a maneira como vocês trabalham. Suponho que a pessoa pode telefonar para vocês e falar sobre algo que a perturbe. Vocês têm regras restritivas em relação a essas conversas?

Karttunen-Andersson: Na realidade, não temos, mas esperamos que haja razões verdadeiramente sérias para o contato. Com pequenos problemas, como "o lava-louças quebrou", não queremos perder tempo, nem com pessoas que nos telefonam apenas para ter contato com nossos colaboradores, como se administrássemos um serviço de marcação de encontros.

Lindmark: Entendo. Aqueles que telefonam para vocês dizem seus nomes?

Karttunen-Andersson: Dizem se quiserem, mas, na maioria dos casos, mencionam apenas o nome ou não informam nada. As pessoas decidem o que é melhor para si.

Lindmark: E os colaboradores?

Karttunen-Andersson: Definitivamente, devem permanecer anônimos. Podem dar o nome, verdadeiro ou inventado, mas não devem ter contato pessoal com os clientes. É uma questão de segurança. Algumas das pessoas que telefonam estão muito perturbadas e podem projetar seus problemas em nossos colaboradores. Quando eles não ajudam o suficiente, as pessoas podem ser agressivas. Por isso, devem sempre se precaver.

Lindmark: Se os colaboradores quiserem saber algo sobre os clientes, poderão ter acesso às informações, por exemplo, através do aparelho que anota o número de telefone do cliente secretamente.

Karttunen-Andersson: Eles não podem pressionar os clientes a dar quaisquer informações pessoais contra a própria vontade. Definitivamente, não têm o direito de se servir de um aparelho para captar o número do cliente.

Lindmark: Mas a senhora pode garantir que nenhum de seus colaboradores tem um aparelho desses?

Karttunen-Andersson: Afinal, quer dizer que essa nossa conversa diz respeito a algum de nossos colaboradores...

Lindmark: Não, não. Queremos apenas entender melhor esse trabalho. Asseguro que não é sua organização que estamos investigando. Portanto, se um colaborador quiser saber a identidade de um cliente...

Karttunen-Andersson: Não domino muito bem a parte técnica. Temos uma central telefônica e não sei se alguém poderia ligar um desses aparelhos para detectar o número de telefone do cliente. A questão nunca foi levantada. Talvez seja tecnicamente possível, mas nossos colaboradores não trabalham assim.

Lindmark: Se eles tivessem perguntado a um cliente seu nome e número de telefone ou, apesar de tudo, dado seu número privado, a senhora saberia disso?

Karttunen-Andersson: Já falamos em montar um esquema de investigação dos colaboradores escolhendo alguns ao acaso, de maneira similar às empresas de *telemarketing*, mas nunca chegamos a fazer nada do gênero. O senhor entende que a grande estrela de nossa atividade é a confiança. Aqueles que telefonam para nós devem ter certeza absoluta de que toda a conversa será considerada confidencial. De vez em quando, perguntam ao colaborador se alguém pode ouvir a conversa deles. Por isso, não podemos ter nenhum tipo de escuta extra, nem mesmo em pequena escala. Portanto, a resposta é não. Não temos nenhum controle policial sobre as conversas. Em vez disso, mantemos um controle bem seguro sobre aqueles que contratamos.

Lindmark: Por favor, conte um pouco sobre isso. Como vocês avaliam os candidatos?

Karttunen-Andersson: Programamos as entrevistas com um psicólogo e perguntamos aos candidatos por que querem ser nossos colaboradores, como amigos de plantão, e tentamos avaliar sua constituição psíquica. Precisam ser pessoas fortes, porque, pelo telefone, ouvimos coisas desagradáveis que sequer podemos imaginar. É preciso manter distância e focar no problema do cliente e em seu estado de espírito. Evidentemente, temos também um curso para enfrentar essas situações e sessões de treinamento com conversas montadas. Após tudo isso, certos candidatos acabam desistindo ou sendo reprovados, mas não são muitos nessas condições que se candidatam. Não pagamos nada. Portanto, noventa por cento dos que nos procuram são pessoas sérias que, realmente, querem ajudar os outros e nada mais que isso.

Lindmark: Entendo. As pessoas telefonam sempre para seu amigo de plantão na área em que vivem ou podem telefonar para um amigo de outro município, por exemplo?

Karttunen-Andersson: Claro, é possível a pessoa telefonar para outro município caso esteja disposta a pagar pelo interurbano. Talvez existam algumas pessoas que façam isso para garantir sigilo absoluto. Se telefonar para os amigos de plantão de Forshälla, será atendida por nós após algum tempo de espera. Mas, como disse, se a pessoa quiser, poderá telefonar para outro lugar qualquer.

Lindmark: Portanto, não existe nenhuma organização para onde sejam encaminhadas todas as conversas, como acontece, por exemplo, no caso de aconselhamentos sobre problemas de imposto de renda. Liguei uma vez para um número em Forshälla, mas acabei recebendo o conselho de uma central em Vanda.

Karttunen-Andersson: Não. Isso não acontece conosco.

Lindmark: Voltando aos colaboradores... Como são as pessoas que trabalham com vocês?

Karttunen-Andersson: Como disse, são pessoas que querem ajudar os outros. Muitas vezes, realizam também outras atividades. Alguns já trabalharam em países subdesenvolvidos ou mantêm crianças apadrinhadas nesses países. São pessoas que, pura e simplesmente, acham que há muitas desgraças no mundo, muita tristeza por trás de belas fachadas, e querem fazer algo por iniciativa própria, a fim de melhorar a situação.

Lindmark: Muito bem, mas mesmo assim, talvez existam aqueles que apenas tenham curiosidade em saber como vivem os outros, ou seja, querem se intrometer na vida alheia?

Karttunen-Andersson: É bem provável, mas essas pessoas tentamos descartar. Além disso, entrevistamos todos os colaboradores uma vez por mês, tanto para eles falarem de seus próprios problemas — como disse, isso faz parte também de uma avaliação — como para verificarmos se não estão sendo influenciados em um sentido negativo e ainda mantêm seu posicionamento original.

Lindmark: Mas se alguém tivesse um posicionamento incorreto e quisesse escondê-lo, vocês poderiam descobri-lo? Questiono isso porque vocês não escutam nunca as conversas que os colaboradores têm com os clientes.

Karttunen-Andersson: Bem, o cliente poderá sempre telefonar para nós e reclamar do comportamento de determinado colaborador. Às vezes, isso acontece, mas nunca da maneira que você deu a entender. Normalmente, o cliente tem esperanças irrealistas sobre a ajuda concreta que pode receber ou coisas semelhantes.

Lindmark: Quais qualidades vocês procuram nos colaboradores? Como descrevem o perfil de um bom colaborador?

Karttunen-Andersson: Calma e paciência. Inteligência prática e experiência de vida. Ser um bom ouvinte e deixar o cliente falar, aconselhando-o.

Ser psiquicamente muito forte, uma pessoa que não se deixa abater com o que ouve! Além disso, evidentemente, ele pode dar o número de telefone da polícia, ambulatórios, hospitais psiquiátricos, auxílio a imigrantes na Finlândia etc. Não se trata apenas de ouvir, dizer obrigado e adeus para quem realmente precisa de ajuda concreta.

Lindmark: Aqui, no departamento, costumamos dizer que suas atividades são semelhantes, como direi, às de um confessor. É isso?

Karttunen-Andersson: Você quer dizer dentro da Igreja católica? Sim, de certa forma: trata-se de saber ouvir o interlocutor confidencialmente, que poderá falar de assuntos que ninguém mais sabe. Mas somos totalmente diferentes dos confessores religiosos. Não absolvemos nem culpamos ninguém. Isso não faz parte de nossas atividades, o que é uma grande diferença. Portanto, apesar de tudo, é um tipo de comparação um tanto falha.

Lindmark: Culpa, isso deve ser uma coisa que acontece: o caso de alguém que confessa algo que o atormenta, certo?

Karttunen-Andersson: Acontece. Mas nós não livramos ninguém da culpa. E também não o julgamos.

Lindmark: Mas se alguém telefonar e confessar, por exemplo, que é pedófilo. O que vocês fazem?

Karttunen-Andersson: Tentamos demonstrar que ele está ferindo outros e que ele próprio deve se sentir mal por aquilo que faz e deve procurar tratamento especializado. Temos números de telefone de bons terapeutas.

Lindmark: Mas deve ser difícil para os colaboradores saber se o interlocutor é um criminoso que talvez trate mal crianças ou um verdadeiro assassino. Não acontece, portanto, de os colaboradores quererem interferir de alguma maneira?

Karttunen-Andersson: Claro. Isso é uma reação psicológica possível, mas preparamos nossos colaboradores para esse tipo de situação durante o treinamento. Eles não devem fazer nada de concreto em relação aos clientes. Além disso, na maioria dos casos, são as vítimas que vêm falar conosco, não os criminosos. Normalmente, os colaboradores pressentem que o interlocutor não tem a consciência tranquila. Confissões declaradas, daquelas que você insinua, são muito raras.

Lindmark: Entendo. Finalmente, gostaria de saber se nos últimos seis meses, mais ou menos, alguém deixou a organização de vocês ou foi mandado embora por mau comportamento, como por ter recebido alguma reclamação?

Karttunen-Andersson: Como eu disse, esse é um assunto confidencial.

Lindmark: Não quando se tratar de uma investigação por crime grave! Mas devo destacar mais uma vez que este caso nada tem a ver com a organização de vocês. Trata-se de um crime do qual vocês talvez tenham informações sem saber.

Lindmark: Bem, temos um certo troca-troca de nossos colaboradores por razões naturais. Alguns se mudam, outros resolvem descansar um pouco, precisam de mais tempo para a família, enquanto outros chegam. Mas algum caso que... Se for apontar algum caso específico, lembro-me de um que aconteceu no outono passado, em que uma mulher africana reclamou de um de nossos colaboradores. A mulher expressou-se com toda a cautela, sem ser muito clara, de modo que não chegamos a saber o que aconteceu. Mas quando perguntamos ao nosso colaborador a respeito do assunto, ele ficou zangado e se demitiu. Ele se chamava — ou chama — Osmanovic. Adar Osmanovic.

Lindmark: Como ele é?

Karttunen-Andersson: Um homem de seus quarenta anos, originário da Bósnia, que chegou à Finlândia há uns dez anos e já aprendeu tanto o sueco como o finlandês. Ele assumiu seu trabalho conosco com muita seriedade e nunca nos deu nenhum problema. Pelo contrário. Ele sempre aceitava fazer turnos extras e tinha, sem dúvida, muita experiência de vida para falar de situações difíceis, mas também demonstrou que não tolerava ser questionado. "Sou sempre correto e ninguém tem o direito de afirmar o contrário. Vocês acreditam nela ou em mim?" Foi o que ele disse, quase gritando, embora eu não o tivesse acusado de nada e apenas estivesse averiguando a reclamação, completamente de acordo com nossas rotinas. Creio que não se trata de outra coisa, senão de um mal-entendido, mas como você perguntou...

Lindmark: Está ótimo. Muito obrigado. Entrarei em contato novamente para pedir o endereço dele caso não o encontemos.

Karttunen-Andersson: Ele mora em Eura. Ou, pelo menos, morava, meio ano atrás.

Lindmark: Euraåminne?

Karttunen-Andersson: Não. Eura. No leste, perto de Pyhäjärvi.

Lindmark: Muito bem. Obrigado.

Foi o que consegui da conversa, uma visão interessante em um mundo de onde o Caçador pode ter saído. De qualquer forma, não existia nenhum empecilho na atividade em que acreditávamos ter o Caçador exercido: procurando contatos como colaborador de plantão e, depois, escolhendo suas vítimas. Não tínhamos nenhuma possibilidade de apanhá-lo em retrospectiva, visto que nenhuma conversa era arquivada no serviço de sos Amigos, mas planejamos uma escuta para talvez o flagrar em ação. Obter autorização para isso demoraria muito tempo e talvez a iniciativa não resultasse em nada por uma questão de integridade. No entanto, no caso de Osmanovic, poderíamos investigá-lo por nossos próprios meios.

Harald

ACONTECIMENTOS DE 9 DE MAIO DE 2006

Nessa noite, senti necessidade de viver o crime, ou seja, as sensações do criminoso.

Fui até Kronstad, ao anoitecer, e entrei pela larga esplanada onde as árvores são altas, ainda desfolhadas pelo inverno, mas já com sinais de alguns rebentos que logo iriam desabrochar.

Mais à frente, está situada a Floresta da Cidade com seus aromas e sua força. Eu a amo, mas não vou para lá, agora. Estou a caminho de uma casa onde mora um homem que devo ver de novo. Passaram-se apenas duas semanas desde a última vez em que estive com ele, mas preciso vê-lo mais uma vez. Sem falar com ele, não me sinto completo. Alguma coisa em mim acaba faltando, como se meu estômago sentisse falta de comida e minha boca, de água. Minhas mãos reclamam um objeto no qual possam exercer sua força.

Eu amo a primavera que acorda à minha volta, com sua luz crescente por ora ainda meio escondida atrás da floresta e dos telhados das casas.

Mas, no momento, não é isso que estou observando, mas, sim, uma grande casa de campo em minha frente, com seus contornos no fim da tarde e a escada de entrada que me espera.

Será que conheço mesmo quem mora ali? Sim, claro, eu sei. É uma pessoa que vive só e que pode se transformar em meu amigo e companheiro. Eu o conheço, mas ele não me conhece. Ele não me escolheu, mas eu o escolhi entre milhares de outros. Ele é o escolhido. Escolhido para ser meu companheiro esta noite.

Entro primeiro por uma rua menor, depois outra, até chegar diante de sua casa. Como vou entrar? Talvez seja melhor tocar à campainha e lhe propor responder a uma pesquisa cuja participação será paga, por exemplo, com a assinatura de uma revista e a participação em um sorteio de viagem. Apresento-me como amigo, agradável e bem vestido. Peço desculpas por estar incomodando-o. Digo que fui mandado por uma empresa reconhecida cujas pesquisas são mencionadas muitas vezes pela mídia. Isso mesmo. Uma remuneração para aqueles que participarem da pesquisa. Aquele com quem me encontro deve deixar que eu entre em sua casa por vontade própria. Não irei forçar minha entrada como um ladrão qualquer.

Como fui escolhê-lo? Como ele foi selecionado? Nem mesmo eu sei, mas ele é a pessoa certa, aquele que será salvo. Ele será elevado à vida eterna, com uma cruz no peito, liberado de todas as sujeiras que foi obrigado a ver neste mundo.

Como me sinto ao chegar? Missão. Quando o vejo, sinto até carinho pelos cabelos brancos que emolduram sua cabeça e pelo pequeno corpo bem desgastado que agora poderá descansar. Sou como um médico que deve infligir dor em um momento para, logo, oferecer a libertação diante de tantos males.

Como me sinto quando tudo termina? Missão cumprida. Uma sensação de fome desperta em mim, mas logo é satisfeita por esta noite e este encontro. Permaneço bastante tempo ao lado de seu corpo, respirando fundo, de cabeça inclinada para trás, antes de iniciar meus rituais finais, com as roupas e a faca...

Precisamente como Stensta, depois do assassinato de Gabriella Dahlström, imaginar esses instantes na pele do Caçador me deu um calafrio. Não tão desagradável como na *stuga* de Jonasson. Nesse caso, deve ter sido uma espécie de excitação perversa. Há um risco quando me proponho a incorporar os assassinos: o de eles penetrarem em mim e me transformarem em alguém como eles.

Ao voltar a meu estado sóbrio, por assim dizer, olhei em volta, mais uma vez, na sala de estar onde Lennart Gudmundsson morreu. Era uma sala grande e montada com bom gosto. Havia um conjunto de poltronas pesadas, o sofá e uma mesa de centro cheia de livros sobre jardinagem. Na prateleira estreita, ao longo da janela bem grande, inúmeros pequenos objetos decorativos. Do lado de fora da janela, dava para ver muitos arbustos e canteiros de flores no jardim, tudo iluminado pela luz do interior da casa.

Tudo estava intacto, com a exceção do corpo e das roupas espalhadas pela casa, que lhe foram retiradas. Havia manchas de sangue, mas não muito grandes, visto que Gudmundsson, tal como Gabriella Dahlström, ficou deitado de costas no chão, completamente nu, de forma que os arranhões no ventre produziram um sangramento que permaneceu em grande parte no corpo.

Entrei na sala adjacente e demorei a encontrar o interruptor, meio escondido atrás de uma estante. Deparei-me com uma biblioteca bem completa: livros de história, ficção e, naturalmente, botânica e jardinagem. Uma escrivaninha acastanhada, cuidadosamente coberta com uma placa esverdeada. Abri as gavetas cujo conteúdo não foi levado pela polícia por saber que o assassino em série achava a vida privada das vítimas desinteressante. Havia diversos papéis relativos à propriedade, cartas antigas e brochuras, catálogos de sementes. Nada, de fato, de muito interesse.

Estava a caminho da saída quando vi, em uma prateleira da estante, embaixo, muitos papéis empilhados. Passei o dedo pela folha de cima, já um pouco empoeirada pela falta de limpeza das últimas semanas. Peguei, então, no maço de folhas e levei-o à escrivaninha.

Então, por baixo de uma brochura sobre a repartição das despesas do município, encontrei um longo manuscrito preso com um clipe. Era uma cópia de carbono de um texto escrito à mão, com grafia cuidadosa, já meio apagada, mas ainda bem legível. Estremeci um pouco ao ler a primeira página. O nome completo e a idade: "Lennart Edvard Gudmundsson, quarenta e oito anos de idade". Precisamente como no caso de Gabriella Dahlström! E abaixo, uma estranha menção: "A minha realidade". Lembrei, também, que isso fazia parte do manuscrito escrito por ela.

Quase me esqueci de respirar quando retirei o clipe e comecei a leitura, primeiro, em pé, e depois, sentado à luz do candeeiro da mesa. Tínhamos aqui, talvez, o ponto de contato determinante entre os dois casos.

O relato de Lennart

ABRIL DE 2006.

Eu me chamo Lennart Edvard Gudmundsson e tenho quarenta e oito anos de idade. Nasci e fui criado em Forshälla como filho único.

A minha realidade. Devo dizer imediatamente algo que é uma característica minha: tenho apenas um metro e cinquenta e cinco centímetros de altura. Meus pais eram muito baixos e, por isso, também eu nasci assim. Apesar disso, minha constituição física e meu aspecto são normais. Tenho cabelos castanho-escuros, alguns já grisalhos, penteados para o lado, olhos castanhos, uma pele boa e o rosto com características regulares. Sem barba e sem óculos. Sempre tive boa visão e meus pais também, até mesmo na velhice.

Minha mãe e meu pai viveram juntos, durante sete anos, sem ter filhos. Depois eu cheguei. Isso significou muito para eles. Disso fiquei sabendo a vida inteira: o quanto era importante para eles. "Quando obtivemos a graça da sua chegada, sentimos que não precisávamos de mais ninguém" — diziam eles, sempre que eu perguntava por que não tinha um irmão, nem irmã.

A princípio, morávamos no centro da cidade, na rua Kunsgatan. Recordo-me de imagens desse tempo, de um quintal rodeado de muros altos e com uma lixeira grande que, de vez em quando, era levada por um caminhão que mal passava pelo portão. Lembro-me de estar lá, bem agasalhado, durante o inverno, às vezes brincando, cautelosamente, com algumas crianças, mas também, muitas vezes, sozinho. Em minhas recordações, era quase sempre inverno ou final de outono, a não ser uma vez primavera, em que fiquei pulando corda com duas gêmeas que moravam perto. Seus rabos de cavalo também pulavam muito.

Mais tarde, surgiram tantos estacionamentos que deixou de haver espaço para brincar. Mas foi, então, que nos mudamos para uma casa em Kronstad, não muito longe do Jardim Botânico. Isso foi, mais ou menos, quando ingressei na escola. Era uma casa de pedra, isolada, com um grande jardim. Na verdade, era uma casa muito cara, mas meus pais resolveram investir e conseguiram pagar as prestações da hipoteca. Tinham apenas um filho e viviam modestamente. Não iam a restaurantes, não tinham casa de campo e nunca viajavam. Também nem precisávamos. Nosso jardim era nossa diversão de veraneio. E do ano inteiro. Comprávamos também objetos de decoração, que colocávamos junto da janela: animais de porcelana e recordações de viagens que nunca fizemos, cidades e países de que falávamos de vez em quando.

Mas o mais importante era o jardim. Era o projeto de vida de meus pais: aprender o máximo possível a como cuidar de um jardim, embora ambos fossem moradores de cidade e tivessem vivido sempre em apartamentos. Tinham facilidade em aprender coisas ensinadas nos livros, porque ambos eram professores. Papai era professor de história e mamãe, de alemão e francês. Tinham treinado jardinagem em um lote de terra, integrado a uma pequena colônia de jardins, antes de comprarem a casa. Passei minha infância rodeado sempre de grandes volumes sobre o tema. Eu os folheava no chão, de joelhos, observando os canteiros que brilhavam e resplandeciam ao eterno sol das imagens.

Ainda bem cedo, achei que nosso jardim seria igual às imagens que meus pais mostravam quando ainda o planejavam. Isso ocorreu durante o inverno, repleto de muita neve, mas quando a primavera e o verão chegaram, nada era tão prazeroso, colorido e bem formado. Acabei por compreender que, em nosso país, nada seria sequer parecido como nos livros. "Nós não temos espaço." "O clima é desagradável." Essa revelação me causava mais decepção do que concluir que Papai Noel que nos visitava em casa não era senão um dos professores da escola, ornamentado com uma barba postiça e uma roupa vermelha. Lembro-me ainda de um dia em abril em que chorei e dei pontapés nos livros de jardinagem espalhados pelo chão.

Apesar disso, minha infância foi harmoniosa. Não me lembro de ter ouvido discussões em voz alta, nem mesmo durante a puberdade, um fenômeno que, aliás, considero exagerado. Para mim, a puberdade se manifestou com a mudança de meu tom de voz e o nascimento dos pelos pubianos. Em geral, minha infância e puberdade trancorreram de maneira contínua e natural, sem outras rupturas, a não ser a mudança de voz, se é que posso mencionar isso como uma ruptura. Não entendo por que se grita, se briga e se batem as portas, protestando, quando se está bem na vida como a maioria está.

Tinha meu próprio quarto, claro, um quarto grande no primeiro andar onde continuo dormindo. A vista dá para o jardim, de modo que não sou incomodado com o barulho dos ônibus que, para nosso desprazer, começaram a trafegar em nossa rua no início da década de 1990. "Os diabos verdes", dizíamos nós, de brincadeira. Em meu quarto, havia uma pequena linha férrea nos meus tempos de rapaz, um tabuleiro de xadrez e uma coleção de selos em uma das gavetas da escrivaninha. Eram meus passatempos preferidos, no estilo clássico, segundo se pode dizer. Não sou nenhuma pessoa especial. Lia muito também. Os livros *Latte, o porco espinho* e aqueles em que o detetive fictício Ture Sventon[10] agia eram os meus favoritos.

---

10. Ture Sventon é o personagem principal dos nove livros do autor sueco Åke Holmberg, (1907-1991), clássico da literatura juvenil. (N. do T.)

Torsten Pettersson

A maior parte do tempo, passava na grande sala de estar. Era lá que ouvia rádio e via televisão com mamãe e papai. Na mesma sala de jantar, estudava e fazia meus trabalhos de casa, evidentemente, com a ajuda de meus pais. Eles sabiam tudo, era o que parecia. Afinal, era a profissão deles. Na escola, a situação foi ordenada da seguinte maneira: eu sempre assistia às aulas em classes paralelas às deles, nas quais ensinavam, mas ficava com eles durante os intervalos das aulas e no almoço.

Estávamos sempre juntos, também, em volta do jardim. Quando consegui superar meu desapontamento e entendi que " fazemos o melhor possível com aquilo que temos em mãos", passei a participar com gosto dos trabalhos. Regava, cortava as ervas daninhas e esmagava os insetos danosos. Carregava pedras de um lado para o outro, mas eram mamãe e papai que planejavam tudo. Eles sabiam mais. Entretanto, aprendi a tratar bem as plantas e conheci suas características e seus nomes em latim. Na escola, sempre fui o melhor aluno na disciplina de botânica. Acima de tudo, aprendi a apreciar as plantas como forma de vida e beleza. Cheguei à conclusão mais tarde de que não precisava jogar animais de brinquedo e soldados de chumbo nos canteiros. Para mim, como rapaz, as plantas bastavam, ficando à espera delas, durante o inverno, quando dormiam e transformavam-se em baixo da terra.

Assim, desse jeito, ficou claro que eu devia entrar para a Escola de Botânica. Era bom em línguas e história e podia ter chegado à Academia de Åbo, mas me interessava mais trabalhar com aquilo que cresce e vive à nossa volta. Estudei horticultura, formei-me agrônomo em Pikis e passei a administrar o Parque da Cidade. Podia ter procurado outras promoções, mas não quis. Na atual situação, não preciso ficar sentado como chefe, atrás de uma mesa, planejando instalações e olhando toda hora para o orçamento, sendo obrigado a pedir dinheiro ao município. Para mim, é importante fazer coisas práticas, estar perto de minhas amigas plantas todos os dias, se é que posso me exprimir assim.

Ainda sobre minha infância, posso contar que, na terceira série, tive um amigo chamado Roy. Era um rapaz com cabelos castanho-claros brilhantes e um rosto sardento e bem retilíneo. Ele sorria muito e era o melhor amigo que tive. A caminho de casa, ao terminar o dia escolar, seguíamos abraçados, eu com a mão em seus ombros e ele com o braço na minha cintura. Era tudo perfeitamente normal e nunca ninguém disse nada, mas pensando bem, mais tarde, cheguei à conclusão de que era assim que um casal romântico caminharia. Pelo menos em tempos passados. Atualmente, isso é menos habitual.

Roy tinha um papagaio e sua mãe fazia bolinhos mais gostosos que os da minha. Eu ia a casa deles com frequência e brincava com Roy, com sua coleção de carros em miniatura e o papagaio, embora este não brincasse muito conosco, visto não poder sair da gaiola. Também não era daqueles que aprendem a falar. Só sabia coaxar, por mais que tentássemsos fazer com que ele falasse "Roy" ou "Nisse", que era seu apelido. Uma vez, quando chegamos lá, a mãe de Roy não estava em casa e Nisse, de alguma maneira muito estranha, tinha saído da gaiola. Foi pousar em cima de uma estante, no alto, e ficou olhando para nós. Coçava-se de vez em quando, usufruindo, talvez, sua liberdade, embora a diferença de situação não fosse grande. Tentamos levá-lo de volta à gaiola com gestos, mas não ousamos tocar nele, já que havia a possibilidade de recebermos uma bicada de volta. No indicador da mão esquerda, Roy tinha uma marca de bicada de Nisse.

Não me lembro de como o papagaio voltou para a gaiola, mas ainda o vejo empoleirado em cima da estante, com a cabeça vermelha e os olhos pretos fixados em nós. Roy, eu vejo também, melhor ainda, na minha frente, com sua camisa azul-escura de flanela, que sinto por baixo da palma da mão esquerda ao passar por cima de seus ombros. Lembro-me de quando ele deixava o último bolinho para mim. Sempre dizia que não estava com fome.

Mas Roy e eu não brincávamos apenas. Recolhíamos papel juntos. Íamos de porta em porta e pedíamos que as pessoas nos dessem jornais velhos que atávamos e levávamos para um velho rabugento que morava no poráo de uma casa. Ele nos dava três *penni* por quilo. Parecia muito dinheiro para uma criança na década de 1960. Hoje, quando penso naquele montáo de meio metro de jornais, bem pesado, e na constituição física de dois corpos de crianças de oito ou nove anos de idade, acho que era quase desumano carregá-lo.

Com o dinheiro, comprava saquinhos com selos e Roy, cartões-postais. Ele colecionava antigos cartões-postais de Forshälla, Åbo, Helsinque e Vasa. Os postais não eram em preto e branco. Eram em marrom e branco. Mas ele gostava deles e, em especial, de um em que se via uma antiga bicicleta rodando em uma imagem de rua. Chegamos a folhear centenas de postais num antiquário, à caça de bicicletas. Às vezes, surgia de repente a fotografia de uma sorridente mulher pelada que devia estar na parte da loja proibida para crianças. A essa altura, nós nos entreolhávamos e sorríamos, mas nunca dizíamos nada.

Aliás, lembro-me muito bem da primeira vez em que experimentei aquele aspecto da vida humana. Tinha apenas sete anos quando um outro rapaz que eu não conhecia muito bem veio conversar comigo no caminho de volta da escola (Roy não estava junto, não sei por quê). O rapaz chamava-se Edvin e era considerado muito esquisito, costumava ter acessos de raiva em que ficava andando de um lado para o outro, gritando e com lágrimas nos olhos. Naquele momento, não estava zangado, mas chocado. Sua mãe — moderna e, aparentemente, sem preconceitos — tinha contado para ele, precisamente, como os bebês nasciam e, então, ele resolveu recontar essa história para mim. Nós tivemos dificuldade em acreditar nessa história, mas chegamos a um acordo: se fosse verdade, não tínhamos nada a ver com essa porcaria! Foi isso que juramos de pés juntos. Estávamos ambos chocados. Eu me lembro, exatamente, de estarmos diante de uma vitrine que tinha na frente um degrau de pedra onde dava para apoiar o pé.

Quando eu tinha doze anos, Roy mudou-se. Ele me contou isso no dia do meu aniversário e algumas semanas mais tarde foi embora. O pai dele tinha ido trabalhar em Jyväskylä. No último dia da escola, dissemos um para o outro "até logo", apertando as mãos como dois adultos. Mas nem chegamos a pensar em manter contato. De minha parte, o afastamento não produziu nada de muito especial e continuei a viver com meus pais e o jardim. Mas, mais tarde, me senti desolado e me perguntei o que teria sido de minha vida se Roy não se tivesse mudado, se tivéssemos continuado amigos pela vida inteira.

Não me entenda mal. Não me sinto infeliz pelo fato de ter saudades de Roy. Também não fiquei infeliz. Continuei satisfeito e vivendo calmamente durante toda a juventude. Foi uma juventude sem grandes momentos, diria a maioria das pessoas, certamente. Mas para minha família, sempre acontecia alguma coisa, pelo menos, entre março e novembro, época em que vivíamos a vida da jardinagem.

Depois do vestibular, fui cursar agronomia. A maioria das plantas conhecia havia muito tempo, mas precisava cumprir um exame formal. Com o diploma na mão, aos vinte e três anos de idade, fui trabalhar no departamento florestal do município de Forshälla, onde continuei satisfeito durante vinte e cinco anos. Sempre foram anos bons.

Mamãe e papai costumavam voltar da escola um pouco mais cedo do que eu, antes de eu retornar de meu trabalho nos parques da cidade. Dava para sentir o aroma da comida na entrada de casa que dava para o jardim, aquela que quase sempre usávamos. Enquanto eu tomava uma ducha, eles preparavam os petiscos. Ambos eram muito competentes em fazer a comida, muito melhores do que jamais consegui ser. Depois, comíamos juntos e era eu que limpava a mesa e lavava a louça. Comentávamos a seguir o que havia acontecido na escola e nos parques. Era sempre interessante porque conhecia a escola e, pelo menos, os professores mais antigos. Também devo mencionar o fato de meus pais conhecerem bem os cuidados com jardinagem. Depois de lavar a louça, a conversa continuava na sala de estar, onde falávamos sobre catálogos de sementes, tendo as novas revistas de jardinagem como ponto de partida. Um jardim jamais fica realmente pronto. É como uma criança que jamais chega a ser adulta. Precisa ser tratada, ano após ano, e está sempre em evolução, segundo linhas diversas. Era sobre isso que falávamos muito. Depois, naturalmente, seguíamos para o jardim, cavando, limpando com o ancinho e lançando estrume, sempre que o tempo e a época do ano permitiam.

Também sentávamos na sala de estar todas as noites para ver televisão. Gostávamos especialmente de esporte — futebol, atletismo, tênis — que considerávamos espetáculos vivos, tão vivos quanto a própria natureza.

O senhor quer saber, portanto, o que aconteceu, não é? Tudo o que vive tem um começo e um fim, por mais que a gente queira esquecer isso. Assim ocorreu também com minha família. Na primavera de 1990, quando mamãe completou sessenta e dois anos em março, notei que ela começou a emagrecer. Disse-lhe que devia comer mais, mas ela me respondeu que estava se alimentando normalmente. Sentia-se apenas um pouco cansada. Depois, não pensei mais no assunto, mas em junho — no primeiro dia de minhas férias —, escutei-a dizer no quarto ao lado para papai: "A tia Aina também não ficou tão velha". Nesse momento, lembrei-me de ter ouvido essas palavras antes, na primavera, mas, então, fiquei mais atento e entendi o que se passava. Abri a porta do quarto e entrei. Mamãe olhou preocupada para mim. Esquecera-se de que eu estava ao lado, na biblioteca. Não disse nada, mas do jeito que ela olhou para a janela, entendi: estava doente havia muito tempo, mas ela e papai não queriam que eu me preocupasse. Papai virou o corpo na cadeira, viu que eu estava ali e que tinha entendido tudo. "As coisas são como são", disse ele, em voz baixa, com uma expiração lenta que veio do peito e pareceu flutuar no ar, como se fosse a própria casa que tivesse falado.

Sentei-me no sofá e tomei a mão esquerda de mamãe entre as minhas. Estava mais fina do que antes e senti todos os ossos do dorso de sua mão. Ficamos um bom tempo absolutamente quietos, até que ela se virou para mim e me abraçou com seu outro braço. "Meu rapaz." Só então reparei que estava chorando, e as lágrimas cobriram todo o meu rosto. Lágrimas quentes e frias ao mesmo tempo. Salgadas, ao chegar a meu lábio superior e a minha língua. Papai sentou-se do outro lado e nos abraçou. Por um bom tempo, ficamos assim, abraçados. Ainda sinto esse momento. Nunca, jamais, terminou e deixou de existir.

Naquela época, não sabíamos de que doença se tratava. "Cansada. Dores no estômago." Mamãe não quis ser internada no hospital do distrito. Nunca tinha passado um dia sequer no hospital, em toda a vida, a não ser na semana posterior ao dia em que nasci. Mas, naquele estado, consegui convencê-la a ser internada.

Câncer no útero. Já não dava mais para operar. Achei que devia ter notado antes e levado mamãe ao médico enquanto ainda houvesse tempo. Papai deveria ter notado também! Ambos disseram que os sintomas surgiram só na primavera. Como isso foi possível? Como alguém pode ficar doente durante tanto tempo, sem ninguém notar? Compreendo, agora, que uma pessoa pode ser como uma árvore que floresce e brilha, mas murcha por dentro e quebra ao menor sopro de vento quando a hora chega.

A hora de mamãe ainda demorou bastante. Dois anos até chegar o fim. Muito mais do que os médicos disseram a princípio. Ela ainda deu aulas até o Natal e aposentou-se em seguida por doença. Papai também se aposentou, mas pela idade. Eu e ele cuidamos dela em casa. A evolução foi gradativa. De início, ela agia normalmente, embora estivesse um pouco mais lenta e adormecesse às vezes por causa dos analgésicos. Depois, não aguentava subir a escada para o primeiro andar onde ficava seu quarto e era eu que tinha de levá-la da cama para o sofá na sala de estar, toda enrolada em cobertores, porque sentia frio o tempo todo. Também ela já não pesava quase nada.

Uma vez, quando ela estava em cima da cama, olhei para ela. Dormia. O rosto estava composto, mas relaxado. Achei que estava bem e talvez estivesse sonhando com algo que a deixava calma. Assim ficamos os dois por longos momentos.

Depois, sua fisionomia se alterou. Estava começando a despertar. O ar de preocupação se acentuou. Contrações em seu rosto. Uma expressão desagradável tomou conta de seu rosto. Ela virou a face para o lado, fugindo de algo que a ameaçava e lhe dava medo.

Era o momento de acordar. Sabia o que estava a caminho, mas não podia evitar. Ainda meio sonolenta, fez uma careta. O medo se transformara em dor, a dor que ela sentia o tempo todo quando estava acordada. Peguei a mão dela, mas não podia ajudá-la em nada. A dor foi ficando mais intensa. Estava acordada, mas de olhos fechados, como se quisesse negar a situação. Seu rosto se dividiu em um quadrilátero de rugas bem profundas que desciam dos olhos até os lábios. Ela uniu as mãos para lutar contra a dor e, então, sentiu minha mão também.

Em seguida, tentou se acalmar, suas rugas se distenderam para não me entristecer com o espetáculo de seu sofrimento. Eu me esforcei por conter as lágrimas e não tornar a situação ainda pior para ela. Mas quando ela abriu os olhos, nossos olhares se cruzaram em uma confissão mútua, reveladora do ponto a que a dor tinha chegado, como era insuportável, a um nível impossível de aliviar, impossível de considerar por um prisma positivo, a despeito de todos os nossos esforços. Fechando os olhos, posso ver ainda esse olhar profundo, dolorido e igualmente próximo da dor.

Em seguida, ela não quis mais descer e ser levada para o sofá. Sentia dores em todas as articulações. Isso pode ocorrer quando se tomam analgésicos fortíssimos. Mudamos, então, a posição da cama para que ela pudesse observar a natureza pela janela. De início, continuamos a estudar os catálogos de sementes que ficavam espalhados por cima da coberta da cama. Papai e eu ficávamos trabalhando no jardim, à vista dela, que ficava apoiada em almofadas bem grandes. Depois, isso se tornou também penoso demais e ela passou a ficar deitada na cama, atrás das cortinas fechadas. Passamos a conversar cada vez menos, mas ela sempre deixava a mão em cima da coberta, a fim de que papai e eu pudéssemos tocá-la.

Os médicos quiseram levá-la para o hospital, mas ela se recusou a seguir essa determinação. Sabíamos que era essa sua vontade, mesmo quando, mais tarde, ela deixou de falar. Nessa época, não era comum haver tratamentos em casa "quando a doença já tinha atingido um estágio tão avançado". Os médicos não podiam obrigá-la a sair de casa, mas se recusaram a receitar mais remédios sem acompanhar seus efeitos no hospital. No entanto, podiam constatar facilmente que o corpo dela se desfazia por baixo da coberta da cama. Eu, também, quase chegava a sentir como as formigas rasgavam as entranhas de mamãe.

A essa altura, resolvi procurar o médico onde trabalhava e reclamar de dores nas costas, dizendo que durante um período havia melhorado com a ajuda de um certo preparado, ou seja, o preparado que mamãe tomava. Ele receitou, então, o remédio, emitindo várias receitas semelhantes. Foi assim que continuamos a dar à mamãe o analgésico de que precisava, com maior frequência. Quando ela deixou de poder engoli-lo, mas fazia sinal com os olhos de que precisava dele, esmagávamos o comprimido em água morna e dávamos a ela, primeiro, com uma colher de sopa e, depois, com uma colher de chá, quando ela quase não conseguia abrir a boca.

Até o final, foi assim que ela deixou de sentir as piores dores, acho, mas ficava muitas vezes entorpecida, alternando períodos de sonho com outros acordada. Também sangrava muito, o tempo todo, em baixo do cobertor.

Não entendia como podia haver tanto sangue em um corpo humano que era feito apenas de pele e osso. Quantos dias e noites fiz o caminho com as fraldas ensanguentadas entre a cama e a lixeira. Certamente, tantas quanto ela fez com minhas fraldas de bebê recém-nascido, enquanto cuidou de mim e me amamentou, antes de cair de sono ao meu lado. Minha mamãe.

Na noite de 22 de março de 1992, ainda permanecia acordado como era costume nesse horário já tardio. A lua brilhava e eu estava no primeiro andar, olhando para o jardim que estava salpicado de pontos brancos de neve colados à terra como corais grudados em um recife. A noite estava calma, uma calma absoluta. Senti, não uma sensação repentina, mas na sequência daquela calmaria, que o final estava próximo. Permaneci onde estava ainda por algum tempo, mas sabia que o sofrimento tinha terminado.

Entrei depois no grande quarto de dormir e escutei imediatamente a respiração profunda de papai, que jamais se afastava da cama onde mamãe estava deitada. Do lado dela, silêncio absoluto. Durante o sono, seu coração parou de bater e seu corpo, de funcionar. Acordei papai e logo ele entendeu a situação. Segurou a mão dela, enquanto eu, do outro lado da cama, segurei a outra. Assim ficamos até chegar a aurora, antecipando uma nova manhã. Ela não estava só.

Mamãe foi enterrada não muito longe de casa. Íamos lá com frequência e orávamos por ela no antigo cemitério de Forshälla, onde foi sepultada atrás da pequena igreja greco-ortodoxa.

Papai viveu mais cinco anos. Ficou mais grisalho, um pouco mais fraco, mas jamais deixou de trabalhar. Até o final da vida, continuou a cuidar do jardim comigo. Em um dia de setembro, ao voltar para casa, encontrei-o sentado na poltrona, tombado sobre o braço dela, com um ar espantado. Um ataque fulminante de coração acabara com ele.

Papai foi sepultado ao lado de mamãe. Vou lá com frequência e oro por eles. Embaixo do nome deles, na pedra do túmulo, ainda há lugar para mais um nome e, na terra, a seu lado, para mais um corpo.

Foi assim que fiquei só. Na realidade, a casa era grande demais para mim, mas não pude deixar de continuar morando lá. Consigo mantê-la também sozinho. A propriedade não tem dívidas e eu mesmo cuido dela, assim como do jardim, é claro. O jardim não vai mudar como antes, mas será mantido como está. Todos os anos, quando as plantas renascem e, em seguida, chega o verão, as flores brilham como antes, em tonalidades diferentes. A essa altura, olho para elas, tendo mamãe e papai a meu lado. Os dois continuam aqui, não como almas penadas, mas porque, diariamente, penso neles.

Por hoje, paro de escrever por aqui.

Harald

ACONTECIMENTOS DE 9 DE MAIO DE 2006

Também vou parar de ler por aqui. Meus sentimentos por Inger começam a voltar, as lágrimas afloram em meus olhos. Ela teve câncer no intestino grosso. A mãe de Lennart, no útero. Na casa onde fiquei esta noite, ela sofreu até o fim, do mesmo jeito que Inger sofreu no hospital. Lennart passou o que eu passei.

De certa forma, não. Inger passou os últimos meses no hospital do distrito e, por fim, as derradeiras semanas, em um hospital especial para quem aguarda a morte. Ela foi muito bem tratada e nunca reclamou, parecendo não querer desejar outra coisa. Mas, agora, questiono se o fato de ela nunca ter mencionado outra possibilidade, quando não podia sair da cama, não significava outra coisa: a de eu não conseguir tratar dela em casa, de não pedir licença do emprego para ficar com ela, na sua companhia, nos últimos minutos de sua vida. Nisso eu nunca cheguei a pensar. Pergunto se ela pensou, mas não disse nada. Achou que eu não aguentaria?

Levantei-me e fiquei andando de um lado para o outro, mas não me atrevi a subir ao primeiro andar, deixando-a em paz. Peguei um pequeno cachorro de porcelana que estava no parapeito interior da janela da sala de estar. Segurei-o com ambas as mãos. Acendi a iluminação externa e olhei para o jardim. No momento, sua cor era verde-clara, com algumas flores nascendo por causa da força vital da primavera.

Meu rosto se espelhava, foscamente, no vidro da janela. Ao lado, antes, havia o rosto de Inger como na fotografia de nosso casamento, que coloquei em destaque na nossa sala de estar. O rosto dela, ao meu lado, viva, nunca mais...

Demorou um bocado, mas, por fim, consegui me acalmar. Bebi um copo de água fria na cozinha e me sentei, novamente, à escrivaninha, para continuar a leitura.

O relato de Lennart

Depois da morte de papai, não restou mais ninguém que soubesse fazer comida. Sei um pouco, com a ajuda de conservas e produtos semiprontos, mas resolvi comer fora, porque, assim, evitava ficar sozinho à mesa de jantar. A sensação, porém, era muito estranha, considerando que, com a vista de um jardim, ninguém devia se sentir isolado. De qualquer forma, tomava uma ducha no trabalho e comia na cidade, a caminho de casa. Embora trocasse de restaurante ou cafeteria todos os dias, evidentemente, acabava comendo no mesmo lugar várias vezes.

Foi assim que conheci Inga-Britt um ano mais tarde. Inga-Britt Lindström. Ela era a única atendente de mesa de um pequeno restaurante, perto da praça Nikolajtorget, e acabamos conversando cada vez mais com o passar do tempo. Mais tarde, viemos a fazer longos passeios juntos. Por fim, terminamos no apartamento de sala e quarto dela, perto do restaurante. Ela tinha a minha idade, quase quarenta anos, e mais ou menos a mesma altura: um metro e cinquenta e seis centímetros. Tinha uma aparência muito agradável, cabelos louro-escuros, ondulados, covinhas nas faces quando ria e um semblante bem generoso. Aliás, ela ria muito, um sorriso muito bonito com o qual mal dava para imaginar a vida difícil que tivera. Depressões, entradas e saídas de hospitais durante anos. Uma vez, foi vítima de um homem que lhe batia.

Um aborto muito cedo fez com que ela não pudesse ter mais filhos, o que lamentava. Apesar disso, era uma pessoa alegre e positiva. Feliz por nos últimos quatro anos ter vivido fora de hospitais e ter um emprego. "Para mim, cada novo dia é uma festa. Saber que posso me levantar, vestir minha roupa, preparar o café da manhã e sair para o emprego. Aqueles que acham qualquer trabalho muito penoso, não sabem o que é ficar deitada na cama o dia inteiro, com a escuridão como uma montanha em cima de si." Eu admirava seu realismo. Quanto a mim, sabia que tinha tido uma vida fácil.

Nós nos casamos no verão de 2000, durante a festa do *midsommar*, que comemora a chegada do verão. É como o dia de São João. Tínhamos planejado o casamento com um ano de antecedência, de modo que conseguimos marcar o evento na velha igreja de Forshälla, em uma pradaria verdejante, onde todos querem se casar no *midsommar*. Achamos que foi muito bonito. Afinal, não sabíamos bem como resolver problemáticas sociais, mas conseguimos marcar nosso casamento em um local cobiçado na melhor época. A cerimônia foi simples e nossos únicos parentes presentes foram seu irmão solteiro e sua irmã casada, com o marido e dois filhos. O céu estava limpo e azul, os prados estavam cheirosos, os turistas circulavam pelo local e acabamos comendo uma boa refeição no restaurante Olsonis, perto da igreja. Mais tarde, voltamos ao mesmo restaurante para festejar nosso casamento e comer de novo o cardápio habitual.

Ademais, Inga-Britt sabia preparar comida e comíamos em casa, a minha, para onde ela se mudou, é claro. O grande quarto de meus pais continuou intocado, o que ela soube entender. Compramos uma grande cama de casal e a colocamos em meu quarto. Era uma vida completamente nova para mim, dormir ao lado de outra pessoa, me virar apenas na cama e sentir o corpo quente dela contra o meu. Sentir seu odor.

O senhor quer saber como acontece na realidade? Então, posso contar umas coisas: todos os anos desaparecem centenas de pessoas na Finlândia e milhares em países maiores. Não se incluem aí aquelas que logo retornam, mas as que, após semanas e meses, continuam desaparecidas. Esse é um problema social importante, mas pouco divulgado. A polícia não quer sair por aí e fracassar em suas investigações e os cidadãos que perderam um parente não conseguem entender que pertencem a um grupo espantosamente grande que poderia se ajudar mutuamente, formando uma rede, pressionando a sociedade a encarar o problema. Vocês vão me perguntar como sei disso? Por minha própria experiência. Faz agora quatro anos que Inga-Britt desapareceu. Ela simplesmente volatilizou.

Em julho de 2002, estávamos de férias e passamos uma noite em Helsinque. Depois de ver as sementes de flores na Esplanada e uma exposição de arte no Ateneum, voltamos para o hotel, para almoçar tardiamente. Depois, fiquei no quarto para assistir à final feminina do torneio de Wimbledon na televisão, enquanto Inga-Britt voltou à cidade. Ia fazer compras no shopping Stockmanns e talvez visitar o Museu Nacional. Entre as cinco e as seis horas da tarde, retornaria ao hotel para jantarmos fora.

O tempo passou, a final terminou, transcorreram as horas, cinco, seis, sete e oito, e nada de Inga-Britt chegar. Na recepção, pedi para atender todas as eventuais chamadas dirigidas a mim e parti à procura dela. Andei para frente e para trás na avenida Mannerheimvägen e na praça Järnvägstorget. Às dez horas da noite, voltei para o hotel e solicitei na recepção que telefonassem para a polícia.

Surpreendentemente rápido, chegou um detetive que, por sinal, falava um sueco muito bom, depois de eu dizer que era de Forshälla. Ele anotou todas as informações pessoais e olhou em volta no quarto do hotel, antes de sair para realizar uma verificação nos hospitais da capital. Segui com ele até a sua sala na delegacia de polícia, de onde fez todas as ligações.

Essa foi a primeira coisa em que se pensou: a de que Inga-Britt teria sofrido um acidente, uma batida de carro, ou, então, um ataque qualquer por doença e estaria inconsciente em algum lugar. Mas, aparentemente, nada disso aconteceu. Pelo menos, o detetive em questão, Hämäläinen, não recebeu nenhuma notícia pertinente e disse ter telefonado para todos os lugares possíveis, sem esquecer nenhum, onde ela poderia ter ido caso tivesse sofrido um ataque repentino ou um acidente qualquer na cidade. Também não havia notícia de nenhum carro da polícia ter atendido uma mulher que correspondesse à Inga-Britt. Eram ideias absurdas ela ter bebido demais ou de ter sido presa por roubo ou, ainda, ter chamado, por qualquer motivo, a atenção da polícia. Mas todas as possibilidades deviam ser consideradas.

Nada. Voltei, então, para o hotel. Não consegui dormir. Fui caminhar pela cidade, durante a madrugada, entre outros lugares, em torno do Museu Nacional. Olhei nos portões dos prédios, subi na pequena montanha junto do Parlamento. Procurei todos os lugares onde alguém poderia ter escorregado e caído, ficando prostrado, fora da vista dos passantes. Às vezes, ficava andando, outras vezes, corria e gritava, e sempre julgava ter visto Inga-Britt ao longe. Procurei, ainda, ao longo da praia de Tölöviken, da ópera até a estação de estrada de ferro, admitindo a hipótese de ela ter caído no mar. Depois, segui para a praça do mercado, a Salutorget, e fiquei sentado, olhando para as águas de Kolerabassängen e de outras partes do porto. Nada.

No dia seguinte, continuei a procura, permanecendo em Helsinque durante mais de uma semana. Mantive contato com a polícia, percorri alguns hospitais, chegando às vezes a poder olhar para os pacientes internados, mas outras vezes, não. Contudo, o resultado final foi que Inga-Britt continuava desaparecida. Também não encontraram sua bolsa de mão, nem nada do que ela tivesse consigo.

Ficamos casados apenas dois anos. Sabíamos que não podíamos ter filhos, mas pensávamos em viver juntos o restante da vida. Sinto, realmente, falta dela e parece-me uma injustiça o que aconteceu! Minha única chance na vida de não ficar sozinho! E, então, ela desaparece! Não me lembro sequer de tê-la beijado quando ela deixou o quarto do hotel.

O que terá acontecido? Pensei e repensei em todas as possibilidades. Em primeiro lugar, teoricamente, pode ser que ela tenha me abandonado. Foi isso, aliás, que a polícia deu a entender várias vezes. "Talvez vocês não fossem tão felizes como o senhor acredita que era." Felizes, isso nunca cheguei a dizer que éramos, mas tínhamos uma relação calorosa e muito próxima, e jamais, absolutamente, pensaria que Inga-Britt terminaria assim. No passado, ela teve problemas psíquicos, mas não nos últimos anos. Ela poderia pedir o divórcio se quisesse, ainda que parecesse satisfeita com nossa vida juntos. Nunca ninguém consegue saber, com certeza absoluta, o que outra pessoa pensa e sente, mas desta maneira ela jamais me deixaria. Jamais me desrespeitou. Além disso, seu cartão de crédito não foi usado depois do desaparecimento e o dinheiro dela no banco continua intocado.

Ela pode ter sido abordada e, depois, assassinada. Mas como isso poderia acontecer no centro de Helsinque, à luz do dia, com muita gente nas ruas? E onde foi parar o corpo? Parece impossível.

A possibilidade mais plausível é a de que tenha morrido afogada. Ela pode ter seguido para a praça Salutorget, na direção de Brunsparken, e ter caído do parque no mar. Já percorri esse caminho sinuoso várias vezes. Há uma quantidade enorme de lugares de onde se pode cair ou de onde se pode saltar após uma confusão mental. Depois, o mar pode tê-la sugado para o fundo ou levado para longe, onde seu corpo foi parar, em uma pequena ilha onde ninguém passa. E aqui fico eu esperando: talvez a polícia telefone dizendo que encontraram um corpo afogado que foi identificado como o de Inga-Britt. Ela continua inscrita no registro de desaparecidos e a polícia tem seu DNA.

Há também uma possibilidade ainda mais dramática: a de ela ter sido sequestrada não para ser resgatada por uma quantia elevada, mas por ter visto algo que não devia. Ela se interessava por arquitetura e muitas vezes entrava em sítios no campo para ver as casas bonitas. Por exemplo, no cabo Skatudden, existem muitos sítios bem ajardinados onde é possível entrar (já contatei todos). Ela também pode ter encontrado alguém do narcotráfico, talvez tenha visto uma transação, um homicídio. Portanto, os criminosos talvez tenham batido nela e a levado consigo até um lugar deserto, onde a mataram e enterraram-na, depois de queimar seu corpo. Parece fantástico, mas uma vez em cem mil, quando uma pessoa desaparece sem deixar pistas, é porque aconteceu alguma coisa muito extraordinária. A hipótese do crime não pode ser descartada.

Como disse, acho mais provável que ela tenha morrido afogada. Nesse caso, há uma consolação: ela voltou para a natureza como uma planta que murcha e se decompõe, em sua eterna evolução cíclica.

Naturalmente, esse fato me abateu muito. No verão de 2002, voltei a trabalhar depois das férias, para ter algo em que pensar. Mas não consegui me concentrar e chorava de vez em quando. Atualmente, consigo trabalhar e me concentrar. Tento ter sempre algo para fazer. Faço horas extras sem direito à compensação respectiva, trabalho ainda mais em meu próprio jardim, falo com os vizinhos mais do que antes e escrevo como agora, lentamente, à mão.

Aliás, continuo casado. Entrar com uma petição para reconhecimento da morte dela não quero. Gosto da sensação de estar casado com Inga-Britt Lindström, embora ela não esteja mais comigo. No entanto, ela faz parte de mim, assim como mamãe e papai. Assim, também, ocorre com a natureza, onde tudo faz parte de um todo que se reconstrói naquilo que uma vez foi vida e depois morreu. Por isso, não me sinto mais sozinho, embora, mais uma vez, more sozinho em nossa casa.

Com os melhores cumprimentos,

Lennart Gudmundsson

Harald

ACONTECIMENTOS DE 9 DE MAIO DE 2006

Eu, sentado ali, naquela casa silenciosa! Pessoas vindo a meu encontro com suas vidas que, durante décadas, encheram esta casa e o jardim externo. Uma família bem mais unida do que aquela em que eu jamais vivi e conheci, quer como criança, quer como adulto.

Foi doloroso reconhecer que Lennart já não estava mais entre nós, estrangulado, de repente, na sala ao lado. Era quase como se um laço tivesse sido apertado em volta de meu pescoço. Nunca havia sentido antes essa sensação tão forte. Não tive nunca a possibilidade de estar na pele das vítimas como seres ainda vivos, como se ainda estivessem presentes.

Fiquei ali sentado, pensando em Lennart e Gabriella. Seres humanos normais, até que, de repente, a interrupção brutal, seus corpos mutilados. Tentei, ainda, imaginar a mesma situação em relação a Jonas Jonasson. No curso de sua vida.

Depois, já recuperado, apressei-me em fazer um julgamento policial. Precisamente como no caso de Gabriella, a história da vida de Lennart não oferecia nada de importante que já não soubéssemos, nada que indicasse o assassino. As informações também não mostravam outra coisa senão o padrão recorrente dos assassinatos. As duas vítimas não tinham nada em comum, a não ser que ambas viviam em Forshälla e foram mortas da mesma maneira.

No entanto, tinha que haver algo mais importante oculto nos escritos. Uma revelação de contato! Pelo menos, era possível observar uma semelhança notória na organização das histórias. Devem ter tido um único ponto de partida. Ao que parece, os relatos eram dirigidos à mesma pessoa, ao mesmo destinatário. Em ambos os casos, os originais foram enviados, visto que só restaram as cópias. Mas como no caso de Gabriella, não havia na história de Lennart nenhuma menção para quem o texto fora destinado. Não havia nenhuma indicação ou pergunta dirigida a ele ou ela em textos que tanto informaram a respeito da vida dos autores. Para quem foram escritos?

Para um ouvidor de plantão! É isso mesmo. Assim parecia ter evoluído as conversas com ele: o cliente conta sua vida, mas o ouvidor de plantão permanece anônimo e não pode ser questionado. Foram essas histórias pedidas, portanto, por um ouvidor de plantão e, por isso mesmo, formuladas da mesma maneira? A pista do ouvidor parecia fortalecida. Mas, nesse caso, por que não havia nenhuma história escrita por Jonasson que tinha tantos documentos guardados no computador? Por que as histórias foram escritas à mão e Jonasson não guardou nenhuma cópia?

Além disso, havia um outro ângulo a considerar: o desaparecimento de Inga-Britt Gudmundsson, o que poderia ser um fato importante. Já tínhamos investigado as suspeitas de Gabriella em relação à usina nuclear, mas, paralelamente, havia um detalhe comum e muito estranho nos casos de Lennart e no dela: tratava-se de relatos sobre possíveis vítimas. De qualquer forma, havia aqui algo que merecia ser pesquisado e investigado.

Eu

Em um dia de maio, voltei a percorrer a rua para pedestres na base da encosta que leva ao antigo forte Fästningsbackan. Muita gente com olhares vazios e rostos fechados. Gente que vai, gente que vem. Lojas de roupas em fileiras contínuas e longas como se não houvesse nada mais importante do que isso: se esconder, ter um corredor oculto, não ser reconhecido por aquilo que é. Poder se enfiar aqui ou ali e comprar uma nova fantasia.

O que é um ser humano por baixo de sua pele? Pensamentos, sensações, recordações de uma vida. Mas os seres humanos mudam, viram-se e devoram uns aos outros em uma corrente formigante na qual não me vejo nunca. Quem sou eu então? Uma pedra no fundo dessa corrente. Ou, talvez, uma cavidade, um buraco que o mundo não pode encher.

Aqueles que me veem acham que sou uma pessoa banal, embora seja totalmente diferente. É o que eu grito. De meu buraco, grito sem cessar para quem quiser ouvir: "Vocês sabem quem sou? Fiz tudo de novo e voltei a escapar!". Mas ninguém me ouve. Meu rosto é uma ótima máscara como disfarce.

Entre todos os que se deslocam por aqui, existem muitos que reclamam. Violências, roubos, peculato, infidelidade. Ou amargura e saudade:

Dá-me os teus olhos

"Minha vida deve ser algo mais que isso. Não sou apenas isso! Alguém deve precisar de mim, sabendo realmente que existo".

Talvez seja emocionante. Seus apelos deveriam poder me demover. Mas não escuto nada. Pensamentos e sensações enxameiam as correntes que lhes são próprias, mas cada uma dessas correntes têm seu ciclo de funcionamento. "Sinto muito!" — dizemos. Conversa fiada. Estarei sempre do outro lado, mas não com você. Como poderia passar por novas experiências tão valiosas, unicamente, por que se trata de seres humanos?

São imagens que surgem e desaparecem. Umas mais, outras menos. Não faz diferença alguma.

Harald

ACONTECIMENTOS DE 12 DE MAIO DE 2006

Alguns dias depois de ter visitado a casa de Lennart Gudmundsson, tive um sonho muito estranho. Estou sentado em um teatro e assisto a uma peça em que duas pessoas circulam em uma varanda com roupas claras de verão. Elas estão conversando calmamente, quando, de repente, uma delas cai e se revira no chão com câimbras. A cabeça do homem inclina-se para o lado, mas de seu pescoço sai, então, a cabeça de um animal, parecendo o cruzamento entre um cachorro e uma cobra. A mulher a seu lado começa a gritar, mas, então, algo sai de seu corpo: uma cabeça espinhosa de porco, seguida de um corpo pastoso vermelho-claro.

Com um metro cada um, os dois animais saltam para frente e para trás e avançam em direção ao público. Com dentes enormes, ficam mordendo as pessoas no pescoço e conseguem às vezes cortar suas cabeças pela metade. Dos bastidores, saem os técnicos de cena, tentando cortar as goelas dos dois animais com facas, mas estão revestidos de uma couraça impenetrável.

Por fim, sinto que tenho de fazer algo. Com fogo! Pego um lança-chamas pendurado na parede, avanço em direção a um dos animais e queimo sua cabeça, enquanto o outro continua atacando o público. Depois, atinjo o outro por trás.

Sem a cabeça, os animais se agitam com mais violência durante algum tempo, mas seus movimentos tornam-se, progressivamente, mais lentos e eles começam a cuspir pedaços de carne pela boca. Os dois acabam retornando aos corpos das duas pessoas que estão estendidas no chão. Na pele, não há nenhum sinal de ferimento. Ficam deitados e quietos. Se estão apenas descansando ou mortos, não consegui ver antes de o sonho terminar.

Na manhã seguinte, levantei-me cedo e me olhei no espelho, apesar de não ser segunda-feira. Meus olhos pareciam mais cerrados que antes, como se esperassem com impaciência a posição totalmente fechada. As bolsas de gordura talvez tivessem diminuído um pouco. Emagrecera nos últimos meses sem que isso fosse intencional. Na cintura, porém, o tempo tinha parado ou voltado atrás. Talvez estivesse um pouco melhor, mas, nos outros lugares, a gordura avançava. Os poros ficavam sempre mais profundos, pelo menos, quando eu os encarava no espelho. Os pelos do nariz também estavam cada vez mais longos. A pele de velhote começava a sobressair, com estranhas marcas avermelhadas.

Antes, tudo isso me parecia insignificante porque era outra pessoa: um homem de trinta anos que eu ainda guardava na memória. O restante permanecia como meras circunstâncias que não alteravam a imagem. Mas, passado pouco tempo, tornou-se cada vez mais difícil manter a imagem original. A superfície visível, aquela imagem no espelho, cada vez mais desagradável, passou a ser meu verdadeiro eu. Talvez essa aparência não tivesse surgido totalmente por acaso. Talvez não fosse erro nenhum. Era eu mesmo. Ou aquilo que restava do que eu fora antes. Isso significava que a imagem anterior estava afundando em meu interior, prestes a desaparecer.

Às vezes, ao me sentar à mesa da cozinha, procurando refletir, não existia realmente nada. Nem mesmo um chão de placas metálicas sob um inconsciente inacessível, com um pouco de luminosidade filtrada pelos interstícios. Deixava que um cone de luz fraca se dirigisse a um porão abandonado, mas bem limpo. Mas não via nada, a não ser o chão no fundo, um fundo sem buracos e interstícios, não havendo nada que pudesse estar escondido nele. Entretanto, sentia-me perfeitamente normal. Fazia a comida, pensava em Inger, pensava no Caçador, mas isso não era nada além de meu dia a dia que transcorria automaticamente. Lá no fundo, faltava algo, algum detalhe ainda por encontrar e que devia existir em algum ser humano.

Nesses momentos, o que eu sentia? Uma sensação de vazio. Uma sensação de que bem no fundo de mim mesmo e também na superfície não havia mais nada, a não ser o vazio. Não era desagradável, muito menos horrível, mas apenas superficial e insignificante. Sabia que estava faltando alguma coisa, mas não conseguia ver o quê.

Talvez tudo isso fosse consequência da inteligência da natureza se expressar. Aquilo que realmente somos acaba desaparecendo, pouco a pouco, em um tempo em que ainda podemos ver. Não deve haver muito a ser deixado para trás. A couraça do ser humano não é algo que valha a pena ser deixado para trás. Portanto, é melhor partir e desaparecer.

Após alguns dias de trabalho rotineiro e da troca rápida de impressões, Sonya entrou em meu gabinete, demonstrando ter recobrado a vivacidade desde nossa última longa reunião.

— Olá — disse ela, alegre e bem disposta. — Achei que devíamos tentar sintonizar um pouco nossas ações.

— Isso mesmo. Também acho. Você parece estar melhor agora. Pelo menos, é o que estou vendo.

— Sim, sim. Muito melhor — confessou ela, sorrindo. — Nossa última reunião me deu novas ideias. Nossa situação em relação ao Caçador me parece claramente melhor que antes. Passei a refletir sobre o papel de nossa profissão. Afinal, somos apenas seres humanos que fazemos o melhor possível com aquilo que está a nosso alcance. *"There's only so much you can do, after that you've got to let it go"*[11] — diz meu mentor, em Atlanta, nos Estados Unidos. Nos últimos tempos, temos trocado várias mensagens pela internet. Uma pessoa tem que se engajar nos casos e pesquisar os seres humanos que neles estão envolvidos, mas é preciso, ao mesmo tempo, manter uma certa distância profissional. Trabalhar arduamente e não se deixar abater, mas também estar preparado para o fracasso.

Seus olhos castanhos fixaram-se nos meus em vez de vagar pelas nuvens que dava para ver pela janela. Afinal, ela estava falando alegremente e à vontade sobre seus sentimentos. Eram novos tempos. Não me surprenderia se ela me dissesse que tinha consultado um terapeuta, do mesmo jeito que vou ao barbeiro. Mas talvez tenha bastado trocar mensagens com seu "mentor". Só agora, ao escrever sobre o assunto, me veio à ideia de que talvez eu devesse ter ficado magoado por ela não ter falado comigo. Afinal, também era o seu mentor.

— Isso mesmo. Nunca se deixe abater — disse, tentando parecer inteligente e psicologicamente correto ao mesmo tempo. — Agora, aqui estamos de novo para apreciar, juntos, a situação do processo — acrescentei.

— Muito bem, vamos lá — reagiu ela, parecendo ainda mais satisfeita.

Aparentemente, acertei em cheio com minhas palavras e, agora, estava na hora de falarmos do caso. Sonya abriu suas pastas e colocou-as em cima da mesa a seu lado.

— A primeira pista é do ouvidor de plantão — continuou ela. — Escutei a gravação de sua conversa com Karttunen-Andersson e, pelo que ouvi, há grandes possibilidades de o Caçador ter escolhido suas vítimas

---

11. Em inglês, no original: "Uma vez que você tenha feito o que devia fazer, o negócio é deixar rolar" (N. do T.).

por meio do sos Amigos. Depois disso, falei com o promotor sobre obter autorização judicial para escutas telefônicas, mas trata-se de um problema jurídico muito difícil, porque se tivermos conhecimento de um outro crime, por princípio, será ilegal o ignorarmos. Karttunen-Andersson se opõe categoricamente à nossa ingerência e ameaça encerrar a atividade caso seja obrigada a deixar que seus clientes sejam objeto de escutas. A questão está sendo analisada pela área jurídica para ver se podemos escutar apenas as conversas do Caçador e ignorar as restantes. Nesse caso, Karttunen-Andersson concordaria em nos ajudar. Mas, ao mesmo tempo, não podemos pressioná-la muito. Quantos mais as pessoas ouvirem falar desse assunto e ficarem preocupadas, maiores serão os riscos de o Caçador ficar sabendo disso tudo e se esconder.

— Contudo, para nós, seria muito útil se algum dos ouvidores desistisse de sua função imediatamente. A sos Amigos acabaria nos informando a esse respeito — salientei.

— Evidentemente, se o Caçador for burro. Contudo, ele desistirá apenas em sua mente, mas continuará agindo normalmente, aparentando estar desempenhando suas funções. Ele deve ser suficientemente esperto para manter uma fachada normal.

— Ok. Vamos ver no que isso vai dar.

— Temos também uma outra linha de investigação: Aldar Osmanovic — continuou Sonya. — Não foi difícil encontrá-lo porque continua morando em Eura. Nós ainda não entramos em contato com ele, mas já verificamos seus antecedentes. Ele corresponde ao provável perfil do criminoso: tem quarenta anos de idade, mora sozinho e vive mais ou menos isolado. Porém, é um mulçumano praticante e visita com frequência a mesquita de Forshälla, o que talvez seja uma contradição se pensarmos na cruz greco-ortodoxa. Ele trabalha como porteiro de uma escola e não tem nenhum registro na polícia, pelo menos na Finlândia.

— E na Bósnia?

— Não sabemos nada. Ele chegou de lá em meados da década de 1990. Recebeu permissão de imigrante e, por fim, cidadania finlandesa. A polícia secreta deve ter controlado a situação dele, verificando se não estaria implicado em crimes de guerra ou outros crimes naquele país, mas não obtivemos muitas informações. O que devemos fazer?

— Temos duas possibilidades — constatei. — Mandado de busca e apreensão para tentar encontrar os olhos das vítimas, se acreditarmos que ele é descuidado o suficiente para guardá-los em casa. Mas, nesse caso, ele terá certeza de que estamos em seu encalço. Por outro lado, fazer uma investigação discreta, com vigilância disfarçada e outros truques do gênero, para verificar se ele está preparando um novo crime. Não acredito que ele seja descuidado. Se a motivação dele foi religiosa, ele já deve ter destruído os olhos que foram expostos às ignomínias deste mundo indigno. É dessa maneira, aliás, que os mulçumanos pensam. Será muito difícil encontrar outros indícios. Tudo o que ele retirou das vítimas já deve ter sido jogado fora.

— Eu já pensei nisso: por que o Caçador tentou dificultar a identificação das vítimas nos dois primeiros casos, retirando todos os pertences que estavam com Gabriella Dahlström e a carteira e as chaves de Jonasson, mas matou Gudmundsson na casa dele? — indagou Sonya.

— Talvez isso não tenha nada a ver com a identificação. Talvez o criminoso tenha retirado os olhos das vítimas e os tenha guardado como uma espécie de recordação pessoal ou como troféu. Na casa de Gudmundsson, a carteira da vítima foi deixada, mas o Caçador pode ter levado consigo algum outro objeto que está faltando no local do crime e não conseguimos identificar.

— É possível — considerou Sonya — mas há um outro aspecto. Acho que o Caçador está cada vez mais seguro de si e, portanto, pode se precaver cada vez menos em relação à nossa investigação. Isso aumenta sua excitação. Primeiro, ele escolhe uma vítima que demora a ser identificada, visto que não deixa nenhuma pista no local do crime e desfigura o rosto dela. Depois, há o caso da vítima cuja carteira foi levada, mas cuja identificação foi rápida pelo fato de o corpo ter sido deixado na *stuga* alugada em seu nome. Por fim, uma vítima cuja identificação é desde o início clara, visto ter sido morta em sua casa, com os vizinhos podendo identificá-la.

— No entanto, havia a possibilidade de se passarem vários dias antes de o corpo ser encontrado, por ele morar sozinho.

— Exatamente — concordou Sonya. —Próximo passo — se é que vamos chegar a isso —, a vítima será facilmente identificada e deixada em um local em que será encontrada de imediato. A essa altura, o Caçador não terá vantagem alguma em termos de tempo, o que pode ser mais um momento de grande excitação para ele.

— Se Osmanovic for o Caçador, poderemos evitar que isso aconteça.

— Sim. Essa é uma possibilidade.

— Pensei em uma terceira pista — continuei. — Foi muito estranho o desaparecimento da esposa de Gudmundsson. Esse pode ter sido o motivo do terceiro assassinato. De qualquer forma, é um acontecimento que poucos conhecem, o que pode levar à identificação do criminoso. Para pesquisar mais, irei amanhã a Helsinque, onde o caso foi averiguado.

Nesse momento, esperei uma reação de despeito de Sonya por não ter sido convocada a me acompanhar, mas ela acolheu a notícia de maneira muito profissional. Ela era muito independente e parecia aceitar que eu agisse da mesma forma. Na prática, ela ficaria como chefe das investigações enquanto eu estivesse fora. Sem dúvida, a posição lhe caía muito bem.

— Ok. Essa é uma boa ideia — disse ela, prontamente. — Enquanto isso, vou continuar a trabalhar nas pistas do ouvidor e de Osmanovic.

— Ótimo. Mas não o prenda se ele não tentar cometer um novo crime. Se, em Helsinque, encontrar alguma ligação entre a Senhora Gudmundsson e Osmanovic, telefonarei imediatamente. Então, ele será nosso homem e você não precisará esperar nem um segundo a mais para prendê-lo e interrogá-lo. Enquanto estiver fora, você poderá continuar a investigar as ligações sociais das três vítimas. Faça uma lista de todas as pessoas que possam tê-las conhecido, por mais superficial que tenha sido. De todas que, possivelmente, tenham tomado conhecimento da ligação entre Gabriella Dahlström e Erik Lindell, da homossexualidade de Jonasson e do desaparecimento da Senhora Gudmundsson. Até aqui, investigamos apenas os conhecidos mais próximos, mas agora temos que ampliar a investigação para os vizinhos da mesma área, os parentes dos rapazes da equipe de handebol que Jonasson treinava etc. Centenas de vidas em que a vida das vítimas, de alguma maneira, tenha interferido. No círculo mais íntimo, não encontramos nada, mas podem existir pontos de ligação nos círculos mais afastados.

— Como um vizinho mais afastado de Gabriella ser parente de um dos rapazes treinados por Jonasson, além dos colegas de Gudmundsson?

— Exatamente.

— Isso significa que você não acredita mais em nossas atuais pistas? — perguntou Sonya, parecendo de novo preocupada.

— Acredito nelas, mas não totalmente. Temos que trabalhar em várias frentes: Osmanovic, alguém mais na SOS Amigos, alguém que possa ter conhecido as três vítimas de outra maneira. Aquilo que vou fazer em Helsinque é justamente tentar obter informações a respeito de um círculo afastado em volta de Gudmundsson. Gente que tenha sabido de algo sobre o desaparecimento da esposa dele e com quem nós ainda não tivemos contato, aqui, em Forshälla.

— Devíamos ter mais recursos para contatar centenas de pessoas. Além disso, existem possibilidades, praticamente ilimitadas, de encontrar conhecidos por meio da internet, nos chats e e-mails. Sem a organização de perfis para diminuir esse número de pessoas procuradas, as redes sociais são, praticamente, um poço sem fundo.

— Falarei com nosso chefe sobre o aumento de recursos assim que voltar. Até lá, trabalharemos com o que temos. Ponha Markus e Hector para trabalhar. Você poderá, entre outras coisas, estudar isto aqui — acrescentei, pondo em sua frente as duas histórias de vidas.

— O que é isso?

— Cópias de dois relatos escritos à mão. Aquele de Gabriella Dahlström você já leu, mas agora terá a possibilidade de fazer uma comparação entre esse relato e o de Lennart Gudmundsson que encontrei na casa dele, dias atrás. Ambos os originais, embora sejam também fotocópias, estão arquivados. Como relatos têm, estranhamente, muitas similaridades, o que indica terem sido enviados ao mesmo destinatário desconhecido. Fora isso, não encontrei mais nada de comum entre os dois relatos e nenhuma pista direta. Mas tente você. Talvez encontre algo que eu tenha deixado passar em branco.

— Muito bem. E Jonasson?

— Mandei os técnicos fazerem uma varredura na casa dele e em seu computador mais uma vez, mas eles não detectaram nada de semelhante. Isto aqui é o que temos por enquanto. Quando voltar de Helsinque, você me dirá qual foi sua impressão de tudo isso.

ACONTECIMENTOS DE 15 DE MAIO DE 2006

Na segunda-feira, peguei o ônibus para Helsinque. À chegada, ainda tinha algumas horas antes da reunião. Aproveitei para passar pela praça Salutorget, sob o sol quente do dia, entre vendedores de peixe e seu odor característico e os berros das gaivotas. Teria a oportunidade de ver o mar. Existe algo de especial com ele! Quando viajo para a costa do mar Báltico, em Helsinque ou, no verão, perto da pequena cidade de Yyteri, noto que sinto falta de ver o mar. O riacho de Eura e a sua catarata são bonitos à sua maneira, mas, apesar disso, Forshälla está um pouco isolada no interior do país.

Às onze horas, tinha uma reunião com o comissário Hämäläinen no departamento de polícia. Era um homem de seus cinquenta e cinco anos de idade, altura média e com um rosto plano, como que achatado. Os cabelos eram alisados pela água e desciam do topo da cabeça à moda antiga e seu terno esverdeado já tinha visto melhores dias. No trabalho, entretanto, ele adotara um estilo moderno e atualizado em relação ao caso Gudmundsson, sobre o qual eu gostaria de conversar. Em cima da mesa, à nossa frente, havia uma pasta com fotografias de Inger-Britt Gudmundsson e alguns protocolos de interrogatórios diversos.

Hämäläinen foi um pouco cuidadoso de início, inseguro quanto à possibilidade de eu o repreender pelo fato de o caso ainda não ter sido resolvido. Quando entendeu que minha posição, ao contrário, era tentar desvendar o caso com sua ajuda, Hämäläinen se descontraiu e foi muito generoso com seus comentários. Ele falava um sueco de bom nível, embora com bastante sotaque, em especial, na pronúncia do "s".

— Eu me lembro muito bem desse caso. Uma turista de Koskikall... Quero dizer, Forshälla, desapareceu sem deixar pistas. O marido dela, Gudmundsson, comunicou seu desaparecimento à polícia e estava muito preocupado.

— Vocês chegaram a alguma conclusão?

— Na realidade, não. Pesquisamos todos os corpos encontrados, na época e também mais tarde, verificamos os DNAs, mas nenhum correspondia ao DNA dela, o qual apuramos quando o marido trouxe a escova de cabelo dela. Ela continua na nossa lista de desaparecidos. Por isso, sempre que encontramos alguma afogada ou alguma mulher morta no meio da floresta, verificamos e comparamos os DNAs, mas até o momento não obtivemos resultado positivo.

— O que o senhor acha que aconteceu?

— Primeiro, evidentemente, desconfiamos do marido. O senhor sabe que noventa por cento de todos os assassinatos são cometidos em família! Ele tinha um álibi ruim. Tinha estado no quarto de hotel, segundo disse, mas ninguém pôde testemunhar confirmando sua história. Pesquisamos o quarto do hotel, mas não encontramos sangue, nem nada. Depois, nós o interrogamos muitas vezes, durante horas e com policiais diferentes, a fim de verificar se ele se contradizia ou acrescentava, com o tempo, mais informações pressionado. Dessa maneira, acabou por dizer que tinha discutido com a mulher antes de ela sair.

— Ah, é... Disso eu não sabia, que eles dois tinham tido uma discussão — exclamei, com natural surpresa.

— Sim. Ela queria sair com ele, mas ele preferia ficar vendo televisão no hotel. "Como se o tênis fosse mais importante para você do que eu!" Segundo ele, essas foram as últimas palavras dela. Ele quase chorou ao contar esse episódio. Ademais, confessou que nunca teve maiores problemas com a esposa.

— Como ele era como pessoa?

— Um pouco nervoso, mas bastante taciturno. Nunca agressivo. Delicado. Perguntava-nos todos os dias se já tínhamos encontrado algo, embora o tivéssemos interrogado tanto tempo que ele devia era estar muito nervoso conosco. Em uma ocasião, um carro patrulha viu um homem correndo em volta do Parlamento, no meio da noite. Os policiais mandaram-no parar. Era o senhor Gudmundsson.

— Como vocês interpretaram isso?

— Ou ele estava maluco por causa do desaparecimento da mulher ou fingia que estava doido e procurava pela mulher o tempo todo, a fim de parecer mesmo um marido entristecido pela sua falta. Compensação exagerada.

— Pessoalmente, em qual hipótese o senhor acredita mais?

Notei que tratava Hämäläinen por senhor porque ele fazia o mesmo comigo. Ele encolheu os ombros e virou para cima as palmas das mãos.

— Não se sabe. De qualquer forma, não temos nenhuma prova contra ele.

— Na época, vocês tiveram mais algum caso parecido?

— O senhor quer dizer se havia algum assassino em série agindo contra mulheres de meia-idade? Não. É claro que, como o senhor sabe, há sempre pessoas que desaparecem. Alguém desaparece quase todos os dias, mas não aconteceu nada de especial na época.

— Alguém perguntou algo sobre o caso?

— Sim, houve. Em primeiro lugar, o próprio senhor Gudmundsson, é claro. Ele telefonava para mim, mais ou menos, uma vez por mês, perguntando-me sobre novidades muito cautelosamente, não esperando que tivéssemos nada novo. Em segundo lugar, o irmão da Senhora Gudmundsson. Espere, tenho aqui o nome dele: Ingemar Lindström. Ele também telefona de vez em quando. É um pouco agressivo e diz que devíamos prender o Senhor Gudmundsson. Menciona que o casal não era assim tão feliz e que o Senhor Gudmundsson podia ter matado a mulher.

— Ah, sim? Isso é interessante. De forma geral, como ele é?

— Eu nunca o vi. Ele apenas telefona e sempre parece estar muito zangado. Está seguro de que o marido da irmã é um assassino. Sempre achou Gudmundsson uma pessoa estranha. Posso lhe dar o número de telefone dele. Prometi telefonar se houvesse alguma novidade, mas não sei mais nada sobre ele.

— O que o senhor acha da suspeita apresentada por ele?

— O Senhor Gudmundsson, para mim, não me parecia ser assassino, nem um homem que usasse de violência. Tenho enfrentado muitos homens violentos, aliás, como o senhor, e existe sempre algo nos olhos deles e nos movimentos dos braços que nos levam a acreditar que podem bater e matar. O Senhor Gudmundsson não era desse tipo. Parecia mais um homem que nem sequer seria capaz de contra-atacar se alguém lhe batesse. Também era muito baixo. Mas, como disse, nunca se sabe...

— De forma geral, nesse caso o senhor tem alguma hipótese de trabalho?

— Pode ser que a Senhora Gudmundsson apenas desejasse ter desaparecido. Como o senhor sabe, isso também acontece, principalmente, depois de uma discussão. A família nunca acredita nisso, mas acontece que a pessoa apenas quer começar de novo, talvez em outro país, e não conta para ninguém. É possível que a Senhora Gudmundsson viva agora em outro lugar, com outro nome, na Finlândia ou, talvez, na Suécia. Temos uma fotografia dela em um registro distribuído por todo o país. Não podemos continuar as investigações, mas se ela tiver algum problema com a polícia, poderemos encontrá-la.

— Tem mais alguém que conheça o caso?

— O senhor quer dizer...

— Quem é que sabe que a Senhora Gudmundsson desapareceu?

— Muitos policiais, claro. O pessoal do hotel, Hotel Presidentti. As pessoas inquiridas nos primeiros dias. As pessoas a quem o Senhor Gudmundsson fez perguntas na rua. Elas podem ser muitas. Mas não sei o nome de nenhuma delas. Sem dúvida, são vários os parentes dela que também devem conhecer o caso, além do irmão.

— Além dele, ninguém mais telefonou perguntando por ela?

— Não. Apenas ele e o marido. Posso perguntar uma coisa: por que o senhor está tão interessado em um caso ocorrido há quatro anos? Alguma informação nova a respeito da Senhora Gudmundsson?

— Não. Mas o marido dela foi assassinado. Há uma semana.

— Ah, bem. Eu entendo! E o senhor pensa talvez que alguém tenha assassinado os dois ou o marido por vingança. O senhor pensa, talvez, no irmão dela, o Senhor Lindström.

— Sim, agora que o senhor contou sobre ele. Essa é uma possibilidade. Mas o caso é mais complicado. Existem outros implicados.

— Outros suspeitos?

— Não. Outros assassinados. Nós temos um assassino em série em Forshälla.

— É interessante — exclamou Hämäläinen. — Isso é raro na Finlândia. Foram mortos outros parentes?

— Não. São outras pessoas. Mas consideramos que há uma ligação: o assassino executa uma espécie de vingança ou punição.

— Muito bem. Mas, então, a punição chega muito tarde. Quatro anos mais tarde. O senhor já pensou em alguém que só tenha tido conhecimento do desaparecimento da Senhora Gudmundsson e, por isso, atrasou-se quatro anos para se vingar? O irmão sabe do caso desde o início.

— É uma possibilidade, mas existem muitas outras. Também pode ser que o desaparecimento não tenha nada a ver com nosso caso.

— Nunca se sabe — exclamou Hämäläinen. — Cada ano que passa, fico mais convencido de que nunca se sabe. Devia ser ao contrário: à medida que ficamos mais experientes e temos mais recursos técnicos, devíamos saber mais o tempo todo. Mas acho que cada vez sabemos menos ou ficamos cada vez mais inseguros. Os seres humanos são tão estranhos. Assim que conhecemos um pouco mais sobre eles, vemos logo como são estranhos. Consideramos isso sempre normal. Se alguém faz algo fora do comum, consideramos a motivação normal. Mas, no nosso trabalho, vemos muitas motivações anormais e, às vezes, nem há motivação. Pense, por exemplo, no caso de Bodom: três jovens foram assassinados dentro de uma barraca de camping. Pense no tal de Gustafsson, o criminoso. Ele não foi condenado. Por quê? Ele matou três amigos com uma faca em um ato de loucura. Em vez de ser considerado louco perigoso, ele vive uma vida normal depois do que fez. Por quê? Como é possível? Não dá para compreender. Tanto nos seres humanos como em suas atitudes, há muita coisa que a gente nunca consegue entender. Cada ser humano é um verdadeiro labirinto onde muita coisa pode estar escondida dos outros. Ao mesmo tempo, pode acontecer o contrário. O ser humano quer revelar seus pensamentos e sentimentos e os outros, por sua vez, interpretam tudo da maneira errada.

Concordei com o comissário a esse respeito. Ele ainda me convidou para almoçar e quis me mostrar os laboratórios da polícia local, que, realmente, eram muito modernos, mas às duas horas da tarde saí de lá, sem qualquer descoberta valiosa, a não ser a de que Lennart Gudnundsson tinha "esquecido" de relatar as circunstâncias reais em que sua mulher saiu do hotel pela última vez. Pelo menos, a pressão de Ingemar Lindström também era um item interessante a considerar. De maneira geral, foi bom ter tido a oportunidade de ouvir uma explicação ampla sobre o caso Gudmundsson.

Depois, ainda tive tempo de visitar a igreja de Tempelplatsen. No momento, quando cheguei, não havia turistas, apenas eu e os granitos irregulares das paredes do templo e a luz tranquilizante do altar. Fiquei sentado ali, durante um bom tempo, em silêncio, pensando em Inger.

ACONTECIMENTOS DAS DUAS ÚLTIMAS SEMANAS DE MAIO DE 2006

Depois de minha visita a Helsinque, convocamos Ingemar Lindström para um novo interrogatório. Ele trabalhava como motorista de caminhão em Björneborg e não escondia que suspeitava de Gudmundsson no desaparecimento da irmã. Pareceu não se preocupar com o fato de ele estar morto. Mas o comportamento de Lindström foi considerado normal e ele tinha razão: "Por que iria esperar quatro anos?". Mostramos sua fotografia para os vizinhos de Dahlström, Jonasson e Gudmundsson, pensando na possibilidade de ele ser reconhecido pelos assassinatos, mas ninguém o tinha visto antes.

Também conversei longamente com Sonya. Ela tinha lido e relido várias vezes as histórias escritas por Gabriella e Lennart e pareceu verdadeiramente impressionada. "Eles tinham uma vida tão cheia e tudo acabou de repente. O Caçador acabou com tudo." Foram essas as palavras dela. Muito apropriadas. Também não encontrou nenhum novo detalhe nos textos.

As outras pistas também avançaram muito pouco, em especial, porque também não consegui novos recursos para as investigações. Não descobrimos nenhuma ligação entre as três vítimas. Nenhum movimento suspeito entre os ouvidores de plantão na SOS Amigos. Adar Osmanovic levava uma vida reservada entre seu lar, a escola em Eura e a mesquita em Forshälla. Dedicamos centenas de horas para vigiá-lo, mas não obtivemos nada que indicasse que ele se preparava para cometer um novo crime. Também nenhum dos vizinhos das vítimas o reconheceu, quando lhes mostramos a fotografia dele, obtida no registro de carteiras de motorista.

O Caçador era, certamente, outra pessoa, alguém que estaria procurando e planejando o próximo assassinato com toda a tranquilidade. Nós não sabíamos onde ele estaria, quem ele era nem o que queria alcançar com o que estava fazendo.

Harald

ACONTECIMENTOS DE 24 DE JULHO DE 2006

Em uma manhã de segunda-feira de julho, irrompeu um incêndio no forte de Forshälla. Foi um acontecimento espetacular: as chamas de um amarelo-avermelhado se soltavam no ar como se fossem bandeiras enormes, gigantescas, a partir do último andar do prédio, e espalharam-se por todo o telhado. A fumaça negra cobria grande parte da cidade. Milhares de pessoas se mantiveram postadas diante da colina, em frente ao forte, uma atitude que lhes rendeu um princípio de intoxicação. Todos os caminhões dos bombeiros da cidade entraram em ação e até nós, da polícia, fomos chamados. Caso se tratasse de um incêndio criminoso, não se poderia excluir a hipótese de haver gente morta.

Após algumas horas, o incêndio foi dominado e permitiram que Sonya e eu entrássemos no prédio, com as capas brancas de defesa. Muita coisa queimada e destruída pela água, mas no grande salão do forte, com vista para a cidade, era possível observar aquilo que devia ter sido o corpo de um ser humano em cima de uma sofisticada cama de hospital. O corpo estava tão carbonizado que, ao ser tocado, se transformou em pó negro.

Torsten Pettersson

O colchão ficou junto ao chão pelo fato de as cabeceiras terem derretido por causa do calor.

Os peritos em incêndio estavam certos de que o fogo se iniciara com o uso de um líquido inflamável espalhado por toda a sala. O núcleo central do fogo foi localizado na roupa desse leito estranho, rodeado de medicamentos queimados e de aparelhos que sofreram muito com o fogo. Não foram encontradas outras vítimas.

Procuramos por pedaços de tecidos ou de pistas de sapatos que evidenciassem a existência de um eventual criminoso e de um atentado, mas ninguém encontrou nada nessa mistura de água e fuligem. Do lado de fora, pesquisamos as portas de acesso às escadas e os portões que davam para o jardim, mas não achamos sinais de entradas forçadas.

Enquanto trabalhávamos na parte debaixo do forte, um bombeiro nos chamou e disse que uma mulher que se encontrava do lado de fora das barreiras levantadas tinha algo para nos contar. Ela era uma enfermeira idosa que chegara para cuidar do paciente deitado no grande salão, mas acabou parando diante do incêndio e dos bombeiros. Estava chocada, mas nos deu o nome do paciente e disse que a essa hora do dia ele costumava ficar sozinho entre os turnos da manhã e da tarde das enfermeiras. Ele estava muito doente, mas era muito rico, de modo que podia ser tratado em casa e pagar a assistência médica de que necessitava. Segundo ela, o paciente não tinha tendências suicidas, mas, por outro lado, estava tão doente que "não admiraria se tivesse vontade de acabar com tudo". Na sala, havia uma grande quantidade de líquidos desinfetantes e remédios voláteis, com os quais poderia atear fogo.

No dia seguinte, chegou um envelope grosso a meu endereço particular. Era uma carta longa e absolutamente espantosa, acompanhada de alguns anexos não menos surpreendentes. A carta estava assinada por "Philip", o homem que morreu queimado dentro do forte.

Depois de lê-la, chamei a senhora Krista Hellman, uma enfermeira loura, de cabelos pintados, ombros largos, de uns quarenta anos de idade. Ela tinha feito o turno da manhã da segunda-feira e confirmou ter recebido instruções de Philip, cerca de uma hora antes do incêndio, para postar o envelope no correio. Antes de ela chegar na manhã de segunda-feira, Philip ficara sozinho durante, aproximadamente, doze horas. Entendi, então, que ele tinha escolhido o momento certo para fazer tudo o que devia antes do incêndio.

O relato de Philip

FORSHÄLLA, DE 8 A 23 DE JULHO DE 2006.

Ilmo. Sr. Comissário criminalista Lindmark — Meu caro Harald!

Você me conhece apenas indiretamente, mas sei um bom bocado a seu respeito. Chego a vê-lo em minha frente: seu olhar penetrante, olhos azul-escuros, os óculos de leitura do tipo meia lua e as bolsas formadas embaixo dos olhos. O rosto regular, a pele um pouco envelhecida. Os cabelos castanho-claros que já começaram a rarear no topo da cabeça. É... Como pode ver, possuo uma fotografia sua, embora você sempre tenha tido todo o cuidado em não ser "apanhado" pela mídia. Tenho recursos para obter tudo aquilo que quero.

Como vê, dou muito valor ao contato pessoal, mesmo manifestado por apenas uma simples fotografia. Justamente, da mesma maneira, quero que compreenda minha personalidade e minhas ações. Por isso, vou redigir um relato de minha vida e dos acontecimentos dramáticos que nos aproximam. Você vai ter de me desculpar por aproveitar a ocasião para apresentar tantos detalhes. Em troca, prometo-lhe uma recompensa por sua atenção: informações completas e decisivas sobre os casos associados ao Caçador.

Moro em Forshälla, mas nasci na Suécia e descendo de uma família nobre muito antiga, da qual omito o nome por uma questão de discrição. Peço que esse nome seja mantido em sigilo quando você o descobrir. Meu prenome, porém, digo sem restrições: chamo-me Philip.

Passei minha infância na Suécia central, na província de Västmanland. Morava em uma enorme construção de tijolos, em estilo vitoriano, a que denominávamos castelo. O edifício era rodeado de um extenso jardim cujo gramado se estendia para além de uma paliçada e continuava por uma paisagem na época ainda intocada e que podia ser observada do cimo de qualquer das majestosas árvores do parque. Da torre norte do castelo, conseguia-se uma visão ainda melhor dos montes ondulantes à nossa frente e de um riacho que se esgueirava entre eles. O riacho surgia com uma cor amarelada durante as manhãs ensolaradas e avermelhada ao entardecer, para o pequeno rapaz que muitas vezes ficava acocorado bem no alto, na beirada de uma janela de ferro. Sempre estava sozinho, visto que era filho único.

Meus pais, um nobre pertencente ao reino sueco e uma sueco-finlandesa, encontraram-se na cidade universitária de Uppsala, onde ele estudava agronomia e ela, literatura inglesa. O casamento foi realizado, apesar dos protestos intensos dos parentes de meu pai que não aceitavam que um barão sueco se casasse com uma "Sundström" plebeia e que esta passasse a fazer parte da família: uma estrangeira sem a menor qualificação de nobreza e de ascendência tão baixa, sendo a filha de um comerciante, dono de empório. Apesar de tudo, pelo que pude observar, foram muito felizes juntos. Ambos trabalhavam em casa: meu pai, na gestão do domínio, e minha mãe, em organizações de caridade para as quais ela conseguia doações por meio de telefonemas que, para mim, pareciam intermináveis quando queria falar com ela.

Em contrapartida, eu me dava muito bem com os empregados, em especial com o mordomo August, um homem ruivo cujos dentes se encavalavam uns nos outros e cujo suor dava para sentir a vinte metros de distância, até antes de vê-lo. Eu o seguia sempre quando seus deveres o conduziam para a propriedade agrícola. Aquilo que eu mais amava fazer era subir no trator. Ficava na plataforma ou ele me içava para o assento do motorista quando o trator estava parado, pegando na pá e escavando o solo, com um cigarro nos lábios. Quando era deixado sozinho, ficava andando pela casa e inventava nomes e características estranhas para nossos ascendentes, representados em grandes retratos a óleo, com perucas encaracoladas e muitas vezes de uniforme.

Era um garoto bastante feliz que vivia uma infância normal, aquela que se esperava que eu vivesse em nosso ambiente. Era a menina dos olhos de meus pais, privilegiado, sem dúvida, mas não mimado. Havia um código muito estrito a respeito do que era permitido e conveniente. As transgressões maiores eram punidas com batidas de régua nas mãos, mas isso raramente acontecia, pelo menos segundo minha memória. A oração pela comida, à mesa, e a oração da noite marcavam o agradecimento e a confiança em Deus, mas também, igualmente, uma ameaça indefinida. O que sucederia se não se fosse "sinceramente grato" pela comida recebida? Eu me perguntava se não era natural estar agradecido e se era preciso manifestar gratidão todas as vezes que sentávamos à mesa.

Nos domingos, íamos à igreja da cidade onde tínhamos um banco especial, marcado com as armas da família. Depois da missa, falava e ria com meus amigos ou corria ao redor e brincava com eles entre os túmulos do cemitério adjacente à igreja. Também os visitava em suas casas que eram quase tão grandes como a nossa ou, então, eles vinham à nossa. Eram brincadeiras fantásticas em construções labirínticas onde a gente se podia esconder dos adultos por horas seguidas. Ou, então, pegávamos uma chave na cozinha para chegar ao sótão, onde podíamos encontrar e vestir roupas do século dezenove, roupas ainda bem conservadas e todas de seda de cores diversas: vermelhas, verde-esmeralda, verde-escuras e azul-escuras.

Todas essas crianças com quem gostava de brincar são hoje pessoas adultas e muitas delas são mamães e papais.

Então, chegou o outono em que faria sete anos de idade e tinha de ir para a escola. Fui para um internato perto de Estocolmo. Devia parecer um adulto, vestindo um terno azul-marinho, feito com antecedência. Recebemos instrução para já chegar à escola com ele vestido. Devia dormir com onze rapazes no mesmo dormitório e recebi instruções para me colocar a serviço dos alunos mais velhos. As salas eram frias no inverno, as lições, muito enfadonhas, muito latim, regras muito estritas, humilhações e grandes salvas de gargalhadas por parte dos companheiros. O pior que me poderia acontecer era ser alvo de abuso homossexual. Isso ficaria em minha memória pelo restante da vida. Mas observe que escrevi "ficaria", já que nunca chegou a acontecer!

Bem no fundo de nosso jardim, havia uma árvore que era minha preferida. Não era a mais alta, mas seus ramos desciam até embaixo, de tal maneira que era fácil subir neles. Isso eu fazia com gosto, sobretudo depois de ter descoberto, na primavera, que havia um ninho de pegas[12]. Com intervalos regulares, via a pega vir, voando, e pousar nos troncos mais altos. Então, pensei que ela talvez viesse para pôr seus ovos. Um dia, em maio, quando ela voou para longe da árvore, resolvi subir para vê-los. A manobra foi auxiliada com uma corda que August limpou e cobriu com couro de porco, a qual recebi porque não seria mais útil na cavalariça. Atei-a com dois nós em volta do penúltimo ramo mais alto da árvore, para poder alcançar um ramo de difícil acesso. Foi assim que cheguei ao ninho e vi seis ovos azulados, com manchas marrons! Depois disso, deixei a árvore em paz e constatei, durante várias semanas, que o casal de pegas voava para longe e voltava a toda a hora, e fiquei me perguntando se os filhotes já tinham nascido.

---

12. Pega: uma espécie de pombo maior que vive, principalmente, no norte da Europa. (N. do T.)

Em junho, choveu muito e não pude sair por vários dias. Mas uma noite, pouco antes de dormir, vi pela janela de meu quarto que a chuva tinha parado, a chuva que, mais uma vez, tinha me impedido de sair e obrigara-me a ficar dentro de casa o dia inteiro. Desci as escadas e dirigi-me para o gramado, correndo nem direção à minha árvore especial. Antes, havia subido na corda sem problemas, mas, desta vez, quando cheguei ao nível dela, vi que ela tinha encolhido talvez por causa da água da chuva. Consegui chegar à corda, mas, ao pegá-la, senti que não havia resistência e caí para trás. Sinto ainda hoje a rugosidade úmida na mão direita, enquanto flutuava em um vazio eterno sem pensar, sem medo e, pela última vez na vida, sem consciência permanente de meu corpo.

Caí de cabeça para baixo. "De cabeça para baixo" — eis uma expressão própria e extraordinária. A árvore e o ar que envolvia seus ramos mudaram o rumo de meu corpo e cheguei ao solo de cabeça, em primeiro lugar. A última coisa em que pensei foi no solo: achei-o muito duro. Muito diferente do gramado tão macio, pelo qual tinha corrido.

Parece até um filme, mas é — e sempre será — uma realidade distinta. O que aconteceu depois, está meio difuso, em que o exterior e o interior se confundem. Fui levado do lugar, mas sentia-me no centro de uma longa obscuridade como se continuasse debaixo da mesma árvore e ninguém tivesse descoberto meu corpo, tendo este desaparecido no fundo de uma fenda que se abriu justamente naquela parte do gramado.

Depois, as dores começaram a enviar suas setas vermelhas e azuis por todo o meu corpo, desde o meu pescoço, passando pelas minhas costas, até as minhas pernas, onde desapareciam no espaço sombrio de meus nervos mortos. Pensei às vezes que minha cabeça repousava na ponta de um arco-íris, onde seria possível encontrar um tesouro e de onde partiam outras setas multicoloridas. Durante alguns momentos, a vivacidade das setas era atenuada por uma película de calmantes ou de um sono muito próximo do estado de vigília. Essas setas coloridas não se extinguiam nunca, mas se confundiam com os rostos em forma de balões que apareciam e desapareciam de meu campo de visão, além de fragmentos de teto e de sol, enquanto alguém manipulava meu corpo impotente. Havia vozes que falavam e flutuavam por cima de mim, mas não se pareciam com vozes humanas. Mais como as vozes de cachorros e cavalos, ricas em entonações variadas, mas sem formato de palavras.

Às vezes, percebia a existência de ruídos, embora o quarto estivesse vazio. Eram os sons provenientes de meu próprio corpo, sons que se elevavam como se fossem uivos de cachorros dirigidos ao céu. Em certos momentos, eu me dizia que o céu devia estar negro, apenas iluminado por uma lua pálida, visto que os cachorros uivam para a lua durante a noite. Em meu céu, porém, era sempre dia, onde reinavam as cores fortes do arco-íris. A pega permanecia invisível ou aparecia em meus sonhos, plantada lá no alto, no cimo de uma árvore, contemplando-me.

De início, só podia mexer a cabeça, virando o pescoço para os lados, embora isso fizesse que as setas brilhantes luzissem ainda com mais força. Os braços não se mexiam, mas eu os sentia. Já as pernas estavam completamente inertes. Compreendi mais tarde que estive muito perto de ficar totalmente paralisado, do pescoço para baixo, mas uma série de operações em Gotemburgo desviou o limite da paralisação para a cintura. Isso não significa, porém, que eu seja normal da cintura para cima. Minha coluna vertebral sofreu torções e deficiências irreparáveis e as novas operações feitas em Gotemburgo e Zurique não me auxiliaram muito. Meu corpo em estágio de crescimento permanente confundia os projetos dos médicos, aumentando sob formas que nem eles, nem a natureza tinham previsto. Era como se eu fosse uma árvore doente, com um sistema de distribuição labiríntico que, por sua própria força de crescimento, era obrigado a se encher, até chegar a transbordar, independentemente das dores que isso pudesse causar e do caráter grotesco do resultado.

Meu baixo-ventre e minhas pernas estão bem atrofiados, mas meus braços são poderosos. São o que meu corpo tem de melhor, se bem que seu desenvolvimento muscular foi parcialmente orientado em uma direção contrária ao que seria normal, em função da importância das dores nas costas, dependendo da maneira de elevar o peso do corpo. No meu antebraço esquerdo, o tríceps está mais desenvolvido que o bíceps. Minha cabeça tem o tamanho normal, mas o rosto reflete o fato de minha forma de existência o esvaziar de vida duas vezes mais rápido do que seria o normal. No papel, tenho trinta e quatro anos, mas as rugas profundas na testa e as bolsas sob os olhos me fazem parecer ter sessenta anos. Sob esse ponto de vista, tenho quase a mesma idade que você, Harald.

Durante os primeiros três anos que se seguiram ao acidente, fiquei vivendo uma permanente corrida aos médicos, oscilando entre uma meia consciência e uma sucessão de uivos, altura em que era obrigado a tomar mais uma nova dose de morfina. Vivia no hospital e via meus pais, pelo que me posso lembrar, apenas de vez em quando e sem poder falar muito com eles. No entanto, a última operação cirúrgica em Zurique foi realizada com certo sucesso. A cura do crescimento desequilibrado, eles não conseguiram alcançar, mas puderam aliviar as dores da pressão sobre o nervo ciático, de modo que passei a usar apenas analgésicos normais em vez de preparados à base de morfina. Mas continuei a gritar durante semanas, não apenas de dores, mas por causa dos sintomas da falta de morfina. Os médicos tinham criado um bebê morfinado em mim, um ser humano cabeludo, de olhos vermelhos, animalesco, que se debatia diante das grades da prisão formadas por suas costelas, gritando por comida. Minhas cordas vocais nunca se recuperaram por completo depois de tais esforços. Por causa dos gritos emitidos, permanecia longe dos outros pacientes, em uma espécie de depósito, de paredes cinzentas e rugosas que devolviam meus gritos como se estivesse jogando futebol com elas.

Você talvez esteja se perguntando como eu conseguia ver minha vida durante esses anos. Essa é uma pergunta que faço a mim mesmo. Por um lado, era apenas um pequeno rapaz que, de repente, caiu de seu ambiente normal para um furacão de dores lancinantes, medicamentos analgésicos, mal-estar permanente, cheiro de hospitais, rostos desconhecidos. Devo ter me sentido abandonado e desesperado. Por outro lado, não me lembro de ter passado por essa situação, mas por uma espécie de torpor, um permanente estado de meia sonolência em que não queria, nem receava nada (aparentemente, também tomava antidepressivos). A cama era uma nuvem que me deixava flutuando por cima de um grande cenário teatral, de maneira que mal podia me dar conta do que estava acontecendo, ainda por cima com os olhos meio fechados. As pessoas iam e vinham, batendo os calcanhares. Faziam seus movimentos, abrindo e fechando cortinados, trazendo bandejas ou carrinhos pelas mãos. Elas se viravam para mim, mas falavam com alguém a meu lado, um "irmão" gêmeo atrelado às minhas costas, deitado na minha cama, querendo me levar com ele e dizendo que eu não tinha nada a fazer naquele lugar.

Em geral, era isso o que realmente eu sentia, se tentar identificar minhas sensações por baixo de uma superfície tão nebulosa e surpreendente. De olhos espantados e a boca meio aberta, ficava esperando que o sonho terminasse. Mas o sonho nunca terminava e tanto me habituei a ele que nem sequer perguntava: quando vou voltar para casa? Sabia que nunca mais ia abandonar meu "irmão" siamês; as dores nas costas já eram parte de meu corpo. "Ele" era a figura central em minha vida. Em comparação com "ele", não seria mais tão importante saber onde eu estava. E assim acontece ainda hoje.

De qualquer forma, uma vez ultrapassado o síndrome das falhas irreparáveis, fui considerado "recuperado" — não havia mais nada a fazer! — e mandado de volta para a Suécia, em uma ambulância que mais parecia um caminhão. No momento, não estando mais tão entorpecido, pude rever, realmente, três anos depois, meus pais. Primeiro, achei que eram apenas membros de minha família, mais idosos, que eu não conhecia e que vieram me dar as boas-vindas à casa. Tinham envelhecido muito: dez ou quinze anos! Em um segundo momento, reconheci, agradecido, que essa era a prova mais consistente do amor que eles tinham por mim. A maior prova que eu jamais tinha vivido e a maior prova de amor de toda a minha vida, inscrita em seus rostos, aceleradamente envelhecidos. Um rosto diz mais do que mil palavras. E foi bem assim, sempre, entre nós, na família. Nunca nos mostramos prolixos na hora da compaixão. Essas palavras estavam banidas e eram consideradas "mimadas" e nocivas para as crianças. Era assim antes de eu cair da árvore. E nada tinha mudado.

Pelo contrário. Passou a entrar no sistema uma forma de reconstituição do caráter. Os olhares trocados entre meus pais pareciam indicar, às vezes, regras de comportamento preestabelecidas por meu pai e aceitas por minha mãe. Ela era leal a meu pai, mesmo considerando que, às vezes, apertava minhas mãos, com um intenso sentimento espelhado em seus olhos (um abraço normal, naturalmente, era descartado em minhas condições físicas). Apertava as mãos dela de volta. Mas nunca a vi chorar e por isso lhe sou muito grato, visto que a compaixão dos outros é o que alimenta nossa autocomiseração. Sem a árdua educação que recebi, essa autocomiseração teria se transformado em um veneno paralisante.

Essa disciplina também me foi necessária quando pensava em meus amigos de outrora. Nunca mais os vi. O pedido de um encontro jamais chegou. Talvez eles não quisessem me perturbar. Seus pais não queriam chocá-los com minha aparência e eu também não tinha vontade alguma de me mostrar em minha deplorável situação. Também não teria prazer em vê-los se movimentando normalmente e relembrando os tempos em que corríamos juntos pelos jardins floridos.

Fui colocado em meu antigo quarto que estava completamente renovado por especialistas em fisioterapia. Havia uma quantidade enorme

Dá-me os teus olhos

de aparelhos e acessórios engenhosos que facilitavam os afazeres diários: as pinças de pressão, as mesas escamoteáveis, suportes para taças, pratos e talheres, esses últimos sempre de plástico macio. Os objetos de metal afiados foram sempre considerados armas para cometer suicídio. No entanto, o mais importante era uma cadeira de rodas, especialmente criada, na qual eu continuava na posição de recostado em um berço, com molejos específicos proporcionados por uma rede de cordas, impedindo-me de ficar sentado, sem que isso acentuasse as dores em minhas costas. Além disso, tinha necessidade de um sistema de elevação para me deslocar do leito para a cadeira rolante (a cama e a cadeira são utilizadas por mim ainda hoje).

Todos esses sistemas me foram apresentados por Agnes, uma mulher de uns quarenta anos que sempre admirei por sua inteligência pragmática. Às vezes, quando me sinto deprimido e pouco disposto a sair da cama, imagino o que ela teria dito e logo deixo de protestar. Agnes era como as heroínas dos filmes mudos: aquelas mulheres altas, de aventais e pás de padeiro nas mãos...

Para retornar ao meu quarto de então, a ideia prática de todas as instalações não era somente facilitar meu cotidiano, mas igualmente tornar possível a continuação de minha escolaridade. Estava atrasado três anos: poder-se-ia dizer que meu cérebro tinha crescido de maneira tão anormal quanto meu corpo, mas, a partir daí, seria talhado pelos melhores professores. Meus pais foram buscar os mais bem recomendados entre os recém-diplomados das Universidades de Uppsala e Lund e contrataram um jovem atrás do outro como preceptores. Cada um ficava um ano. Depois, todos quiseram voltar à vida de antes, para seguir uma carreira normal. Nos três primeiros anos, todas as disciplinas eram administradas por um único professor que morava na propriedade. Depois, vinham três professores diferentes que ficavam alguns dias por semana para me ensinar história e literatura, línguas estrangeiras, matemática e ciências naturais. Mas era como se fosse um professor só. Meus pais faziam questão de eles se prepararem para manter uma atitude formal e apresentavam-se com uma espécie de uniforme de professor, um terno azul-escuro com os brasões de nossa família costurados no bolso do peito. Durante as aulas, vestia uma jaqueta da mesma cor, também com os brasões da família, mas costurados sob a forma de um saco amplo, a única roupa conveniente para minha anatomia singular.

Em termos de escolaridade, como já disse, estava três anos atrasado ou talvez um pouco menos, visto que já com cinco anos aprendi a ler, perguntando à cozinheira qual era o nome das letras dos jornais abertos sobre a mesa. Mais tarde, foi elaborado um programa de estudos para eu poder acompanhar meus colegas de mesma idade. Estudei todas as disciplinas exigidas em uma escola de fato. Entre as línguas aprendidas, o inglês, claro, foi a favorita. Depois, o francês, a língua favorita da nobreza sueca. Depois, o italiano e o alemão. Ao entardecer, conversava com minha mãe e líamos, em voz alta, textos de Selma Lagerlöf, Mikael Lybeck, Runar Schildt e Hjalmar Bergman, além de outros autores, todos eles verdadeiros estilistas da língua sueca. Ela me corrigia sempre que minha entoação estava errada, o que era de prever, visto que nunca saía para o mundo e não tinha ocasião de escutar conversas normais. Perguntava sobre palavras que desconhecia ou ela me interrogava sobre termos que saíam do nível normal em algum capítulo que já havia lido antes. Minha mãe e eu nos encontrávamos assim, também, no mundo dos romances e no seio da língua sueca — tudo isso constituía uma família e um ambiente que jamais abandonei.

Além disso, fazia parte da educação de um nobre ater-se a formas tradicionais do sueco, mesmo aquelas que podiam ser consideradas pelos outros em desuso. Sei que escrevo um sueco um pouco antiquado, mas isso não me preocupa. Esse estilo é parte integrante da história de minha família e de minha situação particular que me impõe uma vida mais entre os livros do que entre os seres humanos.

Às vezes, os professores diziam que eu era muito talentoso. Não sei se isso é verdade ou se era uma maneira de serem delicados comigo. Em todo caso, era estudioso, embora seja necessário dizer que não tinha muitas outras coisas para fazer, a não ser aprender e me concentrar em meus livros, que afastavam meus pensamentos das dores inevitáveis provocadas por meu "irmão" siamês. Além disso, achava que tudo era interessante: é o que faço ainda hoje. Nosso mundo bizarro nos oferece, realmente, uma riqueza infinita: palavras, imagens e histórias da arte, da música e dos sistemas filosóficos. Strindberg, Rilke, Vermeer, Dickens, Beethoven, Schopenhauer! Está tudo lá, ao alcance da mão, com nossa própria atenção como único limite.

De minha parte, absorvia a matéria escolar como uma esponja. Em dois anos, já estava no nível de meus colegas de mesma idade e passei no exame nacional com nota elevada aos catorze anos. Como treinei, fazendo as provas dos anos anteriores, sabia que seria bem-sucedido e nem cheguei a me preocupar com isso. Mas meus pais ficaram realmente satisfeitos quando o resultado chegou! Nunca vi meu pai tão alegre e feliz, com seu rosto envelhecido, brilhando e em seu corpo tão magro, alto, sempre tão correto no uso do terno completo, inclusive com colete. Estava orgulhoso. Foi a única vez na vida que o vi orgulhoso de mim. Eu que tão caro lhe fiquei... Eu que não me transformei naquele que devia ter sido...

Qual era a natureza de minhas relações com meus pais nessa época? Na superfície, estava tudo bem, tão bem quanto poderia estar. Nada de reclamações por parte deles, nem nenhuma explosão da minha. Quase nunca abandonava meu quarto. As escadas que desciam para a sala de estar eram difíceis demais para mim e eu tinha um toalete próprio construído no quatro. Eram meus pais que subiam para me "visitar" como costumávamos dizer. Meu pai sentava-se e falava vivamente de semeaduras e colheitas, vacas doentes e empregados complicados. De vez em quando, dava um tapa em meu braço por cima do cobertor. Minha mãe lia romances e novelas comigo e segurava, de vez em quando, minhas mãos, enquanto olhava em minha direção como se estivesse esperando algo de mim. A respeito do acidente, nunca chegamos a falar.

Entretanto, a situação piorava para mim à medida que ficava mais velho. Aos seis anos, era pequeno demais para entender as coisas. Aos nove, ao voltar do longo período nos hospitais, ainda continuava no mesmo estágio. Mas quando cheguei aos treze, catorze anos, melhorou meu senso de responsabilidade: "Como podia ser tão imprudente ao correr para a árvore, já ao anoitecer, e subir, quando sabia que ela estava escorregadia e molhada? E aquele ramo já quebrado... Devia entender que...". Ninguém falou nada disso para mim, mas disse isso para mim mesmo, à medida que os meses e os anos foram passando e crescia de maneira tortuosa. Mais idade, mais responsabilidade. Achava que a questão flutuava no ar sempre que meu pai entrava no quarto, sentava-se ereto e não se recostava para se diferenciar de minha posição na cama. Ou quando minha mãe me olhava com aquele ar melancólico e enigmático. Será que era presunção de minha parte que ela, em sua cabeça, me fazia perguntas impacientes? Isso nunca chegarei a saber.

Aos dezesseis, dezessete anos, me aproximando da idade adulta, comecei a desenvolver um instinto de proteção em relação ao pequeno rapaz que tinha sido. "Um rapazote de seis anos não precisa entender as coisas" — pensava eu. "É aos adultos que cabe tomar conta dele, para que não se acidente. Ele é como um garoto de dois anos que entra correndo, sem a menor hesitação, no meio do tráfego." Nesses momentos, ficava zangado com meus pais. Não lhes competia cuidar de mim para eu ter um crescimento normal? Por que eu não tivera uma enfermeira, uma espécie de ama, para, realmente, tomar conta de mim? De que servia minha mãe estar sempre em casa, se ela me deixava à vontade para fazer o que quisesse?

Era assim que eu ficava remoendo essas ideias durante horas, dias, sobretudo quando as dores eram mais intensas do que habitualmente. Nunca falei abertamente sobre essa questão, mas me vingava de maneira indireta. Apertava as mãos de minha mãe, a ponto de lhe provocar dores, enquanto, ao mesmo tempo, exprimia no rosto, de propósito, um ar de desespero, de quem precisa de muita ajuda. Isso não impedia que eu deixasse de receber dela sinais de que queria soltar as mãos. Diante dos dois, evidentemente, eu sempre podia fingir estar mais doente do que estava. Às vezes, chegava mesmo a parecer inconsciente, sempre que me sentia nesse estado de espírito.

Alguns meses depois de ter feito com sucesso a prova nacional, meu pai morreu. Em um belo dia de agosto, ele estava de visita em meu quarto e disse que ia dar um passeio antes do chá das cinco, no fim da tarde, para ver como progredia a instalação de uma cerca. Não chegou a trocar de roupa, nem a abandonar seu terno completo, axadrezado, com colete, apenas calçando nos pés umas botas de borracha. A meio caminho, de volta da cerca, sofreu um ataque cardíaco. Eu estava sentado — apoiado! — em minha cadeira de rodas, junto da janela, à espera dele. A família ia tomar o chá das cinco, em uma espécie de piquenique, junto da minha cama. Por isso, pude ver quando quatro criados o pegaram pelos braços e pelas pernas e o trouxeram para dentro de casa, em cima de uma rede. Meu pai parecia dormir, a cabeça inclinada para o lado, mas as roupas estavam sujas de lama e grama. A essa altura, senti que ele morrera. Se estivesse vivo, jamais se deixaria sujar. "Ataque fulminante", disse o médico da família. "A morte aconteceu instantaneamente."

O que senti? Muito, mas ainda mais a surpresa. Aquele que era mais clarividente, aquele que decidia a vidas de minha mãe e a minha tinha ido embora para sempre. Como se o vento tivesse parado de soprar ou o sol, de brilhar. Regras e convenções desapareceram, tudo o que devíamos fazer e não fazer. De certa forma, deixamos de pertencer à família. A mãe tornara-se condessa por meio do casamento e nunca teve nada a ver com a administração da propriedade e eu era o que era... Nenhum de nós podia tomar conta daquela enorme propriedade, dada a responsabilidade de ser a capitania simbólica de uma família nobre, além dos trabalhos práticos de agricultura que seriam exigidos de nós. O que faríamos ali? Foi isso que mamãe e eu sentimos, sentados em meu quarto, um dia após o funeral (ao qual não compareci "para não dar espetáculo", como ouvi as criadas dizerem em voz baixa, antes de a questão ser decidida).

Formalmente, seria eu, claro, a ser considerado o "barão". Aliás, era o barão desde o momento em que o coração de meu pai parou de bater. O fato de eu ser menor de idade não era problema algum, visto que na aristocracia um tutor podia assumir a responsabilidade do menor até a sua maioridade, assim como a administração agrícola da propriedade. Em contrapartida, minha compleição física era uma grande preocupação. Era nítida minha total falta de representatividade, para não dizer de mobilidade elementar, além de eu não ter condição nenhuma de deixar herdeiros. Foi convocada uma grande conferência da família e parentes, da qual ainda outros nobres participaram para monitorar os interesses superiores e as responsabilidades da nobreza. Compreendia o raciocínio deles. "Isso minaria nossa posição, aceitar alguém como ele como barão e chefe da família. Ainda por cima, tendo como mãe uma mulher que sempre esteve fora de nosso círculo." Nossos advogados explicaram que podíamos bater de frente e acabar por manter, de maneira definitiva, todos os títulos e regalias até eu chegar à maior idade. Depois, poderíamos utilizar tudo a nosso favor como desejássemos. Afinal, eu não era doente mental!

A essa altura, comecei a receber visitas. Minha mãe e eu já tínhamos decidido, mas, por minha parte, aproveitava todas as situações para brincar com os grandes chefes, os parentes mais velhos, advogados e um funcionário da Riddarhuset, a Casa dos Cavaleiros do Reino Sueco. Todos chegavam com flores, chocolates e frutas. De vez em quando, algum brinquedo idiota para crianças. Esses dignitários ficavam sentados na cadeira baixa ao lado da cama, meio acocorados, e esforçavam-se por parecer corteses, destacando o lado grosseiro de sua presença e o desgosto que lhes inspirava meu aspecto físico. Em nenhuma circunstância, é fácil olhar para mim, a não ser quando se está habituado. Nesses momentos, encontrava prazer em revirar o corpo e o rosto mais do que era normal. De repente, afastava a coberta, de modo a deixar aparente todo o restante para que eles vissem tudo. Descobri em mim uma veia teatral, um desejo de atuar como diretor da realidade, conforme minha vontade. Achei que isso dava lugar a cenas grandiosas, todas elas podendo ser assinadas por um Dickens ou Hjalmar Bergman! A expressão dos visitantes era a de ter vontade de vomitar, mas se forçando para fechar a boca!

Sobre a problemática em si, começava sempre por apresentar como um ponto claro o fato de vir a assumir todas as funções de meu pai e tratava meus visitantes como súditos que vinham prestar vassalagem a seu novo mestre. Fingindo idiotice, eu os obrigava a declarar, após muitos circulatórios, aquilo que queriam e os obrigava a conceder, sem cessar, novos favores para mim e minha mãe: a casa grande, a extensão de terra e a redefinição de posse da propriedade e o que seria a propriedade da família. Aprendera muito com as exposições e negociações feitas, às vezes, por meu pai à beira de meu leito. Também pedi à minha mãe para me trazer os papéis guardados por papai em sua sala que funcionava como escritório. Nem tudo eu tinha lido e entendido em detalhes, mas pegar uma pasta da estante ao lado da cama e citar um registro de propriedades, ou, ainda, discorrer e alardear como perito sobre a maneira de administrar a exploração agrícola da propriedade — tudo isso produzia um efeito só comparável ao do momento em que eu levantava a coberta da cama o mostrava meu corpo disforme. Lia as questões, recitando de cor a maior parte dos textos, enquanto estudava pelo canto dos olhos as expressões faciais dos visitantes. Às vezes, minha mãe também estava presente e fazia parte do jogo. Mais tarde, ela dizia que eu não devia fazer isso: "Você é verdadeiramente terrível". Mas falava sempre com um sorriso nos lábios.

Por outro lado, tudo isso não era apenas uma farsa. Era também a primeira vez na vida que conseguia saber o que significava ter poder: o de que não sou eu apenas que depende dos outros. Que a vida dos outros poderá seguir caminhos que compete a mim decidir! Não se trata apenas de poder, mas de justiça! Por que devo ser eu o único que sofre? Não é nada demais, senão justo, que eu me vingue, de vez em quando, contra todos os que me ofendem pelo fato de terem uma vida tão boa.

Por fim, dado que nem minha mãe, nem eu estávamos dispostos a enfrentar um combate sério, nem assumir a responsabilidade inerente de me tornar realmente o cabeça da família, aceitamos um acordo muito bem formulado, mas que, na prática, era semelhante àqueles que se faziam quando algum nobre em posição-chave era considerado como não estando na posse de todas as suas faculdades mentais. Depois de vários adiamentos e forçados circulatórios, renunciei — por meio de minha mãe na qualidade de tutora — à minha posição de nobre e a qualquer exigência de representar a família e administrar a propriedade. Um primo meu, de vinte e três anos de idade, assumiu essa posição.

Em contrapartida, recebemos uma significativa compensação econômica até mesmo daqueles ramos da família de que eu, em casos normais, não herdaria nada. Nossos parentes eram considerados, nomeadamente, os mais ricos do país. Isso derivou do fato de meu bisavô ter sido dono de um terço de uma companhia de navegação que foi mais previdente do que as outras e mudou antes, dos barcos à vela para os barcos a vapor, no final do século dezenove. Isso resultou em um aumento da capacidade de carga, de três a quatro vezes, mantendo o mesmo gasto com o pessoal e apenas algum gasto maior com investimentos. Nos anos brilhantes do comércio colonial, isso significava, presumivelmente, uma entrada descomunal de recursos que foram também muito bem administrados pelas gerações seguintes. Uma parte dessa riqueza que minha mãe e eu acabamos recebendo fez com que eu ficasse multimilionário. Não estou dizendo isso para contar vantagem — não se trata, de forma alguma, de um produto do meu trabalho —, mas para que você entenda melhor aquilo que, adiante, vou contar nesta carta. De qualquer maneira, dependendo dos cálculos dos valores de propriedades que nem sempre podem ser transformados em dinheiro vivo, de um dia para o outro, tenho uma fortuna calculada em algo em torno de dezoito a vinte milhões de euros. Esse valor aumenta em cerca de dez por cento ao ano. Um milhão, tenho à minha disposição imediata. Dentro de alguns dias, no banco, vou ter mais três milhões, caso sejam necessários.

Você já ouviu aquela expressão inglesa *money is no problem*[13], Harald? Assim acontece comigo. Se quiser algo, não faz diferença nenhuma se eu pagar cinco ou vinte e cinco mil euros. Ou até cem mil ou quinhentos mil, se for preciso. Nem penso mais nisso. É como se você desse dois ou três euros de gorjeta em um restaurante. Mas detesto ser explorado e isso me faz parecer duro e avarento. Alguns trabalhadores que tentaram me extorquir ao realizarem uma reforma tiveram que viver a experiência de ver seus contratos anulados, o que correspondeu a uma facada penetrante em sua ganância!

Os domínios da família constituíram um ponto especial de discórdia, mas, nesse caso, eu tinha um trunfo na mão: minha mãe e eu havíamos decidido mudar para outro lugar. Portanto, podíamos conseguir mais favores, pretendendo estar desolados com uma mudança imposta. Nesse caso, minha mãe se mostrou tão hábil quanto eu. Ela entrou em meu jogo, assim que constatou como ele funcionava bem. Foram crises de lágrimas e de saídas em soluços de meu quarto para o seu, às vezes até de emoções verdadeiras quando ela começava a pensar em meu pai. Por fim, tudo se resolveu

---

13. Em inglês, no original: "Dinheiro não é problema." (N. do T.)

da melhor maneira. Nós nos comprometemos a sair da casa dentro de, no máximo, um ano, enquanto meu primo se mudaria de imediato para a casa da administração, exercendo logo os trabalhos relativos à exploração agrícola. Com alguns homens de confiança, vindos de outra propriedade menor, ele esvaziou a estante a meu lado de toda a papelada e dos dossiês de meu pai.

Onde iríamos viver? Na Finlândia! Na realidade, não tínhamos nada que nos prendesse à Suécia. Minha mãe chegou a fazer amizades na pequena cidade mais próxima, mas nunca conseguiu contatos mais profundos com a família de meu pai e, por outro lado, sentia saudades de seus parentes na Finlândia. Além disso, como ela era, depois da morte de meu pai, o único contato humano que eu tinha, não contando com o pessoal de serviço, também me sentia cada vez mais como finlandês — um finlandês, linguisticamente, sueco! Aliás, já tinha um sotaque mais da república finlandesa do que do reino sueco, inspirado no sueco-finlandês de minha mãe.

Enfim, nós nos mudamos para Helsinque, onde ela tinha crescido. Em primeiro lugar, pensamos em ficar no centro, uma cobertura com vista para toda a cidade. Em pouco tempo, nosso corretor imobiliário chegou à conclusão de que não havia bons imóveis desse tipo à venda na área. Acabamos por mudar para uma casa de campo numa ilha, a Granö, com vista para o mar, o que fazia um contraste flagrante com o que víamos nos prados da província de Västmanland, na Suécia. Conseguir sentir através de uma janela aberta o odor resinoso das árvores e ver as velas brancas passando na baía, isso me fazia sentir cada vez mais finlandês e sueco-finlandês!

Durante os três anos seguintes, continuei a receber aulas em casa com novos professores, a maioria aposentados, da velha escola, às vezes, meio exigentes. "Saí do segundo ciclo", por assim dizer, e fiquei desolado ao saber que meu conhecimento praticamente inexistente de finlandês me impedia de prestar vestibular para ingressar na universidade. No entanto, os professores estavam muito satisfeitos com meus progressos. Confesso que a expressão de seus elogios me pareceu mais verdadeira do que apenas um dever de ofício.

Por dezessete anos, morei em Granö. Quanto à minha situação, pode-se dizer que vivi uma rotina diária bastante agradável durante dezesseis anos. Uma enfermeira vinha duas vezes ao dia para administrar minha medicação e me lavar. Nos dias em que não conseguia me levantar para utilizar o toalete especialmente construído a meu lado, ela tinha que trocar o reservatório de urina e as fraldas repletas de excrementos. Isso eu nunca quis que minha mãe fizesse, mas era ela que fazia a limpeza geral e a comida. Todas as tardes, dávamos "um passeio", como dizíamos. Ela rolava minha cama — ou minha cadeira de balanço com rodas, caso eu aguentasse a transferência — até a janela panorâmica na sala de estar e abria a parte lateral desta. No verão, a cadeira podia ir até o terraço. Depois, ela mudava minha posição de lugar algumas vezes, para um lado e para o outro, e, enquanto isso, conversávamos sobre os mais diversos assuntos, além de eu ouvir seus comentários sobre os arredores onde fazia seus passeios de verdade. Também falava do aspecto das outras casas, dos vizinhos, de seus cachorros e de seu jeito de dizer ou não "bom dia" para as outras pessoas. Ainda me lembro de cada detalhe de nossa casa na costa da ilha como se tivesse passado lá todos os dias.

Minha mãe também viajava de vez em quando para visitar seus parentes em Åbo, Jakobstad e Forshälla: até os caminhos conheço por seus relatos, mas não vou cansá-lo com pormenores. Evidentemente, nunca viajei com ela nessas visitas e também nunca deixei que esses parentes nos viessem visitar. Não queria ser visto da maneira como estava. Ou estou. Mas falo muitas vezes com meus parentes por telefone, em especial com minha tia materna, que é dona de casa e gosta de jogar conversa fora alguns momentos por dia. Às vezes, é ela que me telefona!

Portanto, tenho um círculo de conhecidos muito pequeno. Sempre envio um cartão e um presente no dia de aniversário de cada um deles e prendas de Natal caras. No caso de cinco pessoas, isso representa quinze envios por ano: trata-se de um cordão umbilical que me liga à humanidade, pode-se dizer. Por meio de longas conversas telefônicas, tornei-me bastante astuto em colher informações sobre o que minha tia celibatária, meu tio, minha tia por casamento e os dois filhos deles desejam de presente de Natal. Eles não pensam nisso, mas gosto de planejar com semanas e meses de antecedência. Acrescente-se ainda que tenho acesso a meios ilimitados para esse fim, mas devo, ao mesmo tempo, ser cuidadoso para não os abarrotar de presentes luxuosos. O mais importante é a intenção: por exemplo, quando meu tio começou a ter problemas com suas tacadas longas no golfe, mandei fazer alguns tacos com um *grip* especial que acrescentasse mais velocidade a seu *swing*. Quando meus dois primos adolescentes preparavam uma viagem de trem pela Europa, mandei costurar várias *t-shirts* especiais com bolsos por dentro, nos quais poderiam guardar o passaporte e dinheiro. Era muito melhor do que usar as tradicionais bolsas para carteiras, com alças para colocar em volta do pescoço, cuja visão atrai todos os ladrões.

Tenho uma boa quantidade de fotografias de meus parentes: é o que lhes costumo pedir de presente. Adoro todos eles e, a longo prazo, espero que meus primos tenham filhos cujo crescimento eu possa acompanhar de meu jeito, a distância. É a lei natural da vida.

Entretanto, na vida, tudo tem um fim. Isso aconteceu comigo, em Granö, quando minha mãe, uma manhã, não se levantou. De início, não pude fazer outra coisa senão chamar por ela, até que chegou a enfermeira às dez horas. Mandei que fosse imediatamente ao outro quarto e, dali a momentos, ela voltou, muito lentamente, de cabeça baixa, com as mãos cruzadas sobre as abas de sua capa, que tinha aberto, mas não despido. Ela não disse nada, mas levantou os olhos, lentamente, em minha direção, com uma expressão de seriedade e compaixão que eu jamais esquecerei. Ela sabia o que minha mamãe significava em minha vida.

Minha mãe morrera durante o sono. Chegou um médico. Chegou a polícia. A enfermeira ficou o dia inteiro e a noite seguinte. Depois, a agência enviou outras pessoas que se revezaram para cuidar de mim e da casa, vinte e quatro horas por dia. Eu apenas acenava que sim quando me perguntavam alguma coisa. Estava totalmente fora de mim. Mamãe tinha apenas cinquenta e cinco anos de idade. Sua morte nem me passara pela cabeça: trombose, como meu pai. Parece ser uma tendência na família, mas não vai ser assim comigo.

Funeral. Compareci em tempo real, por meio de câmera e microfone. Vi meus parentes na capela e pronunciei um discurso, transmitido pelos alto-falantes. Toda a cerimônia foi gravada e acostumei-me a revê-la todas as semanas.

Aos poucos, fui me recuperando, mas não sei se isso aconteceu depois de semanas ou meses. Vivia em uma espécie de nuvem vermelha que até mesmo cobria o arco-íris ardente e permanente de minhas costas. Mais tarde, cheguei a me perguntar se era tudo uma manifestação da dor pela perda de minha mãe ou se os médicos, em segredo, misturavam algum tipo de antidepressivo nos analgésicos que me davam.

Quando voltei à vida — a minha assim chamada vida —, voltei à velha nova rotina. As enfermeiras não precisavam mais permanecer ao meu lado vinte e quatro horas por dia e passaram a vir em dois turnos por dia como antes. Em contrapartida, foi preciso contratar uma criada para fazer a comida e manter a casa limpa. Nosso conselheiro jurídico sugeriu também a contratação de uma secretária, alguém que tratasse dos assuntos práticos e econômicos que antes estavam nas mãos de minha mãe, mas dessas coisas eu mesmo tomei conta. O conselheiro jurídico me ensinou a realizar transações simples pela internet e, mais tarde, recebi aulas de um perito em informática. Hoje, consigo tratar de toda a minha economia pelo computador, fazer investimentos, transferir dinheiro entre instituições nacionais e internacionais. Cheguei mesmo a pensar em assumir a administração de minha fortuna e fazer tudo sozinho com fundos e ações. Afinal, tinha todo o tempo do mundo. No entanto, acabei por desistir dessa ideia ao achar outros contatos mais interessantes com o mundo.

No início, sem minha mãe, era bom ver as mesmas paisagens que tínhamos visto juntos e saber que o quarto onde ela tinha respirado durante tantas noites estava ali ao lado, a dois passos do meu. Proibi que arejassem o andar. Seu hálito continuava existindo na casa.

No entanto, com o passar do tempo, essa situação começou a me parecer um fardo pesado demais. Minha vida já é suficientemente limitada e repetitiva, dia após dia, para eu ficar pensando no passado, hoje, totalmente irreparável. Preciso mudar. A ideia desenvolveu-se pouco a pouco em minha mente e um dia comecei a procurar imóveis na internet, não apenas anúncios de moradias residenciais, mas também construções com valor histórico-cultural: castelos, mansões e velhas fábricas abandonadas. Considerei até mesmo a hipótese de um velho navio à vela, com o interior totalmente renovado, que me daria a chance de mudar de ambiente, alternando locais em portos diferentes.

Foi, então, que encontrei uma novidade: o Forte de Forshälla. Por que não? A maior cidade sueco-finlandesa seria uma boa para alguém como eu que não fala finlandês. O Museu da Cidade ia mudar do forte e ninguém sabia o que instalar no espaço vazio. Evidentemente, não estava previsto que servisse de moradia particular, mas se houvesse alguém com bastante dinheiro e cheio de ideias, nada seria impossível. Chamei alguns detetives particulares para seguir os passos do presidente e do vice-presidente do conselho da comunidade e, duas semanas depois, um deles visitou, de fato, um bordel em Grönhagen. Esse meio de exercer pressão, porém, não foi necessário. Por meio de uma de minhas firmas, bastou que eu doasse vultosas somas de dinheiro para todos os partidos políticos. A partir daí, foi fácil alugar a metade do andar superior da construção, mais a torre do lado esquerdo e a ala que lhe é anexa. O status da construção como memória histórica criou certos problemas ao realizar a necessária renovação: era proibido transformar a torre em uma única grande sala e não queria chamar mais atenção ao exercer novas pressões. Felizmente, havia do lado norte um enorme espaço antes considerado sala de café e que mandei transformar em quarto, sala de estar e sala para todas as finalidades. Uma sala com água corrente e tudo.

Daí, me mudei para Forshälla, para a cidade do Caçador, como agora se costuma dizer. Tenho uma bela vista do centro da cidade, inclusive para a rua de pedestres, e também posso girar a cadeira e ter uma visão do lado sul, para o pátio e o Jardim Botânico, ou, ainda, para a outra torre e ver o pôr do sol e a paisagem do ocidente, passando pela igreja, até chegar ao novo edifício da polícia que você preside, Harald. Pensei muitas vezes no fato de podermos ver um ao outro usando binóculos, mas me disseram que sua sala fica do outro lado, com vista para o lado norte da cidade e a área de Lysbäcken, a ocidente. De qualquer forma, somos ambos habitantes de torres.

Aqui, nos últimos dois anos, tenho levado uma vida calma, com a visita diária das enfermeiras, uma de manhã e outra à noite, e de uma diarista que vem fazer a limpeza e a comida três vezes por semana. Nos outros dias, aqueço a comida no micro-ondas. Vivo sozinho metade dos dias e das noites, não considerando o fato de ter uma crise, talvez, uma vez por mês, período em que fico sob observação permanente durante três ou quatro dias. Toda a parte prática da vida está bem organizada e hoje, além disso, fortaleceu-se meu contato com a realidade. A distância, vejo com o binóculo uma grande massa de gente nas ruas e praças da cidade, ou a pouca distância, no pátio do forte. Gosto de ver muita gente no pátio. O povo vem, principalmente, ao chegar a primavera e no dia primeiro de maio ou, então, no Dia da Independência, com seus fogos de artifício. Uma vez, quando a explosão de fogos podia não ocorrer, fui eu que financiei a festa como patrocinador anônimo, naturalmente.

Agora, Harald, imagino que você esteja impaciente com toda a razão. Prometo falar sobre o Caçador, mas, passo a passo, para que você entenda bem a situação.

O primeiro ponto será este: o que faço em meu dia a dia? Durmo boa parte do dia, evidentemente, por causa dos analgésicos que me deixam sonolento, enquanto, durante a noite, meu sono não é bom. Em todo caso, mesmo deitado, não me deixo embalar pela preguiça. Meu interesse pela leitura começou cedo e continuo a cultivá-lo todos os dias: li todos os clássicos, de Homero a Thomas Mann, além de Kafka e Becket, repetindo muitas vezes cada leitura. Até mesmo a literatura atual merece minha atenção, o que me faz acompanhar as recomendações de *The New York Review of Books* e, muitas vezes, não me deixa surpreso com as escolhas para o Prêmio Nobel de Literatura. Vejo também muitos filmes na televisão, antes gravados em cassetes e, hoje, em DVD. Leio a revista *Variety* para não perder nada que mereça ser visto. Também navego na internet diariamente — que acesso formidável para quem está isolado no mundo! —, apreciando quadros nos sites de museus e em livros de arte que mando comprar. Consumo tudo o que me é oferecido nos diferentes domínios da cultura, mas jamais aprendi a apreciar música popular. Em contrapartida, sou uma espécie de perito em música clássica, incluindo Palestrina, Montoverdi, Shostakovich e Pendereski.

Contudo, há uma exceção notória: Mozart. Durante longos períodos, sou incapaz de escutar as obras dele. Mas quando estou quase dormindo na cama e meio letárgico por causa dos analgésicos, começo a cantarolar uma melodia e, após uns momentos, percebo que é de Mozart. Movimentos leves em um céu azul. Talvez algo do quinteto para clarinete ou do concerto 21 para piano. As longas fases que dizem: "Isto existe, mas você nunca chegará lá". A beleza existe e me faz chorar, e meus sentidos se encantam. A humilhação perdura. Mozart é o querido de Deus em sua grandeza, o gênio que, com imprudência desmedida, espalha à sua volta momentos de fantasia invejável: "Isto brilha por cima das nuvens. Vejo isso o tempo todo. Vocês não?". Ele ri e olha em volta, com fingida surpresa. "Estranho. Sem dúvida, vocês não são dignos" (como você pode ver, estou influenciado pelo filme *Amadeus*. Acho que ele e Salieri, em muita coisa, têm razão a respeito de Mozart).

No conjunto, ouso afirmar que estou a par de quase todas as áreas da cultura ocidental, sem negligenciar os aspectos populares, como romances policiais, ficção científica e filmes de Hollywood. Não tenho mais nada a fazer, a não ser procurar desenvolver minha cultura! (a atividade criativa que, por vezes, tentei desenvolver em escritos e em pintura com aquarelas, infelizmente não deu certo comigo). Todavia, não sou um esteta puro e inflexível. Vivo em meu tempo. Fiz a assinatura de uma dezena de jornais e revistas de diversos países e vejo os noticiários e os documentários de numerosos canais de televisão via satélite.

Gosto também de entrar nos *sites* de várias cidades, de estudar mapas e de ler sobre comunicação, saúde, escolas e instituições culturais. em uma semana, finjo que moro e trabalho como cidadão normal em Lyon, na França. Na semana seguinte, posso me sentir em Uleåborg, junto ao Ártico, ou em Newcastle, na Inglaterra. Planejo meus deslocamentos profissionais de ônibus, minuto a minuto, e o trajeto de meus filhos imaginários na ida para a escola, rua por rua. Escolho um restaurante apropriado para uma refeição de festa. A realidade, eu quero estar, constantemente, em contato com ela, como as pessoas normais.

No entanto, descobri que isso não é tão fácil assim. Embora tenha todos os canais imagináveis, todas as possíveis fibras nervosas à disposição, sinto há muito tempo que isso não me dá acesso suficiente à realidade. É um elemento, uma vitamina essencial, que falta à minha alimentação espiritual. Já descobri igualmente a razão: não existe quase nenhuma descrição direta da realidade nos livros, nos filmes, nos jornais nem na televisão falando da arte remodelar, naturalmente e sempre, a realidade, por meio da ficção e da fantasia. Também as notícias e os chamados documentários estão igualmente sujeitos a certas formas e formatos predeterminados. É isso que se nota quando alguém como eu segue muitas mídias e muitos canais diferentes. Em última instância, suas orientações procuram descrever apenas em parte a realidade correta. Trata-se de oferecer um produto que não só reflita a realidade, mas seja também, cada vez mais, uma diversão de conformidade com certas regras de apresentação. É uma determinada maneira de começar, de cortar as entrevistas e as reportagens, um apelo aos valores em voga. Basta pressionar certos botões para obter uma reação prevista do público a atrair. O que constitui a verdadeira realidade é menos importante do que um atrativo ângulo da câmera ou uma maneira chique de cortar o segmento de uma entrevista. Em outras palavras, aquilo que parece ser um documentário puro passa por um filtro de códigos jornalísticos que visa a seduzir o público, mas distorce a realidade. A única realidade com a qual estou em contato pleno é constituída pelas paredes de meu quarto, a superfície dos tecidos sobre os quais apoio meu corpo dolorido, a vista sobre a cidade e a planície que se divisa ao longe.

Essa tomada de consciência que tive há dois anos, logo depois que mudei para o forte, tornou-se insuportável para mim: por causa de minha incapacidade física. Estou impedido de ter contato direto com a vida. Tudo de que participo, quer por meio de conversas, escritos, quer por meio de imagens, está embelezado ou deformado. Isso representa muito — fragmentos de realidade e aspectos numerosos sobre o modo de pensar e o imaginário das pessoas —, mas não pode curar a carência que atinge minha alma como uma doença: a falta de realidade.

Essa nova sensação começou a me causar depressão. Fui obrigado a aumentar as doses de antidepressivos que nos últimos tempos tomava com os analgésicos. Sobreveio um tempo em que nem isso ajudava. Então, comecei a pensar em outros meios paliativos possíveis. "Tenho pessoas normais à minha volta", pensei: "alguns médicos, enfermeiras, cozinheiro e diaristas de uma agência de limpeza. Talvez possa lhes pedir para contar algo sobre a vida fora do espaço de meu quarto de doente crônico, alguma coisa de suas vidas normais, de todos os dias".

Pensei nisso durante bastante tempo enquanto fiquei deitado, com as cortinas fechadas, envolto em minha nova doença espiritual. Decidi, porém, desistir da ideia, com medo de novas complicações. Essas pessoas têm me visto. Elas sentem compaixão e, além disso, são, pelo menos em parte, economicamente dependentes de mim. Seus relatos do mundo externo seriam também embelezados e deformados, em face da situação do pobre doente, do multimilionário tão fácil de enganar. Na pior das hipóteses, ia escutar histórias inventadas de sofrimentos vários que poderiam ser minimizados com condizentes somas de dinheiro. Não, os relatos teriam de vir de alguém que não me conhecesse e descrevesse sua vida sem subterfúgios e segundas intenções.

Foi uma ideia brilhante! De fato, quando a tive, sentei-me na cama, em um gesto de alegria e contentamento que, naturalmente, logo foi suplantado por uma imediata intensificação das dores nas costas. Mas não liguei para isso. Apenas me recostei de novo, com um sorriso de felicidade nos lábios.

Restabeleci-me de imediato, sob o ponto de vista intelectual. Ordenei que levantassem as cortinas e comecei a planejar. A ideia maravilhosa devia ser apurada e colocada em prática, após longa reflexão para que não fosse abandonada. Durante dias e semanas, fiquei pensando no caminho certo a seguir. Devia anunciar na internet, estimulando as pessoas a escrever sobre suas vidas, relatando acontecimentos pelos quais passaram. De início, pensei em estabelecer regras para os textos, para evitar que os autores caíssem na tentação de escrever segundo modelos convencionais. Todavia, isso poderia significar o risco de novas convenções que eu próprio iria criar e colocar entre a realidade e minha própria pessoa. Por isso, acabei concluindo que seria melhor dizer apenas que se trataria de uma pesquisa relativa a um estudo sociológico sobre a vida na Finlândia atual. Pelo trabalho, os participantes receberiam trezentos euros por cada relato de cerca de quinze laudas. Eventualmente, mais de uma vez por vários relatos. A quantia me pareceu justa: motivadora para um autor sério, mas não tão grande que atraísse oportunistas que inventassem histórias. Para garantir a autenticidade dos relatos, exigi que fossem escritos à mão. Essa é a fórmula dos diários e das cartas pessoais, menos comum entre aqueles que utilizam máquina de escrever e computador para se comunicarem em geral.

Dito e feito! Criei um site, configurei as palavras de procura (em sueco, evidentemente) e atraí em pouco tempo centenas de pessoas à procura de um interlocutor com quem conversar. Elas deviam falar um pouco de si mesmas antes de as informar sobre o inquérito e a compensação financeira. Nesse momento ou mais tarde, poderia eliminar todas as pessoas que tivessem ambições literárias e planejassem publicar autobiografias etc. Queria receber descrições da pura realidade, de pessoas que escrevessem sem mentir ou inventar. "Indique seu nome completo, sua idade e descreva com suas próprias palavras os acontecimentos por que passou. Quero conhecer sua realidade tal como ela é." Essas eram minhas únicas instruções.

Em breve, tudo estava funcionando muito bem. Recebi inúmeros relatos, apesar de muitas pessoas, após o primeiro contato, não terem mandados seus textos como previsto. Todos os relatos chegaram a uma caixa postal nos correios (mantive-me sempre anônimo). Mês após mês, fui organizando um arquivo enorme com todas as revelações: uma enfermeira em Åbo, um esteticista em Hangö, um jovem treinador de futebol de Vasa, um professor em Pagas e muitos aposentados que adoraram descrever suas vidas.

Era fascinante. Esses relatos me davam um incrível sentimento de vida. Quanto mais banais, melhores me pareciam, quanto menos formais, mais críveis. Tinha a impressão de participar da realidade: podia viver a vida de uma família na escola, em grandes classes, entre treinadores de esportes, relações amorosas, conflitos no local de trabalho, doenças, nascimento de crianças... Praticamente tudo! Minha vida ficou mais rica do que posso expressar em palavras. Sentia-me extremamente agradecido pela nova situação.

Pouco tempo depois, passei a me concentrar em Forshälla, visto que isso me dava uma sensação de proximidade, de que algo tinha acontecido e sido vivido — ou pelo menos relatado — a apenas alguns quilômetros de distância do forte onde moro. Comecei a negar, ainda que agradecendo, as ofertas de outras áreas e passei a requerer histórias especiais, "sociológicas", relacionadas com a vida em Forshälla. Quando tal exigência limitou o envio de relatos, elevei a compensação em dinheiro para quinhentos euros. Em pouco tempo, recebi duas dúzias de histórias sobre Forshälla.

Com isso, surgiu também um problema. Em minha apresentação, escrevi que os relatos deveriam ser aprovados antes de os honorários serem pagos e, em certos casos, adendos seriam requisitados, os quais receberiam uma nova compensação financeira. Isso foi calculado apenas como um incentivo adicional, para tornar mais completo o trabalho antes realizado. Independentemente da qualidade, quase nunca deixei de fazer o pagamento respectivo, desde que tivesse o tamanho correto e refletisse um esforço honesto. Também não encomendei, a não ser uma vez ou outra, um novo relato. Para a maioria dos autores, quinze a vinte páginas escritas à mão pareciam esvaziar aquilo que, espontaneamente, poderiam contar a respeito de suas vidas. Raramente, senti que algo a mais pudesse ser acrescentado. Eles também não se ofereciam para contar outro fato novo, a não ser em alguns casos em que o oferecimento foi feito sem muita convicção.

No final de agosto de 2005, aconteceu, porém, o contrário. Um jovem de Åbo, estudante de química, escreveu um relato e recebeu seus honorários, mas, semanas mais tarde, voltou a escrever, solicitando permissão para mandar um novo relato. Agradeci a oferta, mas recusei a proposta. Achei que ele não teria mais nada a relatar. Ele voltou a escrever mais uma vez. Recusei novamente, mas ele insistiu de novo, desesperado pela necessidade de dinheiro: "Diga o que quer e escreverei o que quiser. Minha vida pode ser mais interessante do que o senhor pensa".

Isso me deixou muito pensativo! Talvez muitos dos narradores raciocinassem da mesma maneira, embora a ideia tenha sido apresentada apenas desta vez e sob pressão. Talvez eles tivessem pensado em fazer um relato interessante de suas vidas para fazer jus aos honorários, apesar de lhes ter sido pedido para contar apenas a verdade com suas próprias palavras. Meu mundo entrou em colapso. Seria meu recém-criado contato com a vida, em última instância, tão indigno de confiança e tão desonesto como as informações que as mídias transmitem? Teria sido alvo de uma série de imposturas que desde o início sepultaram o fundamento de minha nova existência?

Durante semanas, reli os relatos dia e noite. Os mais antigos que receberam os menores honorários me pareceram dignos de confiança, até mesmo quando foram reexaminados sob um ar de ceticismo. Em contrapartida, entre os relatos mais recentes, pareci ter encontrado uma parcela pouca íntegra. Esses relatos especialmente encomendados e relacionados a Forshälla foram compensados com uma quantia mais elevada. Aí, a ganância pareceu ter entrado no jogo.

Não acredite que eu tenha experiência em ganância! Aposto às vezes na Bolsa, pela internet, só para me divertir. Fico feliz quando ganho 50 mil euros e me mortifica perdê-los, mesmo considerando que isso me é totalmente indiferente. Tanto faz minha fortuna ser de dezenove milhões ou dezenove milhões e meio, ou, ainda, vinte milhões de euros. Contudo, posso imaginar essa sensação multiplicada muitas vezes como uma força intensa em alguém que realmente precisa de dinheiro. Tinha, então, aparentemente, atiçado essa sensação de ganância em certos casos.

Identifiquei quatro relatos especialmente suspeitos e acabei mantendo três deles, mas condenei um que possuía inserções nitidamente inventadas. Esse tinha chegado apenas algumas semanas antes, mas tão cego eu estava, tão embalado na realidade, que não vi de imediato a falha. Nesse caso, deixei-me enganar, hesitei em alguns outros, mas senti que, dali em diante, teria de ficar mais alerta. O projeto poderia ter sido arruinado: não perdeu, totalmente, seu valor na intenção de mostrar como era a vida cotidiana das pessoas, mas não me trazia mais a sensação indubitável e permanente da realidade.

As cortinas foram abaixadas novamente. Caí em um novo estado de depressão. Mas enquanto ficava ali afundado, tendo a obscuridade como uma pedra sobre mim, senti que um novo elemento se incorporara à minha constituição psicológica. De início, quase não dava para notar e se manifestava sob a forma de um pressentimento, algo que mal se distinguia em meio ao escuro. Depois, ganhou mais visibilidade: o vermelho, a cor da raiva. O protesto. A revolta. A raiva que ardia em mim como se fosse fogo.

Primeiro, a decepção ardente se intensificou, um sentimento doloroso de injustiça era o nome justo que devia ser dado ao acontecido. Depois, veio a cólera como válvula de escape. Tinha de fazer algo. Planejar. Mandei abrir as cortinas.

Obriguei-me a fazer uma análise fria como se estivesse em um tribunal onde desempenharia todos os papéis. Imaginei na minha frente a sala da justiça. À esquerda, eu era o promotor. À direita, o advogado de defesa. Ambos planejavam intensamente o que fazer. Uma vez um. Outra vez o outro. Circulavam na sala, gesticulando, cada um em sua respectiva metade da sala. No meio, na minha frente. Eu era o juiz. Inclinava-me para frente, para ouvir. Recostava-me na cadeira, para refletir.

O julgamento ocorreu durante três dias e três noites. Analisando a questão das intenções, chegou-se à conclusão de que a redatora, mais manifestamente culpada de um crime premeditado, tinha urdido uma fraude que ela sabia poder lhe render grandes consequências. O ganho em si era relativamente pequeno, mas claramente procurado. A perda para a outra parte era razoavelmente previsível e verdadeiramente incomensurável. Com suas fantasias, ela poderia sabotar o estudo sociológico com o qual pensava colaborar. O crime, portanto, não era pequeno, muito menos sob o ponto de vista dela.

No plano das consequências, o crime era ainda mais grave. Tinha significado para mim a erradicação de uma imagem do mundo. Tinha eclodido um sentimento de segurança e confiança, fundamental na análise dos outros relatos e, por isso, levado a uma exclusão acrescida da realidade. Nessa perspectiva, o crime era extremamente grave, sobretudo por ser cometido contra uma pessoa indefesa e totalmente exposta. Era um crime comparável à agressão sexual de uma criança ou a um flagrante de não assistência a uma pessoa em perigo. Uma pena longa de prisão seria a sanção mais apropriada.

Cheguei a pensar em construir uma prisão privada e mandar sequestrar a delinquente, como no filme coreano *Old boy*. Na verdade, isso seria demasiadamente complicado e arriscado. Outra solução seria contratar uma pessoa para lhe infligir um castigo físico, para maltratá-la e mutilá-la.

Do ponto de vista intelectual, isso seria a alternativa mais razoável. Todavia, avaliando as cores em minha obscuridade, durante longas noites de insônia, a raiva me pareceu muitíssimo forte. Meu corpo ardia e, por fim, só via uma maneira de apagar esse fogo. Emocionalmente, precisava fazer isso. Incondicionalmente! Uma reparação completa e justa por meio de uma condenação à morte da parte culpada.

Não escolhi essa saída com o ânimo leve. Hesitei muito. Pensei em Deus, no divino ou em sua ausência. "Se Deus não existe, tudo será permitido", dizia Ivan Karamazov, no romance de Dostoievski, e ele, de seu ponto de vista, tinha razão. Sem um fundamento metafísico, a moral não é mais do que um irrefletido hábito maquinal e um medo de punição. É isso que vejo claramente, embora os outros, mais do que eu, vivendo sob a influência das leis da sociedade, protestem contra esse pensamento.

Mas se Deus existe? Nesse caso, ele já me castigou. Minha assim chamada vida, minhas dores e minha permanente invalidez, a morte vivida que derrubou um pequeno rapaz de seis, sete, oito anos... Não é isso uma punição? Por quê? Talvez uma antecipação por aquilo que agora pretendo fazer. Deus vê tudo, o tempo todo, com uma única olhada. E mesmo que não exista, é necessário haver um equilíbrio moral no universo. Para esse tormento de uma vida inteira, uma razão suficiente. Por essa punição, um crime.

Você vai entender melhor quando ler o relato mentiroso anexo que procura se tornar interessante por meio de uma história inventada a respeito de uma ameaça de acidente nuclear. Essa pessoa era os olhos de minha cara e o sonho de meu corpo em movimento. Para mim, ela era a realidade. Mas, ao mentir em seu relato, ela falsificou minha consciência esfomeada e minha vida inteira. Era um veneno que ingeri voluntariamente e do qual só poderia me livrar por meio de um antídoto radical.

A decisão foi difícil de tomar, mas sua execução, relativamente fácil. Como disse, não existe praticamente nada que não possa ser obtido se os meios estão à disposição e podem ser utilizados generosamente. Não precisei nem mesmo estabelecer um "contrato" na internet. Sob uma forma apenas um pouco disfarçada, existem ofertas prontas para vários tipos de crimes, desde a brutal recuperação de dívidas e do roubo de objetos previamente escolhidos até o que se chama, entre outras coisas, de "soluções sérias para problemas sérios". Essas ofertas são escritas, no entanto, em uma linguagem codificada, parecida com aquela que se emprega em anúncios para encontrar parcerias sexuais (abraços). Há mesmo outras semelhanças. "De preferência no sudoeste da Finlândia." Foi assim, de fato, palavra por palavra, que surgiu uma oferta pela qual acabei me interessando.

Contratei, portanto, um assassino profissional, aquele que vocês chamam de o Caçador. Ele cobrou muito caro: cem mil euros. O dobro do que havia pensado. "Porque valho isso", escreveu ele (suponho que se trata de um homem). E valeu. Em outubro, no ano passado, ele cumpriu rápido a missão, evitando qualquer ligação comigo e sem, graças a Deus, se enganar de pessoa (isso era o que mais receava: não tinha nenhuma fotografia dela para enviar a ele). Ele revelou até certa idoneidade profissional, mandando para mim pequenos relatos — anexos — a respeito da maneira de pensar e de se aproximar da vítima como se, na falta disso, eu não acreditasse que ele tinha cumprido a missão. Nesse primeiro caso, ele enviou o porta-moedas de Gabriella Dahlström e também — oh, sim, você já deve ter adivinhado! — os olhos dela, em estado de quase decomposição, totalmente irreconhecíveis, imersos em uma solução da cor do sangue! Como prova de que a missão foi cumprida? Ou como se fosse um escalpo, um troféu, um sinal de vitória?

Foi algo inesperado, mas, de certa forma, também culpa minha. O Caçador não se contentou apenas em cumprir o contrato e receber seus honorários, mas quis também saber a motivação do crime. A essa altura, escrevi que Gabriella Dahlström tinha mentido e traído sua missão de apenas relatar a realidade que ela vivera e tinha visto com os próprios olhos. Tal fato, o Caçador interpretou de maneira muito estranha.

Para mim, a punição aplicada a Gabriella Dahlström foi uma purificação que me possibilitou continuar recebendo relatos que representavam muito para mim. Entretanto, como disse, continuei a me precaver. Em abril, aconteceu de novo. Recebi um relato obviamente inventado sobre o estranho desaparecimento de uma esposa, no qual também havia comentários fantasiosos de pessoas que simplesmente desaparecem. Novamente, hesitei durante algum tempo — desta vez, mais curto! — em deixar o mentiroso fugir, mas de novo senti que essa fuga seria emocionalmente impossível para mim.

Embora já tivesse tomado a decisão final, ainda hesitei em me dirigir ao notório, para não dizer mórbido, o Caçador. Por fim, reconheci que era menos arriscado voltar a utilizar os serviços daquele que realizara a primeira missão do que contratar uma nova pessoa.

Fiquei discutindo comigo mesmo a hipótese de denunciar o Caçador a vocês, isto é, dar-lhes o endereço na internet e o número da conta bancária dele nas Ilhas Cayman. Seu nome eu desconheço. Era uma questão difícil: por um lado, ele era um assassino, mas, por outro, realizava apenas as missões indicadas por mim, confiando que eu jamais o trairia. Depois de muita reflexão, cheguei à conclusão de que não tinha o direito de interferir na vida dele. Seria mais um crime eu condená-lo à prisão perpétua. O disco rígido com os e-mails e os dados dele foram totalmente destruídos. Em contrapartida, não permiti que ele matasse mais ninguém e lhe enviei trezentos mil euros como compensação. Não recebi nenhuma resposta dele, mas sei, através de minha conta bancária, que ele sacou o dinheiro e o transferiu para sua conta no paraíso fiscal. Interpretei isso como uma promessa dele de interromper sua atividade criminosa, mas pode ser que ele me traia. Nunca se sabe, quando se trata de uma personalidade tão estranha.

Por que estou escrevendo para você, Harald? Qual é o sentido desse relato se não denuncio aquele que pode continuar matando e incrimino-me?

A resposta começa com minha fome de conhecimento. Nesse caso, os dois assassinatos foram cumpridos. Sei que a investigação prossegue e queria estar a par dos acontecimentos, em especial por saber que esse caso não está sendo acompanhado pela mídia. Em parte, fiquei motivado por minha curiosidade e pelo medo de ser descoberto, e em parte, pela sensação de participar de algo que se desenrolava na realidade. Precisava também de um contato na polícia, o que exigiu algum tempo, visto que todas as questões preliminares deviam ser manifestadas com discrição. Terminei chegando lá, mas não se inquiete: não se trata de nenhum de seus colaboradores mais próximos, nem de ninguém que está no interior do primeiro escalão. Em contrapartida, há um número espantoso de membros de um escalão mais baixo que, mediante o pagamento de milhares de euros, pode obter e fornecer múltiplas informações: policiais, funcionários do escritório, arquivistas, vigias, faxineiras, entre outros. Basta saber como encontrar a pessoa certa. Em resumo, uma dessas pessoas de confiança (que também não tenho intenção de denunciar) me conseguiu todas as informações. Mas isso ocorreu com alguma demora e de maneira relativamente fragmentada, visto que quem colaborou comigo devia tomar todas as precauções para atingir seus objetivos.

Boa parte daquilo que consegui saber já podia imaginar, antecipadamente, mas dois fatos foram novidades. Um deles foi o equívoco de terem relacionado mais um assassinato àqueles praticados pelo Caçador. O que aconteceu na *stuga*, em Euraåminne, não foi encomendado por mim. Ao questionar o "Caçador" sobre esse assunto, ele negou categoricamente qualquer implicação no caso: "Sou profissional. Não mato pelo prazer de matar. Fiquei chocado quando soube que alguém estava me imitando". Pelo menos, nesse caso, posso auxiliar seu trabalho, visto que isso não interfere em meu sentimento de lealdade. Com o assassinato número dois, não tenho nada a ver.

O segundo elemento inédito que meu informante mencionou, no dia primeiro de maio deste ano, foi que Gabriella Dahlström estava grávida. Isso foi um choque para mim. Demorei um tempo para assimilar essa informação e somente uma semana mais tarde isso me atingiu de forma radical. Tive visões não só durante meus sonhos, mas também acordado: um feto indefeso que se asfixia e morre afogado em um corpo de mulher, que não lhe fornece mais o necessário oxigênio. Uma criança que agita os pequenos braços em vão. Seu minúsculo corpo fica inerte. Um mundo que existe desaparece antes de ela ter a possibilidade de se desenvolver. Às vezes, em meus sonhos, a criança abre subitamente as pálpebras e fixa em mim seus pequenos olhos brilhantes.

É um sentimento de culpa, uma culpa imperativa de que não posso fugir: a de ter deixado matar uma criança que não fez nada de mal, um pequeno ser humano que não tem culpa alguma de tudo o que acontece no mundo. Qual deve ser a punição que devo receber?

Se o julgamento for embasado em minhas intenções, a resposta será difícil: devia ter percebido o risco de uma mulher com a idade de Gabriella Dahlström poder estar grávida? Será que minha negligência foi tão grosseira que pode ser comparada a uma intenção hedionda? Não tenho certeza da resposta, mas se a avaliação se pautar nas consequências, a conclusão poderá ser somente uma: provoquei a morte de um inocente, portanto a única punição possível é minha própria morte. Penso que meu pai teria considerado essa punição como a que seria imposta no caso, pelo código de honra não escrito, mas impiedoso, da nobreza.

Isso não é tudo. Aquilo que fiz em relação a essa criança é pior do que Dahlström e Gudmundsson fizeram contra mim com suas mentiras. Portanto, minha morte também deve ser pior, mais dolorosa do que a asfixia dos dois. Essa punição já comecei a aplicar em mim por meio da gradativa redução dos analgésicos que tomo, deixando que as dores nas costas me atormentem com mais intensidade. Depois, também minha morte será imensamente mais dolorosa. Isso é uma questão de justiça.

Cheguei a todas essas conclusões durante dois meses de introspecção intensiva. Esse processo tem sido terrível, mas, ao mesmo tempo, me trouxe um notável sentimento de libertação. Tenho consciência. Mesmo uma pessoa como eu, vivendo fora da sociedade e tendo boas razões para se sentir amargurada, tem uma consciência viva!

De onde vem ela? Não sei. Não vou fingir que estou ouvindo a voz de Deus, mas talvez Ele esteja agindo dentro de mim por meio de meus remorsos. Talvez a consciência Dele tenha sido plantada nos seres humanos. Mesmo se essa consciência não se desenvolver na psique humana, existe a consolação de saber que Ivan Karamazov errou: ainda que vivendo eternamente sem Deus, nem tudo é permitido. Não é permitido matar uma criança.

Estas páginas contêm, portanto, meus remorsos e minhas confissões. Você, Harald, tomou conhecimento delas, mas com minha punição não terá que se preocupar. Quando recebê-las, o castigo já terá sido infligido. No entanto, peço-lhe para pensar em uma coisa: no perdão. Não sei se existe um Deus com poderes para me oferecer esse perdão, mas sinto que, entre todos os homens, preciso do Dele.

Sei também que você talvez precise ser perdoado. Não posso ver seu coração, mas talvez haja dentro dele uma grande culpa, uma dúvida pelo fato de uma pessoa inocente se encontrar na prisão por sua causa. De uma coisa tenho certeza: do tratamento desumano que você deu a Erik Lindell, levando-o ao limite da psicose e da decadência. Por meio de meu informante, soube que toda a polícia falava da maneira como Lindell "subia" pelas paredes na prisáo e de como parecia estar totalmente devastado quando foi liberado.

Posso perdoá-lo, Harald, por Erik Lindell e quero que me perdoe pelo que fiz ao bebê que Gabriella Dahlström tinha no ventre. Pense um pouco naquele rapaz de seis anos de idade, na província de Västmanland, e naquilo que nunca lhe devia ter acontecido!

Por ora, Harald, me despeço. Coloquei em ordem tudo o que era preciso. Estou pronto.

Com os melhores cumprimentos!

A seu dispor,

Philip

Harald

ACONTECIMENTOS DO FINAL DE JULHO DE 2006

Como policial, não fiquei surpreso com nada, mas como ser humano sofri muito com a ideia de que duas pessoas tinham sido mortas por causa de um mal-entendido. Lennart Gudmundsson não mentiu sobre o desaparecimento de sua esposa e Gabriella Dahlström falou a verdade sobre o problema na usina nuclear e da maneira como via esse problema, mas Philip não entendeu que tais fatos pudessem acontecer de verdade. Mesmo se eles estivessem mentindo, que reação brutal de sua parte! O hábito de obter tudo o que desejasse e que perdurou por toda a vida: quero ter a possibilidade de morar no Forte, que a vida dos outros me seja contada, que determinada pessoa morra...

Philip. Pensei muito nele durante a semana seguinte. Um inválido isolado, atormentado por dores e analgésicos. Um assassino, mas, ao mesmo tempo, uma pessoa com a consciência pesada que cometeu suicídio por causa da morte de um feto de alguns meses. Podia entendê-lo, mas seriam suficientes uma confissão e um suicídio para aspirar ao perdão?

Ele também fez que eu pensasse em mim mesmo. Há muito tempo me sinto angustiado diante do fato de que uma mensagem dirigida ao grande público talvez pudesse ter evitado a segunda e a terceira vítima do Caçador se eu a tivesse divulgado. Mas não foi isso que aconteceu. Nem Philip, nem o Caçador teriam sido influenciados e o segundo assassinato não teria nada a ver com o Caçador. Por consequência, muito estranhamente, a carta de Philip representou, para mim, uma espécie de absolvição, embora diferente daquela que ele me ofereceu por Erik Lindell e pelas eventuais pessoas condenadas injustamente.

Será que algum inocente está preso nas penitenciárias de Kakola ou Riihimäki por minha causa? Não, pelo menos que eu saiba, mas concordo que isso quase aconteceu com Lindell. Se não fosse por seu álibi de última hora, a sessão de terapia chinesa para tratar as dores de suas costas, ele estaria encarcerado. Ele teve sorte e eu também. Podia ter se tornado um grande peso para minha consciência.

Será que, ao contrário, algum outro suspeito que pressionei teve esse azar? Acredito que não, mas nunca se sabe, como disse uma vez o comissário Hämäläinen.

O último dia de julho caiu em uma segunda-feira. Como de costume, comecei a manhã examinando meu rosto. Os olhos estavam mais escuros do que antes, como se estivessem assombrados por uma tristeza interior. Nos últimos meses, minhas pálpebras caíram muito mais do que antes. A pele se modificou e as rugas se espalharam, mas não estava no fim. Ainda tinham muitas forças e questões a enfrentar! Quem era o Caçador que cumpriu as ordens de Philip? Quem matou Jon Jonasson? No departamento de polícia, quem forneceu informações sigilosas a Philip?

Primeiro, precisava descansar, fazer uma pausa e refletir um pouco. Tinha acumulado oito semanas de férias de verão e de horas de serviço extra a compensar. Precisava mesmo me recuperar. Sonya e Gunnar

Torsten Pettersson

poderiam assumir os assuntos do dia a dia. Poderia viajar para Åbo e brincar com meus netos. Por outro lado, Gunnar já tinha me convidado várias vezes, depois da morte de Inger, a passar um fim de semana com ele e sua esposa, Britt, em sua casa. Finalmente, estava na hora de aceitar o convite.

A MOCHILA

O diário de Nadya

SETEMBRO DE 2006.

Vou recomeçar a escrever meu diário em um novo bloco. Há muito tempo não escrevo. Agora, estou em outro lugar porque aconteceram muitas coisas.

Quando Galina morreu, ficamos tristes de uma maneira diferente. Sergey e Denia também mudaram. Para os clientes, falavam em voz baixa, sigilosamente, que o bordel estava fechado. Desse jeito, nós, as garotas, tivemos dois dias de descanso. Quando chorávamos, Denia vinha nos consolar, mas não a deixávamos porque estávamos muito zangadas com ela e Sergey por Galina ter falecido. A culpa disso era deles!

Depois, uma noite, alguém tocou a campainha. Sergey foi até a porta, mas ficou em silêncio para que a pessoa fosse embora, mas ela tocou a campainha novamente, bateu na porta e gritou, de tal maneira que percebemos tratar-se de um homem. Sergey disse para ele ir embora, visto que estávamos fechados, mas o homem gritou, novamente, dizendo que queria ver Galina. A essa altura, reconheci a voz do cliente habitual de Galina, aquele que até queria se casar com ela. Ele tinha telefonado durante o período em que Galina estava doente e queria vê-la, mas Sergey disse, então, que isso era impossível. Agora Sergey disse, ou melhor, gritou, que Galina tinha viajado e voltado para Rússia. Mas o homem continuou gritando e batendo à porta, de modo que Sergey ficou zangado e foi buscar uma faca na cozinha. Depois, abriu a porta e disse ao homem para ir embora ou, então, seria ferido.

A essa altura, o homem abandonou a casa e se afastou da faca de Sergey. Tive certeza então, assim como Liza e Larissa, entre as cortinas da sala de estar, de que se tratava do cliente habitual de Galina. Ele disse em voz baixa que não acreditava no fato de Galina ter viajado e queria saber onde ela estava e se estava bem. Sergey disse que ela estava bem, mas tinha viajado. Denia também se dirigiu para a porta e explicou mais pormenorizadamente e em melhor sueco que Galina tinha viajado para Toksovo porque sua mãe estava doente e queria vê-la de novo. Foi isso que Sergey e Denia tinham decidido que devíamos dizer caso alguém perguntasse sobre ela.

Mas o homem não acreditou também em Denia. "Posso entrar e verificar se ela viajou mesmo?" — perguntou ele duas vezes. Sergey pensou um pouco, mas, depois, disse que não. O homem falou, então, que Sergey teria que se cuidar se fizesse algum mal a Galina. Que ele voltaria em breve e iria vê-la. Foi isso que ele gritou, já ao lado de seu carro. "Você não vai me impedir! Tenha cuidado para não lhe fazer mal algum!" Depois, esticou o braço e tirou uma fotografia de Sergey com o celular. Sergey correu em direção ao carro, mas não pôde impedir que o homem partisse a toda a velocidade. Sergey gritou muitos palavrões em russo e estava realmente muito zangado.

Quando voltou para casa, ele e Denia ficaram mais nervosos do que zangados. Nervosos com o fato de o homem poder retornar talvez com companheiros ou até com a polícia. "Eles vão nos encontrar aqui e 'aquelas aí'

Dá-me os teus olhos

(ele queria dizer nós, as garotas) podem dizer tudo sobre Galina" - disse Sergey para Denia. Ambos ficaram olhando um para o outro e, de repente, começaram a correr e a procurar objetos na casa. Viraram-se, então, para nós e gritaram para apanharmos nossas coisas. Tínhamos que viajar imediatamente.

Denia voltou da cozinha e nos deu muitos sacos plásticos. Fui buscar minhas roupas, a maquiagem e os diários que escondi no fundo de uma sacola. Pensei em pegar mais algumas coisas, mas não havia praticamente mais nada. Os objetos antigos, trazidos da Rússia, estavam estragados ou eram infantis demais. Os presentes recebidos de Sergey e Denia eram apenas decorativos.

Queria pegar uma jaqueta para sair, mas a russa que eu tinha estava não só velha, mas também pequena demais. Perguntei a Denia se ela tinha uma jaqueta para me emprestar, mas ela apenas gritou para me apressar e não ouviu o que eu disse. Tive que vestir a velha e pequena jaqueta. Liza e Larissa também tiveram que usar suas velhas jaquetas russas. "Mas, pelo menos, vamos sair desta m... de lugar", disse Larissa, usando um palavrão em russo. Foi uma correria geral. Todos estavam com pressa e Sergey apenas dizia: *Davaj, davaj!*, o que significa rápido, rápido! Ele abriu uma maleta com os livros de caixa e dinheiro, muito dinheiro, em notas de cinquenta euros que vimos, muitas vezes, serem dadas a ele pelos clientes.

Logo, Sergey abriu a porta e exclamou de novo *davaj* e saímos todos em direção ao carro. Nossas bolsas foram colocadas no bagageiro. Liza, Larissa e eu sentamos no banco de trás. Sergey sentou-se ao volante e Denia, a seu lado, com a maleta de dinheiro no colo. Vi que os dois colocaram os cintos de segurança, mas atrás não havia nenhum.

No momento seguinte, Sergey ligou a ignição e o carro partiu. Primeiro, achamos que seria divertido sair daquela casa e andar pelas ruas de Forshälla, mas logo notamos que Sergey guiava o carro em alta velocidade

353

e mal. Ele disse para Denia olhar para todos os carros e ver se em algum deles estava o cliente de Galina. "Eu vou matá-lo", gritou ele e pediu para Denia olhar bem para os outros carros. Ele guiava o veículo como um doido. Nós, atrás, balançávamos de um lado para o outro e para cima e para baixo como bonecas. Denia também berrou, dizendo que assim, do jeito que Sergey guiava, a polícia ia pará-los. Nesse momento, ele diminuiu a velocidade e ficou mais calmo, mas logo achou que o cliente de Galina estava nos seguindo em um outro carro. "Lá está ele!", Sergey virou rápido para a esquerda, mas não viu um carro em sua frente. Liza gritou e vi apenas um carro preto e grande que vinha diretamente em nossa direção.

Depois disso, não me lembro de mais nada. Acordei sob uma luz intensa e com dor de cabeça. Isso primeiro. Depois, senti dores no estômago e nas pernas e verifiquei que não podia me mexer. Abri os olhos e compreendi que estava no hospital e lesionada. Fiquei com medo e gritei, mas não saiu nenhum som de minha boca. Mesmo assim, chegou uma enfermeira que disse: "Olá, temos aqui alguém que acordou! Oi!". Ela foi muito amistosa e falou comigo durante muito tempo. Disse que fiquei inconsciente durante três dias e passei por duas operações.

Depois, chegou um médico que me falou de contusão cerebral, de costelas partidas e de perna esquerda quebrada em dois lugares. Falou também de "baço", mas isso não entendi o que era. Tinha feridas no rosto e por ter ficado deitada durante muito tempo, mas o médico previu que eu me recuperaria por completo. Ele tinha razão. É isso que posso dizer agora. Estou saudável de novo.

Fiquei no hospital durante três meses. Durante dois meses, realmente, deitada. Depois, caminhadas com todo o cuidado para treinar a perna. Antes disso, mais uma operação no baço.

A polícia veio e perguntou o que aconteceu. Contei o que sabia e falei dos livros de anotações onde escrevíamos nossos diários. Eles encontraram os livros em nossas bagagens, os quais foram apreendidos pela polícia por serem importantes e muito interessantes. Mas eles não chegaram a encontrar Sergey nem Denia. Quando a polícia chegou, só restávamos nós, as três garotas, no carro, todas machucadas. Mais ninguém e nada de dinheiro.

Larissa e Liza também foram parar no hospital, mas em outra ala, com outros ferimentos. Larissa teve problemas nos pulmões e Liza, nos olhos. Após algumas semanas, porém, ficamos juntas na mesma enfermaria por causa da ajuda prestada por uma assistente social. Ela era gentil, mas perguntava coisas demais sobre a casa e o que fazíamos lá. Não queríamos falar disso, nem mesmo quando a ela voltou com um intérprete russo. Contudo, alguma coisa tivemos que dizer.

Quando ficamos na mesma enfermaria, nós três conversamos muito em russo, satisfeitas por já não estarmos na casa e termos de atender aos clientes. No entanto, tínhamos medo do que Sergey pudesse fazer contra nós. Ele poderia dizer que tínhamos fugido. Larissa falou que devíamos pedir "asilo", para não voltar para São Petersburgo, onde Sergey poderia estar com seus "amigos". Falamos com o médico, mas ele disse que devíamos conversar com a assistente social. Ela nos disse que o asilo era possível e falou com um advogado sobre o assunto. Contamos para ele a respeito de Sergey, nosso dono, que podia estar em São Petersburgo. O advogado disse que essa era uma "ameaça crível". Ele leu meus diários na polícia e disse que eram bons. "São documentos ótimos e demonstram que Sergey é perigoso". Quando questionadas, Larissa, Liza e eu devíamos dizer que pertencíamos a Sergey e que ele nos poderia matar se voltássemos para São Petersburgo. Devíamos também dizer o que fazíamos na casa em Gröndal (o lugar se chama, na realidade, Gröndalen). "Todos vão entender que a culpa não foi de vocês", disse o advogado.

Estamos agora as três em um campo de refugiados e estou escrevendo, novamente, em meu diário. Aqui, há muita gente que espera por asilo

Torsten Pettersson

na Finlândia, mas ninguém mais da Rússia. Isso é bom. Assim, não há ninguém que possa conhecer Sergey e contar para ele onde estamos. Continuamos com medo de que Sergey nos encontre.

Frequentamos também a escola, visto que ainda somos adolescentes e sabemos falar sueco. Sou a melhor nisso e sei escrever também. Larissa e Liza estão fazendo bons progressos. Talvez a gente fique na Finlândia e, depois da escola, comece a trabalhar como diaristas, fazendo limpeza, ou, ainda, consiga um trabalho em uma fábrica, por exemplo. Entretanto, talvez consigamos ser adotadas por famílias. As três, pela mesma família, se possível. Precisamos tentar aprender também finlandês se um dia quisermos nos mudar para Helsinque.

Já escrevi para a mãe de Galina e para Sasha em Toksovo. Contei que Galina lhes perdoara, mas tinha falecido. Não recebi nenhuma resposta, de modo que não sei se minha carta continha o endereço correto.

Mais tarde, espero poder convidar Kólia a vir aqui. Escrevi para ele quando ainda estava no hospital. Escrevi para a escola. Tive sorte! Ele está agora em um internato para crianças, visto que vovó faleceu. Mas ele continua na mesma escola e já sabe escrever, mas ainda não muito bem. Trocamos muitas cartas e disse para ele que poderá vir aqui quando eu arranjar um emprego ou conseguir que uma família me adote. Ele disse que o internato é de rapazes e não é nada mau em São Petersburgo. Também falou que talvez não queira se mudar para cá, mas quero que ele mude de ideia. Escrevi dizendo que talvez Sergey possa encontrá-lo e lhe faça mal. Por isso, Kólia também deve deixar o internato e vir ficar comigo na Finlândia. Talvez seja possível.

Conversa gravada

O que se segue é uma transcrição de uma conversa entre Gunnar Holm e eu, Harald Lindmark, na tarde de domingo, em 10 de setembro de 2006. A situação é a seguinte: nós nos encontramos em Euraåminne, perto da usina nuclear de Olkiluoto. Estamos sentados em uma rocha, perto da praia, limpando peixe em uma pequena enseada bem defendida. A distância, surgem os contornos bem definidos da usina, sob um céu azul-claro de outono. À nossa volta, a floresta verde, salpicada de folhas douradas, à beira-mar. Realizamos uma pescaria com bastante sucesso, usando canas de pesca feitas de rochedos. Falamos de peixe e de acontecimentos do dia a dia. A transcrição se inicia no momento em que a conversa aborda questões pertinentes às investigações em curso.

Lindmark: Por que você não gosta de falar do trabalho e do que acontece por lá? Deve entender que estou interessado?

Holm: Pensei que você não quisesse falar disso. Quando esteve em nossa casa, há apenas duas semanas, você queria conversar sobre qualquer assunto, mas não sobre trabalho.

Lindmark: Ah, sim. Àquela altura, precisava fazer uma pausa. Estava em férias. Foi ótimo estar com vocês e pensar em outras coisas, mas agora estou curioso de novo. Você conseguiu algum contato com o Caçador?

Holm [rindo]: Esse é um grande exemplo e a resposta é não. Qualquer coisa nesse sentido eu teria logo falado com você.

Lindmark: Muito bem. Como está a situação daquele que forneceu informações a Philip?

Holm: Já começamos a telefonar a um grupo de suspeitos, mas ainda não chegamos a nenhum resultado.

Lindmark: Quando a investigação estiver pronta, quero saber quem é.

Holm: Claro. Evidentemente.

[Pausa. Sons de raspagem de peixe.]

Holm: Aliás, aconteceu de fato uma coisa que poderá lhe interessar. Chegou a nós classificada como tentativa de assassinato. Você se lembra de Erik Lindell?

Lindmark: Claro.

Holm: Ele foi agredido. Brutalmente.

Lindmark: Foi mesmo? Como assim?

Holm: A murros e pontapés. Aconteceu uma noite, algumas semanas atrás, em Dagmarsberg, exatamente na parte de trás do prédio onde mora. As testemunhas são um casal de meia-idade que estava a caminho de casa, depois de um jantar de casamento. Estavam se aproximando de casa quando viram, a distância, quatro jovens correndo em fuga. Um era muito alto e, provavelmente, eram somalis. Mas nada mais puderam acrescentar. Ao se aproximarem, encontraram Lindell inconsciente e muito machucado. No hospital, foi constatado que tinha o maxilar quebrado, costelas partidas e o baço arrebentado. Além disso, deve ter recebido um pontapé nas costas, o que lhe quebrou a coluna e, por consequência, certamente, vai ter que andar de cadeira de rodas pelo restante da vida.

Lindmark: Meu Deus! O que ele disse?

Holm: É isso mesmo que é muito estranho. Tudo aconteceu, como disse, ao anoitecer, mas antes que ficasse completamente escuro. Lindell deve ter visto, com certeza, quem foram os agressores, mas evita responder às questões mais simples sobre eles. É bem certo que sofreu um abalo cerebral, mas os médicos afirmam que ele não sofre de amnésia. No entanto, não diz nada sobre os criminosos. Estou convencido de que sabe algo, mas prefere guardar isso para si.

Lindmark: Mas por quê?

Holm: Alguma coisa em particular. Talvez esteja planejando algum tipo de vingança privada. Os militares talvez ajam dessa maneira.

Lindmark: De sua cadeira de rodas?

Holm: Como líder das investigações no caso, espero que ele comece a falar logo que chegar à conclusão de que jamais vai ficar de pé novamente. A essa altura, só restará para ele o caminho da justiça, se quiser punir os culpados.

Lindmark: Mas talvez ele não queira isso.

Holm: Por que não? Será que ele quer dar a outra face? Será que é religioso?

Lindmark: Não. Mas ele é muito esquisito e sempre foi. Você não se lembra do caso Gabriella Dahlström? Primeiro, ele assumiu a culpa, dizendo que talvez pudesse ter evitado que sua namorada fosse morta por um assassino em série no Parque da Cidade, durante a noite, quando ele não estava por perto. Talvez agora também ache que tem alguma culpa a pagar.

Holm: Talvez seja isso. Acontece tanta coisa estranha com as pessoas. Você o conhece melhor do que eu. Apenas o encontrei uma vez, quando ele me procurou com a ideia de que havia um túmulo cavado no meio da floresta.

Lindmark: Um túmulo?

Holm: Sim. Algum tipo de cova feita na floresta do Parque da Cidade. Ele me pareceu incapaz de se concentrar, mas foi simpático. Ainda ficamos conversando por algum tempo e tentei colocá-lo no caminho certo. Ele ficou muito confuso depois de ter passado tanto tempo na prisão, se é que podemos pôr as coisas nesses termos.

Lindmark: Você quer dizer que o erro foi meu?

Holm: Ele era inocente. Mas, naturalmente, depois daquela confissão falsa, foi difícil reconhecer isso.

Lindmark: Você acha que a culpa foi minha?

Holm: Bom, seus interrogatórios foram bem, digamos, impositivos. Como daquela vez em que eu e Harju tivemos que o conter e separá-lo de um paciente doente mental que você estava a fim de matar com golpes de punho.

Lindmark: Ele tentou me estrangular. Ele queria me matar!

Holm: Sim, sim, mas ele estava dominado e não constituía nenhum perigo. Já o tínhamos sob controle quando você avançou sobre ele.

Lindmark: Fiquei puto da vida dessa vez. Ofendido.

Holm: Mas mesmo quando não está zangado, você pode fazer tudo isso e mais um pouco, quando sabe ou acredita que está com a razão. Como daquela vez na Escola da Polícia.

Lindmark: O que você quer dizer com isso?

Holm: O cara da cidade de Jakobstad. Aquele da voz rouca.

Lindmark: Esse era racista puro! Você se lembra dos lemas dele: "Macacos e africanos adoram bananas" e "Tenham cuidado, doutores, diante de garotas ciganas. As crianças que elas dão à luz roubam a carteira de seus bolsos".

Holm: Mas isso lhe dava o direito de acusá-lo de ter roubado um pacote de notas que você mesmo colocou no armário dele?

Lindmark: Era a única solução possível e nunca me arrependi do que fiz. Esse cara teria sido uma catástrofe como policial.

Holm: Pode-se dizer também que você estragou a vida dele ao fazer que fosse expulso da Escola da Polícia. Você viu como ele estava na hora de empacotar suas coisas no internato? Estava completamente acabado pela vergonha, além de confuso e desapontado.

Lindmark: Ele teria acabado com muitas vidas se tivesse saído para as ruas como policial ou, ainda, em uma sala de interrogatórios. Se você quer ser o campeão da moralidade, por que não disse nada na época? Você sabia tudo sobre o caso.

Holm: Eu o admirava. Você era um modelo para mim. Sempre foi isso, de um jeito ou de outro. Sou mais rígido, mais convencional, mas tenho pensado muitas vezes: "Será que devo ser como Harald, mais duro e ousado? Se ele pode, então também posso".

Lindmark: Claro que pode. Você é um policial competente.

Holm: Aparentemente, não tão competente assim.

Lindmark: O que quer dizer com isso?

Holm [em um tom de voz quase inaudível]: Ainda não cheguei lá.

Lindmark: Você quer dizer ao lugar de comissário?

Holm: Claro.

Lindmark: Você concorreu à vaga em Björneberg e Åbo.

Holm: Mas não consegui o lugar, como você muito bem sabe.

Lindmark: Em sua opinião, isso dependeu de quê?

Holm: Não sei. Certamente, eles queriam ter alguém dos seus como escolhido.

Lindmark: Em Åbo, acabaram escolhendo alguém de Helsinque. Você nunca pensou que em última instância...

Holm: O quê?

Lindmark: ... poderia servir melhor como inspetor?

[Pausa.]

Holm: Não. Sim. Não sei. Nunca tive a nota mais alta na Escola da Polícia, mas de acordo com minha experiência...

Lindmark: A maioria dos comissários teve as notas mais altas tanto na escola como nos cursos seguintes. Você deve se olhar no espelho, pelo menos, de vez em quando, não?

Holm: Acho que não! O aprendizado pelos livros não significa tudo. Vale também saber como tratar as pessoas. Saber como agir na área. Não são muitos os que conhecem Forshälla e todo o sudoeste da Finlândia como eu!

Lindmark: Claro, isso todos sabem. Ser inspetor também não é uma posição assim tão ruim. Horários de trabalho mais previsíveis e tempo para realizar outras atividades no dia a dia. E agora, quando saio de férias um pouco mais longas, você se torna o líder das investigações e responsável principal. Como você se sente?

Holm: É Alder quem assume os principais casos, mas está tudo bem. Sim, quero dizer, quando você voltar, tudo estará bem...

Lindmark: Não há nenhum risco. Entendo o que quer dizer. Você também teria condições de assumir esses casos. A propósito, também tenho feito algumas investigações paralelas.

Holm: Ah, sim. Em que casos?

Lindmark: O que você acha? No do Caçador, é claro. Esse caso ainda não está encerrado. Está pela metade.

Holm: Sim, mas, de maneira geral, será arquivado, segundo Alder. Não há mais pistas a seguir. Os dados dos computadores de Philip consumidos pelo fogo não puderam ser recuperados e todas as outras pistas seguidas não deram resultado positivo algum. Se o Caçador não agir de novo, não teremos mais nada a fazer. Não há testemunhas, DNAs, nada.

Lindmark: Mas cheguei à conclusão de que existe um fator suplementar a ser considerado. Como você sabe, temos três assassinatos: Dahlström, Jonasson e Gudmundsson. Consideramos que se tratava de um mesmo criminoso, visto que o modo de agir, de maneira geral, era o mesmo, mas Philip insistiu que nada tinha a ver com o caso de Jonasson.

Holm: Um assassino que logo se suicidou: como podemos confiar nele?

Lindmark: Mas se considerarmos...

Holm: Se há mais de um criminoso, por que o assassino de Jonasson fez questão de usar os mesmos métodos de ação? Não será absurdo acreditar que se trata apenas de uma coincidência?

Lindmark: Talvez não tão absurdo neste caso. Em especial, por causa da retirada dos olhos. Alguém pode pensar que se trata de punição ou vingança, ainda mais depois da adaptação para o cinema do livro de Sjöwall e Wahlöö, autores suecos que tornaram a intenção conhecida. Além disso, a notícia dos olhos extraídos deve ter se espalhado depois do assassinato de Gabriella Dahlström: tanto por meio de Lindell como, em especial, pelos moradores de Stensta, dezenas de pessoas viram a fotografia de Dahlström com os olhos de porcelana, quando tentávamos descobrir qual era sua identidade. Para eles, foi algo inusitado ver a fotografia de uma mulher assassinada a dois passos de suas casas, visivelmente desnudada e sem os olhos, substituídos por similares de porcelana. Essas pessoas contaram o que viram para dez outras pessoas que, por sua vez, repassaram o que ouviram para outras dez pessoas. Os rumores dessa história devem ter chegado aos ouvidos de um outro assassino e daí talvez ele tenha tido a ideia de camuflar seu crime, fazendo que acreditassem ser mais um ato do Caçador. Jonasson pode ter sido assassinado por um motivo totalmente diferente. Acho que o desnudamento e os arranhões na barriga também foram fatos que se espalharam como rumores. Alguém pode ter visto o corpo nu de

Gabriella Dahlström no caminho do parque, mas não se importou de ligar para a polícia, relatando essa descoberta.

Holm: Isso me parece muito rebuscado. É muito mais natural que se trate do mesmo criminoso.

Lindmark: Mas suponhamos que Philip não mentiu: o que ele ganharia com isso? Suponhamos também que o Caçador declarou que não foi ele, segundo Philip, quem matou Jonasson. Considerando que o Caçador também não tinha razão para mentir para Philip, então, há uma nova questão.

Holm: Quem matou Jonasson?

Lindmark: Claro, mas em relação ao Caçador, também há uma questão a desvendar: por que ele decidiu colocar uma cruz greco-ortodoxa em sua segunda vítima, Gudmundsson? Enquanto pensávamos que havia apenas um só criminoso, tínhamos de considerar duas possibilidades. Ou ele também deixou uma cruz sobre Gabriella Dahlström, que, depois, foi roubada por algum transeunte, ou, então, só começou a assinar seu crime com a cruz no segundo caso, com Gudmundsson. Mas se foi outra pessoa que matou Jonasson, então a situação muda. Como não encontramos nenhuma cruz em Dahlström, pode ser que o segundo assassino tenha se inspirado em algum tipo de rumor. A cruz encontrada em Jonasson era, por assim dizer, original. Foi ideia desse segundo assassino ter colocado a cruz na cena do crime como imitação ou pista falsa. Mas de onde veio a cruz colocada em Gudmundsson? Não pode ser casual o fato de dois assassinos diferentes terem a mesma "assinatura". De onde veio a inspiração do Caçador em colocar a cruz? Pode-se entender o motivo: ao fazer a ligação com o segundo crime, do qual é inocente, cria-se um elo de que será inocente também do terceiro crime, no caso de se tornar suspeito. Mas como o Caçador ficou sabendo que havia uma cruz no corpo de Jonasson? Holmgren, que achou o corpo, não mencionou nada, verifiquei alguns dias atrás.

Holm: É difícil dizer. Talvez Philip tivesse um informante da polícia.

Lindmark: Mas Philip, segundo seu relato, não sabia nada a respeito da morte de Jonasson e não tinha o mínimo interesse em saber. Philip teria se exprimido de outra maneira se tivesse informações relevantes sobre o caso.

Holm: Não sei se podemos acreditar nele, nas condições em que se encontrava. Não se esqueça de que ele estava perturbado pela mistura de analgésicos e outros remédios!

Lindmark: Mas se acreditarmos no que ele escreveu, então, só há uma possibilidade, uma única fonte possível quanto à cruz: o grupo de investigações.

Holm: Você quer dizer...

Lindmark: Sonya, Markus e Hector. Além deles, você e eu, é claro.

Holm: E o arquivista.

Lindmark: O caso ainda não foi arquivado.

Holm: Portanto, você quer dizer que um dos três repassou informações a Philip e ao Caçador?

Lindmark: Não. Como poderiam estar em contato com ele? Acho que alguém do grupo é o Caçador.

[Pausa.]

Holm: Não. Você não está falando sério.

Lindmark: Claro que estou. Pensei em Markus. Há muito tempo penso nele. Ele ficou muito chocado quando lhe contei que os olhos de Jonasson haviam sido arrancados, tão chocado como o Caçador deve ter ficado quando recebeu a notícia de que tinha um imitador. Além disso, Markus tem o hábito, ou o mau hábito, de usar fio dental a toda hora. Fio dental pode se transformar em um possível laço para estrangular alguém, sendo fácil transportá-lo em uma pequena caixa. Possui uma resistência incrível, sobretudo quando dobrado, como dois fios juntos. É impossível rompê-lo sem um objeto cortante.

Holm: Markus. Você acredita nisso realmente?

Lindmark: Não. Agora, não mais.

Holm: Não se trata de Sonya, não?

Lindmark: De fato, ela é muito forte diante de outra mulher ou de um homem de pequena estatura, se aceitarmos que a motivação foi dinheiro, isto é, que o Caçador é apenas um matador contratado. Nesse caso, não precisamos pensar nas características masculinas que prevalecem habitualmente nos assassinatos com motivação sexual. Mas não. Nada indica que Sonya seja o Caçador.

Holm: E, então, Hector?

Lindmark: A princípio, seria possível. Sua moto cara é um pouco suspeita em relação a seu salário. Mas não. Também não existe nenhum indício contra ele.

Holm: Então, apesar de tudo, trata-se de uma pista falsa essa história do grupo de investigações.

Lindmark: Não necessariamente. Há, sim, uma indicação. Depois de ter analisado a ligação com o grupo, voltei a estudar os elementos das provas. Você sabe como é: quando se tem um pequeno círculo de suspeitos, há que examinar as provas com novos olhos. Não é a mesma coisa quando se trata de procurar um suspeito desconhecido. Os detalhes insignificantes passam a ter um novo peso. Como disse, fui aos arquivos e abri o saco plástico com as roupas de Lennart Gudmundsson. Revi todas elas mais uma vez com uma lente de aumento. Será que em algum lugar haveria uma pequeníssima parte de fio de dental que traísse Markus? Haveria algum pequeno rasgão feito pelas unhas de Sonya, já que são um pouco maiores que as nossas, as dos quatro homens do grupo? Não. Nada. Mas você se lembra do que Suominen, o velho professor da Escola da Polícia, disse? "Considerem todas as provas recolhidas com todos os sentidos — apalpem, cheirem, mastiguem se necessário!" Talvez houvesse alguma pista da maquiagem de Sonya? Um odor de perfume? Comecei a cheirar as roupas, em especial o pulôver de lã de Gudmundsson. Meti bem a cabeça nele. De início, notei um vago odor de poeira, um pouco de transpiração na região das axilas. Foi desagradável, mas forcei-me a continuar e acabei por notar um cheiro particular. Não era perfume. Era um cheiro mais pronunciado e pesado. Algum tipo de óleo — o diesel da motocicleta de Hector? Não. Não tão... negro! Não associei esse cheiro a uma garagem ou lugar parecido. Era semelhante a algo que eu tinha cheirado dentro de uma casa. Por exemplo, perto de você. Você sabe que cheira um pouco a óleo, de vez em quando, a graxa que você usa em seu trem de ferro em miniatura?

Holm: Sim, eu sei. Deixei-o ficar às vezes nas mãos. Durante o trabalho, esse odor me lembra algo que me agrada fazer na minha vida.

Lindmark: Quando levei o pulôver para o laboratório, os técnicos acharam restos dessa graxa no pulôver de Gudmundsson, e não de diesel.

Holm: E daí? O que isso significa? Por uma razão ou outra, ele devia utilizar também essa graxa.

Lindmark: Mas o cheiro de graxa não se encontrava nas mangas nem no peito, e sim nas costas. Nesse lugar, ele dificilmente poderia ter se sujado, mesmo que seu passatempo fosse algo do gênero.

[Pausa curta.]

Holm: Por exemplo, nos trabalhos de jardinagem! Ele devia passar óleo em seus utensílios, como suas grandes tesouras, por exemplo, para evitar que emperrassem.

Lindmark: Pode ser. Mas, como disse, os restos de graxa estavam nas costas e formavam uma linha de cada lado da coluna vertebral, como se alguém tivesse enxugado as mãos nas costas dele ou as tivesse deixado escorregar pelas costas enquanto ele caía para trás.

Holm: Não entendo o que você quer dizer?

Lindmark: Creio que o Caçador estrangulou Gudmundsson pelas costas e segurou-o quando ele caiu, deixando, então, os restos de graxa que tinha nos dedos no pulôver da vítima.

Holm: Se foi esse o caso, em que isso nos ajuda? Um pouco de graxa nos dedos do Caçador não nos diz muita coisa.

Lindmark: Talvez a graxa não seja assim tão comum. De fato, existem várias espécies e todas têm, mais ou menos, o mesmo odor. Para mim, restava ser mais preciso e encontrar aquela com a consistência certa. Aquela encontrada nas mãos do Caçador.

Holm: Certamente, trata-se de alguma graxa comum que qualquer um pode comprar até em um supermercado.

Lindmark: Mandei testar algumas delas, sem achar a graxa certa. Mas da última vez que estive em sua casa, tirei uma prova da graxa que você usa.

Holm: Quer dizer que convido você para vir a minha casa, para relaxar do trabalho e lhe dar apoio depois da morte de Inger, e você aproveita a visita...

Lindmark: Peço desculpas por isso realmente! Mas me deixe continuar. Segundo o laboratório, a graxa que você usa não é nada comum, pelo menos não na Finlândia. Ela vem de Märklin, na Alemanha, e é especial para ser usada em modelos de trens de ferro. Ela cheira como muitas outras, mas as análises de laboratório podem diferenciar os vários tipos existentes. Agora, eles acabam de encontrar um tipo que é idêntico! Uma graxa muito rara na Finlândia foi encontrada nas costas do pulôver de Lennart Gudmundsson e em sua casa, na miniatura de trem de ferro, e, como você mesmo acabou de dizer, também muitas vezes em suas mãos, incrustada nelas. Depois, esses restos de graxa podem se fixar em um material áspero como o do pulôver. É uma indicação em si mesma. Ao ser relacionada à cruz, pode-se tornar uma prova.

Holm: Você quer dizer que eu manipulei as provas com tal falta de profissionalismo, a ponto de tê-las sujado com minhas mãos?

Lindmark: Você sabe exatamente o que eu quis dizer.

[Pausa.]

Holm: Você quer dizer que sou o Caçador? Que matei a sangue-frio pelo menos duas pessoas?

Lindmark: Isso é o que as provas revelam.

Holm: Isso não pode estar passando por sua cabeça! São puras especulações. Se Philip fala a verdade, se o assassino de Jonasson recebeu informações sigilosas da polícia, se isso não aconteceu por meio do informante de Philip na polícia, todo esse raciocínio é como uma peneira. Se não tiver mais nada além disso para apresentar, pode-se concluir que você está começando a perder o tato como investigador.

Lindmark: É isso o que você tem a dizer?

Holm: Sim. Além disso, se acredita em Philip e aceita, portanto, que a cruz no corpo de Gudmundsson revela detalhes só conhecidos pelos investigadores, até que ponto você realmente verificou as "indicações" relativas a outros implicados? Hector, por exemplo. Como estão seu estado psíquico e sua vida financeira? Sempre o achei muito esquisito e, certamente, também tem os dedos sujos de graxa usada em sua motocicleta, não apenas de óleo lubrificante do motor. Ou Sonya. O que a levou a se especializar em assassinos em série nos Estados Unidos? Isso não indica que ela tem uma fascinação doentia que, em seguida, se sobrepôs a si própria como pessoa?

Lindmark: Agora, você está tentando enganar a si mesmo. A cruz e a graxa apontam você e mais ninguém! Isso é um fato e o promotor vai entender a situação da mesma forma. Mas nós somos velhos amigos. Talvez a gente possa fazer um acordo, você e eu. Talvez você possa me contar algo mais que me ajude a entendê-lo melhor. Achei que sabia tudo sobre você. Que é um pouco fraco, que não consegue dar o último passo contra os criminosos mais perigosos, mas estava enganado. O que acontece, à sua maneira, revela um outro lado, o do Caçador, capaz de ultrapassar todos os limites. Ajude-me a compreender o que se passa e nós poderemos certamente nos entender e chegar a um acordo.

[Pausa.]

Holm: Você não sabe nada sobre mim. Nada.

[Uma pausa mais longa, com ruídos audíveis de respiração arfante.]

Holm: Podemos falar hipoteticamente? Jogar com várias possibilidades?

Lindmark: É claro. Por que não?

Holm: Você vai me desculpar, mas tenho que o revistar primeiro. Assim como você me acusa, pode muito bem estar com um microfone ligado e escondido no corpo. A essa altura, pode acontecer que aquilo que eu disser seja mal-entendido e usado contra mim.

Lindmark: É claro. Posso tirar a jaqueta e você a revistará primeiro.

[Um pausa mais longa, com ruídos mais fortes e alguns murmúrios inaudíveis de Holm ou Lindmark, ou, ainda talvez de ambos.]

Lindmark: Está satisfeito?

Holm: Sim. Vamos falar, então, hipoteticamente, como dois velhos amigos que... Querem chegar a um acordo.

Lindmark: Isso mesmo. Vamos, portanto, pensar na hipótese de haver um experiente inspetor criminalista que resolve seguir uma carreira criminosa. O que pode tê-lo motivado a isso?

Holm: Dinheiro.

Lindmark: Mas existem muitos caminhos para chegar lá: roubos, fraudes...

Holm: É complicado, mas os caminhos são feitos de riscos. Para um roubo maior, é preciso ter companheiros nos quais nem sempre é possível confiar. Para fraudes de maior monta, é preciso ter acesso a grandes contas bancárias ou coisas desse gênero. Não acho que o nosso inspetor escolheria qualquer uma dessas hipóteses.

Lindmark: Mas assassinato?

Holm: Isso não é complicado. É trabalho para um homem só e vale muito quando se encontra o patrocinador certo. Se considerarmos que nosso inspetor tem trabalhado com assassinatos, mais do que, por exemplo, fraudes, então, nessa área, ele tem todas as condições de se sair bem e não ser descoberto.

Lindmark: Bom ponto de vista. Mas... Isso não é, mesmo assim, um passo gigantesco para uma pessoa bastante normal? Um passo que, realmente, o leva a matar alguém? O crime máximo que leva à perda irreparável de uma vida.

Holm: Não, quando se trata de um crime patrocinado. Essas pessoas morreriam de qualquer forma. Tudo dependerá de quem vai cumprir a missão encomendada.

Lindmark: Entendo. Mas se pensarmos que esse inspetor tem uma vida bastante boa, com esposa e talvez filhos já adultos, casa própria, carro, casa de campo, tudo o que, em termos razoáveis, se pode desejar, o que fará com esse dinheiro extra?

Holm: Talvez não se trate apenas de dinheiro. Pense no caso de alguém que trabalha para uma organização pública ou privada. Ele realiza um bom trabalho, tem direito a promoções regulares, mas uma certa pessoa sempre atravessa seu caminho. Alguém que é um pouco mais esperto, trabalha em seu tempo livre e tem sorte, às vezes, com as missões assumidas. Está sempre um passo à frente e ocupa os postos mais elevados. "O comissário". O tempo passa e tudo se modifica. A experiência já não é tão relevante como antes. Chegam pessoas mais jovens, com certificados mais elevados. Chegam novas pessoas do sexo e da origem étnica corretos, que ultrapassam nosso funcionário competente e trabalhador. Ele entende que não tem mais chance alguma, nem mesmo em um segundo nível mais ou menos paralelo ao nível superior. A princípio, ele se contenta com isso e investe na família e em seus passatempos, mas lá dentro de si não está contente. Está prestes a se aposentar e sente uma fraca, mas persistente amargura. Na carreira, é tarde demais, não vai conseguir ascender. Nem mesmo é o número dois. É o número três. Talvez, em breve, passe a ser o quatro.

Lindmark: O serviço de comissário-assistente?

Holm: Um exemplo típico! A intenção imposta de "um número mais significativo de mulheres e um equilíbrio entre elas e os homens"! Assim, o que nosso inspetor poderá fazer? Vingar-se de outra maneira. Ganhar muito dinheiro. Colocá-lo em muitas contas bancárias sob falsas identidades. Saber que se os outros têm salários mais altos, ele possui uma gigantesca quantia, livre de impostos, por exemplo, nas Ilhas Cayman, onde essa fortuna espera por ele na aposentadoria. Uma vida de luxo com drinques à beira da piscina. Pensar nisso é sentir-se novamente em forma, é sentir a amargura se dissolver. Imagine ainda se aquilo que ele faz tem uma vantagem extra: ele pode demonstrar, pelo menos para si, que é mais competente do que aquela nova estrela diplomada e até mais esperto do que aquele colega que sempre esteve à sua frente. Imagine que ele sabe que aquele enigma que todos tentam resolver foi ele quem imaginou e executou! Com suas investigações criminalistas, eles se comportam como eunucos: sabem como se faz, mas eles próprios não conseguem fazer. Em contrapartida, ele fez. E fez tão bem, de maneira tão inteligente, que os outros podem trabalhar centenas, milhares de horas, sem nunca conseguir saber a identidade do Caçador. Ele até gosta desse apelido. Além disso, é tão astuto que chega a se proteger de seu contratante com números de contas secretas e relatórios bizarros, um tanto psicóticos. Mesmo que seu contratante quisesse traí-lo e denunciá-lo, sairia ileso.

Lindmark: Isso foi inteligente. Muito previdente. Mas é difícil pensar em tudo. Não cometer um único erro. Foi o que aprendi com o decorrer dos anos. Nem sempre vemos onde está esse erro. Não conseguimos elucidar todos os casos, mas ninguém consegue também evitar que seus erros não possam ser vistos. Basta utilizar a luz correta e as circunstâncias fazem com que apareçam. O erro do Caçador foi querer ser astuto demais, ou seja, decorar o local, no segundo crime, com uma cruz greco-ortodoxa colocada sobre o corpo desfalecido de Lennart Gudmundsson. Se, por meio desse elemento novo, esse segundo crime fosse relacionado ao crime na *stuga*, o enigma seria definitivamente impossível de esclarecer. Foi isso justamente o que o revelou, Gunnar: a falta de experiência profissional que consiste em ser astuto e estar ciente de todas as possibilidades. Como acrescentar um "E", completando a palavra "Amém", visto que sabia que estávamos raciocinando em termos de crime por fanatismo religioso. Sem a cruz e os arranhões decorativos, a graxa encontrada depois não significava nada. Nem sequer conseguiria descobri-la. Esse foi seu segundo erro: não ter usado luvas no caso de Lennart, porque se tratava de um ambiente isolado e a vítima era tão baixa e fraca que medidas de segurança pareciam desnecessárias. Depois do primeiro crime bem-sucedido, você se sentiu superior e ousou se arriscar deixando uma pista. Talvez também tivesse desejado sentir mais diretamente, com as mãos sem luvas, o que é matar alguém com um laço de fio de náilon.

Holm: É fácil ser inteligente e pensar psicologicamente depois do golpe.

Lindmark: Mas você demonstrou ser muito inteligente. Dissimulou tão bem que não percebi nada, a não ser sua calma habitual.

Holm: Talvez com o passar dos anos, tenha conseguido desenvolver o dom de esconder meus verdadeiros sentimentos. O pior eram as reuniões. Você sabe o que pode acontecer. Somos assaltados por uma espécie de sensação inebriante e dizemos, às vezes, coisas que não havíamos planejado dizer. Estava com medo de falar algo que só o Caçador poderia saber. Um detalhe que não seria notado de imediato, mas que você descobriria ao escutar a gravação.

Lindmark: Não. Nesses momentos, você conseguiu se conter. Escutei as gravações muitas vezes, mas não encontrei nada confidencial, sigiloso, se é que se pode falar assim.

Holm: Muito bem.

[Pausa.]

Lindmark: Mesmo assim, por encomenda ou não, como pôde fazer isso? Uma mulher e um inofensivo técnico de jardinagem, não muito mais alto do que uma criança de doze anos de idade.

Holm: Como disse, de qualquer maneira, eles seriam assassinados. Eu — ao fingir ser o Caçador — não quero ter nem uma vida na minha consciência, a não ser, sabendo que, de uma forma ou outra, essa vida seria tirada.

Lindmark: Então, você tem uma consciência.

Holm: Sim. Nem sempre foi fácil assim suportar. Pensar nisso todos os dias. Mas o importante é manter a justificativa de que se não fosse eu, outro qualquer faria o que eu fiz. Ambos já tinham sido condenados por Philip. Não se esqueça disso, Harald!

Lindmark: Mas Gabriella Dahlström estava esperando uma criança.

Holm: Disso eu não sabia.

Lindmark: E se soubesse, faria o mesmo?

[Pausa.]

Holm: Não. Não contra a criança. Mas agora está feito. Posso dizer apenas que a criança, de qualquer forma, teria morrido nas mãos de qualquer outro contratado por Philip.

Lindmark: Existem ainda outras vítimas? O Caçador chegou a praticar outros assassinatos que ainda não relacionamos a ele?

Holm: Não. Posso garantir isso a você.

Lindmark: Portanto, Philip tinha razão. Não foi o Caçador que matou Jonasson?

Holm: Não. Desse caso, o Caçador não sabe nada.

[Pausa.]

Lindmark: Você terminou ou continua a anunciar pela internet a possibilidade de novas missões?

Holm: O Caçador terminou sua carreira. Ele já demonstrou o que queria fazer.

Lindmark: Então, você foi pago e, além disso, recebeu um bônus extra de trezentos mil euros. Não se esqueça de que li o relatório de Philip.

Holm: Você também leu os relatórios do Caçador?

Lindmark: A respeito dos assassinatos? Sim.

Holm: O que você achou?

Lindmark: Muito bem escritos. Inteligentes. Personalizados, mas sem qualquer indicação a respeito de quem os escreveu. Naturalmente, sem impressões digitais ou qualquer outra pista.

Holm: Naturalmente.

Lindmark: Mas por que os escreveu?

Holm: Havia muitos exageros psicológicos nos relatórios do Caçador, a fim de que o autor da encomenda acreditasse que estava lidando com um indivíduo bastante perturbado. O autor estaria sendo orientado na direção errada, caso decidisse falar com a polícia. Por exemplo, a jogada dos olhos enviados em um pote de vidro foi totalmente inventada. Mas também talvez fizesse o Caçador se sentir bem, ao contar para alguém que os crimes eram considerados por ele experiências. Ele se modificava ao se aproximar o momento da execução. Tornava-se quase uma outra pessoa.

Lindmark: Foi por isso que você despiu as vítimas e retirou os olhos delas, além de rasurar as letras? Para entrar na pele de um assassino em série?

Holm: Sim e não. O Caçador planejou tudo antecipadamente, para fazer vocês acreditarem em um verdadeiro assassino em série, aquele que mata por prazer, deixando assinatura e rituais específicos. Mas, no auge da execução, tudo acontecia por si mesmo. A sensação era de justiça feita. Antes, a sensação sentida era desagradável, mas na hora era tudo fácil até chegar ao fim.

Lindmark: Você enviou os olhos de Gabriella Dahlström e o porta-moedas dela para Philip e queimou, com certeza, suas roupas. Mas o que fez com os olhos de Gudmundsson?

Holm: Nada. Eram apenas parte de um ritual inventado para a série. Joguei-os no vaso sanitário. Não eram necessários. Já tinha mostrado para o contratante que cumprira as tarefas encomendadas.

Lindmark: Também está se sentindo bem em contar tudo para mim? Hipoteticamente, como se fosse o Caçador?

Holm: Sim, me faz sentir bem. É, de fato, um alívio poder contar tudo para alguém.

Lindmark: Portanto, Britta não sabe de nada?

Holm: Oh, não! Nunca, jamais! Já planejei como explicar os anos dourados de nossa aposentadoria, por exemplo, nas Bahamas, com um prêmio grande ganho na loteria, no exterior. É disso que Britta gosta: hotel cinco estrelas, cristais, um ambiente dourado. Mas até o momento, temos vivido bem com nossos salários.

Lindmark: Agora, diante do que você contou, devo reconhecer que não sou o único esperto e competente, certo?

Holm: Sem dúvida.

[Pausa.]

Lindmark: Bom, já dissemos praticamente tudo. O que você acha que devemos fazer agora?

Holm: Fazer um acordo, se é que você me entende. Devo dizer que não serei avaro, mão-fechada...

Lindmark: Acho que será um pouco diferente.

Holm: Como assim? Você acredita realmente que vai conseguir encostar contra a parede o Caçador com uma pequena mancha de graxa e uma cruz?

Lindmark: É difícil dizer, mas, definitivamente, sim, depois dessa nossa conversa que se tornou um pouco mais do que hipotética. Você não notou isso?

Holm: Sim, mas vai ser sua palavra contra a minha.

Lindmark: Não é bem assim. Toda a nossa conversa foi gravada em um aparelho no departamento de polícia.

Holm: Não tente me intimidar! Tive o cuidado de revistá-lo logo no início.

Lindmark: Sim. Mas não sei se você se revistou.

Holm: O que quer dizer com isso?

Lindmark: Devo pedir desculpas mais uma vez, mas, ao pernoitar em sua casa, também fiz outra coisa no meio da noite. Costurei por dentro de seus três paletós microfones sem fios. Previ que se conseguisse fazer você falar, isso aconteceria ao ar livre e também que você iria me revistar. Da mesma maneira, achei que devia esperar que você me sugerisse um passeio ou algo parecido e escolhesse o lugar para onde me levar. Nesse lugar, você se sentiria seguro, longe de quaisquer microfones que eu pudesse ter instalado. Por acaso, acabamos vindo em meu carro, mas era necessário que você pensasse que eu não estava com segundas intenções. Tudo devia depender de você. Tudo funcionou bem, como o previsto. Demos um belo passeio, falamos, risonhamente, de muitas coisas interessantes. Debaixo da costura da axila, em seu paletó, há um microfone sem fio ligado a um...

[Ruídos no microfone.]

Lindmark: Vá, verifique você mesmo. Aí, debaixo do braço e do tecido, uma maravilha da tecnologia.

Holm: Não pode ser verdade!

Lindmark: É verdade, sim, pura e crua...

Holm: Safado! Você pensa mesmo em me meter atrás das grades? A mim? Afinal, somos velhos amigos. Você vai receber, como eu disse, muito dinheiro, muito dinheiro mesmo, para dourar sua aposentadoria. O que você tem a dizer?

Lindmark: Não, obrigado.

Holm: Mas nossa intenção era chegar a um acordo como velhos amigos. Foi isso que combinamos. Você prometeu! Pense no que pode obter. Você está livre, agora que a Inger... Pode encontrar mulheres mais jovens, viajar para o exterior onde elas não reparam tanto na idade. Na Tailândia, por exemplo... Mas o que está procurando em minha mochila?

Lindmark: Apenas isto aqui.

Holm: Uma pistola?

Lindmark: Quando carregávamos o carro, eu a transferi de minha mochila para a sua. Adivinhei que você iria revistar a minha. Portanto, era melhor mudar a pistola e os microfones para sua mochila. Eu a trouxe... Enfim, depois do que você fez antes...

Holm: Está com medo de mim, Harald?

Lindmark: Tinha que me precaver e ser capaz de chamá-lo à razão.

Holm: Admita que está com medo! Uma arma não vai ser suficiente. Eu sou o Caçador, cem vezes mais viril que você. Pô, não vai acreditar...

[Ruídos de golpes e roupas sendo rasgadas. Respirações arfantes. Rugidos. Um tiro. Um som arranhado no microfone. Depois, apenas silêncio.]

Harald

ACONTECIMENTOS DE 10 DE SETEMBRO DE 2006

No momento em que peguei a pistola, Gunnar jogou o corpo para frente. Vi seu rosto se aproximar rapidamente, senti suas mãos em meu pescoço e seu dedão em minha laringe. Na luta que se seguiu, disparei ao acaso, acabando por atingi-lo na coxa direita. Ele caiu no chão, encolheu-se todo e agarrou com as mãos o ferimento produzido pela bala. Nesse momento, estendi o braço, com a pistola na mão e o dedo no gatinho, apontando para sua nuca.

Dois filmes passaram pela minha mente enquanto esperava que Gunnar sugerisse um passeio ao ar livre ou uma excursão a algum lugar. Em um deles, eu o manteria sob controle com a pistola e ele ficaria ao volante, até chegarmos ao departamento de polícia onde o trancaria em uma cela. Depois, subiria para minha sala e escreveria um curto relatório sobre o acontecido. Pensaria, então, em telefonar para Britta, contando o que acontecera com seu marido, mas depois achei que seria melhor deixar essa missão para o pessoal da carceragem, porque isso me pareceu, apesar de tudo, menos cruel.

No outro filme, apontaria a pistola para Gunnar e lhe diria que era um assassino e não tinha mais direito a viver. Ele morreria, jazendo no chão, tal e qual suas duas vítimas. Atiraria no peito dele e, em seguida, para maior segurança, dispararia mais um tiro em sua nuca. Depois, encheria sua mochila com pedras e a colocaria em seus ombros, prendendo-a firmemente a seu corpo, com uma linha de pesca, a fim de que não pudesse escorregar e se soltar. Assim, o corpo jamais voltaria à superfície, depois de eu o atirar nas profundezas do mar. Imaginei uma praia encoberta por uma floresta e eu olhando o mar. Nem um movimento por perto. Ninguém me viu. Britta fica preocupadíssima e confusa, mas não precisa saber que seu marido era um assassino.

No fundo, dissimulava, igualmente, um medo que eu não deixava tomar forma. Sendo o Caçador, Gunnar era um estranho capaz de tudo. Só então vi — e me permiti ver — que podia haver uma terceira possibilidade: a de que eu fosse atirado ao mar.

Não consegui escolher qual dos dois filmes era preferível. Sabia, quase com certeza absoluta, o que Gunnar havia feito, mas não o que ele havia pensado. Já lera várias vezes a breve carta que o Caçador mandara para Philip, mas não consegui chegar a determinar se eles eram psicopatas, apenas autossuficientes ou, ainda, imorais. No caminho para a costa, ainda no carro, senti-me inseguro e pensei que o comportamento de Gunnar seria decisivo. Assim que eu o desmascarasse, ficaria sabendo se ele estava arrependido, se perdera a cabeça, se era vingativo ou se sentia um justiceiro.

Por um longo momento, fiquei ali na praia, apontando a arma para ele. Por sua atitude orgulhosa, ele havia escolhido o segundo filme. Meu braço estava esticado com o dedo no gatilho...

Mas não pude atirar em um homem ferido e indefeso. O policial em mim se sobrepôs. Logo fiz um laço apertado acima do ferimento. Estava sangrando, mas não muito. A artéria principal não tinha sido atingida.

A bala saíra pelo outro lado. O ferimento era relativamente superficial, mas arrancou tanta carne que Gunnar, com o rosto deformado pelas dores e transpirando muito, não cessava de repetir que precisava de um médico. Ajudei-o a alcançar o carro, coxeando, amarrei suas mãos por uma questão de segurança e levei-o ao hospital do distrito.

No trajeto, telefonei para o policial de plantão e dois de nossos assistentes estavam à nossa espera na porta do hospital. Um deles era Markus, alegre e satisfeito como sempre. Quando a equipe do hospital levantou o paciente de mãos amarradas atrás das costas e o colocou na maca, Markus se virou para mim e pareceu bem surpreso.

— O que aconteceu com Gunnar?

— Eu o prendi pelo assassinato de Gabriella Dahlström e Lennart Gudmundsson.

— Quer dizer que ele é o Caçador? — perguntou Markus, meio incrédulo e achando que se tratava de uma piada.

— Ele mesmo. Temos até uma confissão — respondi.

Nesse momento, encarei seu rosto risonho e infantil e, de repente, vi que ele se tornara um adulto. Compreendi também que nossas vidas tinham mudado para sempre.

Tendo premeditado a sangue-frio, sem ser tomado pelo pânico e sem ser considerado psiquicamente doente, meu amigo e colega Gunnar Holm havia decidido planejar a morte de um outro ser humano. Depois, cometeu o crime uma vez, duas vezes. É indesculpável.

Antes, não tinha tomado consciência da amplitude de minha responsabilidade perante as vítimas. Todavia, depois de ter lido os relatos de suas vidas, cheguei a sentir suas pulsações e o golpe do destino no momento de sua morte. Gabriella e sua criança não teriam mais a possibilidade de entrar em contato uma com a outra. Lennart não teria mais a possibilidade de ver uma árvore, nem de falar com outro ser humano.

Mas Gunnar, ele continua vivo na prisão. Ele vive sua vida interior, vê o mundo à sua volta, come, lê o jornal, fala com os outros. Não é justo. Essa situação cria um desajuste moral que eu poderia ter reparado quando tive a pistola apontada para sua nuca.

Durante as últimas quatro semanas, dormi muito pouco. Ruminei intensamente sobre o que teria feito se Gunnar não tivesse se ferido, mas não encontrei nenhuma resposta. Não sei o que ele viu nos meus olhos para ter se lançado ao ataque — a prisão perpétua ou a morte imediata.

Deixei-o sobreviver.

Foi um erro, mas justo.

Justo, mas um erro.

À noite, fiquei escrevendo meu relatório, a fim de compreender melhor até que ponto, durante o último ano, mudei como ser humano e como policial. Isso me fez sentir bem. Posso ver o que aconteceu comigo. Agora, chegou a hora de fechar o grande envelope que contém meu relatório e as fotocópias das diferentes peças do caso: as transcrições escritas das gravações feitas, os relatos de Gabriella e de Lennart, a confissão de Philip e os curtos relatos do Caçador para ele.

Um dia, o envelope será aberto. Aquele que ler seu conteúdo compreenderá talvez como sou.

Forshälla, 8 de outubro de 2006.

Harald Lindmark

Comissário criminalista

Dá-me os teus olhos

ACONTECIMENTOS DE 17 DE OUTUBRO DE 2006

Meu relatório estava pronto e meu ritmo de vida voltara ao normal. Cerca de uma semana mais tarde, cheguei em casa depois do trabalho na polícia, em uma terça-feira à noite, quase às seis e meia, porque tive de passar pelo minimercado. Abri a porta de casa e coloquei a sacola de comida em cima da mesa. No mesmo instante, peguei a correspondência recebida: um jornal grátis, uma conta bem conhecida da licença da televisão e um envelope branco sem remetente. Tinha o carimbo dos correios de Forshälla, com data do dia anterior. O nome e o endereço estavam corretos e escritos com um estilo impessoal de letras grandes, com tinta azul.

Tirei o sobretudo e abri o envelope com o dedo mínimo da mão direita. Dentro, havia uma folha de papel A4, dobrada ao meio. Vi imediatamente que se tratava de uma fotografia impressa de um homem com o braço esticado, apontando uma pistola na direção de um pacote colocado no chão. Os traços de seu rosto eram tão tensos que os olhos pareciam quase cerrados, quase dois riscos.

Era meu rosto!

Virei rápido o papel. No verso, estava escrito no mesmo estilo do envelope:

EU SEI

QUEM VOCÊ É